貴公子と無垢なメイド

ニコラ・コーニック
佐野 晶 訳

FORBIDDEN
by Nicola Cornick
Translation by Akira Sano

FORBIDDEN

by Nicola Cornick

Published by K.K. HarperCollins Japan, 2024

貴公子と無垢なメイド

おもな登場人物

マージェリー・マロン――メイド。本名マーガレット
ビル――マージェリーの一番目の義兄
ジェド――マージェリーの二番目の義兄
ジェム――マージェリーの三番目の義兄
レディ・グラント――マージェリーの女主人
テンプルモア伯爵――マージェリーの祖父
チャーチウォード――テンプルモア伯爵の顧問弁護士
レディ・フランチェスカ（チェシー）――マージェリーの話し相手（コンパニオン）
イーデス――マージェリーのメイド
ヘンリー・ウォードウ――ウォードウ男爵
レディ・ウォードウ――ヘンリーの母親
ギャリック・ファーン公爵――ヘンリーのいとこ
メリン・ファーン――ギャリックの妻

プロローグ

運命の輪――運命がその輪を回す

一八一七年四月、ロンドン

冷酷で頭の回転が速く、自制心の強い、敵に回せば危険な男。

彼の前に座っているのは、そういう評判のある人物だった。

この男の経歴については、チャーチウォードも多少は知っていた。ヘンリー・ウォードウ男爵は元軍人だった。命令口調や、簡潔で率直な話し方にまだその頃の名残がある。ウエリントン公のもとで半島戦争に従軍し、すぐれた要塞化、武装化の技術を持つことから、〝あのエンジニア〟と呼ばれていた。それだけではない。秘密の命を受けて敵地に潜入し、おおっぴらにできないような仕事も果たしてきたという。法律家であるチャーチウォードは、ふだんは事実と数字しか信じない男だが、ヘンリー・ウォードウ卿（きょう）に関する噂（うわさ）だけはべつだった。

「それで、ミスター・チャーチウォード、ミス・マロンがテンプルモア卿の孫娘だという証拠は見つかったかな?」ウォードウ卿は肘掛け椅子の高い背もたれにゆったりと背中をあずけ、エレガントなブーツをはいた脚を組みながら、いきなり本題に入った。天気や体の具合を話題にして、言葉を無駄にするのは嫌いらしい。

まあ、天気のほうはこのところ雨は多いが穏やかで、彼の健康もほんのときたま痛風に苦しめられるほかは申し分ない。したがって、話すこともあまりないと言えばないのだが……。チャーチウォードは目の前の書類をぱらぱらとめくり、咳払いをひとつした。「明白な証拠はまだひとつも見つかっておりません。たった二日ですから」彼はできるだけ言い訳がましく聞こえないようにつけ加えた。

二十年前に行方不明になったテンプルモア伯爵の孫娘が、ロンドンでレディ付きのメイドとして働いているという情報を、二日前にひとりの男がチャーチウォードのところに持ちこんだ。それからというもの、彼は手をつくしてこの情報が正しいのかどうか確かめようとしているのだった。

まさに青天の霹靂とも言えるこの知らせを聞いた老伯爵は、名づけ子にして相続人でもあるヘンリー・ウォードウ卿をすぐさまロンドンに送った。

テンプルモア伯爵は女性も相続人になれる数少ない称号だった。したがって、その娘が本物なら、ウォードウ卿は広大なテンプルモアの領地とその財産を失うことになる。この男がそれをどう思っているかは謎だった。ヘンリー・ウォードウ卿はなんにつけ、自分の気持ちを表に出す男ではない。

「証拠はまだ見つからない？　では、何がわかったんだ？」ウォードウ卿は尋ねた。

チャーチウォードは大きなため息をついた。「ミス・マロンを育てた家族に関してはいろいろとわかりました。そのどれも芳しくありません」

チャーチウォードの口調に、形のよい唇の端がいまにもほころびそうに持ちあがる。

「ほう？」

「長兄は店を持っています。表向きは古着の売買ですが、実態は故買屋です。次兄はホテルの居酒屋で働いていますが、三番目の兄ときたら……」チャーチウォードは沈んだ顔で首を振った。「これまで手を出さなかった悪事はないほどのわるでしてね。街道の追い剥ぎから、詐欺、窃盗……」

「そんな男がなぜ野放しになっているんだ？」

「罪を逃れるのが実にうまいからでしょうな」チャーチウォードは苦い顔で言った。

ヘンリー・ウォードウ卿は笑った。「すると、テンプルモア卿の孫にして相続人である娘は、悪の巣窟で育ったわけか」

「おそらくは」チャーチウォードは認めた。ミス・マロンが実際にレディ・マーガレット・キャサリン・ローズ・ド・サン＝ピエールであるという状況証拠は揃っている。だが、状況証拠だけではいささか心もとなかった。これは法的に言っても無効であり、真実を確実に立証しているとは言えないのだ。チャーチウォードが欲しいのは、情報提供者が持ちこんだ色褪せた細密画やガーネットのブローチではなく、事実、証人、供述書だった。

チャーチウォードは机の上の羽根ペンを回した。実績ある弁護士として長年貴族に仕えてきたが、今回のような一件にかかわったことは一度もない。二十年前にテンプルモア伯爵のひとり娘が殺され、四歳になる彼女の娘がさらわれたあと、小さなマーガレットは殺されたものとみんなが思っていた。ボウ・ストリートの捕り手も、伯爵が雇った探偵たちも、ひとりとしてマーガレットの跡をたどることができず、伯爵は孫娘の死を長年悲しんできた。

ウォードウ卿が座り直した。「ミス・マロンがテンプルモア卿の孫娘かどうかきみが証明できないときは、ぼくがのりださなければならないだろうな」

「閣下、もう少し時間をいただければ――」ウォードウ卿が黙れというように片手を上げるのを見て、チャーチウォードは口をつぐんだ。

「その時間がないんだ」静かな声だが、そこにはナイフの刃のような鋭さが隠されている。

「伯爵は一日も早く孫娘に会いたがっておられる」

これが急を要する案件だということは、チャーチウォードも承知していた。伯爵は近頃めっきり弱り、いつ何があってもおかしくない状態だからだ。とはいえ、チャーチウォードはためらった。彼はマージェリー・マロンを知っていた。この件をヘンリー・ウォードウ卿の手にゆだねるのは、マージェリーを狼の群れに投げこむことになりはしないか？

「しかし……」

ウォードウ卿は黙ってチャーチウォードの言葉を待っている。どうやら苛立っているようだ。

「その娘は自分の生まれについて何ひとつ知りません」チャーチウォードは警告した。「わたしの調査によれば、きわめて……」彼は適切な言葉を探そうとした。「純真です」

ウォードウ卿は鋭い目でチャーチウォードを見た。その目の暗さが、純真さなどとうの昔に忘れ去ったことを示している。

「わかった」ウォードウ卿はゆっくり立ちあがった。「で、どこへ行けばその娘に会えるんだ？」

1

月――ご用心、人は見かけとは違うもの

マージェリーがマダム・トングの経営する娼館(しょうかん)〈女神の神殿(テンプル・オブ・ビーナス)〉の地下へと召使い用の階段をおりていくと、ちょうどセントポール寺院の大時計が十時を打ちはじめた。今夜はすっかり遅くなってしまった。いつもは顧客のいない、娼婦たちが忙しい夜に備えて部屋で休んでいる日中に訪れることにしている。マダム・トングが抱えている娘たちは女主人と違って気前がよく、マージェリーを部屋に入れて、彼女が持ってくる作り立てのタルトや砂糖菓子と交換に、いらなくなったドレスや帽子、手袋などをくれるのだ。

今夜は砂糖漬けにしたパイナップルとマジパン、砂糖を振りかけたケーキ、スポンジケーキとジャムでできた小さなナポリ・ビスケットを持ってきた。

マージェリーは二階にある居間へと奥の階段を上がっていった。紫色と金色のシルクのクッション、夜の寒さを締めだす赤いビロードのカーテンなど、その部屋はけばけばしい

色とにぎやかなおしゃべりに満ち、香水と蝋のにおいが立ちこめていた。今夜の仕事の支度をすっかりすませた若い娼婦たちは、マージェリーがお菓子を入れたかごを手に入っていくとぱっと顔を輝かせ、よだれをたらさんばかりに先を争ってスカーフや手袋を取りに部屋へ駆け戻った。

「ほらほら、みんな！」マダム・トングが足早に入ってきて、これから芸を披露する動物の調教師のような声音で宣言した。「紳士方がお着きですよ！」彼女は大きな音をたてて手を叩いた。「キティ、カーヴァー卿がご指名よ。マーサ、今夜こそウィルトン卿をものにしてちょうだい。ハリエット――」彼女はぞっとするほど冷たい笑みを浮かべた。「あなたはタイン公爵にすっかり気に入られたようね」

マダム・トングはこちらで襟元を下へと引っ張り、あちらで裾をほんの少し持ちあげながら、娼婦たちを広間へと送りだした。娘たちはかしましくしゃべりながら指についた砂糖をなめ、マージェリーに手を振り、居間を出て、楽園を飛び交うあざやかな色の鳥の群れのように連れ立って大階段をおりていく。いつも召使い用の廊下と階段しか使わないマージェリーは、下の広間を見たことは一度しかなかった。明るい色のシルクや深みのあるビロード、ロンドン一きれいで客あしらいがうまいと評判の娼婦たちが飾るその部屋には、マージェリーが住む世界とは違う、贅沢で、神秘的で、危険な雰囲気があった。

居間がからっぽになり、急に静かになった。マダム・トングの豆粒のような黒い目がマージェリーをさっと見て、切り捨てた。あらゆるものに値をつける商売人が、わざわざ時間を無駄にしてまで見る価値などない、と判断したように。もう何年も人々の目にこれと同じ表情が浮かぶのを見てきたマージェリーは、マダム・トングが何を考えているのか手に取るようにわかった。マージェリーのことを、小柄で、不器量で、ありとあらゆる色合いの茶色からなる鼠（ねずみ）のような娘で、通りですれ違ってもあらためて見直す人間などひとりもいない、と思ったのだろう。でも、そう思われるのは慣れっこだったし、とくに気にしてもいなかった。メイドの器量は、よければよいほどトラブルの種になる。

「今夜はもうお帰り」マダム・トングはマジパンをひとつ口に入れ、舌の上で溶ける砂糖の甘さを味わいながら鋭くつけ加えた。「奥の階段を使ってちょうだい」砂糖は彼女の気持ちを甘くする役には立たなかったようだ。彼女はかごからはみだしている、金色のドレスの端に目を留めた。「キティときたら、もうそれに飽きたの？　まったくあの子は浪費家だね。まだじゅうぶん着られるのに」マダム・トングに引っ張られ、ドレスがシルクとレースの滝のように床へ落ちた。「行きなさい。パイナップル・キャンディーを置いていくのよ」

「ドレスがなければ、パイナップル・キャンディーもなしですよ」マージェリーはきっぱり言った。

マダム・トングはあきれたようにくるりと目を回すと、金色のドレスをまるめてマージエリーに向かって投げつけ、かごのキャンディーにむしゃぶりついた。

「マジパンももらうわ」そう言って、かごからひったくるようにつかむ。

マージェリーがドアを閉めて踊り場へ出る前に振り向くと、マダム・トングはだらしなく脚を開いて袖付きの安楽椅子に座っていた。かつらを傾け、紅を塗った口を大きく開けて、まるで飢え死にしかけている人間のように砂糖菓子をつめこんでいる。

踊り場は静かで薄暗かった。娼婦たちは階下でワインを勧めながら甘ったるい声で客の気をそそっている。砂糖の取りすぎでしばしぼうっとなったあと、マダムもそこに加わるに違いない。開いたドアから、音楽と笑い声が聞こえてくる。彼女は分厚い絨毯を踏み、足音をしのばせて狭くて急な階段へと向かった。けちなマダム・トングのせいで金色のドレスをもらいそこねていたとしても、今夜は思ったより収穫があった。手袋が三組と、ひとつは〝仕事〟の最中に下敷きにしたためかぺちゃんこだが、帽子がふたつ。それに一着はびりびりだが、金色のほかにドレスが二着ある。ワインの小さなしみがついた美しいシルクのスカーフに、下着まで交じっていた。この商売ではそんなものはつけない、と本人たちから聞いていたから意外だった。

これをみんなビリーのところへ持っていけば、さぞ喜ぶだろう。再利用できる布や、中古品として売れるものがたっぷりある。マージェリーの兄夫婦はギルトスパー通りに店を構え、中古の服やそのほか様々なものを売買していた。商売の詳しい内容について訊いたことは一度もないが、おそらく盗品の売買を行っているのだろう。でもマージェリーには公平で、彼女が持ちこんだものが売れたときは、その儲けを折半にしてくれる。

明日は休みだから、たまったものをビリーのところへ持っていき、義姉のアリソンや子供たちと一緒にお茶を飲むことにしよう。でも、今夜はベドフォード広場にある、ジョアンナ・グラントの家に戻らなければならない。ジョアンナはこれまでの誰よりも親切な雇主だ。でも、自分のメイドが定期的に売春宿を訪れていると知ったら、さぞ驚くことだろう。

踊り場を半分ほど横切ったときにトルコ絨毯に足を取られ、かごが傾いた。先ほど急いで上にのせた金色のドレスがふわっと広がってかごから滑り落ち、鋳鉄製の手すりの隙間からゆっくりと空中を漂って玄関ホールの大理石の床に落ちた。

マージェリーは魅せられたようにそれを見つめた。三箱の砂糖菓子と交換した高価なシルクのドレスを失うことはできない。

しかし、売春宿の顧客が出入りする場所に入るのは禁じられていた。最初に言い渡されたこの条件を破ったことがマダムに知れれば、二度とこの店には出入りできなくなり、せっかくの収入源が断たれることになる。

マージェリーはいまにも見つかるのを警戒しながら、抜き足差し足でゆっくり広い階段をおりていった。半分ほどおりたときに上階でドアが開く音がして、彼女はとっさに全裸で戯れている美少女や羊飼いの官能的な影像に背中を貼りつけた。何か長い、硬いものがあばらにぶつかった。とりわけ恍惚(こうこつ)とした表情を浮かべている大理石の酒神(サテュロス)の男根だ。こんなに幸せそうな顔をしているのも無理はないわ。マージェリーは影像の体を厳しい目で見ながら思った。彼女自身は直接知る機会を持ったことは一度もないが、これが実物大だということは常識的に言ってありえない。マダム・トングが置いている影像は、ひとつ残らず誇張されているに違いないわ。ここを訪れる殿方はそれを見て萎縮しないのかしら。

　皮肉たっぷりにそう思いながら、マージェリーはもう一歩、さらに一歩と階段をおりていった。あと三段で黒と白の大理石の床に達し、美しい金色のドレスを取り戻すことができる。それをつかみ、かごに放りこんで、フェルトによく似た生地の緑色のベーズ張りのドアを通過すれば、階下の召使いたちの領分に戻れる。

　これは単純な作戦だった。

　ところが、もう少しで緑色のドアにたどり着くというとき、誰かが行く手に立ちふさがった。暗がりに立っているのは怒りに駆られたマダム・トングではなく、男性だった。その男性は動きもしなければ、口を開こうともしない。

　蝋燭(ろうそく)のちらつく炎が光と影を投げ、彫りの深い顔の一部を強調して残りを隠していた。長めの髪は黒いようだが、正確にはわからない。教会で見かける石像のように頬骨の高い細面の浅黒い顔は、両頬にえくぼがあり、顎の真ん中にもくぼみがある。とてもハンサムだが、黒い目は暗い秘密を隠した罪人のようだった。凛々しい眉も濃い色で、口は薄すぎもしなければ、大きすぎもしない。その男性がほほえみを浮かべるのを見て、マージェリーは自分がうっとりするほどくっきりした唇をじっと見つめていたことに気づいた。

これまで経験したことのないほどの熱が、まるで強い酒のように体を貫く。全身がちりちりし、思わず軽いめまいに襲われて一歩あとずさりし、よろめく足を踏みしめた。売春宿のなかはとても暑い。ふっと気が遠くなりかけたのはそのせいかもしれない。それとも、祖母がよく言っていたいやな予感に襲われたのだろうか。

男性はまだ動かずにマージェリーを見ている。彼女は仕方なく見返した。仕立てのよい上等な服を着ているところを見ると、間違いなく紳士だ。女性のドレスだけでなく、男性が着るもののスタイルと色にも目の利くマージェリーは、すばやくそれを見てとった。ダイヤモンドのピンで留めた真っ白なクラヴァットの結び方は見たこともないほど複雑で、エレガントな上着はしわひとつなく肩にぴたりと貼りつき、バックスキンのブリーチズも同じようにたくましい太腿をくっきりときわ立たせている。お洒落な人だわ、とマージェリーは思った。貴族のメイドとして、マージェリーは彼らの様々な資質を見抜く力を養ってきた。この男性は流行に敏感だが、たんなる洒落者ではなさそうだ。マージェリーには理解できない、何やら暗く、深い、危険な部分がありそうだ。彼女はぶるっと震えた。

その男性はまだ行く手をふさいでいる。

「何かご用ですか？」マージェリーはそう尋ねたすぐあとで唇を噛んだ。ここが売春宿であることを考えると、いまの言葉は適切な選択とは言えなかったかもしれない。

　黒い目を蝋燭の炎のようなきらめきがよぎった。男性が背筋を伸ばし、一歩近づく。マージェリーは手にしたかごの木の持ち手がきしむほど強く握りしめた。

「ああ、用がある」その柔らかい声には、愉快そうな響きがあった。彫ったような唇の端が上がり、物憂い笑みが浮かぶ。それが暗い瞳を輝かせ、温めるのを見て、マージェリーは赤くなった。体の芯がとろけるような奇妙な感じが強くなる。

　この男性は遊び人だわ。つけこむ隙を与えちゃだめよ……。

「わたしはここで働いているわけじゃないんです」彼女は急いで言った。

　男性は黙って彼女を頭のてっぺんからつま先まで見まわした。社交界の噂の種になるような美しい女性たちに仕えてきたマージェリーは、こういうまなざしを見たことがある。これは男性たちがそうしたレディたちを見るときや、みんながマージェリーの作った砂糖菓子を見るときと同じ、貪欲さとよからぬ思惑と欲望のない交ぜになったまなざしだ。

　マージェリー自身はひょいとつまんで味わいたい、というような目で見られたことは一度もなかった。なんてばかな想像なの。この人がそんなことを思うわけがないわ。マージェリーは自分をたしなめた。

　とはいえ、目の前の男性はあからさまな興味と欲望を浮かべて彼女を見ている。マージエリーは突然喉がからからになって唾をのみこんだ。

　きっと勘違いをしているに違いない。わたしを誰かと間違えているんだわ。

「きみはここで働いてはいない」男性は低い声で繰り返しながらもう一歩近づき、片手を伸ばして指の甲で軽く彼女の頬に触れた。手袋をしていない手は温かかった。マージェリーは真っ赤になった。

「ただ訪ねてきただけです」早口で言う。

　男性が目を見張り、まばゆい笑みを浮かべた。「べつに悪いことではないな」

「違うわ！　ここに来たのは――」彼女は言葉につまった。マダム・トングの客がここで行う様々な行為とはまったく関係がないことを、どう説明すればいいのだろうか。

「わたしはレディ付きのメイドよ」マージェリーは口走った。

「だったら、名前を名乗りたくはないだろうな」男性は肩をすくめた。「心配はいらない。マダム・トングはあらゆる嗜好に応じてくれる。マリー・アントワネットを始め、メイドの格好をしたがるレディも多いからな」男性はにやっと笑った。「そのかごはなかなかいい思いつきだ」

「これは扮装じゃないの。わたしは本当にメイドなのよ」ぴしゃりと言ってやりたかったが、男性があまりに近くにいすぎて消え入るような声しか出なかった。

　相手は笑った。「すると、これで臨時収入を得ているのか。それはまた〝立派〟な心がけだ」

　もう！　どうやらこの男性は、マージェリーがときどきここで働き、小遣いを稼いでいると思ったようだ。そういう例がないわけではなかった。現にマージェリーが知っているだけでも、けっこうな数のメイドがそうしている。床をごしごしこするより、そのほうがお金を稼げるからだ。オズボーン卿がお気に入りの売春宿を訪れ、自分の家のメイドに出くわしたという話は有名だ。だが、バークシャーからロンドンに出てくるときに祖母によくよく警告されたマージェリーは、そんな方法で副収入を得ようと考えたことは一度もなかった。

〝ロンドンは悪徳の巣窟だからね〟祖母は言った。〝わたしの言うことをよく肝に銘じておくんだよ。これでも昔はロンドンにいたことがあるんだ。未来のだんな様のために、身持ちをよくしておくんだよ〟

　マージェリーはべつに夫を見つけたいとは思わなかったが、身を持ち崩すなという祖母の教えはよく守っていた。それは彼女にとって大事なことだった。

　それに、彼女の純潔を奪おうとする男性はこれまでひとりもいなかった。グラント家で働いている双子の召使いは、あまりにきれいすぎて自分たちしか目に入らない。残りの召使いはみな若すぎるか年がいきすぎているかで、あまり魅力的ではなかった。彼らはただの友達で、その誰にも一度として胸がときめいたことはない。

マージェリーを熱心に口説いてくる召使いもいることはいる。ハンフリーは隣家の庭師頭の次の位の庭師で、ときどき花を持ってきてはもごもごしゃべりながらキッチンを歩きまわり、マージェリーをじっと見つめる。そして、こちらが話しかけると赤くなる。彼女はハンフリーを見るたびに迷子の犬が頭に浮かび、なんだかかわいそうな、もどかしいような気持ちになるが、一度としていまみたいに体が震えたことも、膝の力が抜けたこともなかった。こんなふうに息が止まったことも、どきどきしたこともない。

祖母は、ハンサムな紳士に関しても警告していた。世間知らずの娘の素朴さにつけこんで、ひどい仕打ちをする男たちがいると。祖母の言うとおり、ロンドンは太陽の下にあるあらゆる悪徳が栄えている街だ。そしてこの男性がそのうちの多くとなじみであることは疑う余地がなかった。この男性には、まぎれもなく邪悪なところがある。

「あなたの誤解よ」マージェリーは言った。無理やり押しだした声がかすれ、かん高くなった。「わたしはここで働いているわけでも、ここに快楽を求めに来たわけでも――」

「たしかかい？」

この人は残念そうなの？　マージェリーは唾をのみこんだ。

「せめてキスぐらいは――」彼の顔が危険なほど近づく。

「わたしは処女よ！」マージェリーはきしむような声をあげた。

すると男性がにやっと笑った。「キスをしてもそれは変わらないさ」

　そのあとの永遠に続くほど長く思えた一瞬でマージェリーは男性の温かい体を感じ、耳のなかでどくどく打つ脈を感じた。自分がこの男性とキスしたがっていることに気づいて、ショックのあまり気が遠くなりそうだった。強い好奇心と、いつのまにか目覚めた官能が脈打っている。こんな気持ちになるなんて信じられない。こういうことはわたしとは無縁なはずよ。わたしは分別も良識もあるまっとうなメイドで、売春宿で顔を合わせた紳士とキスしたがるようなはすっぱな娘ではないわ。きっと、けばけばしいこの店の雰囲気にあてられたに違いない。しかも目の前にいるこの紳士は、誘惑を絵に描いたような……。

　男性の唇がかすめるように触れた。いや、いまのは現実ではなく、想像だったのかもしれない。だがそのすぐあとに、彼は甘く熱い唇でマージェリーのあえぎをのみこみ、驚かせた。これはマージェリーにとっては初めてのキスだった。キスがどんなものかときどき想像したことはあるが、まさかこういうものだったとは。このキスはとてもすべてを捉えられないほど多くの感覚をもたらした。マージェリーは力強い腕と熱い唇を感じ、生まれて初めて快感に身を震わせた。男性のキスは火花と炎を、燃えるような願いと叶えられない痛みをもたらした。

　温かい唇がとてもやさしくマージェリーの唇を割り、舌が触れあう。めくるめくような快感に体が溶けていくようだった。なぜ誰もがあれほどキスしたがるのか、これでようやくわかった。マージェリーはいつまでも続けたかった。体が柔らかくなり、男性の硬く強い体に溶ける。からっぽのみぞおちが、切ない焦がれにうずいた。彼女は危険な新しい世界で迷い、そのまま迷いつづけたかった。

ふたりの右手でドアがばたんと閉まった。マージェリーはびくっとしてわれに返り、あわてて男性の腕のなかから出た。恍惚感が消え、冷たいショックがそれに取って代わる。わたしはシンデレラではない。日頃ひそかに読んでいるゴシック小説のヒロインでもない。ただのメイドよ。そしてこの人は紳士。いったい何を考えていたの？　いや、何を考えていたかはわかっている。キスの気持ちよさに酔っていたんだわ。たしかにこの紳士のキスは想像を絶するほどすばらしかった。とはいえ、これが正しいことだとは思えない。

「やめて」言葉とは裏腹につい唇に指をあてると、男性の目がその指の動きを目で追って煙るようにかげった。

「やめて」マージェリーは繰り返した。「これは間違ったことよ」

「そこで何をしてるの！」マダム・トングがスカーフをひらつかせ、ブレスレットをじゃらつかせて、復讐（ふくしゅう）に燃える女面鳥身の神ハルピュイアのようにさっと飛んできた。「そこはあんたの――」男性がマージェリーを守るように横に並ぶのを見てマダムは言葉を切り、満面の笑みを浮かべた。「とんだ失礼をいたしました。そこにいらっしゃるのに気づかなかったものですから。この娘が何かせがんでおりましたの？　うちの娘ではありませんのよ」マダム・トングはマージェリーをじろりとにらんだ。「うちの娘たちははるかに殿方を歓ばせる――」

「そうだろうな、マダム」紳士のなめらかな口調に、マダムは自分がしゃべっている途中でさえぎられたことにさえ気づかないようだった。「だが、どうやらあなたは思い違いをしているようだ。ミス・マロンは迷っているぼくに――」彼の声に愉快そうな響きが混じった。「親切にも、進むべき道を示してくれたんだ」

マダム・トングは鋭く言い返した。「自分が間違った場所にいるのに、行く先を教えるなんて厚かましい」彼女は声を和らげ、紳士の腕に手を置いた。「どうぞこちらに。お客様の必要を満たすお手伝いをさせてくださいな。あんたは――」マダムはマージェリーに向かってぐいと顎をしゃくった。「あっちから出ておいき」

「ごきげんよう、マダム」マージェリーはそう言ってこくんと頭を下げた。マダムは突き刺さるようなまなざしでにらみつけてくる。マージェリーがこの紳士をたらしこみ、小遣い稼ぎをしようとしたと疑っているのだ。〈テンプル・オブ・ビーナス〉を訪れることはおそらく二度とできないだろう。

「失礼します」マージェリーは紳士に向かって膝を折った。「進むべき道が見つかることを願っていますわ」

あの誘うような笑みが再び浮かんだ。「メソジスト派の説教者のようなことを言う」

マージェリーはきびすを返した。彼がマダム・トングに導かれて広間に入り、かしましい娼婦たちに囲まれるのを見たくなかった。そう思っただけで奇妙な具合に胸が痛む。ばかなことだわ。ちょっとちょっかいを出されただけなのに。わたしのことなんか、一日、いいえ、一時間もしないうちに忘れてしまうわ。広間のドアが開き、光と音楽がホールの大理石の床を横切ってくる。夜の仕事がまもなく始まる。マージェリーはかごを小脇に抱え、ベーズのドアを通過して、召使いたちの仕事場に入った。キッチンからは蒸気が上がり、コックたちが大汗をかきながらマダム・トングの顧客のために手のこんだ料理を用意している。マージェリーがその横を通り過ぎても、誰ひとり顔を上げようとしなかった。どうやらいつものように、誰の目にも見えない存在に戻ったようだ。

明るい星空の下に出ると、なぜか鉛をのんだように心が重くなった。疲れたせいよ。自分にそう言い聞かせる。さっきの紳士とは関係ないわ。もっと一緒にいられなかったことに失望を感じているわけでもない。今朝はジョアンナ・グラントのシルクの下着を洗うために、いつもより早起きしたからだ。あれはとても高価なものだから、ほかの召使いに任せるわけにはいかなかった。それからこの時間まで、ずっと働きどおしだったからよ。しかも今夜は、ジョアンナが明け方に劇場から戻るまで待っていなければならない。レディ付きのメイドの仕事が楽だと思っている人々は、そういう苦労をちっともわかってやしないんだわ。

「モル！」

マージェリーはぱっと振り向いた。彼女をモルと呼ぶのは兄のジェムだけだ。長身の兄が通りの角の暗がりから出て、近づいてくるのが見えた。

「おまえだと思ったよ」ジェムはにやっと笑った。「売春宿なんかで何をしていたんだ？」

「いつもの仕事よ」マージェリーは鋭く言い返した。

ジェムはかごの覆いを持ちあげ、最後に残った蜂蜜入りのケーキをつかみ、妹に手を叩かれながらもそれを口に入れた。

「悪くなっちゃもったいない。うん、こいつはうまいな」ジェムは敷石にくずをまき散らし、もぐもぐと噛みながら言った。「メイドよりコックになったほうがよかったのにな、モル」

「料理には興味ないもの」マージェリーは言い返した。「わたしが作りたいのはタルトやパイや砂糖菓子だけよ」そのうちいつか菓子職人になって、自分が作るおいしいお菓子を売って生計を立てたいというのが彼女の夢だった。しかし、店を持つには大金がいる。だからいまのところはグラント家のコックが手のこんだフランス菓子やタルトを作る手伝いをして、その見返りにオーブンを使わせてもらい、ケーキや砂糖菓子を作っては今夜のように売春婦たちからいらなくなったドレスやスカーフをもらうのだ。

「おれがひと財産作ったら」ジェムは手の甲で口を拭った。「おまえに店を出してやる。約束するよ」

マージェリーは笑った。「それまで生きていられればいいけど」彼女は兄をからかった。ジェムはきっとよからぬ方法で儲けた金を、賭事と飲酒と娼婦たちに一ペニー残らず注ぎこんでしまう。

それでも、彼女は三人の兄のなかでこの末の兄がいちばん好きだった。ジェムは十歳年上だが、どんな相談にものってくれるし、つらいときには慰めてくれる。ビリーは家族を養うために必死に働き、バークシャーに残っているジェドは、ちゃんとしたホテルのまかない係だ。それに比べてジェムはまともな仕事をしたことのないろくでなしだったが、ほとんど笑ったことのないビリーと違って陽気な性格だった。ジェムにはケーキの残りをつまみ食いされても怒れない何か――魅力がある。マージェリーはかごの覆いをしっかり戻しながらそう思った。ジェムには枝に留まっている鳥さえ虜にするような魅力がある。

「家まで送るよ」

「ケーキはもうあげないわよ」マージェリーは警告した。

ジェムは笑った。「けちだな、モル」

「わたしの兄さんでなかったら、ひと言だって口を利きやしないんだから」

コヴェント・ガーデンの広場は、夜を楽しむ人々に満ちていた。見るからにうぬぼれの強そうな年配の紳士と連れ立って通り過ぎながら、エレガントなレディが振り向いてふたりのほうを見た。マージェリーはため息をついた。どうしていつもこうなるのか。レディたちはみな、ジェムの魅力を拒めないようだった。金色の髪と青い瞳、魅力的な笑顔に危険なオーラが、どの女性にも魔法のように作用するらしく、レディたちは抗いがたい力に圧倒されて服を脱ぎ、夫を捨ててジェムのベッドに倒れこむ。

ジェムはそのレディに大げさなお辞儀をして、傲慢な笑みを浮かべた。

「やめてよ」マージェリーは兄の腕を引っ張った。「いっそ一時間いくらで相手をしたら？」

ジェムはまたしても声高に笑った。「そいつはいい考えだ」

「マダム・トングなら喜んで雇ってくれるはずよ。あの人はきれいな若い男が好みだもの」

「きれいな若い男が好きなのは彼女だけじゃないさ」ジェムはうぬぼれて答え、マージェリーの手をぽんと叩いた。「行くぞ、ミス・マロン。おまえの真面目さを少しばかりおれに貸してくれ」

マージェリーはまたしても急に足を止めた。べつのカップルがふたりにぶつかり、小さな声をあげた。

彼らが謝罪するのを無視してジェムが尋ねる。「なんだよ？」

マージェリーには兄の声が聞こえなかった。彼女はかごの持ち手を握りしめながら売春宿のホールに戻り、見知らぬ男性の手を感じて彼のキスを味わい、マダムの怒りを和らげようとする深みのある声を聞いていた。

〝ミス・マロンは進むべき道を示してくれたんだ〟

あの紳士はたしかそう言った。でも、どうしてわたしの名前を知っていたの？

2

魔術師・逆位置――ぺてんと嘘(うそ)

マージェリーは二番目のメイドであるベティと並んで、ベドフォード通りに面したジョアンナ・グラントの家の、広い階段のいちばん上に座っていた。そこは階段のカーブと、そびえる大理石の高い柱の陰だった。そのため、ふたりの姿は下のホールに列を作っている招待客からは見えないが、ふたりのいる場所からはホールがほぼ完全に見渡せる。今夜はグラント夫妻が夕食会と舞踏会を催しているのだ。これは今シーズンの最初の大きなパーティで、噂(うわさ)によれば、上流階級の人々はあの手この手で今夜の招待状を手に入れたという。ジョアンナの催しはいつも驚くほど洗練されていて、それに招かれないのは社交的な死を意味しているのだった。

「ああ、ミス・マロン」ベティは大きな茶色い瞳を皿のように見張って階下の光景を見つめ、マージェリーのあばらを肘でこづいた。「あのドレスを見て！　あの宝石も！　それに殿方のハンサムなことったら！」

「わたしが見たいのはドレスよ。殿方は関係ないの」マージェリーはベティをたしなめた。

「そのうちレディ付きのメイドになりたければ、あなたもそうすべきよ」

マージェリーは手にしたノートにドレスをすばやくスケッチした。ジョアンナは流行に極端すぎるほど敏感で、社交界のファッション・リーダーをもって任じている。そのメイドであるマージェリーは、常に最新の流行を頭に入れておく必要があった。彼女は食堂から出てくるレディたちをじっくり観察し、ドレスや宝石、色や素材やスタイルの組み合わせを走り書きした。こうしたたゆまぬ努力のおかげで、いまではどのドレスがどこで仕立てられたか、それがいくらしたかまでほぼ間違いなく言いあてることができる。要するにマージェリーは有能なメイドなのだ。そしてこういう夜には、レディ付きのメイドであることがうれしかった。

マージェリーはスケッチする手をしばし休め、鉛筆の端を噛んだ。たしかにベティの言うとおり、今夜の招待客にはとてもハンサムな紳士が交じっていた。彼らを見ていると、物憂い笑みと黒い瞳の紳士の顔が目に浮かんだ。たくさんの約束に満ちた、気が遠くなるほど甘いキスが思いだされ、じわじわと燃えるように体がほてってくる。

マダム・トングの娼館で出会った紳士はこの一週間、しつこく頭のなかに居座りつづけ、マージェリーは彼をそこから追いだせないことに苛立ちはじめていた。溶けるような柔らかい声に、あのなめらかだが命令するような調子。頭の傾け具合から、瞳のきらめき、体の芯が熱くなるようなほほえみまで、あの紳士に関する記憶は薄れるどころかますますあざやかになるようだ。

馬車で公園をひと回りするジョアンナの着替えを手伝うあいだも、夜の芝居のためにイブニングドレスを着せるあいだも、そのあとそれを脱ぐ手伝いをするあいだも、彼の笑みがちらついて気が散った。おかげでレースには糊を利かせすぎ、裾のまつりはでこぼこになり、フランス製の帽子に挿す羽根の色まで間違える始末だ。女主人の宝石箱をうっかり違う場所に置いてしまうかと思えば、お気に入りの毛皮付きの外套をべつのチェストにしまってしまう。

それにあのキス。生まれて初めてのあのキスは、夢のなかだけでなく目覚めているときにもマージェリーを悩ませた。

狭いベッドに横たわり、彼とキスをする夢を見る。そして体をほてらせ、混乱しながら、甘い情熱の序章に体を震わせて目を覚ますのだ。何が欲しいのかよくわからないが、彼を求めて体がうずく。禁じられた欲求を無視しようとすればするほど、それを成就させたいという思いが強くなった。絶えず神経がとがり、体が燃え、自分がそれを抑えられないことに腹が立った。

ふだんのマージェリーは愚かな空想にふけるたちではない。それなのにたった一度、ほんの数分会っただけの男性に、これほど夢中になるのは奇妙なことだった。

「まあ、顔が真っ赤よ、ミス・マロン」ベティがじっと見てくる。

「ここはとても暑いんだもの」

マージェリーはキスのことを頭から押しやり、ホールに並んでいる大勢の客に集中しようとした。

ジョアンナの姉妹で、金糸の光る青いドレスを着たテス・ロスベリーは、とくに美しく見えた。マージェリーは客のドレスの色やスタイル、ダイヤモンドのきらめきやひらつく扇に目を配った。ホールに満ちる温室の花と香水の香りが漂ってくる。客の話し声が耳のなかでわんわん鳴った。すると、ひと目でパリのデザインとわかるストライプのドレスを着た、すらりと背の高い女性が目に留まった。よく見ようと身をのりだしたとき、その動きに目を惹かれたのか、すぐ横にいる紳士が階段を見あげた。

マージェリーは思わずあっと声をあげていた。シャンデリアの蝋燭が光の輪のようにくるくる回る。

それは娼館で会った紳士だった。

ふたりはそのまま見つめあった。耳鳴りがし、目がくらみ、マージェリーは動くことも、息をすることもできなかった。紳士がかすかに頭を下げて唇にからかうような笑みを浮かべるのを見て、相手もマージェリーだと気づいたのがわかった。手足が動くようになり、まるで体全体が炎に包まれているかのごとくかっと熱くなる。鉛筆が指を滑り落ち、ノートが膝から落ちるのもかまわず、マージェリーはあわてて立ちあがってぎこちなくスカートをなでつけながら、柱の陰に引っこんだ。胴衣の下で心臓が太鼓のような音をたてている。てのひらは汗で湿っていた。

あの人は誰なの？　ここで何をしているの？　わたしのことを告げ口する気だろうか？　ジョアンナにマダム・トングの娼館にいたことがばれたら、マージェリーはおしまいだった。その場で解雇され、推薦状もなしに通りに投げだされるに違いない。まともな貴族の家で働き口を見つけられる望みはまったくなくなる。それを思うと、ほてった体がいっぺんに冷えた。

兄のビリーに仕事をくれと頼みこむことはできるかもしれない。こんなに不器量では、居酒屋の給仕女どころか、娼婦になるのもまず無理だ。もちろん、そんな仕事はこちらから願い下げだが……。

「ミス・マロン！」

頭のなかを駆けめぐる恐ろしい可能性に気を取られ、自分が呼ばれていることに気づくのに少し手間どった。家政婦のミセス・ビドルがすぐ前に立って、マージェリーとベティを怖い顔で見ている。階下の様子をこっそり見ていた現場を押さえられ、ベティは恐怖を浮かべてあえぐように息を吸いこむと、急いで立ちあがって赤くなった頬に両手を押しつけた。マージェリーは鉛筆とノートを拾いあげながら、多少とも落ち着きを取り戻そうとした。

「ベティ、あんたはさっさと行きなさい。仕事があるはずよ」ミセス・ビドルは鋭く言った。

ベティはどうにかお辞儀をして、小走りに立ち去った。

「ごめんなさい」マージェリーは謝った。「わたしのせいなんです。ベティはいつかレディ付きのメイドになるのが夢なんです。だから、少しずつ教えて……」

「レディ・グラントが銀の紗のショールを持ってきてほしいそうよ」ミセス・ビドルは口調を和らげた。レディ付きのメイドであるマージェリーには、いつもきちんと敬意を払ってくれるのだ。それ以外のときは、母のように面倒を見てくれる。「居間に持っていってちょうだいな。ミスター・ソームズが広間の奥様にお届けするわ」

「はい、ミセス・ビドル」マージェリー自身がジョアンナに直接ショールを手渡すことはありえない。夜会で客の前に姿を見せるのは、執事か従者だけだ。

マージェリーは女主人の寝室へと急ぎ、今夜のイブニングドレスによく合う銀色のショールを取りだした。信じられないほど薄く、シルクのようになめらかなそのショールには、小さな銀色の星と三日月が刺繍されている。つかのまそれを自分の肌にあて、柔らかい手触りを楽しんだ。自分では逆立ちしても買えない高価なものだ。

小さなため息をつき、ショールを小脇に抱えて廊下に出ると、召使い用の階段をおりていった。緑のベーズを張ったドアを押し開ける前に、なぜかためらった。謎の紳士がどこの誰にしろ、いま頃はエレガントなドレスを着た痩せた女性と広間にいるはずだ。このドアの向こうで彼と出くわす可能性はまったくない。

思ったとおり、ホールには誰もいなかった。マージェリーはかすかな失望を覚えながら、居間で待っていた執事にショールを手渡した。ソームズが聖なる遺物でも受けとるように恭しくそれを捧げ持つのを見て、彼女は笑いをのみこんだ。ソームズはあらゆることに生真面目な男だった。とはいえ、執事は召使いの野心の頂点にある重要な職業だ。〝運に恵まれ、一生懸命に努力すれば、きみは女性の召使いの頂点である家政婦になれるかもしれない〟マージェリーはソームズにそう言われたことがあった。

ソームズは貴重な届け物を手に居間を出ていき、静かにドアを閉めた。マージェリーはつかのま、静かになった暖かい居間のなかでひとりになった。

仕事は山ほどある。女主人の化粧室を片づけ、彼女が部屋に引きとる前に寝間着をベッドの上に広げておかなければならない。鋭い目と器用な指を使って、ドレスのほころびやほかの繕い物をする必要もあった。薄暗い蝋燭の明かりで細かい縫い物をするのは、考えただけで頭が痛くなる骨の折れる仕事だ。

繕い物を始めるのはもう少しあとでもいいわ。そう自分に言い聞かせ、テラスへ出るドアを開けた。

まだ春の初めとあって、外は涼しかった。爽やかな空気がほてった肌に心地よい。おびただしい数の煙突が吐きだす煙で街の空は霞んでいたが、その霞の下に甘い花と香水と、溶けていく蝋のにおいが漂っている。マージェリーは深く息を吸いこんだ。大広間から音楽が聞こえてくる。カントリーダンスがちょうど始まったところだ。マージェリーは広間の様子を目に浮かべた。蝋燭の光、宝石、あざやかな色のドレス。こんなに近くにいても、自分にはとうてい手の届かない世界……。

陽気な調べが長いこと忘れていた記憶を呼び起こし、遠い昔に聴いたオーケストラの演奏と、どこまでも広がっていた舞踏室が思いだされた。巨大な鏡のなかで光がきらめき、マージェリーはドレスの衣ずれの音に包まれていた。

足が勝手に音楽に合わせて動きだす。踊ったことなどここ何年もない。踊りが上手だと勘違いしている不器用な御者に足を踏まれるのがいやで、召使いたちが毎年行うクリスマスの舞踏会でもほとんど座って見ているだけだった。

空気よりも軽くなったような気がしてテラスをくるくる回りながら、笑い声をあげた。いまの彼女はどれほど滑稽に見えることか。ふだんのマージェリーは、およそこういう浮ついた行動とは無縁だった。いつもはとても真面目で分別がある。おぼろ月夜のテラスでひとり踊るようなばかな真似など、一度もしたことがない。

音楽が変わり、ワルツになった。すると体がふわっと浮き、くるりと回って、いきなりたくましい胸に押しつけられた。誰かの腕が彼女を抱きとめて支える。マージェリーはとりわけ高価な、極上の仕立ての夜会服にてのひらを押しつけ、同じく高価なブリーチズに包まれた二本の脚に脚を挟まれていた。一瞬のうちに相手の服装に関してこれだけの判断を下すことができたのは、レディ付きのメイドとしての日頃の訓練の賜物だろう。

「踊ってくれないか」あの紳士が、この前キスをしたときに浮かべた、誘うような物憂い笑みで彼女を見おろしていた。「きみはぼくと踊る運命にあるようだね」

マージェリーはためらった。ワルツを踊るポーズで抱かれているだけだったが、身をよじって彼の手から逃れたかった。なぜか息が乱れ、胸がどきどきする。逃げる道を断たれたことでスリルを感じているのだろうか。

「ワルツはできないの」マージェリーはやんわり断った。ワルツは新しいダンスだ。それもかなり扇情的なダンスだった。少なくとも、この男性はとても扇情的に自分を抱いている。熱い体とライムのコロンの香りに包まれ、奇妙なめまいを感じた。

昔、フェアでエールを飲みすぎたときのめまいに似ているが、それよりもはるかに心地よくて刺激的だった。踊りながら太腿が触れあうと、冴えない黒のウール越しにそこがちりちりした。彼のなかにひそむ力とたくましさを感じ、体の奥が震える。

「とても上手に踊るじゃないか」音楽に合わせてステップを踏みながら、彼がささやく。

「こんなふうに踊るのをどこで覚えたのかな?」

「子供のときに」彼の息に頬をなでられ、体を震わせながら、マージェリーはその頃のことを思いだそうとして眉根を寄せた。兄たちが大きな声でわめきあう騒々しいマロン家で、ダンスを学ぶチャンスがあっただろうか? その頃のことはよく思いだせない。だが、音楽に合わせて何も考えずに体が動くところをみると、どこかで習ったのは明らかだ。

「このダンスはとても不適切だわ」

「だが、とても楽しい」

「あなたは大広間にいるべきよ」

「きみとここにいるほうがいいな」

たしかにこれは楽しい。マージェリーも認めないわけにはいかなかった。胸と腰と太腿を触れあわせ、背中に回された手はくぼみに添えられている。驚くほど親密な姿勢だった。ひんやりした四月の夜だというのに、体が燃えるように熱くなる。

「なんてこと。公の場でこんなふうに踊るなんて、法に触れないの?」

彼の目が笑うようにきらめいた。「とんでもない。ワルツは積極的に勧められているよ」

彼がマージェリーを引き寄せ、頬を寄せた。コロンの香りが鼻をくすぐり、熱い手が粗末なウールの服とコットンのシュミーズを通して背中を焼いているようだ。その手に愛撫(あいぶ)されるところをつい思い浮かべ、マージェリーはまたしてもぶるっと震えた。高熱でもあるように体がほてり、ほんの小さな刺激にも大きく反応する。貴族の館によく飾られている絵の裸婦のように、体が重くけだるくなって、何かを求めていた。熟した果実を味わうように、もぎとって、むさぼってくれと懇願したかった。

そんな自分がショックだったが、たとえようもなく甘く、奔放に乱れたくなる。禁じられた歓びのらせん階段を転がり落ちていくようだ。

「あなたといると――」とんでもないことを口にしそうになって、どうにか口をつぐむ。

〝とってもみだらな気持ちになるわ……〟

まるでその言葉を実際に聞いたかのように、彼は笑いながらマージェリーの喉のくぼみに唇を押しつけた。熱い唇が耳の後ろの敏感な皮膚をかすめる。彼のキスを止めることなど思いおよばず、マージェリーの脈は乱れ、けいれんするように体を震わせた。

彼の肩が桜の花をかすめ、花びらが散って、淡い香りがふたりを包んだ。庭の奥のどこかでナイチンゲールが鳴いている。

居間からこぼれた蝋燭の光を横切ったとき、マージェリーは彼がまるで頭に刻みつけたがっているように自分をじっと見ているのに気づいた。どういうこと？　マージェリーは不安に駆られてわれに返り、彼の腕から滑りでた。温かい体と腕がなくなると、夜気の冷たさが肌にしみた。音楽は続いていたが、彼は影のなかに立ちつくしていた。

「そろそろ行かないと」マージェリー自身も立ちつくしたまま言った。ふいに先ほどの恐怖がよみがえった。どうかジョアンナに娼館のことは話さないでくれと頼みたかったが、懇願するのはいやだ。昔から、どんなことでも人に懇願するのはいやだった。おまえはプライドが高くて頑固なのが玉に瑕（きず）だと兄たちによく言われたものだ。

「待ってくれ。尋ねたいことが——」彼が言いかけたが、そんな時間はなかった。客が何人か、笑いながらテラスに出てくる。彼らはすぐにマージェリーに気づくに違いない。メイドがこそこそ紳士と会っているところを見つかったら……。

「もう行くわ」彼女はささやいた。

彼は温かい手でマージェリーの手を取り、てのひらに羽根のようなキスをした。黒い目に情熱がきらめくのを見て、マージェリーはみぞおちがつま先まで滑り落ちるような気がした。

「踊ってくれてありがとう」

マージェリーは彼の手を振りほどき、いまのキスを閉じこめるように手を握りしめた。

「あれは誰？」真っ赤なドレスを着た女性が暗がりのなかをのぞきこむ。マージェリーは影のなかにあとずさりした。

レディがふたり、くすくす笑いながら指さす。「ただのメイドよ」

誰かがしのび笑いをもらし、憤慨したように声を高くする。「まあ厚かましい。こんなところから舞踏室のわたしたちをスパイしているなんて！」

てもの救いだ。まもなくテラスには誰もいなくなり、謎の紳士も立ち去っていた。

　何かが足元で光っている。マージェリーはかがみこんだ。クラヴァットのピンだ。先端にダイヤモンドのついた細いピンのまわりに、組みあわせた頭文字が刻まれている。裏に返すと、蝋燭の光を受けてダイヤモンドがきらりと光った。

　このままもらってしまおうか？　よこしまな思いが浮かぶ。このピンはけっこうな値段で売れるに違いない。ジェムに渡せば、何も訊かずに相応のお金をくれるだろう。ジョアンナがなくしても気づかないような宝石でもドレスでも、なんでもいいから持ちだせないかと言われたことが何度もあった。マージェリーがきっぱり断ってからは何も言われなくなったが、きらきら光るダイヤモンドを見ていると、それがもたらすお金のことを考えずにはいられなかった。これが加われば、小さな店を手に入れられる資金がいっきに増える。

だめ、だめ、だめ。ばかなことを考えないで。マージェリーは子供の頃から泥棒やすりや追い剥ぎに囲まれて育った。どんな儲けの種も逃がさない故買屋のビリーだけでもたくさんなのに、ジェムはそれに輪をかけてひどい。ジェムにはどこかとても危険なところがある。でも、家族がそうだからといって、わたしが泥棒になってもいいという理屈はないわ。このピンはジョアンナに渡し、客が落としたものをたまたま見つけたのだと報告しよう。マージェリーはそう決めてピンをポケットに滑りこませた。

「そこのメイド！」いつのまにかテラスに出てきた女性たちのひとりがマージェリーを呼び、尊大な声でつけ加えた。「シャンパンを持ってきてちょうだい」色付きのランタンの明かりがストライプのシルクの上でちらつくのが見えた。がりがりに痩せた、謎の紳士の連れの女性だ。

「召使いに伝えますわ」マージェリーは礼儀正しく答えた。

「あなたが持ってきてちょうだい。待たされるのはいやなの」

誰かが笑った。彼らは子供の頃に近所を牛耳っていたがき大将にそっくりの、意地の悪い目つきでマージェリーを見ていた。昔ならマージェリーがいじめられていると、いつもジェムが相手に飛びかかり、やっつけてくれたものだ。だがいまは、ひとりで対処するしかない。

「召使いに伝えます」マージェリーは繰り返した。

その女性は嫌悪を浮かべて目を細めた。「役立たずなメイドね。このことはレディ・グラントに伝えるわよ」

「失礼します」マージェリーはほんの少し膝を折って告げると、頭を高く上げてゆっくりと先ほど出てきたドアへと向かった。

居間に入るとドアを閉ざして外の笑い声と話し声を締めだし、鍵をかけてカーテンを引く。手が震え、涙が目を刺した。

愚かなことはわかっている。ああいう意地の悪い言葉を投げつけられるのは日常茶飯事だ。マージェリーは無視しようとした。ほとんどの場合、貴族階級の人々は自分たちに仕える者たちをろくに見ようともしない。彼らに家具の一部と見なされるのには慣れっこだが、だからといって意地悪で無礼な言葉にはやはり傷つく。

彼女はポケットに手を滑りこませ、指先でピンの先を探った。テラスでワルツを踊ったのがまるで夢のようだ。自分のまわりを流れる時間から一歩踏みだし、身分を忘れ、黒いウールの服と頑丈なブーツ姿であることも忘れ、今夜の客のなかで誰よりもハンサムな紳士の腕に抱かれて楽しい夢を見た。

あの紳士は誰なのだろう？　彼女はピンをポケットから取りだし、HとWの頭文字をなでた。

いずれにしろ、二度と会えないのはたしかだ。

3

吊るされた男——逆転と自己犠牲

「近くに来てくれ、ヘンリー。わたしに見えるように」

火打ち石の火口のように乾いてはいるものの、まだ有無を言わせぬ威厳に満ちたその声は、病にむしばまれる以前のテンプルモア伯爵を彷彿とさせた。四月の太陽が高くのぼっているというのに、老伯爵は勢いよく燃える火の前に座っていた。窓から差しこむ、部屋を横切っている明るい日差しが、背をまるめ、膝を毛布でくるんだ伯爵の姿を映すロココ調の鏡をきらめかせ、赤い交ぜ織り模様の壁紙を色褪せて見せる。

ヘンリー・ウォードウ卿は前に進みでて、二十年あまり前にここに来てからずっとそうしてきたように、老伯爵が差しだした手を堅苦しく握った。伯爵はヘンリーの名づけ親だが、ふたりは親しみのこもった挨拶を交わしたことは一度もない。テンプルモア卿はあからさまに愛情を示す男ではないのだ。

「今日のご機嫌はいかがですか？」ヘンリーは尋ねた。しかし、これはたんなる礼儀にすぎなかった。伯爵がひどく弱っていることはわかっている。本人もそれを知っており、元気を取り戻せるというふりはしなかった。

伯爵はしゃがれた笑いで答えた。

「どうにか生き延びておるよ」象牙の杖の頭を関節が白くなるほど握りしめて、伯爵は身をのりだした。「よい知らせをもたらしてくれれば、元気が出るかもしれん。わたしの孫娘に会ったのか？」

ふだんはほとんど感情を見せない男にしては、声に深い願いがこめられている。ヘンリーは複雑な思いに心を揺さぶられた。娘が産んだ行方不明の子供を見つけるためなら、藁にもすがりつきたいと願う老人の気持ちは哀れだが、この絶望的なあがきが、ずば抜けた洞察力を誇ってきた男をいかに弱くしているかを思うと怒りを覚えた。

チャーチウォードは、マージェリー・マロンが伯爵の孫だという確証を得ようと努力している最中だ。あの弁護士はふだんも石橋を叩いて渡るほど慎重で、誤ちをおかすのが嫌いな男だが、この国で最も古い、由緒ある伯爵位を相続する人間が本物かどうかを見極めるという重大な役目を負っているとあっては、なおさら慎重にならざるをえない。しかし、テンプルモア卿自身は、そうあってほしいというただそれだけの理由で、そもそもの初めから確信を持っていた。

ヘンリーは伯爵に示された椅子に腰をおろした。「ミス・マロンにはこの十日間で二度ばかり会いました」あの娘が伯爵の孫かどうかに関する自分の判断を示さぬよう注意深く答えた。「実を言うと、初めて会った場所は娼館でした」

伯爵ははっとしたように顔を上げ、マージェリー・マロンの澄んだ瞳にそっくりの、聡明（そうめい）で冷静沈着な灰色の瞳でヘンリーをその場に釘付（くぎづ）けにした。

「娼館かね？」伯爵は感情を抑えた声で言った。「チャーチウォードの話では、ミス・マロンはレディ付きのメイドだということだったが」

たとえばマージェリー・マロンがロンドン一の娼婦だったら、伯爵の気持ちは変わるだろうか？　いや、おそらく変わらない。この老人は孫が見つかるのを二十年間待ちつづけてきた。その孫がどんな人間だろうと、いまになってあきらめるとは思えない。

「そのとおりです」ヘンリーはマージェリー・マロンの小柄だが完璧なプロポーションと、威勢のよさを思いだし、唇をひくつかせた。あの娘のばかげたことを受けつけない実際的な性格には、奇妙に心をそそられる。「ミス・マロンは実際に、ベドフォード通りに住むレディ・グラントのメイドとして働いています。ですがその合間に自分で砂糖菓子を焼き、コヴェント・ガーデンにある娼館に出向いて、そこで働く娼婦たちに売っているんです」

伯爵は眉を上げた。「なんと起業精神の旺盛な娘だ。チャーチウォードはその情報をわたしに黙っているよう警告したのだろうな」

「彼は、話さないほうがいいと申していました」ヘンリーの笑みが大きくなった。「孫娘がそんな場所に頻繁に出入りしていることを知ったら、ショックのあまりあなたの心臓が止まるかもしれない、と不安を感じているようです」

「で、きみはなんと言ったのかね？」

「あなた自身、過去にはよくそういう場所に出入りされていた、と」ヘンリーは礼儀正しく答えた。「それに、孫がそこで自分を売るよりも、娼婦たちに砂糖菓子を売るほうがはるかにましだと思われるはずだ、と」

伯爵は吠(ほ)えるような声で笑った。「きみはなんとわたしをよく知っていることか」

ヘンリーは頭を下げた。「ええ、伯爵」

伯爵は客間の壁にずらりと並んだ家族の肖像画に目をやった。「ミス・マロンは、二百年前のチューダー朝の祖先の血を多少なりとも引いている、最初のテンプルモアかもしれんな」

ヘンリーは伯爵の視線をたどった。名門の元祖であるトーマス・テンプルモア卿が肖像画のなかから彼を見返していた。金襴(きんらん)の服に包まれ、ロンドンの知事であったことを示す鎖を首にかけた、見るからに尊大な男だ。トーマス卿は織物商から身を起こし、莫大(ばくだい)な富と権力を手にした男で、エリザベス一世の無能な取り巻きたちに金を貸すことで、その富をさらに増やした。テンプルモア家で多少なりとも商才を示したのは、彼が最初で最後だった。

最近の数世代は、莫大な富を持つ相手との結婚で祖先の資産を保ってきた。テンプルモアを維持していくには金がかかるのだ。しかも歴代の伯爵たちは、競走馬に大金を賭けることから浪費癖のある女たちを囲うことまで、金のかかる悪徳の持ち主ばかりだった。この老人の亡き妻はインド帰りの大金持ちの娘で、伯爵は財産のためだけに彼女と結婚したのだった。

「ミス・マロンの過去が多少……変化に富んでいることは覚悟している」伯爵はそう言ってヘンリーの注意を引き戻し、探るような目で彼の顔を見た。「ある意味では、何もないほうがおかしいくらいだ。真実を話してもらってかまわないよ、ヘンリー。それでわたしが泡を吹いて死ぬことはない」

ヘンリーは椅子の背にゆったりと背中をあずけ、ぴかぴかに磨かれたブーツを見おろした。いま頃はこの客間の外の廊下でドアに耳を貼りつけているに違いない彼の母が、この神の与えたもうたチャンスを利用しろ、と心のなかで必死に彼を促していることだろう。母は伯爵が孫に会いたがるという愚行を忘れ、すでに交わされている取り決めに戻ることを願って、ヘンリーがマージェリー・マロンを思いきりこきおろすことを期待しているのだ。

だが、こうなってはもとに戻るのは不可能だ。それに、ほかはともかく、ヘンリーは紳士だった。嘘をつくつもりはない。

「これまでに確認することができたかぎりでは、ミス・マロンは非の打ちどころのない徳を持った女性です」

伯爵は片方の眉を上げた。彼はヘンリーが口にしなかったことまでも、その目のなかに読みとったようだ。「その徳を試したのかね？」

「ええ」ヘンリーは同じようにあっさり答えた。「なんといっても、顔を合わせた場所が場所でしたから」

ヘンリーはマージェリー・マロンを誘惑する気などまったくなかった。彼の目的は、マージェリーがどういう女性かを少しばかり知ることと、彼女が伯爵の跡継ぎかどうかを判断することだった。そして、〈テンプル・オブ・ビーナス〉のホールでばったり顔を合わせたとき、抗いがたいチャンスが目の前に差しだされた。

いや、抗いたくないチャンスと言うべきだろう。マージェリーの無邪気さと、きわめて実際的な性格の組み合わせに彼は心を惹かれた。そして、その無邪気さを試すために彼女にキスをしたのだった。無邪気さを装っているだけかもしれないと疑ったからだ。あの年になるまで貴族の家で働いてきた娘が、本人が言うほど未経験だとは思えなかった。

それに、彼はマージェリーにキスをしたかった。マジパンと砂糖菓子のおいしそうなにおいに誘われたらしく、彼女の唇も蜜のように甘いかどうか知りたくなった。白い肌と華奢（しゃ）な骨格に、上等な陶器のように繊細な頬と顎に魅せられたのかもしれない。ふっくらした唇にはとくに目を奪われた。こざっぱりした外見とは完全に矛盾する、意志は強そうだが柔らかい唇。あれは男が、もっと欲しいとねだられるまでキス攻めにしたいと夢見る唇だ。彼女がこちらに与えている影響に本人がまるで気づいていないことも、ヘンリーの欲望をいっそうあおった。

ヘンリーは彼女にキスをして、実際に蜜の味がすることを知り、さらにキスをして火のような欲望に身を焦がすはめになった。手近な部屋へ運び、地味な召使いの服をはぎとって、ベッドに押し倒したいと思ったくらいだ。実際、あのときマダム・トングが姿を現さなければ、衝動に駆られて何をしていたかわからない。

舞踏会でマージェリーを見たときも、それと同じくらい、いや、もっと激しい欲望を感じた。おかげで用意していた質問をぶつけるのも忘れ、彼女を腕に抱く喜びに陶然となった。マージェリーに対する衝動には、やむにやまれぬ欲求が混じっていた。彼女の甘さ、無邪気さが、彼が見てきた暴力と闇をこの世界から洗い流してくれるのだ。ヘンリーはその甘さが欲しかった。彼女のなかに自分を見失いたかった。

またしても欲望がうずきはじめたが、ヘンリーは厳しくそれを抑えた。たんなる気まぐれのせいだ。彼はこれまで、純情な乙女に魅力を感じたことなど一度もなかった。たとえあったにせよ、マージェリー・マロンの官能的な魅力を発掘するのは、彼の務めではなかった。マージェリーはテンプルモア伯爵の孫ではないという証拠をチャーチウォードが見つければ、彼女はこれまでどおりレディ付きのメイドとしての人生を歩みつづけることになる。反対に、長いこと行方不明だった相続人であることが判明すれば、いつかテンプルモアの女伯爵となる。いずれにせよ、マージェリーは彼にとって禁じられた存在だった。あの娘を誘惑しようと考えたこと自体、そもそも驚き以外の何物でもない。

ヘンリーは美しいオペラ歌手を囲っていた。マージェリーとはまったく正反対の、男女の営みの経験が豊富な世慣れた女性だ。優雅で、男を歓ばせる手管に長けた、従順なセリア。だが彼女のことを思いだしても少しも心は弾まず、興奮も感じなかった。ぼくは不道徳な、世間の垢にまみれた男だ。ああ、そうとも。ほかの感じ方を期待することなど、とっくの昔にやめてしまった。それに、彼がもうテンプルモアの相続人ではなくなり、愛人に贅沢をさせるゆとりがなくなったと知れば、セリアは離れていくだろう。そう思っても、ヘンリーはさほど悲しいとは思わなかった。愛人は現れては消えるものだ。

「それで、ミス・マロンを誘惑しようとしたあと、何が起こったのだ？」伯爵のしゃがれ声に、ヘンリーは突然この部屋と目先の問題に引き戻された。

「はねつけられました。ろくでなしや放蕩者には用はないと」

伯爵は苦い笑みを浮かべた。「彼女の母親がそういう分別を持っていてくれたら」老人は体のどこかが痛むように、椅子の上で身じろぎした。「しかし、きみは放蕩者ではないぞ、ヘンリー。自制心が強すぎて、なんにつけ、すぎることがない。きみは自分を甘やかさん男だ。そこが父親とは違う」

あなたとも違う。ヘンリーはそう思いながら伯爵を見た。口と顎のまわりの深いしわに、この老人の苦痛と嘆きが表れている。近頃は、絶えず罪悪感と悔いに責め立てられているようだ。伯爵自身はそんな弱い感情に悩まされているとは決して認めないだろうが、娘がこの家を飛びだすきっかけとなった二十年前の言い争いを、悔やんでも悔やみきれずにいることはまず間違いない。その結果、娘が殺され、孫がいずこかに連れ去られるはめになった。それにまた、肉の歓びや酒に溺れてその喪失感をまぎらせようとしたわびしい年月も、長いこと続いてきた名づけ子のヘンリー自身との難しい関係さえも、悔やんでいるに違いない。ヘンリーはおのれが望んだ相続人ではないという事実を、伯爵はこの二十年近く決して受け入れることができなかったのだ。

いい加減にしろ。ヘンリーは自分を叱った。伯爵が過去を悔いているとしても、それは伯爵の問題だ。見習うつもりなど毛頭ない。

「このところ、だいぶ気分がよくてな」伯爵の乾いた声が、再び彼の物思いを破った。

「ワインでも一緒にどうだ、ヘンリー?」

ヘンリーはベルを鳴らす手間をかけなかった。ふたつのグラスにワインを注ぐぐらいは彼にもできる。それに、マージェリー・マロンがテンプルモアを相続するとしたら、召使いのいない生活に慣れなくてはならない。彼自身の領地は貧しかった。限嗣相続に指定されていないものは、父の浪費の後始末をするためにすべて売り払ってしまった。昔に戻そうと何年も努力しつづけているものの、領地自体が小さいため、これまでのような贅沢は決して望めない。

　半島の戦争でいやというほどみじめな体験をしてきたヘンリー自身は、貧しさや苦難などまったく苦にならなかった。しかし、温室育ちの花のような母は、急激な環境の変化に適応できないかもしれない。長いあいだ、息子がやがて伯爵になるという期待を支えに生きてきた母は、マージェリー・マロンの存在を知ってからというもの、恐ろしいほど機嫌が悪くなった。

「ありがとう」伯爵はグラスを受けとり、味わうようにひと口飲んだ。テンプルモアの地下の蔵は、十七世紀後半に建てられたこの館と同じくらいすばらしい。そこに貯蔵されているワインだけでも、何千ポンドもの価値がある。ヘンリーはふと思った。果たしてマージェリー・マロンは、それがわかるだけの味覚を持っているだろうか？

「ミス・マロンをここに連れてきてもらいたい」伯爵は繊細なクリスタルグラスを折りたたみテーブルに置き、再び身をのりだした。「わたしは一日も早く彼女に会いたいのだよ、ヘンリー」

　ヘンリーはこみあげる苛立ちを抑えた。「伯爵、まだ早すぎます。なんらかの間違いがあるかもしれません。チャーチウォードの調査は途中ですし、ぼくもミス・マロンがあなたの孫だという確実な証拠は、まだ――」

伯爵は尊大な調子で片手を振り、ヘンリーの言葉をさえぎった。「その娘は間違いなく本物だ。わたしは孫に会いたい」

ヘンリーは伯爵のひどい顔色と杖を握っている手の震えを見て、口から出かかった返事をのみこんだ。ヘンリーは伯爵が口に出さなかった言葉を察した。〝ぐずぐずしていれば、生きているあいだに会えないかもしれん……〟

伯爵は体に欠けている力を両目にこめて、ヘンリーをひたと見据えた。「チャーチウォードを連れて、これからすぐにベドフォード通りへ行き、ミス・マロンに彼女の出生を知らせるんだ。孫をここに連れてきてくれ」

これは命令だった。伯爵は頼んだことなど一度もない。ヘンリーは皮肉たっぷりに思った。この老人は根っからの独裁者だ。逆らうことなど許さない。

ヘンリーはマージェリー・マロンの兄たちのことを思った。彼がわざとテラスに落としたダイヤモンドのピンを躊躇(ちゆうちよ)せずに女主人のもとに届けたマージェリーと違い、三人の兄は骨の髄まで悪党だ。彼らが伯爵を食い物にしようとするのはまず間違いない。おそらく彼とチャーチウォードは、三人の企(たくら)みを防ぐのに四苦八苦するはめになる。気性が激しいとはいえ、いまのテンプルモア伯爵は遠い昔に恐ろしい悲劇に打ちのめされ、真の意味ではそれから立ち直れなかった病気の老人だ。マージェリーの養家の兄たちがこの状況を利用し、伯爵を苦しめることなど許せない。

それに、マージェリー自身にも危険がある。二十年前、誰かが伯爵のひとり娘を殺したのだ。当時まだ四歳だったマージェリーは、その殺人の唯一の目撃者でもある。犯人がまだ生きているとすれば、そのときの子供が見つかったという知らせに戦慄するに違いない。そして自分の罪をいつなんどき思いだすかもしれないマージェリーを、亡き者にしようと企むかもしれない。

だからこそ、マージェリーの身元をできるだけ早く、はっきりさせる必要がある。

ヘンリーは肩の力を抜いてうなずいた。「わかりました。おっしゃるとおりに取り計らいましょう」暖炉の上の金箔を施した時計に目をやる。急いで戻れば夜になる前にロンドンに着けるだろう。

そして、マージェリー・マロンを捜しだすとしよう。だが、そのままここに連れてくるのではなく、今夜は彼女に関してできるだけ多くの知識を集める。そして、彼女が本当にレディ・マーガレットであり、テンプルモアの称号と莫大な財産の相続人かどうかを判断するのだ。伯爵を欺くことにかすかな後ろめたさを覚えたが、先ほどの欲望と同じようにすぐさまそれを握りつぶした。どちらも邪魔になるだけだ。テンプルモアの将来のほうがはるかに重要だった。

伯爵は、気力を使い果たしたように刺繍入りのクッションに背中をあずけて目を閉じた。めっきり肉の薄くなった高い頬骨の上で皮膚がぴんと張りつめている。老伯爵はワイングラスを手探りしてひと口飲み、ため息をもらしながら再びクッションに背をあずけた。

ワインには手をつけないまま、ヘンリーは立ちあがった。

「失礼して、これからすぐにロンドンに戻ります」

「きみはよい男だな、ヘンリー」伯爵は目を開けてそう言った。過去のあらゆる不幸が影を落としている、疲れた目だ。「孫娘がここを相続するときは、きみにもそれなりの配慮をするつもりだよ」

ヘンリーは荒々しいほどの怒りを感じた。「ぼくは何も欲しくありません。自分の領地と工学プロジェクトがあります」

伯爵は鷹揚に手を振って彼の言葉を払った。「そういうことは紳士の仕事ではない」

「すっからかんの紳士にとっては貴重な収入源です」ヘンリーは訂正した。

伯爵はしゃがれた声で笑った。「女相続人と結婚するがいい。そうすれば問題はすべて解決するぞ。レディ・アントニア・グリストウッドは――」

「レディ・アントニアがぼくのような男との結婚を承諾するとは思えませんね」ヘンリーはそっけなくさえぎった。

「いや、あの娘はそれほどえり好みはしないかもしれんぞ。なんといってもきみには称号がある」

喜ばしい指摘だ。ヘンリーは皮肉たっぷりに思った。だが、伯爵の言葉が彼の将来を的確に言いあてているのはたしかだ。

「結婚する気はありません」

そもそも、彼が伯爵になる可能性が消えたとわかったとたん、女相続人の花嫁候補たちも消えうせるのは目に見えていた。そういう女性たちもある意味では、彼の愛人と同じように移り気なのだ。

伯爵はいまの言葉を聞いていなかったらしく、胸に顎をつけ、物思いに沈んでいるように見えた。過去の思い出のなかをさまよっているのだろうか。テンプルモア伯爵は、家族を自分から遠ざける驚くべき能力を持っている。金のために結婚し、結婚の誓約書のインクが乾かぬうちから裏切った妻や娘、名づけ子のヘンリーに対してもそうだ。マージェリー・マロンが実際に孫だとわかったあと、あの娘の人生を台無しにしないでくれることを祈るばかりだ。

ヘンリーは苦い思いをのみこみ、ぎこちなく頭を下げて部屋をあとにした。廊下には誰もいなかったが、空気が震え、赤の間のドアが閉まりかけているところを見ると、やはり母のレディ・ウォードウが盗み聞きしていたに違いない。希望を打ち砕かれた母と顔を合わせるのは気が進まなかった。

テンプルモア卿の妹で、絶えずタロットカードをめくっては様々な事柄を占っているエミリー・テンプルモアと顔を合わせ、あなたの将来は再び変わるから安心して、と慰められるのも同じように気が進まなかった。

それが変わるのは、ヘンリー自身が変えるからだ。

彼は二十年あまりこのテンプルモアで暮らし、いずれは伯爵の称号と領地を相続するのだからよい主人になるために学ばなければならないと、子供の頃から言われつづけて育った。そしていままではたんに義務としてだけでなく、テンプルモアの領地を愛し、煉瓦のひとつ、草の一本まで愛するようになっていた。そのすべてをあきらめるのは身を切られるようにつらかったが、運命が反転したのはこれが初めてではない。いずれはすべてをのり越える。

ブーツの足音を黒い大理石の床に響かせて図書室に向かい、しばしそこに立ってジョン・ホップナーが描いた四歳のマーガレット・キャサリン・ローズ・ド・サン＝ピエールの肖像画を眺めた。この少女が祖父であるテンプルモア伯爵の人生から消える直前に完成した絵だ。

はるか上の丸天井にある窓から宝石のような光が床を彩り、肖像画の少女を柔らかい光で輝かせていた。小さくて、繊細で、金茶色の髪のほっそりした優美な顔立ちの少女が、マージェリー・マロンと同じ澄んだ灰色の瞳で、金箔を施した額のなかから真剣な瞳で見返してくる。

館に着くとすぐに伯爵に呼ばれたため、乗馬服を着替える時間がなかったのがかえってさいわいした。ヘンリーは〝ロンドンへ戻る。新しい馬を用意しろ〟と、召使いに指示を飛ばしながら厩に向かった。

4

剣のナイト――きわめて魅力的かつ機知に富んだ、長身の黒髪の男

時刻は七時。美しい春の宵だった。空気のなかにはまだ昼間の暖かさがきらめいているものの、太陽はベドフォード通り沿いのエレガントな家々の後ろに姿を消し、広場では木立の影が長くなって、ロンドンの空は深い藍色に変わりはじめていた。

今夜はお休みとあって、マージェリーは帽子の紐(ひも)を顎の下で結びながら広場の階段を上がっていた。すると舞踏会で踊った紳士がそのてっぺんに立っていた。どうやらマージェリーを待っていたようだ。

「こんなところで何をしているの？」マージェリーは鋭く問いただした。昨夜のあと、彼女は現実に戻り、ロマンティックな空想を紡ぐ愚かな自分を叱りつづけていたのだった。わたしはシンデレラじゃないわ、ただのメイドよ、と。

でも彼を見たとたん、鼓動が三倍も速くなった。意志の強そうな口元に浮かんでいる本

物の笑みは、夢や記憶よりもはるかに魅力的だ。

「やあ。ぼくに会えてうれしいかい？」

「いいえ、ちっとも」軽蔑をこめて、できるだけそっけなく答える。けれども、帽子のリボンにかけた震える指と燃えるような頬が、この返事を裏切っていることは自分でもわかっていた。

まったくもう。マージェリーは心のなかで舌打ちしながら思った。男と戯れる術を心得た美しい女性たちに何人も仕えてきたのだから、ろくでなしの扱い方ぐらいとっくに学んでいいはずなのに。こういううぬぼれ屋の尊大な紳士には、きっぱりとした態度をとるのがいちばんだ。そう思ったものの、実行に移すのは頭で思うほど簡単ではなかった。

マージェリーはしぶしぶ肩越しに振り向いた。「どうしてうれしいの？　あなたが誰かも知らないのに」

「ヘンリー・ウォードだ。お見知りおきを」彼はさっと頭を下げた。「ぼくが誰かはこれでわかったね」

「わかったのは名前だけよ」マージェリーは訂正した。「それ以上知りたい気持ちはまったくないわ」

ヘンリーはいまの言葉が嘘だとわかっているように笑った。もちろん嘘だが、それを認めるつもりはない。マージェリーは足を速めた。

「頼む」彼はつかのまためらい、つけ加えた。「待ってくれ。話したいことがあるんだ」

そして自分の間違いに気づいたときには、彼に手を取られていた。いつのまにそうなったのかさっぱりわからなかったが、この男性の魅力がとても危険だということはたしかだ。貴族にていねいな言い方をされたことに驚いて、つい足が止まった。

「ミス・マロン――」

マージェリーは邪険に彼の手を払いのけた。「それで思いだしたわ。娼館で会ったときもそう呼んだわね。どうしてわたしの名前を知っていたの?」

黒い目に一瞬何かがひらめき、それから消えた。彼は肩をすくめた。

「どうしてかな? 思いだせないが、きっとマダム・トングが口にしたんだろう」

ごまかされるもんですか。マージェリーはきっぱり首を振った。マダムがあのとき、わたしの名前を口にしなかったのはたしかだ。「いいえ、マダムは言わなかったわ」

ヘンリーは澄んだ目でまっすぐにマージェリーを見ている。やましいことなどまったくなさそうに見えるが……マージェリーの直感は、この男性が何かを隠していると告げていた。

「だとしたら、ぼくには見当もつかないな。誰かがきみの名前を口にしたに違いない。あの店の召使いか、娼婦が……」

怒りが半分、失望が半分の鋭い痛みを感じながら、マージェリーは向きを変えて再び歩きだした。ヘンリーがマダムの抱えている娼婦と過ごし、快楽を求めて寝たことを考えるのはいやだった。それもひとりではなく、案外、何人も相手にしたかもしれない。みだらで堕落した光景がどぎついくらい鮮明に浮かびあがり、激しい嫉妬がこみあげてきて、鋭い爪で胸をかきむしった。ばかばかしいったらありゃしない。嫉妬を感じる権利などまったくないのに。そんなものを感じたくもない。この男性と結婚の約束をしているわけでもないのよ。だいたい、娼婦にやきもちを焼くなら、昨夜の舞踏会で彼の腕を取り、すぐ横にぴたりと貼りついていた意地の悪いレディにも焼くべきよ。

マージェリーは立ち止まった。考えてみると、彼女は昨夜のあの偉そうなレディにも嫉妬を感じた。

「やきもちを焼く必要はないさ。マダムの店には泊まらなかった」ヘンリーはマージェリーの腕に片手を置き、低い声で言った。

彼女はその手を払いのけた。「どうしてわたしがやきもちを焼くの？」人の心を勝手に読むなんて、やめてほしいわ。気持ちが悪い。

「ぼくが好きだからかな？」ヘンリーはにやっと笑って言った。うぬぼれもいいところだ。そう思ったものの、その笑顔を見たとたん、ちょうど太陽の光を浴びて花が開くようにマージェリーのなかで何かが熱くなり、開きはじめた。

「ぼくもきみが好きだよ。とても」ヘンリーがやさしい声で言い、頬に触れる。

自分ではどうにもならなかった。彼の言葉に全身が砂糖菓子みたいに甘くなって歌いだす。この男性の魅力に逆らうのは不可能だ。いつもは固い守りも、ヘンリーが相手だと風のなかの藁のように頼りにならない。

「なぜここに来たの？」そう尋ねる声に、もう鋭さはなかった。

「クラヴァットのピンを届けてくれたそうだね。そのお礼を言いたかったんだ。あれのせいでレディ・グラントと妙なことにならなかったかい？　厄介な疑いをかけられては気の毒だ」

彼の心配がうれしくて、自然と顔がほころんだ。とても大切にされているような気がする。ジェムは小さい頃からマージェリーをよく守ってくれたが、こんなふうに感じさせてはくれなかった。

「ご親切にありがとう」マージェリーはほほえんだ。「何も問題なかったわ。レディ・グラントはあなたの落とし物が見つかって喜んだだけよ。これまで仕えてきたレディたちは、みんなとてもやさしくて――」

相手の目にきらめく笑みに気づいて、マージェリーは言葉を切った。どうしてだろう？この人はとても話しやすい。いつもなら、貴族を相手にぺらぺらとしゃべったりしないのに。女をだますろくでなしは、こういう男なのかしら？　ちらっと心配になる。考えてみれば、なんの下心もないにしてはあまりに魅力的で、愛想がよすぎるわ。そういう男性を手玉に取るには、わたしはいかにも経験不足だ。まだ間に合ううちに逃げだしたほうがいいかもしれない。

「ご親切にありがとう」マージェリーは早口に言った。「それに、レディ・グラントに娼館の件を告げ口しないでくれたこともありがたかったわ」

ヘンリーは首を振った。「そんなことは決してするものか」温かく誠実な声に、マージェリーの脈が乱れて打った。

「伝言してくれるだけでよかったのに。わざわざここに来て――」またしても手を取られ、彼女は口をつぐんだ。息が喉のなかに閉じこめられて心臓がぴくんと跳ねる。

「もう一度きみに会う必要などなかったと?」手袋の上から親指でてのひらをなでられ、マージェリーは体が震えた。何やら甘くて熱い危険なものの端で、アイスクリームみたいに溶けていくようだ。「だが、ここに来たのはそのためかもしれないよ。きみにもう一度会いたかったのかもしれない」

この言葉の持つ強い誘惑に、マージェリーは目を閉じた。

わたしは正気をなくしたの？　それとも、こんな愚かな言葉に惑わされるのは満月のせいかしら？　ハンサムで口のうまい紳士の言葉を鵜呑みにするほど危険なことはない。道楽者の口車にのせられて、うっかり軽はずみな振る舞いをしたメイドがどんな泣きを見るか、忘れちゃだめよ。

マージェリーの分別は、彼の言葉を振り払ってこのまま家に帰れと告げていた。けれども、ヘンリーにキスされるまで存在することも知らなかった奔放な部分が、これはちょっとした冒険で、一緒に楽しいひとときを過ごしたところでなんの害にもならないとそそのかす。

結局その声が勝って、マージェリーはヘンリーが差しだす腕を取り、片手を心地よく彼の肘のくぼみに置いて、先ほどよりもゆっくり歩きだした。ヘンリーと歩くのも、ジェムやほかの兄たちと歩くのと同じだと思ったが、これはとんでもない間違いだった。彼女は手袋を通して袖の下の硬い筋肉を感じ、それが自分のなかにもたらす反応に気を取られた。気がつくと、彼が答えを期待するように見ている。

「なんですって？」

「どこへ行くつもりかと訊いたのさ」マージェリーの反応も、その原因も見抜いているというように、ヘンリーが笑いを含んだ声で繰り返した。

「わ、わたしは散歩に行くところよ」マージェリーは赤くなりながら、つんと顎を上げた。「新鮮な空気を吸って、散歩している人たちを眺めるの」少しためらったあと、まつげの下から恥ずかしそうに彼を見た。「そうしたければ、一緒に来ても不都合はないと思うけど」

ヘンリーがにやっと笑って横から見おろす。そのまなざしに、気まぐれな心臓がまたしてもぴくんと跳ねた。「それはありがたい。きみはよく散歩をするのかい？」

「お天気がよくて、夜の休みがもらえたときはね」

「ひとりで？」

「決まってるでしょう。適切なエスコートがいないからって、美しい夜に家のなかに座っているのはもったいないもの」

ヘンリーは唇をひくつかせてつぶやいた。「ああ、本当だ。だが、夜遅くにひとりで外にいて、不謹慎な男にうるさくつきまとわれたりしないといいが」

マージェリーは彼を見た。「そんなこと一度もないわ。今夜はべつだけど」

ヘンリーは苦笑いを浮かべた。「してやられたな」

「心配はないの。人目を惹(ひ)くようなことはしないもの。そんな真似をするメイドはばかよ。それに――」彼女は打ち明けそうになって口をつぐんだ。ヘンリー・ウォードには、ついなんでも話してしまいたくなる。

ヘンリーはマージェリーを見おろした。「なんだい？」

マージェリーは顔を赤らめた。「べつに」

「きみに目を留めるような男はいないとでも？　だが、ぼくは違うぞ。きみに気づいた」

ふたりはいつのまにか足を止めていた。「わたしの考えていることがどうしてわかったの？」

ヘンリーはほほえみながらマージェリーの顎の下に指を置いて、彼女の顔を上向けた。彼女と目が合うと、怖いようなどきどきするような震えが背筋を這いおりた。黒い目が燃えるように熱くきらめいている。そこに娼館で会った夜と同じ表情を見てとり、マージェリーはぶるっと身を震わせた。

「きみはいつも隠れようとしている」ヘンリーは低い声で言った。「だが、ぼくから隠れることはできないよ。初めて会ったときから、ぼくはきみに目を惹かれたんだ」

彼の言葉にぼうっとならないように今度は必死に努力したが、結局うまくいかなかった。マージェリーはすでに半分誘惑された気分で、自分の唇が〝まあ〟という形に開き、みぞおちがよじれるのを感じた。ヘンリーのまなざしが頬の線を滑り落ちて、唇で止まる。親指で顎をなでられて心臓が胸から飛びだしそうになり、思わずあえぐように息を吸いこんでいた。

〝正気をなくしたのかい、マージェリー？　この男は放蕩者だよ。しっかりしないと、あっというまにベッドに連れこまれるよ〟

今度も頭のなかの祖母の声が、マージェリーを現実に引き戻した。祖母がこんなふうに肩の後ろから常に分別を説いていては、ハンサムな紳士にのぼせあがり、われを忘れることなど不可能だ。

「お世辞はけっこうよ。それに、わたしは一夜のお楽しみを探しているわけではないわ、ミスター・ウォード」

彼は苦い笑みを浮かべ、両手をゆっくり脇におろしながら一歩下がった。「逆らうようで悪いが、きみがそんなものを探しているとは思ったこともないよ、ミス・マロン。怒らせたとしたら謝る」

彼がほほえむのを見て、マージェリーの体から少し力が抜けた。ふたりはまもなくベドフォード通りに引き返すことになるだろう。暗くなりはじめた街で、この男性と一緒にいるのは愚かだ。今夜のささやかな冒険は、まもなく終わる。

ヘンリーが再び腕を差しだし、ふたりは歩きだした。太陽が家々の屋根の向こうに沈み、西の空が赤と金色にそまっていく。

次の角に花売りが立っていた。手押し車のなかをのぞくと、ピンク色の薔薇(ばら)が何本か残っているだけだ。マージェリーは物欲しそうにそれを見た。ジョアンナの舞踏室に飾られる温室の大輪の花から、自分が育った白亜層の大地に咲き乱れる青い釣鐘草まで、彼女は花が大好きだった。

ヘンリーは彼女の表情に気づいたのか、花売りの少女に声をかけた。

「残っている花を全部もらうよ」

疲れた顔を輝かせ、少女がお金と交換に残った花を差しだす。マージェリーは彼の贈り物を受けとり、甘い香りの蕾(つぼみ)に顔を近づけた。

「いいにおい。とてもきれいだわ」ヘンリーに心を許すまいとする努力も忘れ、マージェリーはすっかりうれしくなった。「ありがとう。花を買ってもらったのは初めてよ」隣の庭師は花をくれるが、あれはこっそり庭で切ってきたものだ。

ヘンリーは笑みを浮かべた。「どういたしまして」

「わたしの名前はふたつの花にちなんでつけられたのよ。母がそう言ったことがあるわ」マージェリーは目を閉じて薔薇の香りを深々と吸いこんだ。目を開けると、ヘンリーがじっと見ていた。

「ひなぎく（マーガレット）と薔薇（ローズ）。それがわたしの名前」

それを聞いてヘンリーの顔が曇るのを見て、マージェリーは不安に駆られた。何がいけなかったのか見当もつかないが、まずいことを言ったようだ。

「ふだん使うには長すぎる名前よね」

「だからマージェリーにしたのかい？」

「そのほうが使いやすいし、レディ付きのメイドにはふさわしいと思ったの」

ヘンリーはうなずき、にっこり笑って彼女の手を取った。「夕食を一緒にどうだい？ぜひともおごらせてくれないか」

またしても警戒心がわいて、マージェリーはためらった。通りを散歩するのはとくにたいしたことではないが、夕食をともにするのははるかに親密な行為だ。

「どうして誘ってくれるの？」彼女は用心深く尋ねた。

「きみはおなかをすかせているように見える」

マージェリーはつい噴きだしていた。「そういう意味で訊いたわけじゃないわ」

「わかっているとも」ヘンリーも笑いながら答えた。「だが、きみが空腹なのは事実だ」

「そういえば、今日は夕食がまだだったわ」マージェリーは食事を忘れていたことに気づいて、少しばかり驚いた。「今夜はレディ・グラントが舞踏会に出かける支度で忙しくて。そのあと、すぐに出てきたの」

「だったら、よけい何か食べる必要がある」ヘンリーは彼女の手をほんの少し引っ張った。

それでもマージェリーはためらった。

〝夕食を一緒にとるくらい、害になるもんですか……〟

そう言ったのは祖母の声ではなかった。危険なほど説得力のある自分自身の声だ。

夜はまだこれからで、しかも、甘く楽しい思い出を作れそうな見通しに、マージェリーは胸がはちきれそうなほどの喜びと期待を感じた。

「ありがとう。喜んでご一緒するわ」

ふたりはエレガントなベドフォード広場から南に向かい、ごちゃごちゃといろいろな店が軒を連ねているテムズ川付近の敷石の通りへと歩きだした。

よく晴れた爽やかな夜とあって、ひっきりなしに馬車や馬が行き交う通りはにぎやかだったが、彼女の注意はもっぱらヘンリーに向けられていて、そんなことにはほとんど気づかなかった。歩きながら自分の体をかすめる彼の体や彼のほほえみ、ときどき触れる彼の手。マージェリーはピンク色の薔薇の蕾に顔を近づけ、甘い香りを吸いこんだ。彼女はとても幸せだった。

エミリー・テンプルモアはテンプルモア邸の赤の間でチェリーウッドのテーブルを前に、馬蹄(ばてい)形にタロットカードを広げていた。未来を占い、自分が進む道を決めるためにタロットカードの持つ古代の知恵に最初に頼ったのは、まだ十代の頃だった。そんなものを信じるなんて、と周囲のみんなに笑われたものだ。そしてたちまち〝神秘主義にかぶれた変わり者〟というレッテルを貼られた。

彼女を嘲る笑い声にはかすかな不安がひそんでいたが、エミリーはまったく気にしなかった。誰にも理解してもらえないのは慣れっこだった。昔からそうだったし、これからも変わらない。

今夜はタロットカードに直接的な問いを投げた。すると、いつものようにカードは答えを与えてくれた。

ミス・マロンは本当に異母兄である伯爵の行方不明の孫なのか？　そして、もしも本物だとしたら、どう対処すべきなのか？　これは実際にはふたつの質問だが、たがいに関わっている。行方不明の子供が見つかったとなっては、黙って座り、手をこまねいて避けがたい運命が訪れるのを待つことなどできない。新たな展開に対してなんらかの行動を起こす必要があった。

目の前に広げられた最初のカードである〝節制〟は過去を表していた。ただし、逆位置だから争いや不和を表している。それを見たとたん、過去の残酷な出来事と罪がよみがえり、エミリーは細い体を震わせた。テンプルモアには間違いなく多くの争いがあった。

現在を表す二番目のカードは〝剣の8〟だ。このカードは、エミリー自身のいまの気持ちを正確に示している。

彼女は抜き差しならない状態に追いこまれたと感じて、無力感にさいなまれてとても怖かった。果実酒（ラタフィア）のグラスに手を伸ばし、甘いリキュールのほとんどをひと口で飲み干すと、冷えた体が少し温まり、肉の薄い頬に赤みが差した。二杯目を注（つ）ぎ足す手が震えて、瓶の首がグラスにあたった。火格子の奥のほうで燃えている薪（まき）がしゅうしゅうと音をたてている。

ひそかに働く力を教えてくれる三枚目が、この場合はとくに重要になる。〝剣のナイト〟おそらくヘンリーのことだろう。ヘンリーは意志の強い、義務と責任を何よりも重んじる男性で、決して中途半端な妥協はしない。そのために最も損失をこうむるのは彼自身だが、おそらくレディ・マーガレットをここに連れてこようと全力を注ぐに違いない。エミリーは細い肩をすくめた。ヘンリーは危険だ。彼女にとっては最も恐ろしい敵になりかねない。

四枚目の〝カップの7〟は、行く手に待ち受ける障害を表す。これはのっぴきならない状況を改善する役には立たない。

〝カップの7〟は、重要な選択がなされることを告げている。厄介なのは、ひと口に重要な問題といっても、あまりに選択肢が多すぎて特定できないことだった。そのなかからどれを選べばよいものか？ このカードには警告も含まれている。〝熟慮したのち慎重に決断せよ。簡単に人を信じるな〟

エミリーは顔をしかめ、最後の三枚に目をやった。五枚目のカードはほかの人々の姿勢を示している。あまり頼りになるとは言えないが、そこには助けがあった。

〝五芒星（ペンタクルス）〟はろくでなしで不道徳で気短な人物を表す。それほどよい味方とは言えないが、いまのところ味方は彼だけだ。エミリーは書き物机を見つめた。あとで手紙を書くとしよう。大急ぎでひそかに事情を知らせ、この状況に彼の注意を促して助けを求めるのだ。

残りは二枚。彼女が取るべき行動と、最終的な結果を予知している。前者は〝力（ストレングス）〟だが、これも逆位置だ。つまり、彼女は不安を克服しなくてはならない。そうすれば最後のカードである〝杖（ワンド）〟が報酬を約束している。勝利を。彼女はそれがもたらす成功と結果を思い、興奮を感じた。勇気を持って忍耐強く事にあたれば、勝利の喜びをこの手でつかめる。

館の奥で時計が八時を打ちはじめた。それ以外はしんと静まり返っている。まるでテンプルモア邸自体が失われた相続人の帰還とともに、ついに目覚めるときを待っているようだ。

エミリーは暖炉の上にかかっている父の肖像画に目をやった。長子の出産で最初の妻を失った父が愛人だった母と正式に結婚したのは、口惜しいことに、エミリーが生まれたあとのことだった。そのため彼女は二歳になるまで庶子として過ごさなければならなかった。エミリーはジョージア王朝様式の派手な家具に囲まれた、いかめしい顔の男性をにらみつけた。

父は独善的で好色で、傲慢なろくでなしだった。自分に私生児の焼き印を押すはめになった父の放埓（ほうらつ）な性生活をどれほど憎んだことか。その後、父は母と結婚し、エミリーを自分の子供だと認めたものの、この遅れのために彼女は相続から締めだされたあげく、ふしだらな女の娘として貴族たちに陰でさげすまれ、笑われるはめになった。それを思えばこの決断は遅すぎた。

古い怒りがこみあげ、エミリーは銀のブレスレットをじゃらつかせて衝動的に手首をひねった。

カードをテーブルから払い落とすと、〝愚か者〟を示すカードがひらひらと飛んで火のなかに落ち、周囲が焦げてまるまっていく。父も異母兄も、その甘やかされた娘もくそ食らえだ。あんな女は殺されて当然だった。エミリーは立ちあがった。ありがたいことに、レディ・ローズはとうの昔にこの世を去った。だが、いま頃になってその娘がテンプルモア邸に戻ってくる。

運命の輪が再び回ろうとしていた。

5

剣の7――簡単に人を信じるな

マージェリーは〈張り骨とシャンパン〉で夕食をとろうと持ちかけた。ヘンリーが指摘したように、そこは追い剥ぎや泥棒、そのほか様々な犯罪者たちがたむろする店だが、食べるものはおいしかったし、マージェリーはちょっとしたなじみだった。

「きみはこういう店の常連には見えないが」ドアの上に木製の看板がかかった、見るからに古い黒い梁と白い漆喰の建物の前でマージェリーが足を止めると、ヘンリーが驚いたように言った。「真面目なメイドはこういう安手の店には不釣り合いだ」

「わたしは娼館で小遣いを稼ぐようなはすっぱな娘ではないけれど、最初にわたしたちが会ったのは娼館だったわ。違う？」

「たしかに」ヘンリーは愉快そうに目をきらめかせた。「きみはずいぶん変わった人だな」

彼が開けてくれたドアからパイプの煙が立ちこめる店のなかに入ったとたん、マージェリーは咳きこみそうになった。目が潤み、強いエールと温まった不潔な体のにおいが喉につかえる。

〈フープ&グレープス〉は、男たちと数人の女性でほぼ満員だった。しかしふたりが入っていくと、がやがやと騒々しかった店のなかが急に静まり返った。客の目がいっせいに自分たちに向けられるのを見て、ヘンリーが愉快そうに口元をほころばせてつぶやいた。

「フランス軍の〝歓迎〟のほうが、まだ温かかったような気がするよ」

「あなたがボウ・ストリートの捕り手ではないかと疑っているのよ」

ヘンリーは口をとがらせた。「捕り手がこんな上等の服を着ているかい？」

マージェリーはくすくす笑いながら彼の手を取り、店のなかを横切って金色の明かりがちらつく奥のサロンへと向かった。暖炉に近い、片隅のテーブルの前で足を止めた。ヘンリーは彼女のために椅子を引き、向かいに腰をおろした。

「すると、あなたは軍人だったの？」マージェリーはテーブルに肘をついて考えこむような顔で彼を見た。ヘンリーは〈フープ&グレープス〉のとげとげしい雰囲気に動じるふうもなく、ゆったりと座っている。「どうりでちっとも怖がらないわけね」

ヘンリーは黒い眉を片方だけ上げた。「怖がらせようとしてここに連れてきたのかい？」

「そういうわけじゃないけど」マージェリーは目を伏せ、テーブルに残っている円い跡を指先でたどった。彼を試していたことは認めなくてはならない。興味深いことに、ヘンリーは自分のことをまったくと言っていいほど話さない。彼は用心深い、容易に心の内を見せない男らしかった。おまけに驚くほど自制心が強い。そう思ったとたん、背筋を震えが這いおりた。

「兄たちがここでよく飲むの」

「そうか。ぼくを家族に紹介するつもりなのかな、ミス・マロン？」ヘンリーはくつろいで座り、長い脚を伸ばした。「ぼくたちの仲はずいぶんと急速に進んでいるようだな」

マージェリーは笑った。「とんでもない。心配はいらないわ、ヘンリー。わたしは注意深く行動しているだけよ」

「賢いことだ。ぼくが紳士にあるまじき振る舞いにおよんだ場合を考慮したわけだな」黒い瞳に挑むような表情がひらめくのを見て、マージェリーはみぞおちがまるまり、血が熱くなるのを感じながら思った。この調子じゃ、ほんのひと口しか食べられそうもないわ。

「適切に振る舞ってくれると信じているわ」

ヘンリーは皮肉たっぷりに頭を下げた。「信じるのは、きみの願いを達成させる確実な方法とは言えないかもしれないが」

「とにかく、ベストをつくしてちょうだい」そう言い返すと、彼はにやっと笑った。

「すると、きみのお兄さんたちは犯罪者なのかい？」ヘンリーは、彼女がテーブルに置いた手に自分の手を重ねながら尋ねた。温かいその手が触れたとたん、マージェリーはぶるっと体を震わせた。「会うのが楽しみだ」

「あなた、本当に捕り手じゃないの？」

マージェリーは甘い声で尋ねながら、そっと自分の手を引き抜いた。本当はそのままにしておきたかったが、誘惑を退け、道を誤らないためには、断固とした態度をとる必要がある。

「もちろん違うわ」マージェリーは早口で否定し、それからこう言い直した。「つまり、二番目の兄のジェドは、ウォンテッジにある〈ベアホテル〉のコックよ。それにいちばん上の兄のビリーは、古い服を売買する店を持っているの」ビリーは服以外にも、あまりまともとは言えないものも買ったり売ったりしているが、そこまで詳しく説明する必要はない。「末の兄のジェムは……認めたくないけど、少しそういうところがあるかも」

ヘンリーが笑う。マージェリーも笑った。彼の温かいまなざしに、とても幸せな気持ちで胸がいっぱいになる。

「きみは彼らを弁護するんだね」ヘンリーはつぶやいた。「気に入ったよ。きみはみんなのいちばんよいところを見る」

給仕女が三人、まるで競争でもするかのようにふたりの注文を聞きにやってきた。その理由は一目瞭然だ。

ハンサムなばかりか裕福にも見えるヘンリーは、さぞかし上等な客に見えるに違いない。

うっとりと彼を見ている三人の表情からすると、ヘンリーはジェムよりもっと高い評価を得たようだ。どの女性の顔にもあからさまな期待が浮かんでいる。それを目にしたとたん、奇妙なことにとげのような嫉妬がマージェリーの胸を刺した。

「何にする？」ヘンリーが尋ねた。注文を聞く特権を勝ちとった給仕女が、あからさまな反感を浮かべてマージェリーに顔を向けた。

「マトンのパイとエールを一杯」

給仕女はさっと表情を変え、ヘンリーに目を戻した。「お客様は？」

「同じものをもらうよ」ヘンリーはギニー金貨を一枚差しだした。

給仕女は下水管を走る鼠（ねずみ）よりもすばやくそれをポケットに突っこみ、彼に向かって膝を折った。「これだけあれば、食べ物と飲み物よりも、はるかにいろんなものが買えますよ、閣下」給仕女はこの言葉の意味をはっきり伝えるために、大きく目を見張って彼を見つめた。

ヘンリーは眉を上げ、マージェリーですら目をぱちくりさせたほど魅力的な笑みを浮かべた。「ありがとう。何か欲しいときはそう言うよ」この女性がことさら腰を振って離れていくと、彼はマージェリーに顔を戻した。

「きみはぼくが紳士かどうかすら確信が持てないらしいが、彼女はぼくのことを貴族だと思ったようだよ」

「ふん。いいかもだと思っただけよ」マージェリーはそっけなく応じた。「あなた自身じゃなく、いまの金貨で判断したのよ」

マージェリーは紐を解き、帽子を脇に置いた。顔を上げると、ヘンリーが彼女の髪を見ていた。きっと帽子でつぶれたに違いないわ。とっさにそう思ったが、彼の目が熱くきらめくのを見て、急に胸がどきどきしはじめた。

金茶色の髪は細くてまっすぐで、少しも魅力的ではないのに、彼はさわりたくてたまらないとでもいうように見つめ、ごくりと唾をのんだ。こんな経験は初めてだ。マージェリーは狼狽して赤くなった。自分の髪を彼の指がなでるところを想像すると、みぞおちがちりちりする。

ありがたいことに、エールが運ばれてきてぎこちない沈黙が破れた。ヘンリーが水差しからふたりのグラスにそれを注ぐ。マージェリーがおいしそうに飲むのを見て、彼は笑いを含んだ目でつぶやいた。

「これは穴熊の毛皮みたいに喉がちくちくするな」

「でも、わたしはワインよりこっちのほうが好き」マージェリーの舌はもうなめらかになりはじめた。たしかにこれを飲むと、おなかをろばに蹴られたみたいな衝撃がある。「ミセス・ビドルは、家政婦になりたければシェリーが飲めるようになりなさいって言うけど、シェリーは上品すぎて苦手なの」

「家政婦になりたいのかい？　それはきみたちメイドの出世の頂点じゃないか」

「ミセス・ビドルは、その気になればなれると言ってくれるわ。わたしより若いレディ付きのメイドなんかいないって」マージェリーはため息をついた。「だけど、わたしはずっと召使いでいる気はないの」

ヘンリーがまたしても魅力的な笑みを浮かべた。「だったら何になりたいんだい、ミス・マロン？」

「お菓子職人よ」マージェリーはみぞおちがうごめくのを感じながら、早口に答えた。「自分のお店を持って、砂糖菓子やマジパンケーキを作りたいの。それを紳士やレディに買ってもらうのよ」

ヘンリーは愉快そうに目をきらめかせた。「野心を持つのはいいことだ」

「でも、お店を持つにはお金がいるわ」マージェリーはうなだれた。「お給金も、ビリーが古いドレスや帽子に払ってくれるお金も、できるだけためてはいるけれど……いつになったらお店を持てるほどたまることか」

ヘンリーはグラスの縁越しにマージェリーを見た。「もっとほかの……方法を考えたことはないのかい？」

黒い目の熱いきらめきがマージェリーをつかみ、捉える。そこには問いだけでなく、マージェリーを焦がし、ときめかせるような欲望が燃えていた。ヘンリーが何をほのめかしているかは明白だ。

マージェリーはもうひと口エールを飲んだ。「ないわ。わたしは娼婦じゃないと言ったはずよ！　それに――」彼の疑いに腹を立てながらも、正直にこうつけ加えた。「たとえその気になったとしても、必要な資金を稼げるほど売れっ子になれるとは思えない」

ヘンリーの口の端が上がり、形のよい唇に危険な笑みが浮かぶ。「きみなら努力しだいでなれると思うな」

ふたりの視線がからみあった。煙るような黒い目にじっと見つめられ、マージェリーはつま先をまるめた。彼の笑顔が大きくなり、声の調子も軽くなる。

「いや、ぼくはただ、その資金を貸してくれる人がいないのかと思っただけさ」

ちょうどエールを飲んでいたマージェリーは咳きこみそうになり、ヘンリーをにらんだ。

「からかっているのね」

「ああ。もっとも――」彼は言葉を切った。「きみが言った方法のほうが手っ取り早いと思うなら……」

「とんでもない。わたしはそういう相手を探しているわけじゃないわ。ちゃんと言ったはずよ」

みぞおちのかすかな震えを否定したくて、マージェリーはつい早口になった。どうやら彼女の道徳観念は、自分で思っていたほど堅固ではなかったようだ。

ヘンリーの手と、あの形のよい唇に愛撫(あいぶ)されることを考えると顔に血がのぼった。ああ、どんなにそうしてもらいたいことか。これはかなり強い誘惑だった。とはいえ、ほんのちょっとした異性との過ちが、計り知れない厄介の種になることを思うと……マージェリーはためらった。

ヘンリーが彼女をじっと見ている。彼にはわかっているのだ。

グラスのエールをのぞきこみ、恥ずかしさをごまかそうとして立て続けにごくごく飲んだ。そのせいで、いっそう頭がぼうっとして目が回りはじめる。

パイが運ばれてきた。マトンと濃いグレービー入りのパイからおいしそうなにおいが立ちのぼってくる。

ヘンリーがエールのグラスを満たしてくれた。食べながら話すのはあまり上品なこととは言えないが、言葉があふれてくるようだった。ウォンテッジで育った子供時代。そこでどんな仕事をしていたのか。家族は何をしていたのか。マージェリーは問われるままになんでも話した。ロンドンの紳士にはよくよく気をつけろ、と祖母に警告されたことを話すと、ヘンリーは愉快そうに笑いながら、〝きみのおばあさんは賢い女性だ〟と言ってうなずいた。

マージェリーも笑い、頭がぼうっとして、蝋燭(ろうそく)の光が金色の霞(かすみ)に見えてくるまで飲みつづけた。テーブルについた肘が滑り落ち、それを見たヘンリーがまた笑う。どこかのサロンでバイオリンの音がしはじめた。続いて踊る場所をあけるために、テーブルや椅子の脚が床にこすれる音がして、テンポの速い三拍子のダンスが始まった。

しかし、ふたりがいる店の隅は暖かく、まるでふたりきりで飲んでいるような錯覚に陥るほどの親密な雰囲気に包まれていた。

ヘンリーが身をのりだした。「いちばん初めの記憶はなんだい？　何を覚えている？」

ずいぶん奇妙なことに興味を持つのね。蝋燭の光に黒い瞳が輝くのを見ながら、マージェリーは鼻にしわを寄せた。でも、ついいましがたまで子供時代の話をしていたから、その続きで思いついたのかもしれない。

マージェリーはそう思い、すぐに訂正した。いえ、違う。話していたのはもっぱらわたしの子供時代のことだった。ヘンリーのことが知りたくていろいろ尋ねたが、それに対する彼の答えはひとつも思いだせない。少々酔いが回ってきたから、聞いたはずのことを忘れてしまったのだろうか？　いつのまにかヘンリーはブランデーを、マージェリーはチェリー・ブランデーを飲んでいた。

「ええと……ものすごく大きな部屋よ」マージェリーは記憶を探った。「黒と白の千鳥格子の床に、高い丸天井の部屋。どこを見ても色つきの光がきらめいていたわ」彼女がそう言うと、ヘンリーの顔に奇妙な表情が浮かんだ。けれども、それが何を意味するのかわからないうちに消えてしまった。

「どこだか見当もつかないわ。これまでいろいろなお宅で働いてきたけど、それと同じ場所は見たことがないの。たぶん想像ね」

ほかの記憶もあった。顔がかげってよく見えないたくさんの人々の香りや声。馬車を覚えているような気もする。暗い道を走る馬車、大きなわめき声、寒さ、涙。でも、そうした記憶はとてもかすかなうえにきれぎれで、ウォンテッジで送った子供時代の、三人の兄たちとの騒々しい生活に埋もれていた。

何を考えているのかまったくわからないが、ヘンリーは真剣なまなざしで彼女を見つめている。

「ときどき想像と現実の区別がつかなくなるの」いやだわ、わたしったら。酔ったせいで口が軽くなっているみたい。マージェリーはそう思いながら言葉を続けた。「少し不安になることもあるのよ。空想としか思えないことを覚えているんだもの。シルクのドレスや香水や、とても柔らかいベッドを。空想癖があるわけでもないのに」

「だが、きみにはロマンティックなところがある。きっとゴシック・ロマンスが大好きだろうな」ヘンリーはそう言ってからかった。

マージェリーは驚いて飛びあがった。「どうしてわかったの?」ほんの二、三度会っただけなのに、どういうわけかヘンリーは彼女のことがよくわかるみたいだ。古い知り合いですら、彼女が美しいヒロインと、ハンサムなヒーローと、呪われたお城の出てくるゴシック小説を読むなんて思いもしないのに。

ヘンリーは眉を上げた。「バッグのなかの、ミセス・ラドクリフが書いた『森のロマンス』が見えたからね。きみの本だと思ったのさ。それとも、さっき言った有能な家政婦のミセス・ビドルに借りてきてくれと頼まれたのかな?」

マージェリーはくすくす笑った。「とんでもない。ミセス・ビドルは効率よく家を管理することに関した本しか読まないわ。絵空事を読むなんて軽薄だと思っているの」

「だったら、きみが小説を読んでいることは内緒にしておこう」ヘンリーは言って物憂い笑みを浮かべた。「うっかり話して、将来、家政婦に昇格する見込みが薄くなると困る」

バイオリンの音が大きくなり、客の声も大きく卑猥(ひわい)になった。給仕女が、彼女を漆喰の壁に釘付(くぎづ)けにして、客の目の前で事におよぼうとしている金髪の男と熱烈なキスを交わしている。

「いやな男」マージェリーは言った。「追い剥ぎなのよ。ジェムに聞いたところによると、西街道(グレート・ウエスト・ロード)を縄張りにしているらしいわ」

隣のテーブルで硬貨を指で突くゲームに興じていた男たちが、突然、大声でわめきだした。ひとりがこぶしで殴られてテーブルにぶつかって倒れた。ふたりがうなり声をあげながら取っ組み合いを始め、ひとりがナイフをひらめかせるのを見て、ヘンリーは立ちあがった。

「そろそろ引きあげる潮時だな」彼はマージェリーを立たせると、彼女がかすかにふらつくのを見てウエストに腕を回した。「きみは危険な場所でもいっこうに気にならないらしいが、ぼくは用心深いたちでね」

「わたしが守ってあげるわ」マージェリーはにっこり笑いながら彼を見あげた。彼女は幸せだった。どうやらかなり飲んだと見えて、足元がおぼつかないが、さいわいなことにヘンリーの腕は驚くほど力が強く、頼りになりそうだ。彼に腕を回されて支えてもらうのは、危険なほど〝正しい〟ことに思えた。まるで彼女はヘンリーのものみたいに。愚かで奇妙な思いだったが、マージェリーはそれを振り払えなかった。

彼女はドアへ向きを変え、兄のジェムとぶつかりそうになった。

「モル！」ジェムが鋭く叫ぶのを聞いて、まるで水をかけられた火のように、彼女を包んでいた甘い雲が消えた。

「あら、兄さん」マージェリーはそう言いながら、兄を挑発するように、彼女を放すのをしぶるヘンリーの腕のなかから、どうにか抜けだした。

「こいつは誰だ？」ジェムは険しい顔で吐き捨てるように言い、ヘンリーに向かって顎をしゃくった。

「ヘンリー・ウォードだ」ヘンリーが、マージェリーをかばうように前に出て片手を差しだす。ジェムがわざとそれを無視すると、彼は怒るどころか愉快そうな表情をした。

「ジェム」マージェリーは非難をこめて兄をたしなめた。

ジェムがちらっと妹を見て、ヘンリーに目を戻す。「だめじゃないか、モル。この店にはあらゆる種類の悪党が集まってくるんだぞ」

「わたしのことは放っておいて」マージェリーはかっとなって言い返した。ヘンリーが殴り合いに備え、すぐ横で体をこわばらせる。彼は兄と同じくらいの反感を抱いているようだが、油断なくそれを抑え、冷ややかな目で相手を評価している。ヘンリーが戦争を経験していることを思いだして、マージェリーは恐怖に駆られた。ジェムは短気でけんかっ早い。酔っ払いどうしのけんかならけっこう強いが、戦う訓練を受けている兵士とは比べものにならない。

店のなかの空気が一変し、緊張がみなぎった。いつのまにか音楽もやんでいた。胸の谷間に顔をうずめ、給仕女の胴衣を脱がせようとしている追い剥ぎをのぞけば、誰もが固唾をのんで見守っていた。隣のテーブルの男たちさえけんかをやめ、期待をこめてジェムとヘンリーを見ている。

ジェムはマージェリーの腕に手を置いた。「さあ、おれが送ってやる」彼はマージェリーをドアへと促した。「妹を娼婦みたいに扱われるのはごめんだからな」

「いや！　兄さんとは行かないわ」

みんなの前で侮辱され、マージェリーは怒って兄の手を払いのけた。せっかくとても幸せな気分だったのに、こんなふうにぶち壊すなんてひどすぎる。おかげですべてが安っぽくなってしまった。しかも、よりによってこのわたしをうぶで愚かな小娘みたいに、いや、マトンのパイの値段で喜んで体を売る女みたいに扱うなんて。

「兄さんが一緒に過ごす女の人たちとわたしを一緒にしないで」マージェリーは唇を噛んで涙をこらえ、食ってかかった。「わたしは娼婦なんかじゃないわ。あんなに楽しかったのに」情けなくて悔しくて、子供の頃、兄たちに大事なおもちゃを壊されたときのように、地団太を踏んで泣きたい気分だった。

「なんだよ、モル」ジェムは軽蔑もあらわにたしなめた。「こいつはおまえを暗い路地に引っ張りこむことしか考えてないんだぞ。そのためにおまえを酔わせてるんだ」

ヘンリーが前に進みでるのを見て、マージェリーはあわてて彼の袖をつかんだ。店の空気が殺気立つ。

「やめて。お願い」

ヘンリーが振り向いた。彼の目に、彼女のために燃えている怒りを見てとり、マージェリーは驚きに打たれた。この人はわたしの名誉を気遣ってくれるんだわ。それを守るためなら、わたしを守るためなら、この店のみんなを相手にしてもかまわないと思っている。そうわかると、甘い、温かいものがこみあげた。

「妹さんはきみを殴ってもらいたくないようだ」ヘンリーが力のこもった低い声で言った。

「その意思を尊重して殴るのはやめておく。二度と彼女を侮辱するな」

「おまえは信用できん。妹におかしな真似をしてみろ、殺してやるぞ」ジェムは怒りに唇をゆがめて吐き捨てるときびすを返し、行く手をふさいでいる酔っ払いを突き飛ばして店を出ていった。その男の手から持ち手付きのグラスが吹き飛び、床に落ちて粉々に砕ける。

息づまるような長い沈黙のあとで再びバイオリンが陽気な曲を奏ではじめると、危険をはらんだ緊張が解けた。店のみんなが向きを変え、うずうずしながら血なまぐさい争いを待っていたことなどなかったかのように、もとの状態に戻った。

「こんなことになってごめんなさい」マージェリーは震えながら謝った。ヘンリーが温かい手で彼女の手を包む。

「お兄さんはきみを守りたかっただけさ。ぼくが彼の立場なら、同じことをしていたに違いない」

マージェリーは泣き笑いのようにしゃくりあげた。「あなたなら、殺すなんて脅したりしないと思うわ」

「たしかにもう少し違う言い方をしたかもしれないが、言いたいことは同じさ」彼はマージェリーの頬を唇でかすめた。「家まで送るよ。きみには何もせずに。お兄さんがナイフを手にして捜しに来ると困る」

ヘンリーはマージェリーの帽子を取り、顎の下で器用に紐を結んだ。指が喉をかすめると体が震えそうになり、マージェリーは必死にそれを抑えた。兄の出現で取り乱していたが、その下にはもっと深い気持ち、それを感じると震えずにはいられないようなとても大切な、甘い感情が流れていた。

暗い通りは静かだった。両側に軒を連ねる傾きかけた家々の窓はすでに暗く、鎧戸がおりている。なだらかな傾斜の屋根のずっと上に、きらめく星が見えた。マージェリーはふいに疲れを感じた。今夜ヘンリーのおかげで感じていた幸せが消え、心がからっぽになったようだ。彼女はため息をついた。「こんなふうに終わってほしくなかったわ」

ヘンリーが足を止め、彼女と向きあった。「どんなふうに終わらせたかったんだい？」

静かな問いに、またもや心臓が跳ねる。マージェリーは彼を見あげたが、通りが暗すぎて、そこに浮かんでいる表情は見えなかった。

「ベドフォード広場の庭園に行きたかったの」マージェリーは早口に言った。「そよ風に吹かれながら星を見て、夜の街の音に耳を傾け……」

「そうしたければ、これから行こう」

マージェリーはためらった。人影のない夜更けの通りは静かで、何やら秘密めかした雰囲気がある。通りをいくつか隔てたところにある大時計が、十五分の時を打つのが聞こえた。彼はそれ以上何も言わず、マージェリーが決めるのを待っている。静かな息遣いが聞こえ、温かい体が放つ熱を感じた。

すると、奇妙な興奮がマージェリーのなかを走り抜けた。興奮と不安が。ジェムの言うとおりだ。わたしは今夜、危険をおかした。でも、ヘンリーは信頼できるわ。マージェリーは自分にそう言い聞かせた。わたしの人生はほとんどが単調な毎日の繰り返しだけれど、今夜だけは違う。今夜はいつまでも宝石みたいに明るく、美しく輝きつづけるに違いない。今夜だけはジェムに邪魔され、幸せの呪文を破られ、苦い気持ちで終わるのではなく、輝いたままで終わってほしい。

「ええ」マージェリーはかすれた声で答えた。「ええ、そうしたいわ」

ヘンリーはほほえんだだけで何も言わずに彼女の手を取った。帽子の縁で彼の肩をかすめながら、マージェリーは静かな通りを戻っていった。どちらも何も言わなかった。言葉を口にする必要を感じなかったのだ。庭園の隅にある門の前でマージェリーはバッグを開け、かすかに震える指で鍵を取りだし、鍵穴に差しこんだ。門が音もなく開く。

「今夜ここに散歩に来たいと言うと、レディ・グラントが鍵をくれたの。この付近の邸宅の庭なのよ」

今夜はまるで、物語に出てくる恋人たちの秘密の庭のようだ。ふたりは静かな音をさせて小石を踏み、枝を広げているポプラや樫（かし）の木の下を歩いていった。マージェリーはその道を走り、柳の枝が張りだしている池へと向かった。そして冷たい水を指でかきまわし、さざ波が星の光を散らすのを見守った。広場沿いの美しいタウンハウスでオーケストラがテンポのゆるやかなワルツを演奏しているのを聞いて、前夜テラスでヘンリーと踊ったことが思いだされた。

彼女はため息をついて体を起こし、ヘンリーに振り向いた。近くの木陰にたたずんでいる彼は、黒い影絵のように見える。秘めた力を感じさせる広い肩、月の光にきらめくつややかな黒い髪。ああ、なんてすてきな人なのかしら。マージェリーはそう思いながら彼のそばに戻り、片手を胸に置いた。

「ありがとう」

ヘンリーはほほえんだ。「どういたしまして、ミス・マロン」

贈り物をくれた兄にするように、マージェリーはつま先立って彼の頬にキスをした。会いに来る前にきれいに剃ったらしく、温かい頬はなめらかだった。爽やかなコロンと糊の利いたリネンと甘い草のにおいが混じった香りを吸いこむと、エールのもたらした酔いよりもはるかに危険なときめきとめまいで頭がぼうっとした。

ぎこちなく一歩下がったとき、ヘンリーがわずかに顔を回してふたりの唇が触れあった。急に彼がぴたりと動きを止め、甘美な瞬間がひどくぎこちないものになる。マージェリーは恐怖に駆られ、どうしていいかわからずに、恥ずかしくて消えてしまいたかった。

「ごめんなさい。そんなつもりは……いまのは間違い――」

「間違いのように思えるかい？」ヘンリーは言いながらマージェリーを引き寄せ、唇を重ねた。めくるめくような快感に、われを忘れて彼にしがみつく。実用的な半長靴の下で地面がうねり、回りはじめた。これに比べれば、娼館でのキスは蚊に食われたようなものだった。

ヘンリーの唇が彼女の唇の上を動く。熱い舌がからみついてじらし、探り、誘ってくる。マージェリーはただ驚きに打たれ、魔法にかけられたようにうっとりと、親密なキスがもたらす喜びを味わっていた。さざ波のような震えが体を走り、つま先までちりちりさせられる。マージェリーはショックを感じるそばから好奇心に駆られ、もっと欲しくなった。このキスは血を燃やし、熱と寒気をともなう震えをもたらす。

彼女が欲しかったのはこれだった。自分がどれほどヘンリーのキスを求めていたか、マージェリーはいま初めて気づいた。ひと晩じゅう待ち望んでいたことが、ついに起こっている。そう思うと、驚きに満ちた喜びと、激しい勝利の念がこみあげてきた。

ヘンリーは片手で帽子のリボンをほどき、それを芝生に投げ捨てた。続いて背中に腕を回し、まっすぐな髪に指をからめると、もっと深く、もっと激しくキスできるように彼女の顔を上向けた。甘いけだるさがにじみ、体から力が抜ける。なんと喜ばしい感覚だろう。彼女はこの快感がもっと欲しかった。目覚めた体が飢えたようにそれを求め、むさぼりたがった。

マージェリーはヘンリーを引き寄せ、両腕を首に回して彼の下で唇を開き、夢中でキスを返した。彼はブランデーと新鮮な空気と、これまで知らなかったもの、とても素朴な、彼だけの特別なものの味がする。柔らかい胸がつぶれるほど強く硬い胸に押しつけられたとたん、痛みに似たうずきがみぞおちに生まれた。激しい飢えとみだらな欲求の組み合わせは、これまで感じたことのある何とも違っていた。

ヘンリーの唇が離れ、敏感な喉をおりて、首の付け根のくぼみをむさぼる。マージェリーの体がこれに応えてけいれんするように震えた。短い上着を脱がされて、胸のまるみを包むようにつかまれ、服の上から頂を親指でなでられると、マージェリーの頭は真っ白になった。粗織りのコットンが肌にこすれるなんとも言えない感触が、熱い欲求をもたらす。思わず小さな声をもらすと、ヘンリーの唇が口をふさぎ、激しいキスでそれをのみこんで、さらに彼女を駆り立てた。

服を通した彼の愛撫は刺激的だったが、胴衣の下に滑りこんだ彼の手は、それをはるかにしのぐ快感をもたらした。温かいてのひらに胸をつかまれた瞬間、マージェリーは燃えあがった。

まるで自分自身が星になり、くるくる回りながら空を落ちていくようだった。いま自分が何をしているのかなんて考えることはとうにやめ、ヘンリーがもたらす快感に頭を占領され、支配されていた。体じゅうの筋肉が収縮し、必死に何かを求めている。それが何かわからぬまま、マージェリーは大声で叫びたかった。

ヘンリーは彼女の背中を大きな木に押しつけた。ざらつく木の皮が薄いコットンにひっかかる。マージェリーは顔をのけぞらせて喉とむきだしの肩をさらし、歯と舌で攻め立てられて快感にあえいだ。いまの彼女には、恥ずかしさもためらいもなかった。これまでは自分にこんな一面があることも知らなかったが、いまは新しく見つけたその一面が彼女を駆り立てていた。

胴衣の襟元を下に引っ張られ、胸にキスされると、鋭い快感が体を貫いた。脚の力が完全に抜け、彼の体で釘付けにされていなければ、その場にくずおれてしまったに違いない。一瞬後、マージェリーはヘンリーに持ちあげられるのを感じた。木の幹がむきだしの背中をこすったが、それすら自分が裸だという喜ばしい事実の証（あかし）でしかなかった。太腿の下に手を置かれ、気がついたときには両脚を彼の腰に巻きつけて、てのひらを幹に押しつけ、体を支えていた。冷たい夜気が裸の胸をなでる。

ヘンリーを奪いたい。信じられないほど激しい願いに満たされ、マージェリーは思った。自分を彼に与えるのではない。彼女が感じているこの強烈な飢えは、そんな受け身な行為では満足できなかった。彼をつかみ、奪いたい。彼女は自分のことをとてもたくさん、しかも驚くほどの速さで学んでいた。頭ではまだ理解できないが、体は何が欲しいかわかっている。これまで眠っていた太古の知識が目覚めたのだ。ヘンリーの口が再び胸に戻り、薔薇（ばら）の蕾（つぼみ）のような頂を舌でなめ、歯でつまむ。マージェリーは夢中で背中をそらして幹に押しつけた。

「ヘンリー、お願い」ささやくように彼を促す。

もっと欲しいとねだったこの言葉は、意図したのとは逆の効果をもたらした。

彼の手が離れ、両脚が静かに滑り落ちて地面に戻った。マージェリーがすっかり混乱してよろめくと、ヘンリーはつかんで支えてくれた。月の光で彼の顔に生々しいショックが浮かんでいるのが見え、それからあらゆる表情が消えるのが見えた。

「すまない」ヘンリーは荒い息をつきながら、かすれた声で言った。そのなかには激しい怒りがこもっていたが、なぜかマージェリーにはその怒りが彼女にではなく、彼自身に向けられたものだとわかった。「すまなかった。決して起こってはいけないことだった」

喜びが消えた。マージェリーはふいに夜の寒さを感じ、銀色の月光の下、胸を露出したまま春の風のなかで震えはじめた。急いで胴衣を引きあげ、震える指で服の乱れを直す。

もう少しでほとんど知らない男性に体を投げだすところだった。そう気づくと、心まで震えるようだった。つつましさも分別もかなぐり捨て、木の幹に釘付けにされて半裸で抱かれ、自分を奪ってくれとヘンリーに懇願したのだ。その光景が頭を占領すると同時に、氷のような屈辱感が身を焼いた。それでも、ついさっきの燃えるような欲望を否定することはできなかった。自分を恥じるいっぽうで、彼女はまだヘンリーを求めていた。いったいどういうことなのかしら？　自分でもわからないが、あの強烈な快感を忘れてしまうこともできない。あれを知ったいま、もうこれまでと同じ自分には決して戻れない。

上着に手を伸ばして身につけようとしたが、震える手から滑り落ちた。かすかな絶望の声をもらすと、ヘンリーが拾って着せてくれた。短い上着だが、上半身を覆うことができるのはありがたい。

ヘンリーが肩に手を置き、つかのまためらう。それだけで痛みに似たうずきに体が震え、深いショックと屈辱感を感じているのに、欲望のこだまが体のなかでうごめく。こんなに不道徳な真似がどうしてできたのか、自分でも不思議だった。ふだんの彼女からはとても想像できないことだ。とはいえ、性に目覚めた体には、理性では抑えられないほの暗い欲望がまだうごめいている。

マージェリーは逃げだしたかったが、ヘンリーに腕をつかまれた。

「送っていくよ」彼の声は落ち着きを取り戻していた。

わたしはまだ立ち直れず、体がふわふわと漂うような気がしているのに。

「いいえ」もう一秒でも、彼と一緒にいることに耐えられない。あまりにも恥ずかしくて溶けてしまいそうだ。

唇と歯で胸を愛撫されたときに全身を貫いたしびれるような快感……それを思いだしただけで体が燃えてくる。どうしてそんなことを許したのか自分でもわからないが、もう一度許し、味わいたくなる。恐ろしく不道徳な行為だが、もっと悪いことに、その不道徳な行為を繰り返したくてたまらない。

骨の髄まで放埒で、救いがたいほど堕落してしまった。でも、奔放に振る舞うのはなんとすばらしく思えたことか。教会があいう行為を非難するのは当然のことね。どうりで誰もが欲望の持つ危険性を警告するわけだわ。

「きみをひとりでここへ残していくつもりはない」ヘンリーは有無を言わせぬ口調でそう言うと、マージェリーと一緒に門まで歩き、彼女が不器用に鍵をかけようとするのを辛抱強く待った。しばらくすると、彼はため息をついて彼女の手から鍵を取り、すばやく自分でかけた。

ふたりは適切な距離を取り、並んで歩きながら、黙りこんでベドフォード通りへと戻っていった。マージェリーはそこまでの五分がまるで一時間にも思えたが、少なくとも体のほてりはそのあいだに冷めた。ようやく冷静に何が起こったのか考えられるようになると、自分の愚かさが身にしみた。彼女はハンサムな紳士と出会った。そして彼に身のほど知らずの好意を寄せ、実際には何ひとつ知らない男性と愚かにも愛しあうところだったのだ。おまけに、あろうことか、自分が肉体の歓びに無関心などころか、実際はためにならないほど好きなことを発見した。そして、もう少しで取り返しのつかない過ちをおかすところだった。

「おやすみなさい、ミスター・ウォード」ベドフォード通りのグラント邸が見えてくると、マージェリーは一刻も早くそのなかに逃げこみたくて気がせいた。愚かなシンデレラもどきの夢は終わり、おそらく彼とはもう会わないだろう。彼女は危うく一生消えない火傷（やけど）をするところだった。決してハンサムな紳士には近づくなという教訓には、もっともな理由があるのだ。道を踏みはずすのはなんと簡単なことか。マージェリーにもようやくそれがわかった。

ヘンリーが軽く手首に触れた。「マージェリー、話したいことがあるんだ」

彼は結婚しているんだわ。マージェリーは炎がじかに触れたような熱さを感じながら思い、失望と悲しみに引き裂かれた。ええ、そうに決まっている。今夜の出来事では、貴重な教訓を学んだわ。

「何も言わないで」彼女はヘンリーの唇に指をあてて彼を黙らせると、涙が目の奥を刺すのを感じながらもほほえんだ。傷ついたことを知られたくなかった。それくらいなら、平気なふりをするほうがいい。

「さようなら、ミスター・ウォード」

召使い用の戸口へと急いで階段をおり、後ろを振り向かずにドアを閉めた。

今夜までマージェリーはあらゆる意味で無垢（むく）ではあったが、うぶではなかった。これまで仕えたレディたちの生活で、情熱のなんたるかをじゅうぶんすぎるほど目にしてきたおかげで、性的な経験こそないものの、男女のあいだに何が起こるかは承知していた。彼女がおかした間違いは、そういう情熱が自分とは無縁のものだと勝手に決めつけていたことだ。不器量なマージェリー・マロンは、ほかの人々の恋を横から見ているだけで、自分が恋をすることはないと、愚かにも確信していた。

ヘンリーのキスと愛撫は、その思いこみを完全にひっくり返した。

6

ペンタクルスのキング——責任感が強く、裕福で、賢明な男

ヘンリーはセント・ジェイムズへと歩いていた。冷たい夜気が頭をすっきりさせる手助けをしてくれる。

彼は先ほどから、軍隊時代に覚えたあらゆる独創的な悪態で自分自身を罵っていた。胸のなかにはナイフのように鋭い怒りがくすぶっている。恐ろしいほど罪悪感に近い怒りが。ふだん彼はそういう感情に悩まされることはないが、今夜はしつこく苦しめられていた。あれほど心を開き、彼を信頼してくれたマージェリーを欺いたばかりか、もう少しで彼女を誘惑するところだったのだ。まさに間一髪、危ないところだった。あと何秒かあの状態が続けば、彼女の名誉を汚すことになっていただろう。

成人してから今日まで、あれほど情熱にわれを忘れたのは、覚えているかぎり今夜が初めてのことだ。実際、自分があんな真似をしたとはいまでも信じられない。まったく説明

のつかない不埒きわまりない行動だった。

ヘンリーは引きむしらんばかりに髪をかきあげた。マージェリーが自分にとって禁じられた相手だという事実がなんらかの倒錯した刺激となり、あんなにも激しい欲望に駆られたのだろうか。

なんと愚かな。何度でも地獄に堕ちるべきだ。

まさかマージェリーをこれほど好きになるとは思いもしなかった。好きになりたくなどなかった。そんな必要はない。彼女がテンプルモア伯爵と再会するためにひと肌脱げば、ぼくの義務は終わる。それを果たすのにどんな感情も必要ない。そもそも、感情とはあてにならぬもの。ほとんどの場合、弱さのしるしにすぎない。

だが自分に正直になるなら、彼はマージェリーが〝尋常でなく〟好きだった。これは間違いなく彼の弱さだ。

マージェリーは率直で、とても思いやり深い。彼にはそれがたまらなく魅力的に思えた。彼女を見ていると、この過酷な世界にも、真におおらかな心の持ち主がいることを信じたい気持ちになる。彼女ならこの世界を再び昔のように甘い、健全な場所にしてくれると思えるくらいだった。

ヘンリーは鋭く頭を振った。そんな錯覚は若い頃のものだ。この世は地獄だと、骨の髄まで叩きこまれたはずだぞ。彼は自分にそう言い聞かせた。情熱のおもむくままにマージエリーを抱いて、彼女のなかで溺れたいという衝動は、愚かであやまったものだ。もう少しで、取り返しのつかない過ちをおかすところだった。

肩に力をこめ、ヘンリーは決意した。明日こそはグラント邸を訪ね、マージェリーに相続の話をしよう。それから彼女をテンプルモアへともない、伯爵に手渡して、ぼくは彼女の人生から消える。それが最善の道だ。

実際、彼が取るべき道はそれしかなかった。心をそそる柔らかい体も、甘い香りのする髪も、彼の渇いた魂を露のように潤すおおらかな性格も、すべて忘れてしまおう。忘れるほかに仕方がないからだ。実際、今夜クラブでいとこと会ったあとは、セリアのベッドに直行し、マージェリーのことも、彼女に対する不埒な欲望も、この頭と体から追いだすとしよう。

だがそう思っても、ヘンリーの体はなんの反応も示さなかった。欲しいのはセリアではないのだ。セリアが喜んで彼を迎え、技巧のかぎりをつくすところを思い浮かべても、まったく心は動かない。

彼は低い声で毒づいた。こうなったら、できるだけ早くマージェリーを伯爵のところに届けなければならない。そしてウォードウにある自邸に戻り、最新のプロジェクトに打ちこんで、彼女のことを頭から追いだすしかない。

特権階級が集まる紳士クラブ〈ホワイツ〉の趣味のよい贅沢(ぜいたく)さに包まれると、自分がペてん師であるかのような奇妙な感じに襲われた。

これまでヘンリーはこの控えめな贅沢のすべてを、座り心地のよい高価な肘掛け椅子、極上のブランデー、金のにおい、権力が与えてくれる特権を、当然のごとく受け入れてきた。だが明日以降、自分のものと呼べるのは、男爵という称号と、わずかばかりの領地だけになる。

彼がテンプルモアの相続権を失ったことは、ロンドン社交界の噂の種になるだろう。もちろん、それもやがて次のスキャンダルが起こるまでのことだ。そのあとは誰もが彼のことなど忘れてしまう。

ヘンリーはとくに気にしていなかった。昔から、彼は社交界にも、それを構成している貴族たちにもたいした関心がなかった。だが、テンプルモアを失うのはつらい。爵位に未練があるわけではないが、彼はあの領地を愛していた。

「ヘンリー！」彼を待っていた母方のいとこで八歳年上のギャリック・ファーンが立ちあがり、その日の新聞が散らばったテーブルと、そこにあるブランデーのボトル、ふたつのグラスを片手で示した。「もう来ないのかと思いはじめたところだったぞ。まあ、文句は言えないが。この約束のおかげで、レディ・デューハーストの退屈な夜会に出かけずにすんだのだからな」

「待たせてすまなかった」ヘンリーはいとこが差しだした手を握りながら謝った。

ギャリックは気にするなというように片手を振った。「きみに会うのはいつでも大歓迎だ。多少遅れても関係ない」彼は黒い瞳でヘンリーをさっと見た。「何せ、めったに顔も見られないんだからな。しかし、ロンドンが嫌いなことはわかっている」

ヘンリーは腰をおろし、差しだされたグラスを受けとった。「メリンは元気かい?」彼は尋ねた。ギャリックの妻は夫と同じくらい頭の切れる才女だ。

ギャリックはうれしそうに笑った。「ああ、とても元気だが、実は妊娠しているんだ」

「それはおめでとう」メリンが子供を欲しがっていたことは、ヘンリーも知っていた。ふたりが結婚してから数年が過ぎ、公爵夫妻がいつ子供部屋を作るかは、社交界のみんなの関心の的だったのだ。

「ありがとう」ギャリックは頭を下げた。「メリンはほっとしているよ。ファーンの跡継ぎができないのではないかと、心配していたんだと思う」

ギャリックは妹を出産で失っていた。爵位と領地の跡継ぎを作るのは、しばしば危険な〝仕事〟であり、非常に大きなプレッシャーのもととなる。

「だが、きみにとっては跡継ぎを作るよりも、メリンを失わないほうが大事なのだろう?」ヘンリーは言った。

ギャリックが二人目の妻を溺愛していることは、ロンドン社交界では知らぬ者のない事実だった。多くの人々がそのことでギャリックをばかにしている。なかには彼を哀れむ者もいるが、本人はそんな反応などまるで気にしていなかった。

ギャリックは肩をすくめ、唇にかすかな笑みを浮かべて軽い調子で言った。「相変わらず鋭いな、ヘンリー。たしかにメリンさえ健康なら、ぼくは幸せだ」

ふたりはそれぞれの思いに沈み、気の置けない友人どうしの心地よい沈黙が訪れた。暖炉の上に置かれた時計の音と、薪（まき）が燃える音しかしない静けさのなかで、召使いがすぐ横を静かに通り過ぎた。

「実は、ぼくも知らせたいことがあるんだ」ヘンリーはややあって言った。

ギャリックは眉を上げた。「結婚するそうだな。噂を聞いたぞ」

「いや、その話はご破算になるだろうな。噂は少し遅れているよ」

「それはよかった。レディ・アントニア・グリストウッドを抱くくらいなら、司祭になったほうがまだましだ」

「よせよ。みんながみんな、愛のために結婚するとはかぎらないさ」

「きみは一度過ちをおかした。それだけのことだ」ギャリックは穏やかに言った。

「途方もなく大きな間違いだ。何しろ、妻が快楽を共有した相手には、実の父親まで含まれていたんだからな」彼はブランデーをひと口含み、この言葉がもたらした苦い味を一緒に飲み下した。当時は酒に溺れたが、いくら飲んでもなんの役にも立たなかったものだ。いまも同じだった。

「きみの父上は見下げ果てた男だった」ギャリックは落ち着き払って言った。「しかも、イザベルは男と見れば手当たりしだいだったからな」

ヘンリーは笑った。妻の性的なだらしのなさを表すには、〝手当たりしだい〟という表現ですら足りないくらいだ。そういう女と結婚するという失敗をおかしたからこそ、二度目の結婚相手には、自分の義務を心得た、情熱とは無縁の冷たい女性を選ぼうと決意したのだった。最初の選択がもたらした苦悩を、二度と繰り返すつもりはない。

ヘンリーは背もたれの高いビロードの椅子の上でぎこちなく肩を動かした。最近はめったにイザベルのことを思いださなかった。若い頃の過ちを思い返して過去を悔やんだところで、何ひとついいことはない。

突然じっと座っていられなくなり、立ちあがって窓辺へ歩み寄ると、ロンドンの夜を締めだしている赤いビロードのカーテンを引いて外の闇に目をやった。様々な影が窓に押し寄せてくる。暗い夜空には、三十分前に愚かしいほどロマンティックな空の下でマージェリーの徳を奪いかけたときと同じ、ダイヤモンドのように冷たい星が輝いていた。

彼はため息をついた。こういう夜には、危険な魔法がかかっているのかもしれない。もちろん、彼は魔法にかかりやすいタイプではないが。十年前、舞踏会でイザベル・カニンガムに初めて会ったのも同じような夜だった。イザベルは貧しい田舎の紳士の娘だったが、美しく、やさしく、魅力的で、彼が妻に望むものをすべて持っているように思えた。

ヘンリーは当時十九歳で、オックスフォードで一年学んだばかりだった。愛のない結婚がもたらした両親のみじめな生活を目にしていたというのに、いや、むしろそれを見てきたからかもしれないが、彼はロマンティストだった。イザベルのために書いた下手くそな詩を思いだすと、いまでも顔が赤くなる。恋の歌さえ作り、ハープシコードで演奏できるよう楽譜まで添えたものだ。

最後は妻の性的な放縦さがひどいスキャンダルになり、名づけ親のテンプルモア伯爵が金を払ってイザベルに離婚を承知させた。伯爵は金持ちが通りの物乞いに金を投げ与えるように、気前よくイザベルに大金をくれてやった。彼女はそれを受けとって外国に渡り、ドイツのさる大公の愛人となってライン川を見おろす大きな城に住みはじめたが、その一年後に馬番と駆け落ちして、城から逃げる途中、馬車の事故で命を落とした。彼女の死は、生きていたときと同じくらい恐ろしいスキャンダルになった。彼女のあきれるほど奔放な生きざまのせいでヘンリーのロマンティックな夢は粉々に砕け、彼は社交界の物笑いの種にされた。

離婚のあと、彼は即座にウェリントン公率いる軍隊に飛びこみ、テンプルモア卿(きょう)を激怒させた。しかし、死に場所を探してナポレオンの軍隊と戦ううちに激しい怒りは消え、そのあとには冷たい無関心が残った。

ヘンリーは皮肉っぽい笑みに唇をゆがめた。まったく、なんという愚か者だったことか。

テンプルモア伯爵がかつて言ったように、結婚は愛とはなんの関係もない取り決めだ。愛は弱さでしかない。

静かに彼を見ていたギャリックが言った。「結婚のことでないとすると、その知らせというのはなんだい?」

ヘンリーは椅子に戻り、ブランデーグラスを手に取ると、ギャリックの黒い瞳を見返した。「テンプルモア卿の孫娘が見つかった。生きていたんだ」

ギャリックはブランデーが縁からはねるほど乱暴にグラスを置き、信じられないというように目を細めた。「彼がまだ孫娘を捜していたとは知らなかった」

「捜すのをやめたことなど一度もなかったよ」

「そして、ようやく見つかったのか」ギャリックは驚きをこめて首を振った。「なんという奇跡だ。社交界の連中がさぞ騒ぐことだろうな」それから低い声で繰り返した。「しかし驚いたな。スキャンダルになる前に教えてもらってよかったよ。で、わが国で最も富裕な資産と爵位を継ぐ幸運な女性はいったい誰なんだ?」

「マージェリー・マロン。現在はレディ・グラント付きのメイドとして働いている。小さいときにバークシャーの家族に拾われ、その家の娘として育てられたらしい」

ギャリックはまたしても大きなショックを受けたようだった。「メイドだって? 待ってくれ――」彼は記憶を探るように眉根を寄せた。「ミス・マロンには会ったことがある。

何年か前に。たしかその頃はロッティ・ライダーのメイドだった」彼はにやっと笑った。「テンプルモア卿がそれを聞いたら、孫の人柄に疑問を抱くかもしれないな」ギャリックの異母兄であるセント・セヴェリン男爵イーサン・ライダーは名うてのろくでなしで、ロッティと結婚する前にギャリックを罠にかけ、彼女を愛人として押しつけようとしたことがあった。「その件は黙っていてくれないか」ヘンリーはつけ加えた。「ミス・マロンの雇主リストが波乱に富んでいることが公にならなくても、ゴシップの種はじゅうぶんにあるんだ」

「ミス・マロンはスザンナ・デヴリンとテス・ロスベリーのメイドでもあった」ギャリックは皮肉たっぷりに言った。「だから遅かれ早かれ、事は明るみに出るだろうな」

ヘンリーはブランデーにむせそうになった。それを聞いて彼ですら、マージェリーが本当に慎み深い女性なのかどうか、考え直しかけたくらいだ。スキャンダルにまみれた女性たちのもとでメイドとして働きながら、女主人たちの影響をまったく受けずに純潔を保てるものだろうか？　とはいえ、彼女が男を知らないことはまず間違いない。まったく技巧というものを知らず、彼の腕のなかであれほどひたむきに求めてきたことがそれを物語っている。

この思いに体がすぐさま反応し、ヘンリーはぎこちなく姿勢を変えた。〈ホワイツ〉で昂ってしまうなどもってのほかだ。

「きみは大丈夫なのか、ヘンリー?」ギャリックがじっと彼を見た。

「ああ、申し分ないよ。気にかけてくれてありがとう」ヘンリーは答え、ブランデーを飲んだ。ギャリックが眉を上げるのを見て、相続権を失った嘆きを酒でまぎらせているのだと思ってくれることを願った。

「ミス・マロンにとっては、かえって気の毒なことになるかもしれないな」ギャリックは思いがけずつぶやいた。「突然、独裁的な祖父ができて、頭を押さえられることになるんだからな。莫大な資産にしても、メイド上がりの彼女にとっては恵みよりもむしろ呪いだろう。おまけに悲劇に彩られた家族の歴史を知らされることになる」

彼はゆったりと座り、両手でグラスを抱えた。

「きみとチャーチウォードは、彼女が正しい相続人だという確信を持っているんだろうな」

「ああ」ヘンリーは少しばかりそっけなく答え、いとこの目のなかに愉快そうな理解が浮かぶのを見てとった。彼は、近い将来社交界を驚愕させるショッキングなスキャンダルについてギャリックにそれとなく知らせたかっただけで、詳細を話すつもりはまったくなかった。テンプルモアを失った痛手もいつかは癒えるだろう。だが、わざわざ傷口に塩をこすりつける必要はない。

「レディ・ローズが殺された事件は覚えているよ。そのときにひとり娘がさらわれたことも」ギャリックは暗い声で言った。「まだ十代だったが、あれは恐ろしい悲劇だったからな。頭に刻みつけられている」

テンプルモアが恐ろしいほどの静寂に包まれていたことを、ヘンリーも覚えていた。もちろん感情の爆発などまったくなかった。育ちのよい伯爵やその親戚たちは誰ひとり、悲しみをあからさまに表したりはしなかった。ヘンリーは子供心にも何か恐ろしいことが起こったのを感じて、しばらくのあいだは廊下を歩くときにも足音をしのばせたものだった。

「結局、追い剥ぎが騒ぎ立てられるのを恐れて殺したに違いない、ということになったが、本当にそれがあの事件の真相だったのだろうかと思うこともあったよ」

ヘンリーは眉をひそめた。「最初から殺すつもりで襲ったというのか？」

ギャリックは暗い顔でかすかに肩をすくめた。「ぼくはだいたいにおいて、偶然というものを信じないたちでね。レディ・ローズが死んで、利益を得たのは誰だ？」

「ぼくだ」ヘンリーは皮肉たっぷりに答えた。「テンプルモア卿の跡継ぎになったからね」

ギャリックが愉快そうに目を輝かせた。「きみは無実だろうな。さもなければ、えらく早熟な殺人者だということになる」彼は伸びをしながら尋ねた。「ミス・マロンがテンプルモアを相続したら、きみはどうするつもりだ？」

「働くさ」ヘンリーは短く答えた。「軍需品部で働かないかと、ウェリントン公に誘われているんだ」

めた。

「爆薬を扱うのかい?」

「沿岸地図の作成と、その武装化さ」

「ミス・マロンと結婚して、テンプルモアを取り戻すつもりかもしれないと思ったんだが」ギャリックはさりげなく言ってボトルに手を伸ばし、ヘンリーにもう一杯どうかと勧めた。

彼は首を振った。「母と同じようなことを言うんだな。一日も早くミス・マロンに求婚しろとぼくをせっついているよ。しかしテンプルモアを相続すれば、彼女のもとには求婚者が山ほど押し寄せるだろう」

「たぶんな」ギャリックはうなずいて身をのりだした。「だが、母上の言うことにも一理あるぞ。ミス・マロンはどんな女性だ?」

ヘンリーは甘いキスと、温かさと、シルクのようになめらかな肌の記憶を頭から締めだそうと目を閉じた。

マージェリーはすばらしい。とても魅力的で、そそられる。

だが、禁じられた花だ。

目を開けると、ギャリックが鋭い目でじっと見つめていた。

「鎌をかけたな」

いとこは笑った。「彼女が欲しければ結婚すればいいじゃないか」

ギャリックには、どうしていつもすべてを見通されてしまうんだ？　ヘンリーはこれで百回目くらいにそう思った。

「地獄へ行くほうがまだましだ」

「そのわけは？」

「ミス・マロンには、ぼくよりましな相手と結婚する資格があるからさ。ぼくはこの世界の醜い部分を見すぎた。ひどい夫になるのは目に見えている」ヘンリーはため息をつき、グラスを回しながらそれを見つめた。「ミス・マロンは愛のために結婚したがるだろう。だが、ぼくは彼女に愛を与えることはできない」

「うむ、愛に満ちたイザベルで懲りたからかな？」ギャリックが皮肉を言った。

ヘンリーは肩をすくめた。「好きなように言うがいいさ。正直なところ、ぼくにはミス・マロンと結婚できない理由が数えきれないほどある。だいたい、そんなことをしたら、間違いなくみんなに金目当てだと思われる。それに、妻の資産で生きていくのはいやだ」

「きみはプライドが高すぎるんだ」ギャリックはかすかな笑みを浮かべて指摘した。

「たぶん」だが、これまでの波乱に富んだ人生をどうにか生き抜いてこられたのは、そのプライドと、義務感と、名誉心、そして奉仕の心のおかげだった。それを捨てることなど、彼にはとうてい考えられなかった。

「ところで、どうしてわかったんだ？」ヘンリーは我慢できずに尋ねていた。「ぼくが今夜ミス・マロンと一緒だったことが」
　ギャリックがあまりにも得意そうな顔をしたので、ヘンリーは思いきり殴ってやりたく
なった。
「きみはセリア・ウォルターのベッドで過ごしてきたばかりのように見えるが、もしそう
だとすれば、こんなに不機嫌なはずはない」ギャリックは言って座り直した。「それから、
自分がテンプルモアを失うことに関してはきわめて率直に話してくれたが、話がミス・マ
ロン自身のことにおよぶと、とたんに口が重くなった。最初は、テンプルモアをきみから
奪った彼女のことを嫌っているのかと思ったんだが――」ギャリックは指の腹を合わせな
がら続けた。「その逆もありうると気づいたのさ。彼女にひとかたならぬ好意を持ってい
るために、あまり話題にしたくないのかもしれない、とね」
「くそっ、理由はそれだけか？」
「もうひとつある。きみは薔薇の香りをぷんぷんさせているし、ジャケットにはヘアピン
が突き刺さっている」ギャリックはにやっと笑った。「証拠は以上だ」
「くそっ」ヘンリーはもう一度繰り返し、暖炉の火を見つめた。「そんなに簡単に気持ち
を読まれるような顔をしていたとは思いもしなかったよ」
「簡単ではなかったさ」ギャリックはにやっと笑って片手に顎をのせ、目を細めた。「だ
が、いったい何を考えていたんだ？」

「何も考えていなかった」ヘンリーは食いしばった歯のあいだから言葉を押しだし……彼女を守ることに失敗したかのように、思いがけなく鋭い痛みに胸をつかれた。「少なくとも、頭では考えていなかった」

ヘンリーはマージェリーのことを思った。ゴシック・ロマンスへの情熱と、無垢な乙女のように甘くやさしい心を。今夜彼は、相続の件にはひと言も触れずに、危うく彼女の純潔を奪いかけた。なんという卑劣漢だ。なんという――。

ヘンリーは椅子の肘掛けを押すようにして立ちあがった。「明日はミス・マロンに相続のことを話し、彼女をテンプルモアにともなうとしよう。それからウェリントン公の申し出を――」ギャリックが顔をしかめるのを見て、彼は言葉を切った。

「ヘンリー、ミス・マロンは今夜きみと会ったとき、きみが誰だか知っていたのか？」

「いや――」ヘンリーはややあってつぶやいた。「くそっ」ギャリックが言いたいことは明らかだった。

なぜこれまでそれに気づかなかったんだ？　彼はマージェリーがあれほど率直に何もかも話してくれたのに、自分が会いに行った目的を話さなかったことに罪悪感を覚えていた。欲望を抑えることができなかった自分を罵る。

だが、彼がテンプルモアの相続人だったことを知ったときに、マージェリーがどう反応するかまでは考えていなかった。

「くそっ」

「ああ、きみがテンプルモアの相続人だったことを明日ミス・マロンが知ったら、間違いなく〝くそっ〟の嵐が起こるだろうな」

7

剣のエース――変化、多くの戦いあり

「ミス・マロン！　ミス・マロン！」

　マージェリーが深い眠りからどうにか目覚めると、メイドのジェシーがすぐ上にかがみこんでいた。彼女が目を開けても、ジェシーはまだ肩を揺すぶっている。

「起きて！」

「もう起きてるわ」マージェリーは言葉どおりに起きあがって、ガウンに手を伸ばした。暖炉の上の古い小さな時計はまだ八時を示しているが、部屋には明るい朝日が差しこんでいる。今朝はひどく頭が痛い。ふつうなら六時にはすでに起きて働いているのだが、すっかり寝すごしてしまった。「いったいどうしたの？」彼女はジェシーが顔を引きつらせ、大きな目に恐怖を浮かべているのに初めて気づいた。

「レディ・グラントがお呼びよ」ジェシーは興奮のあまりそれ以上立っていられないとい

うように、マージェリーの狭いベッドにどすんと腰をおろした。ベッドがきしみ、余分な重みに抗議する。「何かあったに違いないわ。なんだか知らないけど、悪いことに決まってる。きっとひどいことが起こったのよ」

ひどいこと。

マージェリーは不安に駆られた。ジョアンナ・グラントはよほどのことでもないかぎり、十時前には目を覚まさない。みぞおちが宙返りを打ち、めまいと吐き気が襲ってきた。まさか昨夜の不始末が、ジョアンナの耳に入ったのだろうか？　自分のメイドが評判の悪い宿でエールを飲みながら紳士と夕食をとったうえに、夜の公園で情熱的なキスに夢中になったことが？　いいえ、自分に正直になるなら、キスよりはるかに不道徳な行為におよんだことが？

自分がどこまでヘンリーに許したか、彼の愛撫にどんなふうに応えたかを思いだすと体がほてり、顔が赤くなった。目を覚ましたすぐあとは、あれがみんな夢だったことを願ったのだが、夢ではなかった。

しかも、女主人の耳に入ったかもしれないのだ。ひょっとすると、誰かがマージェリーとヘンリーがベドフォード広場の庭園にいるのを目撃して、ふたりのみだらな行為をご注進におよんだのかもしれない。そう思うとめまいがし、針を突き刺されたように頭が痛んだ。ジョアンナの怒りに満ちた叫び声が聞こえるようだ。頭のなかでは、自分をつかまえるためにこの館へと急ぐ途中の巡査の姿までもが見えた。彼女はさらし台につながれ、売女の烙印を押されるに違いない。マージェリーはベッドの裾にある木製の手すりをつかみ、体を支えた。

「大丈夫、ミス・マロン？」ジェシーが好奇心を浮かべながら探るように見た。なかには、マージェリーがこれほど若いのにレディ付きのメイドに抜擢された事実を快く思わないメイドたちもいる。彼女たちはマージェリーの転落する姿を見て、心のなかで笑うだろう。

「ええ、もちろん」マージェリーはきびきびと答えた。「レディ・グラントに、すぐにうかがいますと伝えて」

ありがたいことに、アイロンをかけたばかりの服があったので、それを着るのにほんの数分しかかからなかった。続いて手早く髪を編んだ。そのあいだもずっと、ジョアンナの早起きとジェシーが言ったトラブルの原因はどちらもわたしとは関係ない、と自分自身に言い聞かせつづけた。もちろん、関係があるはずがない。こんなにうろたえて愚かな想像で自分を苦しめるなんて、ばかにもほどがある。

階段をおりてジョアンナの寝室へと急ぎながら、彼女は家のなかの奇妙な雰囲気に気づいた。静まり返って、まるでみんなが息を止めて何かが起こるのを見守っているようだ。マージェリーはぶるっと震えた。そして、かすかに震える手でオーク材のドアをノックして取っ手を回した。

ジョアンナは寝間着姿で化粧室の引き出しをかきまわし、マージェリーがていねいにたたんである下着や服をごちゃごちゃにしていた。豊かな赤みがかった金色の髪を襟元のレースの刺繍に縁どられたむきだしの肩の上に落としたその姿はとても心配そうで、はかなげに見えた。マージェリーが入っていくと、雇主はさっと向き直り、ほっとしたように叫んだ。

「マージェリー！　ああ、よかった。どうしていいか……ミスター・チャーチウォードが見えたの。弁護士よ。それも朝の七時半に！　アレックスに応対してもらおうと彼を階下に送ったのだけれど、ミスター・チャーチウォードはわたしも加わってほしいと言って聞かないの。でも、何を着たらいいかわからなくて。だいたい、朝のココアを飲む前にそんな難しいことを決めろと要求するほうが無理なのよ……」

寝室のドアが開いてアレックス・グラントが入ってきた。「ジョアンナ、ぼくがこの部屋を出てから二十分たつが、きみはそのときとまったく同じ状態だぞ」

「あと十分で支度が整いますわ、だんな様」マージェリーはそう言って、ジョアンナを静かにチェストの前から押しやりながら下着を選びはじめた。「お約束します」

アレックスは鋭い目でマージェリーを頭のてっぺんからつま先まで見まわした。「ミス……マロンだね？　妻の支度ができたら、きみも一緒に階下の客間に来てくれたまえ」彼はマージェリーに向かってうなずき、妻に笑みを向けて部屋を出ると、かちりと音をさせてドアを閉めた。

いまのひと言でマージェリーの心臓は喉まで飛びあがった。ジョアンナは、マージェリーが突然ふたつ目の頭を生やしたかのように彼女を見つめている。「驚いたわ！　いったい何事かしら？」

「見当もつきません」マージェリーは力なく答え、ストッキングを差しだしながら言った。「ピンク色のデイ・ドレスとお揃いの靴になさってはいかがでしょう？」

まもなくマージェリーはジョアンナに着替えさせるという困難な仕事をどうにかやり遂げた。ジョアンナに服を着せるのは、ぬるぬる滑る魚に服を着せるのと同じくらい時間がかかる。ひとつの服を着せはじめると、べつの服が着たくなるからだ。そこで体をくねらせて最初の服を脱ぎ、べつの服に袖を通しては鏡に駆け寄って、朝の顔色を引き立ててくれるかどうかを確かめる。それからまたしても気が変わり……ようやく約束よりも三十分遅れて、ふたりとも用意が整った。

ジョアンナの着替えでつかのま気をそらされたものの、弧を描く広い階段を女主人のあとについておりながら、マージェリーは不安に駆られた。一段おりるたびに、ひどい恐れが増すようだった。

昨夜の不道徳な振る舞いを非難されたら自分をどう弁護すればいいのか、いくら知恵を絞っても何ひとつ思いつかなかった。それを聞いたときのジョアンナの目に浮かぶ嫌悪感とショックを見るのは耐えられない。ジョアンナ・グラントは頭にくるほど優柔不断ではあるが、誰よりもやさしく、思いやり深い女主人だった。ジョアンナとメイドや召使いたちはたがいに尊敬し、好意を持っている。そんな彼女を失望させるのは、身を切られるよりつらいことだ。マージェリーは喉がからからに渇き、舌が口の上に貼りつくような気がした。召使いが開けたドアから客間に入っていく女主人に従いながら、彼女はごくりと唾をのんだ。

部屋のなかが見えたとたん、状況ははるかに悪化した。

テラスとその先の庭を見晴らす長い窓の横に、長身で肩幅の広い男性が立っていた。その男性は、窓から差しこむ日差しに黒い髪をきらめかせ、極上の緑色のコートとたくましい太腿にぴったりしたブリーチズ姿で、非の打ちどころなく装っている。リネンのシャツはしわひとつなく、ブーツはぴかぴかに磨かれ、胸元のクラヴァットは幾何学模様のようなひどく複雑な形に結ばれていた。

部屋に斜めに差しこむ光に目がくらんで、マージェリーは最初のうち、はっきりと男性の顔が見えなかった。部屋に入り、男性が自分のほうに顔を向けた瞬間、マージェリーはその場で気を失いそうになった。チャーチウォードが立ちあがり、ジョアンナの手を取って昔風に深々とお辞儀をしたが、マージェリーはほとんど気づかなかった。

「このような非常識な時間にお邪魔したことを心からお詫び申しあげます、レディ・グラント」弁護士は言った。「しかし、わたしの用件がきわめて差し迫ったものであることがわかれば、お許しいただけるものと存じます」彼はそう言って窓際の連れの男性を示した。「ウォードウ卿(きょう)とは、すでに顔見知りだと存じますが」

〝ウォードウ卿〟ですって？

マージェリーの心臓が飛び跳ねた。ただの紳士のヘンリー・ウォードではなく、ウォードウという貴族だったとは。

「ええ、もちろん」ジョアンナが答えた。「姉のメリンが彼のいとこと結婚して以来、ヘンリーとは家族同然のおつきあいをしていますもの」彼女は好奇心と疑問を隠し、上品に答えながら〝ごきげんいかが？〟とヘンリーにも手を差しだした。マージェリーは彼がその手を握り、ジョアンナの頬にキスをするのを見守った。

「レディ・グラント」ヘンリーはつぶやいた。「元気だといいのですが」

マージェリーは元気どころか最悪の気分だった。ひどい頭痛とこみあげてくる吐き気をこらえ、急いで部屋を出ていこうとしたが、ドアはすでに閉まっており、熱いてのひらにひんやりしたオーク材があたった。遠くからチャーチウォードの声がして振り向くと、四人とも自分を見ていた。

「あなたもすでにウォードウ卿には会っておられると思うが、ミス・マロン？」

マージェリーは背筋を伸ばした。戦わずして一方的な非難に負けるつもりはない。

「ええ、お会いしましたわ」彼女は冷ややかな声で答えた。「もっとも、そのときは違う名前を使っていましたけれど」

ヘンリー・ウォードウ卿が形のよい唇にかすかな笑みを浮かべ、マージェリーに向かって頭を下げた。「ミス・マロン」

「閣下」こんな男に膝を折ってお辞儀なんかするものですか。マージェリーはほんの少し頭を下げるだけにした。ヘンリーの笑みが広がるのが見えた。

客間に奇妙な沈黙が訪れ、ジョアンナが口を挟んだ。「ミスター・チャーチウォード、差し迫ったご用件とやらを説明していただけますかしら？　どうか、わかりやすくお願いしますわ。朝のココアを飲まないうちは頭が働きませんの」彼女はベルの紐(ひも)に手を伸ばした。「みなさんもコーヒーをもう一杯——」

「ブランデーのほうがよさそうだ」アレックスがマージェリーの顔を見て言う。

ジョアンナは驚いて眉を上げた。「この時間に？」

「それと気付け薬も」彼女の夫はつけ足した。「万一ミス・マロンに必要になるといけない。ミス・マロン、座ってはどうかな？　きみには椅子が必要になるはずだ」

脈が激しく打ち、そのせいで全身が震えた。マージェリーはまるで骨抜きになったように、ヘンリーが引いてくれた椅子に沈みこんだ。チャーチウォードは使い古した書類入れの留め具をはずすのに手間どった。

「これは、みなさんにとって衝撃的な知らせだと思いますが――」弁護士はまっすぐマージェリーを見た。「いちばん衝撃を受けるのはミス・マロンでしょう」そこでためらう。

「気を持たせずに、さっさと言ってくれ」アレックス・グラントがせかした。「さもないと、妻とミス・マロンは不安と緊張に耐えかねて気を失いかねない」

チャーチウォードは書類をめくった。「わかりました。ミス・マロン……」彼は咳払いをひとつした。「実を言うと、あなたはマージェリー・マロンではなく、レディ・マーガレット・キャサリン・ローズ・ド・サン＝ピエールなのです。テンプルモア伯爵のお孫さんで、バークシャーにある領地の相続人です。幼い頃に行方不明となり、それ以来ずっと伯爵はあなたを捜しつづけておられたのですよ」

チャーチウォードは言い終わると椅子に腰をおろした。

昨夜の不埒な行為をどぎつい言葉で描写されて糾弾されるとばかり思っていたマージェリーは、弁護士の言葉をよく聞いていなかった。顔を上げるとヘンリーがそれに気づき、彼女が考えていたことを正確に読みとったのがわかった。

つかのま、黒い目にひそかな笑みが浮かび、それから再び無表情に戻った。ようやくチャーチウォードの言葉が頭のなかにしみてきて、マージェリーはすっかり混乱して弁護士を見た。

「わたしが……なんですって？　レディ・マーガレット……サン＝ピエール？　なんてお

っしゃったんですか?」ちらりと見ると、ジョアンナも同じくらいショックを受けている。明らかにこの話をすでに聞いていたらしく、アレックスは冷静だった。

「きみはテンプルモア伯爵の相続人なのだよ。おめでとう、ミス・マロン」アレックス・グラントは弁護士の言葉を簡潔に繰り返し、ちらりと妻を見た。「どうやらわたしの妻に言葉を失わせるという偉業を達成したようだな、チャーチウォード。これは前代未聞のことだ」

「閣下」チャーチウォードはたしなめるように言い、ずいぶんと派手な水玉模様のハンカチで額の汗を拭った。

「これは何かの冗談ね」マージェリーはようやく声が出るようになった。「悪ふざけだわ」自分で思ったよりも大きな声が客間の壁から跳ね返ってくる。

彼女はヘンリーを見た。「あなたね。みんなあなたの仕業なんでしょう? あなたはいったい誰なの? どうしてここにいるの? いいえ、けっこうだわ」マージェリーはヘンリーが差しだすコーヒーを押しやった。「あなたのコーヒーは欲しくないの。あなたからは何も欲しくない。この……蛇! わたしを欺いて——」

声が途切れ、涙がこみあげてくるのを感じた。ばかみたい。こんなときに泣きたくなるなんて。マージェリーは弁護士が言った信じられない知らせをどうにか理解しようとしていたが、ヘンリーの背信の大きさにショックを受け、思うように頭が働かなかった。後者のほうが、伯爵がどうのという話よりも重要なことに思えた。

昨夜、彼女にエールを飲ませ、子供時代についてあれこれ問いただしているあいだ、ヘンリーはずっとこのことを知っていたのだ。

庭園で彼女を抱きしめ、巧みなキスと情熱で彼女を狂わせていたときも、マージェリーではなくマーガレット・キャサリン・ローズ・ド・サン＝ピエールにキスしていることを知っていた。そしてマージェリーの体も心もあらわにし、もう少しで愛を交わしそうになったときも、自分の正体については黙っていた。彼は何ひとつ真実を告げず、マージェリーを欺いた。

そもそもの最初から嘘をついていたのだ。

マージェリーはあまりにもひどい裏切りに怒りを感じ、またしても吐き気を覚えた。

ヘンリーが彼女の横にあるテーブルにカップをそっと置くと、同情のかけらもない声で言った。「しっかりしないか、レディ・マーガレット。きみはもっと強い女性のはずだぞ」

マージェリーは怒りに駆られ、頬を伝うひと筋の涙を手の甲で拭った。一方的に貴族だと言われただけで、あなたたちと同じように冷血動物みたいに振る舞わなくてはいけないの？　冗談じゃないわ。マージェリーはヘンリーをにらみつけ、はっきりした声で言った。

「あなたは豚よ。いいえ、卑劣な蛇だわ」

「まあまあ」弁護士がたしなめた。「すんなりいくとは思っていなかったが……」

「どうかしら。こういうことに、よい方法などありまして、ミスター・チャーチウォード?」衣ずれの音をさせて、ジョアンナはマージェリーが座っている椅子のそばにひざまずき、慰めるように手を取った。「マージェリー、あなたの気持ちはよくわかるわ」

「悪い冗談に決まってます」マージェリーは力なく繰り返した。「わたしをだしにして、物笑いの種にするつもりなんです。こんなことが本当のはずがありません」

「ミスター・チャーチウォードがこんなに朝早く、悪ふざけをしに来るとは思えないわ」ジョアンナは言った。「彼はそういう人ではないの。これほど重要な件に関してはとくに」

「そうですとも」チャーチウォードが真剣な顔で言った。「冗談? とんでもない。これを見たことがあるはずですよ」彼は書類ケースのなかからふたつの品物を取りだし、マージェリーの前に置いた。

マージェリーは傷だらけのビロードのひとつを手に取った。ひとつ目には、金細工の大きなロケットが入っていた。渦巻くような飾り文字でMSPという文字と、紋章が刻まれている。古いのと汚れているせいで輝きがにぶくなっているが、マージェリーはまだそれを覚えていた。

驚いてかすかな声をもらしながら、彼女はためらいがちに言った。「これは去年母が死んだとき、ビリーが形見のなかで見つけたロケットよ。母はわたしのものだと言っていたわ」

彼女は長兄とそれに関して言い争ったことを思いだした。ビリーはこのロケットと一緒にあったブローチを、マージェリーのために鑑定人に見せると言った。マージェリーはわたしのものを盗んだと兄を責めた。ビリーが売ってしまうことがわかっていたからだ。たいした価値のないささやかな形見の品だったが、マージェリーはそれを取りあげた兄に腹を立て、傷ついたのだった。

彼女は蓋を開け、そのなかに描かれている絵を見つめた。金色の髪のレディと青いビロードのコートを着た黒い髪の紳士の細密画だ。その絵は黄色くなり、ひび割れていた。

「子供の頃、よくこれを見ながらお話を作ったものだわ」マージェリーはそう言ってかすかに顔をしかめた。「これと一緒に金色のブローチがあって……」

チャーチウォードは黙ってもうひとつの箱からブローチを取りだし、ロケットの隣に置いた。そこにもMSPという頭文字があった。こちらは宝石がその形を作っている。石がひとつ欠け、残りも輝きを失っていた。

「あなたのお兄さんのウィリアム、つまりビリーが、一カ月前にこのふたつをわたしのところへ持ってきたんです」チャーチウォードが説明した。「名の通った宝石商に持ちこんだら、非常に価値のあるものだと言われたと。その宝石商が見たことのあるほかの装飾品と対のデザインだったのと、紋章から、テンプルモア伯爵家のものだと気がついたようです」

記憶のなかで何かがうごめき、マージェリーの背筋に悪寒が走った。その光景も記憶もまだ混乱し、ぼんやりとしかわからないが、何かを告げようとしている。もうずっと前に失われてしまった記憶、マージェリーの心の奥底に眠っている何かを。この装身具と小さな青いシルク、レースのドレス、びりびりになって、汚れた……。

「青いシルク……」マージェリーはつぶやいた。「シルクとレース。あのドレスは……」

「青いシルクは、あなたが行方不明になったときに着ていたものです」チャーチウォードが説明した。

マージェリーはあえぐように息をのんで片手を口に押しつけた。即座にヘンリーがブランデーのグラスを差しだす。今度はマージェリーも拒まなかった。強い酒に喉を焼かれ、咳きこみそうになったものの、それが胃を温め、マージェリーを闇から引き戻してくれた。

「そんな話が真実のはずがない。あまりにもばかげているわ」これは何かの間違いよ。冗談だと言って。自分の声にそう懇願する響きを聞きとり、マージェリーは再びグラスを傾けた。火のような液体が喉を流れ落ちると、怖いものなど何もないような気がしてきた。

まるで悪夢のような小説のヒロインにでもなったようだ。レディ・マーガレットですって？　わたしはマージェリー・マロン。ウォンテッジの鍛冶屋の娘で、ゆくゆくは家政婦になるつもりの野心的なメイドよ。

彼女はマージェリー・マロンでいたかった。ほかの人間になる方法などさっぱりわからない。不安がこみあげてきて、ブランデーの残りを飲み干した。どう考えてもこれは何かの間違いだ。

「あまりたくさん飲まないほうがいい」ヘンリーが釘を刺した。「こういう場合にべろべろに酔っ払うのは適切なことではないからね」

マージェリーは彼をにらみつけた。「昨夜とはずいぶん態度が違うのね！　わたしから情報を引きだすために、どんどんエールを飲ませたくせに。もっと悪いことに……」

チャーチウォードが大きな咳払いをした。心なしか、顔が赤くなっているように見える。彼は書類をかき集め、鞄のなかに入れた。「レディ・マーガレット、そういう非難はあとにしていただけませんか」彼はヘンリーにも批判的な目を向けた。「ウォードウ卿はテンプルモア伯爵の名づけ子で、最も純粋な動機で行動していたのですよ」

「ふん。ウォードウ卿のどこが純粋なの？　彼は卑しい悪党よ。こんな男の言うことはひと言だって信じるものですか。わたしがレディ・マーガレットだということも信じないわ。そんなのばかげてる。絶対何かの間違いに違いないんだから」

「たしかに、いまのきみはレディのようには見えないな」ヘンリーが厳しい声で言うと、ジョアンナ・グラントの抗議のつぶやきを無視して乱暴に腕をつかみ、マージェリーを無理やり立たせた。「レディ・マーガレット、きみのひとり芝居は面白いが、これ以上きみの開き直りにつきあっている時間はない。詳しいことはバークシャーへ行く途中でミスター・チャーチウォードが説明してくれる。われわれはすぐさま出発しなくてはならない」

「いいえ」マージェリーは頑固に言い張った。「ミスター・チャーチウォードがここですっかり説明してくれるまでは、どこへ行くつもりもないわ」

つかのま、ヘンリーが自分を揺すぶるか、キスするかもしれないと思った。彼の目に燃えている激しい感情が、昨夜ふたりのあいだにたちまち燃えあがった情熱を思いださせた。ヘンリーは肩をつかんだ手に力をこめたが、次の瞬間にはその手を落とし、彼女を椅子に落として背を向けた。

「きみは伯爵と同じくらい頑固だな」ヘンリーは吐き捨てるように言った。「それだけはたしかだ」

自分がだだをこねていることはよくわかっていたが、ショックと失望の両方がふだんの落ち着きを奪い、心の均衡を奪っていた。いまのマージェリーは、信じていた男に裏切られたショックと、胸の奥の痛みのことしか考えられなかった。ヘンリーがわたしを求めたのは、そうしてくれと頼まれたからで、彼の行動はすべて嘘に塗り固められていた。これはあまりにひどすぎる。

傷つくべきではないことはわかっていたが、マージェリーは傷ついていた。彼女はヘンリーが心から好きだったのだ。ところが彼は思っていたような男ではなかった。自分の目的を叶えるためにに言い寄って、たぶらかした。伯爵に頼まれ、義務を果たしていただけの男性にすっかり魅せられて心を許してしまうなんて、いったいわたしはどれほどばかだったの？

「ミスター・チャーチウォード」ヘンリーは弁護士に言った。「できるだけ簡潔に頼む」

どうやら、説明を聞かないうちはどこへも行かないというマージェリーの要求を受け入れたようだ。ささいな勝利だが、マージェリーは彼から譲歩を勝ちとったことに喜びを感じた。

「わかりました」短く話すのは責任の放棄になると思っているのか、チャーチウォードは顔をしかめた。「あなたの母上はレディ・ローズ・ド・サン＝ピエールで、テンプルモア伯爵のひとり娘でした。彼女は父上の反対を押しきり、フランスから亡命していたアントワン・ド・サン＝ピエール伯爵と駆け落ちしたのです」弁護士は書類鞄の留め金をもてあそび、マージェリーと目を合わせるのを避けた。

「その結婚は大失敗だった」

ヘンリーが無作法にも口を挟んだ。彼はマージェリーがたじろぐのを見ても、言葉を和らげようとはしなかった。

「サン＝ピエールは財産目当てのろくでなしで、フランスのスパイだった。そして何年かすると、領地にレディ・ローズと幼い娘を残し――」ヘンリーは言葉を切ってマージェリーを見た。「きみのことだよ、レディ・マーガレット。彼はこのロンドンで独身男のような生活を送りはじめた。飲酒にギャンブル、娼婦を――」

「レディの前ですぞ」チャーチウォードが弱々しく抗議した。

ヘンリーは皮肉たっぷりに眉を上げた。「失礼しました、レディの方々。かいつまんで話すと、そういう侮辱が一年ほど続いたあと、レディ・ローズは娘を連れてロンドンに向かった。夫に自分たちと一緒に暮らしてくれと懇願するために。召使いの話では、サン＝ピエールはにべもなく彼女の願いをはねつけ、彼女にはもう用はない、二度と顔も見たくないとわめいて追い返したそうだ。そしてバークシャーへ戻る途中で馬車が襲われ、レディ・ローズは殺された」

マージェリーは冷たくなった手の震えを止めたくて、ぎゅっと体に押しつけた。体も冷たくなり、ひどい耳鳴りがした。

「恐ろしいことでした」当時のことを思いだしたとみえて、チャーチウォードは青白い顔を恐怖でゆがませた。「助けが駆けつけたときには、すでにレディ・ローズは殺され、お嬢さんの姿は消えていたのです」

マージェリーは全身に鳥肌が立つのを感じた。馬車。夜のなかを逃げるように走っていく馬車。そして涙……頭の隅で眠っていた古い記憶が、ふいにあざとい恐怖をともなってよみがえってきた。

「あの晩、両親はけんかをしたの」マージェリーはのろのろと言った。「思いだしたわ。

大きな声で怒鳴りあい、物を投げあっていた。鏡が割れて……」そこに映っていた光景が粉々になり、細い鏡のかけらが絨毯（じゅうたん）に落ちた。震えながら部屋の隅にうずくまっている自分の姿も見えた。「母は泣きながらわたしを連れて部屋を走りでると、毛布に包んでもう一度馬車に乗せ、家に向かった――」

マージェリーはぶるぶる震えながら言葉を切った。その記憶の端に、とがったかけらのようなあの晩の恐怖を感じた。あの夜、何かがひどくおかしかったことは彼女にもわかっていた。自分の世界が粉々に砕けたことは。でもまだ幼すぎて、それが何を意味するのか理解できなかった。

「彼はどうなったの？　わたしの父は？」

チャーチウォードは神経が高ぶっているとみえて、コーヒーカップをがちゃがちゃいわせている。ヘンリーが彼に代わって答えた。

「きみの母上が死に、きみが行方不明になったあとでフランスに戻った。彼が妻の殺害を手配し、きみを連れ去ったと思う者もいたようだが、本人は最初からまったく知らないことだと主張していた」

「あれっきり父とは会わなかった」マージェリーは眉根を寄せ、思いだそうとした。「どんな外見かさえ思いだせないわ」彼女はぶるっと震えて両手で顔を覆った。ジョアンナが即座にそばに来て、やさしく抱きしめてくれる。

「マージェリー、もう考えるのはやめなさい」

「ほかには何も覚えていないの」マージェリーは突き刺すようなぎざぎざした記憶を和らげるように、片手を頭にやった。「何が起こったかもまるで思いだせない」

「いいのよ」ジョアンナがきっぱり言った。「あなたはとても小さかったんですもの。思いだせなくて当たり前だわ。そんな恐ろしいことは、むしろ思いだせないほうがいいの」

ヘンリーはけげんそうにマージェリーを見た。「どうしてウォンテッジでマロン一家と暮らすようになったかも、思いだせないのかい？」

マージェリーは首を振った。ばらばらの光景の一部分が浮かぶものの、どれも意味をなさないものばかりだ。

「とにかく、ほかには何も思いだせないわ」彼女は繰り返し、背筋を伸ばして座り直すとスカートをなでつけ、もぞもぞと体を動かしながら落ち着きを取り戻そうとした。チャーチウォードの話に深い衝撃を受けただけでなく、彼女はひどく悲しかった。まるでこれまで知っていた世界の底が抜けてしまったように、もう何ひとつたしかではなくなった。自分が誰なのかさえわからない。これまで真実だと思ってきたことのすべてが、砂上の楼閣のように崩れ去ったのだ。

マージェリーは顔を上げ、自分を見つめるヘンリーの黒い瞳を見返した。彼を信頼できさえすれば。彼の支えと強さに頼ることができさえすれば。ヘンリーに頼りたい。心の底からこみあげてきたその思いの激しさに、彼女はショックを受けた。だが、すぐに幻滅と苦い怒りが取って代わった。ヘンリーは彼女を欺いたのだ。それも平気な顔で、容赦なく。彼の忠誠はマージェリーの祖父にある。彼は思いやりではなく、義務感で動く。彼女にとっては危険な男だ。

「すると、ビリーがあなたのところへ行ったのね」マージェリーはチャーチウォードにそう言いながら首を振った。「その前に、わたしに話してくれればよかったのに」

祖母がここにいて分別のある助言をしてくれたら、どんなにありがたいことか。マージェリーはふいに両親が恋しくなった。どうしてふたりともわたしに本当のことを話してくれなかったの？

マージェリーの過去は突然、パズルのピースのようにばらばらになって飛び散った。これからそれを拾い集めて新しい形を作りださなければならない。鋭い端やくぼみを持つそれぞれのピースがどこへはまるのか、ひとりで見つけていくしかないのだ。

「ジェム！」マージェリーは叫んだ。「ジェムと話さなくちゃ。ジェムなら何が起こったか覚えているはずよ」

ヘンリーとチャーチウォードが目を見交わした。

「もちろん、手配ができしだい、お兄さんと話してもかまわない」ヘンリーはなめらかに言った。「しかしその前に――」彼は暖炉の上に置かれている美しい陶器の時計に目をやった。「一刻も早くバークシャーへ行く必要がある」

すべてがあまりにも速く進みすぎていた。マージェリーは現実が自分の手から滑り落ちていくような心もとなさを感じ、自分がよく知っているものにしがみつこうとした。「ジェムに会いたいわ。すぐに発つ必要があるほど緊急ではないはずよ。ジェムに手紙を届けて――」

「ミス・マロン、きみは避けられない運命をぐずぐず引き延ばしているだけだ」ヘンリーはそっけなく言ってのけた。「この件が緊急だとミスター・チャーチウォードが言ったのは、きみのおじいさんが病気だからだ。すぐさま発たなければ間に合わないかもしれない」

マージェリーはとっさにチャーチウォードの顔を見た。弁護士はうなずいた。「ウォードウ卿の言うとおりです。テンプルモア伯爵は大変お体が弱っておられるのですよ。お気の毒です、マイ・レディ」

マイ・レディですって？　マージェリーは思った。誰か助けて。

「しかし」アレックスがなめらかに口を挟んだ。「いますぐというのはどう考えても無理だ。テンプルモア伯爵にはすぐさま使いを送り、お孫さんは状況を説明されているところで、今日の昼前にはバークシャーに向けて発つ、と知らせてはどうかな。その知らせはきっと伯爵を喜ばせ、多少は気分もよくなるに違いない。それなら――」彼は笑顔でマージエリーを見た。「ミス、いや……レディ・マーガレットは、旅の支度をする時間が多少は持てる。そのあいだにお兄さんにバークシャーで合流してもらいたいと、伝言を届ければいい」

「すばらしい考えね、あなた」ジョアンナが夫の意見にすぐさま飛びついた。「レディはこういう場合、いろいろと考える必要があるの。レディ・マーガレットの荷造りはわたしがお手伝いするわ」

「どうか、その呼び方はやめてください。わたしは二十年間マージェリーだったんです。そんなに早くほかの呼び方に慣れることなんかできません」

これをジョアンナは、きっぱりと否定した。「でもね、マージェリー、その名前は召使いにはふさわしいけれど、あなたは女伯爵になるのよ」

マージェリーは目をぱちくりさせると、またしてもチャーチウォードを見て消え入りそうな声で尋ねた。「そうなんですか？」

「テンプルモアとその領地は、この国で女性が相続することを許されている数少ない爵位です」チャーチウォードはうなずいた。「あなたが見つかるまでは、ウォードウ卿がテンプルモア伯爵の相続人に定められていたのですが――」チャーチウォードは突然言葉を切り、後ろめたそうな顔になった。重い沈黙が客間を満たす。マージェリーはヘンリーを見たが、彼の顔にはどんな表情も浮かんでいなかった。

「なるほど。ありがとう、ミスター・チャーチウォード」彼女は自分を見返している顔を順番に見ていった。「よかったら、ウォードウ卿とふたりだけで話したいわ」

「それはとても不適切なことよ」ジョアンナが指摘した。「いまのあなたは未婚の女相続人ですもの」

マージェリーは笑って言い返した。「わたしはこの十二年、ずっと未婚のメイドでした。つまり、社交界の基準からすれば、わたしの人生はとんでもなく不適切だったことになります。いまさら適切な振る舞いをしたって、それを変えることはできませんわ。さあ、お願いですから、ウォードウ卿と話をさせてください」

いまではレディ・マーガレットで、テンプルモアの相続人でもある彼女の要請に、誰ひとり逆らわなかった。

グラント卿夫妻とチャーチウォードが出ていき、ドアが閉まった。くるみ材を使った分厚いドアを通して、ヘンリーにはまだジョアンナの声が聞こえていた。「アレックス、ロンドンじゅうがひっくり返るわね！　マージェリーを適切なレディにするには、どうすればいいかしら？」

アレックスの簡潔な答えも聞こえた。「マイラブ、レディ・マーガレットの莫大な富があれば、きみの助けがなくても彼女はこのロンドンで最も望ましい女相続人として受け入れられるよ」

「ウォードウ卿」マージェリーが彼の注意を引いた。わずか五分前にレディになったのではなく、生まれたときからずっとレディとして育てられてきたようなはっきりした話し方だ。つんと突きだした顎、鋼のような灰色の瞳に浮かぶ挑戦的な表情、怒りに燃える物腰まで、すべてが気骨と強さを表している。

今朝の彼女はこざっぱりとして、つつましく見える。昨夜、ヘンリーの腕のなかでもだえた情熱的な女性の片鱗(へんりん)もない。きちんと結って、ばかげたレースの帽子のなかに入れた金茶色の髪は、ひと筋も乱れていなかった。

地味な黒い服はレディ付きのメイドにはふさわしいが、マージェリーには少しも似合っていない。顔色を悪く見せるだけでなく、体の線をぼかして、彼女をほとんど目立たぬ存在にしてしまう。それでもヘンリーは、まだ彼女に強い欲望を感じた。むしろ堅苦しいこの服装が、すでにぎりぎりまで彼を駆り立てていた。ヘンリーは、マージェリーの体から服をはぎとりたくてたまらなかった。これまで、メイドやそのお仕着せに魅せられたことは一度もない。まったく新しい現象だ。おそらくその対象は、マージェリーにかぎられているのだろう。

「ウォードウ卿」マージェリーが苛立(いらだ)たしげにもう一度呼んだ。ヘンリーは先ほど名前を呼ばれたことを思いだした。「うわの空では困るわ」

いや、集中しているとも。ほかのところにだが。

「レディ・マーガレット」ヘンリーは言ってお辞儀をした。

マージェリーの率直な灰色の瞳にあからさまな嫌悪が浮かんでいた。「昨夜はそんなに堅苦しくなかったわ」彼女はつんと顎を上げて言った。

「きみもね」

昨夜ふたりがどれほど乱れたかを思いださせる言葉に、灰色の瞳に怒りがひらめいた。

「誤解していたからよ」マージェリーは冷ややかに言い返した。「それに、あなたは紳士だと思っていたわ」

お見事、ぐうの音も出ない。

「すまない――」

「悪いけど、謝罪の言葉なんか信じられないわね」マージェリーの声に軽蔑がにじむ。

「あなたは昨夜の行動を、ひとつとして後悔していないと思うわ」彼女はふいに歓迎できない考えが浮かんだかのように口をつぐんだ。「まさか、わたしたちは親戚じゃないでしょうね?」

「気にするほど近い血縁ではないな。いとこの、そのまたいとこの、さらにいとこぐらいにはなるかもしれないが。だが、きみがそうしたければ、ヘンリーと呼んでもかまわない程度には近い」

マージェリーは目を細めた。「呼びたい名前はいろいろあるわ。でも、いまのところはウォードウ卿でじゅうぶんよ」そう言うと、まるで彼を見ることに耐えられないかのように、背を向けて彼から離れた。

「ミスター・チャーチウォードは、祖父があなたの名づけ親だと言ったわ」

「そのとおりだ」

マージェリーはくるりと振り向いた。「そして、わたしが見つかる前は、あなたが……テンプルモアの相続人だったのね？」

「ああ」ヘンリーにはこの話の行き先が見えてきた。「しかし――」

「でも、いまわたしがそのすべてを取りあげた」マージェリーは恐ろしいほどずばりと事実を口にした。「爵位も、領地も、財産も」

「そうだ。きみはこの国で最も裕福な女相続人だ」

つかのま、マージェリーは途方に暮れたような顔になった。しかし完全にではないにせよ、すばやく立ち直った。おそらく自分がどれほど裕福か、まったく知らないからだろう。だが、それは自分の目でテンプルモアを見ればわかることだ。そしてロンドンの上流階級の人々が、彼女にへつらいはじめれば。

「そんなにお金持ちだなんて、うれしいこと」マージェリーは皮肉たっぷりに言った。「でも、わたしが言いたいのはそのことじゃないの。昨夜のあなたがああいう行動を取った理由よ。わたしに対するあの見下げ果てた、悪巧みに満ちた、卑しむべき行動は……わたしに相続権を失わせるためだったのね」マージェリーは注意深くはっきりと言った。

ヘンリーは、こんな場合だというのにマージェリーをからかいたくなり、礼儀正しく言い返した。「では、きみはぼくよりも詳しい知識を持っているんだな」

マージェリーは目を細めた。「否定する気？　わたしを誘惑しておいて」彼女の声が怒りで高くなった。「そのあとで、性的にだらしのない女だと祖父に告げ口するつもりだったんでしょう？　祖父がわたしよりもあなたを選ぶように」

非難を投げつけると、マージェリーは両手を腰にあて、嫌悪を浮かべてヘンリーをにらみつけた。小柄なマージェリーの怒りに燃えるこの姿勢には、どことなく滑稽なところがあった。ヘンリーは笑いをこらえようとしたが、のみこむのが遅すぎたようだ。マージェリーは彼の表情を見ていっそう怖い顔になった。

「そんなに簡単なことならどれほどよかったか。だがレディ・マーガレット、相続に関する法律は、ぼくの意思で曲げられるものではないんだ。たとえきみがロンドン一悪名高い娼婦だったとしても、テンプルモアの相続人だという事実は変わらない」

ヘンリーは手首をつかみ、マージェリーを引き寄せた。その動きがあまりに思いがけなくすばやかったので、それほどきつく抱いたわけではないのに、マージェリーはびくっと飛びあがった。

「きみの論理にはもうひとつ穴がある」彼は低い声で指摘した。「きみを誘惑するつもりなら、途中でやめたりするものか」

ヘンリーは、マージェリーの肌の蜜のようなにおいに鼻孔をくすぐられ、指の下に激しく打つ脈を感じた。彼がゆっくりと視線を落として唇を見つめると、マージェリーは赤くなり、自分もまつげを頬のまるみに休ませ、彼の唇へと視線を落とした。ふたりのあいだに昨夜と同じような熱い情熱が燃えあがる。マージェリーは頬を薔薇色にそめ、物憂い目でヘンリーを見た。唇が自然と開くのを見て、彼は顔を近づけた。

「やめてちょうだい。さもないと、大事な場所に膝蹴りを食らわすわよ」マージェリーが怒りに駆られて叫んだ。「この裏切り者の卑劣な悪党」

まあ、そうなじられても仕方がない。ヘンリーはにやっと笑い、彼女の手首を放した。マーガレット・キャサリン・ローズ・ド・サン＝ピエールのようなレディを初めて迎え入れるロンドンの上流階級は、大混乱に陥ることだろう。おそらく舞踏室では、度肝を抜かれて気を失う老未亡人たちが続出するに違いない。

マージェリーはまだ頬を上気させたまま、ヘンリーがつかんだ手首をなでた。

「わたしを滅ぼすつもりはなかったにしろ、あなたと結婚せざるをえないような立場に追いこんで、相続しそこなったものを取り戻すつもりだったに違いないわ。打算的な人でなしね」

くない」

「そういう心配はいらないよ」ヘンリーは言い返した。「きみと結婚するつもりはまった

これを聞いてマージェリーはますます腹を立てたようだった。ヘンリーがそっけなく彼女を拒否したことを考えれば、驚くにはあたらないだろう。それに、彼女は取り乱していた。急いで隠そうとして顔をそむけたが、彼は怒りの下に傷ついた表情を読みとった。

「もうわたしに魅力を振りまく必要はないわよ、ウォードウ卿。何も手に入れるものがなくなったんだから」

「ああしなければならなかったんだ」ヘンリーは自分が与えた苦痛と悲しみを見て、思わずそう言っていた。「ぼくは伯爵に事実を突き止めると約束した。きみが本当にレディ・マーガレットかどうか、確認する必要があった」

「それが蛇みたいな真似をして、わたしを欺いた言い訳になると思ってるの？　何をしているか話してくれることもできたのよ」

「打ち明けることはできなかった」

やり場のない苛立ちと怒りに駆られ、ヘンリーは髪をかきあげた。自分の行動の裏にあるすべての理由を彼女に説明することなどとうてい無理だ。すでにこんなに混乱し、怖がっているのだ。母親が殺されたときに現場にいた唯一の目撃者として、彼女の身に危険がおよぶかもしれないと警告しても、マージェリーのためになるどころか、いたずらに恐怖

をあおるだけだろう。

「きみの家族がこの状況を食い物にする恐れがあった」彼は正直に打ち明けた。「きみが野心家で、老人の弱みにつけこむような娘に育っていたらどうなる？　自分は本物の孫だとテンプルモア卿を説得するのは簡単なことだ――」ヘンリーはあわてて口をつぐんだが、遅すぎた。つかのま、ショックに見開いた彼女の目に、彼は鋭い痛みを見てとった。

「なるほど。わたしを受け入れ、親切心から本当の娘みたいに育ててくれた家族が、犯罪者の集まりだと思っただけじゃなく、わたし自身もこのチャンスに貪欲に飛びつくかもしれないと疑ったのね」彼女は顔をそむけた。「そんな女だと思われていたとはね」マージェリーの声の軽蔑したような響きがヘンリーを切り裂いた。「もう少しおたがいにわかりあっていると思ったけれど……もちろん、それもすべて見せかけだけだったんだわ」

ヘンリーは怒りに駆られてさえぎった。「すべてが演技だったわけではない――」

マージェリーは両手で耳をふさいだ。「やめて！　自分を正当化する言葉なんか聞きたくないわ！」

「いや、聞いてもらう」ヘンリーは言い返した。

ふだん、彼の行動を支配している冷たい論理をマージェリーがこんなにもあっさりと切り裂き、彼が望まぬ感情を呼び起こせるのは恐ろしいことだった。彼は自制心を失うのが嫌いだった。だが、それが指のあいだから滑り落ちるのを感じながら、部屋を横切った。

そしてあとずさるマージェリーを紫檀のテーブルへと追いつめる。ヘンリーは手を彼女の両脇に置いて、わずか数センチしか離れていないところに立ち、頑丈なテーブルの前に閉じこめた。マージェリーは身じろぎもせずに立ちつくした。

「そこをどいて」彼女は食いしばった歯のあいだから言葉を押しだした。

「聞いてもらうと言ったはずだ」

ふたりはにらみあった。ヘンリーは片手でマージェリーの顎をなで、温かい肌に触れた。マージェリーが顔をそむけ、彼の手から逃れようとする。

「きみはテンプルモアのプライドに満ちているな、レディ・マーガレット」彼は嘲るようにつぶやいた。

マージェリーは彼の手を払いのけ、挑むように見返した。「あなたは骨の髄まで傲慢な貴族だわ。いいでしょう、言いたいことがあったらどうぞ。でも、わたしがそれを信じることは期待しないでもらうわ」

「ぼくの動機は純粋なものだった。すべてきみの祖父とテンプルモアのためにしたことだ」

明らかにこれだけでは納得できなかったらしく、マージェリーは軽蔑もあらわに吐き捨てた。「それしか言えないの？ そんな理屈じゃ子供だってだませやしない。わたしの出生を知るためにキスをする必要などなかったはずだわ。昨夜のような不埒な振る舞いにおよぶ必要もなかった」

　ふたりの目が合い、またしても熱く甘い欲望が火花を散らした。敵意と怒りが、それに鋭さと危険をもたらす。

「ああ、その必要はなかった。だが、きみも楽しんだはずだ。それとも、ちっとも楽しくなかったふりをするほどきみは偽善者なのか？」

　マージェリーが怒りのうなりを発した直後、彼は激しく唇を重ねた。マージェリーはキスに即座に反応した。キスを拒もうと必死に努力していたが、ヘンリーと同じようにその戦いに負けた。

　欲望が燃えあがり、ふたりをのみこむ。それに逆らうのは不可能だった。彼はまだマージェリーをテーブルに押しつけながら、ふっくらした下唇をそっと噛み、彼女がそれを開くと熱い舌を滑りこませた。むさぼるようにキスをしながら、降伏を要求し、彼女の体がぐったりともたれかかるのを感じる。こんなことをしてはいけないのはわかっていたが、善意など地獄へ蹴り飛ばした。もしかすると、彼は好色だった亡き父に思ったより似ているのかもしれない。

「認めるんだな」ヘンリーは唇を離しながら言った。「きみはぼくが好きなんだ」

　マージェリーは怒りに燃える声をもらし、彼の胸を押しのけようとした。「こんなことで何かを証明しているつもりなの？　あなたなんか大嫌いだってことはわかっているはずよ」

「いいとも。それは受け入れよう。だが、それでもきみはぼくに惹かれている」ヘンリーがわずかに下がると、マージェリーは綾織りの黒いスカートをがささせ、急いで彼の横をすり抜けた。

「うぬぼれ屋」彼女は振り向いて言った。「あなたなんかこれっぽっちも魅力的じゃないわ」そして苛立たしげに首を振った。「癪にさわる人。キスをされたのはあれが初めてではなかったし、あなたがいちばん上手でもなかったわ」

ヘンリーは笑った。「どっちも信じないね。ぼくの前にキスをした男はひとりもいなかったはずだ」

マージェリーが激怒して言い返す。「いたわ！」

「きみは嘘が下手だな」ヘンリーはついにやっと笑っていた。「正直な人間はほとんどがそうだが」

「昨夜のあなたはずいぶんうまく嘘をついていたわね」マージェリーは鋭く言い返し、どうでもいいというように片手で払った。「でも、いいわ。こうして相続の話を聞いたからには、二度と会う必要はないでしょうから」

「むなしい望みだな。きみをテンプルモアへ連れていくのはぼくの役目なんだ」

「誤解があるようね」マージェリーは怒りを持てあまし、机の上を指で叩きながら言い返した。「わたしはレディ・マーガレットになりたいなんてこれっぽっちも思わないわ。マージェリー・マロンでいるのが気に入ってるの。爵位も領地も欲しくない。あなたは相続人だったのだから、欲しかったんでしょう?」マージェリーは挑むように彼を見た。「あなたがもらえばいいわ」

苛立ちがこみあげ、ヘンリーは声を荒らげた。「もう一度言うが、きみは相続に関する法律を誤解している。爵位を拒むことはできない。きみはテンプルモアの女伯爵になるしかないんだ」

「バークシャーなんかに行くもんですか」マージェリーは胸の前で腕を組んだ。てこでも動かないつもりのようだ。

まったく、なんて頑固な女性だ。祖父の上をいく頑固さだ。問答無用で肩に担ぎ、待たせてある馬車に放りこむか? ヘンリーはちらっとそう思った。

「そういう子供じみた反抗は、きみのおじいさんに対しても……」彼は言葉を切った。伯爵に孫を連れて戻ると約束したのだ。その約束をきっちり果たさなければならない。「テンプルモアに対しても無礼だぞ」

「どちらもわたしには関係がないわ。わたしはマージェリー・マロンで、レディ付きのメイドよ。それ以上にはなりたくないわ。書類を持ってきてくれれば――」彼女はぱちっと指を鳴らした。「全部放棄するわ」

ヘンリーは自制心をかき集めて癇癪を抑えた。彼が唯一大切に思っているもの、愛しているものがテンプルモアだった。そこの煉瓦のひとつ、草の葉の一本までもが何物にも代えがたい。彼はテンプルモアが欲しかった。この女性は、そのテンプルモアを見ないうちから拒否しているのだ。

マージェリーが相続を拒否するとは思ったこともなかった。広大な領地、立派な爵位、莫大な財産を、あっさり捨てる人間がどこにいる？　どんな召使いも、貧しい子供時代を送ってきた者も、これだけのチャンスを棒に振るようなことはしない。そんなことはばかげている。

「きみが伯爵家の相続人だとわかったあとも、レディ・グラントがメイドとして雇ってくれると思うのか？　それに、きみのおじいさんがそんなわがままを許すとでも？　ばかばかしい。この件に関しては選択肢などないんだ。自分の意思でテンプルモアに行くことを拒否するなら、ぼくがきみを馬車まで運んでやる」

マージェリーは彼に背を向け、両のてのひらを合わせた。「わたしは行かないわ」だが、そう言った彼女の声が震えているのをヘンリーは聞き逃さなかった。

「怖いのかい？」

「まさか！」彼女はこの慰めをすぐさま拒否した。「怖くなんかないわ！」全身をこわばらせて肩をすぼめている。「ただ……レディ・マーガレットになんかなりたくないだけよ」

ヘンリーはまたしても、その声に震えを聞きとった。マージェリーは必死に不安を隠そうとしているが、体がそれを裏切っていた。ヘンリーは歩み寄り、やさしく両手を肩に置いた。彼女の震えを感じる。マージェリーは小刻みに体を震わせ、彼と目を合わせようとしなかった。

「大丈夫だよ」彼はそう言って華奢な肩をなでた。まるで、いまにも弾けるのではないかと心配になるほど、全身の筋肉が張りつめている。どうやって慰めればいいのか、助ければいいのか、ヘンリーには見当もつかなかった。引き寄せて抱きしめ、安心させてやりたかった。そして、そう思っている自分に気づいてショックを受けた。そういう親密な感情は彼には必要ない。どう扱えばいいかもわからない。

「わたしのおじいさんってどんな人？」マージェリーはようやくヘンリーを見あげた。大きく見開いた目に、不安と戸惑いが浮かんでいる。わずか数分のあいだに人生をひっくり返された人間の表情が。

テンプルモア伯爵はひどい独裁者で、いったんこうと思ったら、どんなに説得しても頑固に自分の考えに固執する人間だ。しかし、それをマージェリーに言ってもなんの助けにもならない。

「孤独な老人だよ。きみと知りあえたら、とても幸せになれるだろう」

これは正しい言葉だったようだ。マージェリーの顔に昨夜と同じ自然な笑みが浮かぶのを見て、甘いやさしさが胸を貫き、またしてもヘンリーを驚かせた。今度は先ほどよりも鋭く、抑えるのが難しかった。彼はもう少しでマージェリーを抱きしめそうになったが、彼女が一歩下がり、ふたりのあいだに距離を置いた。

彼を信頼していないのだ。そのほうがいい。ヘンリーは自分にそう言い聞かせた。マージェリーをテンプルモアに送り届ければ、それで彼の仕事は終わる。そうすれば彼女の人生から永遠に立ち去れるのだ。

8

ペンタクルスの9――安楽と繁栄

出発の準備が整ったのは、それから三時間後だった。階段をおりていくヘンリーの苦虫を噛みつぶしたような顔が目に入ると、マージェリーは内心ほくそえんだ。といっても、彼を苛立たせるために、わざと時間をかけたわけではない。いざとなると、あれやこれや細かい用事があったのだ。

まず三人の兄に手紙を書き、何が起こったかを説明して、テンプルモアに会いに来てくれと頼んだ。おそらく来るのはジェムひとりだろう。ビリーがロンドンを離れるとは思えないし、ジェドは文字を学ばなかったから、この知らせを読むことができない。

続いてジョアンナの勧めに従い、アレックス・グラントのいとこであるフランチェスカ・オールトンにも急いで手紙をしたためた。フランチェスカは、夫であるオールトン卿が昨年、酔っ払って道路で寝てしまったせいで馬車に轢かれて命を落としたため、未亡人となっていた。誰もがフィッツウィリアム・オールトンの死は損失ではなかったと言う。しかし、彼の家族はフランチェスカと完全に縁を切り、彼女は自分の親戚を頼る身になっていた。若く、美しく、楽しい相手であるばかりか、社交界を生き抜く術（すべ）にも長（た）けているフランチェスカなら、マージェリーにとって完璧な話し相手（コンパニオン）になるとジョアンナ・グラントは指摘した。マージェリー自身もフランチェスカ・オールトンが好きだった。それに彼女には友人が必要だった。

それが終わると、今度は荷造りが待っていた。

「旅行鞄（かばん）は必要ないぞ」玄関ホールの大理石の上を苛立たしげに歩いていたヘンリーが釘（くぎ）を刺した。「荷物はあとでまとめて送ってもらえばいい。何より、テンプルモアに到着すれば、必要なものはすべて買えるんだ」

「まあ、もったいない。あなたが知っているたぐいのレディたちは、わたしが知っている人たちとは違うようね、ウォードウ卿。わたしの荷造りは十分もあれば終わるし、小さな鞄にすっかり入ってしまうわ」マージェリーは言い返した。

だが、ジョアンナにはべつの考えがあった。「いまのあなたはレディ・マーガレットなのよ。こっちへいらっしゃいな」

マージェリーはもとの女主人のあとに従い、広い階段を上がって寝室に向かった。召使い用の階段を使うことは考えられなかった。いままでのような日々は、もう二度と戻ってしはじめている。

こない。そう思うとずきんと胸が痛んだ。これまでの仲間たちは、すでに彼女を特別扱い

　そして、全員がこの降ってわいた〝幸運〟を喜んでいるわけではなかった。実際、ひとり残らず反発しているようだ。双子のハンサムな召使いは、マージェリーのようななんの取り柄もない地味なメイドが女相続人になったことに苛立ち、その気持ちを隠そうともしなかった。三番目のメイドであるジェシーは嫉妬に駆られたせいかヒステリックになり、ミセス・ビドルに頬を打たれた。

「この知らせにみんな混乱しているようね」ジョアンナはマージェリーを自分の化粧室に導き、ドアをぴたりと閉ざしてジェシーの大きな泣き声を締めだしながら、ため息をついた。

「親愛なるマージェリー」彼女はマージェリーの手をぎゅっと握った。「あなたのためを思うと、とてもうれしいのよ。でも、こんな有能なメイドの代わりをどこで見つければいいの？　これはまったく不幸な出来事だわ」

「レディ・ダーウォードのメイドが、働く先を変えたがっているみたいですわ、奥様」マージェリーはおろおろしている女主人に知恵を授けた。「パリで髪結いの勉強をしたこともある、とても有能な人です」

「まあ、本当に？」ジョアンナは顔を輝かせた。「だったら、うちに来てくれるように説

得してみるわ。ありがとう！」彼女はマージェリーの手を放して窓辺のチェストに歩み寄ると、引き出しを開けた。「さてと、あなたにはレディの下着と服と、装身具、その他ありとあらゆるものが必要ね」

ジョアンナは引き出しを次々に開けていき、昨夜マージェリーがきちんとたたんで重ねたものをすばやくかきまわした。「わたしのものをいくつか――」

「奥様」マージェリーはジョアンナの腕にそっと手を置いた。「奥様はわたしよりも十センチ以上背が高くていらっしゃいます」

「それに、十センチ以上も幅が広い」ジョアンナはため息をついた。「あなたの言うとおりよ、マージェリー。わたしのものでは体に合わないわね」彼女は金箔で飾った鏡の前に置かれている、美しい刺繍入りのスツールに腰をおろした。

「いまのところは日曜日のよそゆきで間に合います。ウォードウ卿の説明をお聞きになったでしょう？　必要なものは買えるんですもの」

「ええ、必要なものの十倍でも買えるわ」

「わたしはそんなにお金持ちなんですか？」マージェリーは梨の形をした鏡に映った自分の姿を見つめた。この国一資産家の女相続人。ヘンリーはそう言った。それを思いだすと、興奮と不安に背筋が震えた。

鏡のなかには四シリングで買った青いコットンの服を着て、金茶色の髪に白い顔をした灰色の瞳の小柄な娘が映っている。

　このマージェリー・マロンが社交界一のお金持ちだなんて。

　ショックで気が遠くなりそうだが、気付け薬を持ったことは一度もない。レディになったからといって、いまさらそんなものを持つつもりもなかった。

　わたしはレディ・マーガレット・キャサリン・ローズ・ド・サン＝ピエール。フランス貴族の娘で、この国の伯爵の孫娘。

　ちっとも実感がわいてこない。好きなだけ何度も繰り返して言うことはできるが、とうてい信じられない。

「あなたは二十五万ポンドの資産と、七つの屋敷と、ロンドンのタウンハウスを相続するのよ」ジョアンナはそう言って首をかしげた。「それとも、二十万ポンドに屋敷が八つだったかしら？」

　マージェリーはまたしても気が遠くなりかけた。「まあ、どうしましょう。そんなにお金持ちのはずがないわ」彼女は抗議した。「それに、どこの誰が八つもの屋敷を使うんです？　わたしはひとりしかいないのに。ひとつでじゅうぶんですわ」

　ヘンリーは、これをみんなわかっていたんだわ。マージェリーは思った。彼はこの件をすべて承知していた。マージェリーはみじめな気持ちになり、客間で彼と言い争ったときと同じように、みぞおちに怒りのしこりを感じた。彼がわたしと結婚したがらないことを喜ぶべきよ。わたしは信頼できる、愛している男性としか結婚しないんだから。

それでも客間でヘンリーがしたキスを思いだし、自分でも気づかぬうちに片手が上がって唇に触れていた。変だわ。彼にあんなやさしい、情熱的なキスができるなんて。あんなキスをされたら、腕のなかで溶けてしまいそうになる。本当はちっとも好きじゃないのに。ひょっとして、あれはヘンリーのせいではなく、キスのせいなの？　相手がヘンリーでなくても、わたしは同じ反応を示すの？

ほかの男性とは一度もキスをしたことがないから、比べる手がかりはまったくない。ただ、ことキスに関するかぎり、それに愛撫に関するかぎり、男なら誰でもヘンリーのように上手だとは思えなかった。おそらくヘンリーは、特別ああいうことが得意なのだろう。でも、彼とはもうそのどちらもするつもりはない。テンプルモアに着けば、ヘンリーは立ち去る。もう会うこともなくなる。地獄が凍る日がくればともかく、二度と彼にはキスも愛撫も許すつもりはないわ。

ジョアンナが化粧台からいくつか容器を集めはじめた。「ジャーミン通りの花屋で買った、ヒヤシンスの香りの香水をあげるわ」彼女は言って、マージェリーが断ろうとすると片手で制した。「レディにはエレガントな香りが必要よ。それに、魅力的な帽子も必要なの。エメラルドの羽根飾りがついた――」

「どうか、奥様」自分の質素な服に羽根付きの帽子は恐ろしく不釣り合いだ。「どうしてもとおっしゃるなら、ピンク色のリボンがついた麦藁帽子をいただきます」

「ええ、どうしてもよ！」ジョアンナは部屋じゅうを飛びまわり、いったい何を入れるのかと心配になるほど大きな旅行用鞄に、次々と自分が選んだものを入れていった。「まあ、楽しい！　あれにはピンク色のスペンサーとビーズの刺繍をしたバッグが合うわね……」

彼女はさらに引き出しのなかをひっかきまわした。ドレスが滝のように落ちてきて、色とりどりの花が咲いたようだった。マージェリーは何も考えずにそれを手に取り、たたみはじめた。「マージェリー、そんなことをしてはだめよ！」ジョアンナが恐怖に駆られて叫ぶ。

「たしかにわたしはレディ・マーガレットですけれど、服をたたむ能力にはなんの変わりもありませんわ、奥様」祖母が生きていたら、自分のことも自分でできない怠け者のレディのことをなんと言うかしら？　口元がほころびそうになり、あわててのみこんだ。

ジョアンナがマージェリーのために〝ちょっとした小物を二、三〟選び終える頃には、ホールの大時計が十一時を打っていた。

「ウォードウ卿は図書室でお待ちです、奥様」鞄の重みに息を切らせている召使いを従えてふたりが階段をおりていくと、ソームズが知らせてくれた。「真夜中になる前に出発の用意ができる見込みがあるだろうか、と尋ねておいでですが」

「まあ、いやみな男」彼らの後ろで誰かが言った。「レディには、こういう非常時に山ほど対処しなくてはならないことがあるものよ。殿方には決してわからないわ」

マージェリーがくるりと振り向くと、フランチェスカ・オールトンが急ぎ足で玄関から入ってくるところだった。

「できるだけ急いでやってきたの」チェシーはマージェリーを温かく抱きしめながら言った。「手紙を受けとって、とてもうれしかったわ、マージェリー。慎み深い未亡人たちの目には、わたしが品のよいコンパニオンに映るかどうかは自信がないけれど」

「わたしに必要なのはお友達です。そして、社交界のルールを心得ている人も」

「それなら多少は助けになれるわね」チェシーはうなずき、大きな青い目をきらめかせた。「これまでわたしが破らなかった社交界のルールなど、ひとつもないもの。友人のほうは、相続人になったことが公になったとたんにどっと押し寄せるでしょうよ」

「だから〝本当〟のお友達が必要なんです」

「気持ちはわかるわ。いえ、待って。実際にはわからない。まったく想像もつかないわ。まるで夢を見ているようでしょうね」

「ひどい悪夢ですわ」マージェリーは心をこめて言い、チェシーがけげんそうな顔になるのを見て説明しようとつけ加えた。「お金持ちの貴族になったからには幸せに決まっているると、みんなが思っているようですけれど、わたしはマージェリー・マロンでいるのが好きだったんです。でも、自分が誰なのかわからなくなってしまいましたわ」

チェシーはゆっくりうなずいた。「そのうち慣れるわ。これほど劇的に人生が変わって、すんなり適応できる人間などいるものですか。それに、ヘンリーの言うなりになることはないわ」彼女はマージェリーの腕をぎゅっと握った。「彼は恐ろしいほどの暴君になれるんだから」

「彼を知っているんですか？」

「遠い親戚なの。社交界では、ほとんど皆どこかでつながっているのよ。あら、ヘンリー！」ヘンリーが不機嫌そうな顔で図書室からこちらに向かってくるのを見て、チェシーはいたずらっぽく目を輝かせた。「あなたの話をしていたところよ。出発の準備はできた？」彼女は眉を上げた。「レディ・マーガレットをこんなふうに待たせるなんて、失礼よ」

「フランチェスカ」ヘンリーのうんざりしたような声に、マージェリーは笑いをこらえた。

「きみが同行すると聞いて、とてもうれしいよ」

「ええ、そうでしょうね」チェシーは慎み深そうにほほえんだ。

ヘンリーはマージェリーに顔を向けた。「旅の支度をする時間をじゅうぶんに取れたのならいいが。あまりに長くかかるので、逃げだしたのかと思ったよ」

「まだ逃げてはいないわ」マージェリーは澄まして答えた。「そのうちね」

ふたりの目が合ったとたん、火花が散りそうなほど周囲の空気が張りつめた。先に目をそらしたのはヘンリーだった。

「あと十分で出発する」彼はぶっきらぼうに言った。「いまからでは、夜になる前にテンプルモアにたどり着ければ上々だろうな」

「あなたは馬で行くの?」狭い馬車のなかにヘンリーと何時間も閉じこめられるのは、チェシーとチャーチウォードという連れがいても、あまり心の弾む見通しではなかった。争いながらも性的に惹かれずにはいられないせいで、ふたりのあいだの空気は文字どおりちりちりしている。

「とんでもない。目を離した隙に逃げられては大変だ」

「手錠をかけて横につないでおかないのが不思議なくらいよ」

ヘンリーの目に何かがひらめき、マージェリーはふいに暑くなった。彼が口元をほころばせると、いっそう体がほてった。

「その気になるかもしれないぞ」彼は顔を近づけて耳元でささやいた。「その思いつきがどれほど心をそそるか、きみには想像もつかないだろうね」

苛立ちと強い性的欲求という不快な組み合わせに苦しめられながら、マージェリーは馬車へと向かった。傷ついた心がまたしても痛む。わたしは重大な過ちをおかした。ヘンリーに性的に惹かれるだけでなく、好意まで持ってしまった。

彼はそれを利用して、わたしを思いどおりに動かそうとしている。頭にくるけれど、彼を見るたびに、あの腕のなかで感じた強烈な快感と情熱を思いださずにはいられない。マージェリーは体をまるめて隠れてしまいたかった。だが、それでは卑劣な男の思う壺だ。だからヘンリーにまったく関心のないふりをして、一緒にテンプルモアへ行くとしよう。わたしがこんなにも弱いことを彼に知られたら、それは命取りになる。

太陽が西の丘に沈みはじめる頃、ようやく彼らはテンプルモアのはずれに到着した。馬車のなかでそれとなくマージェリーに気を配っていたヘンリーは、街道の左手にあるテンプルモアの端を通過し、領地を囲む塀がすぐ横に見えはじめると、彼女が身をのりだすのを見守った。

そこから何キロ進んでも塀がいっこうに終わらないのを見て、しだいに彼女の表情が変わり、全身が緊張でこわばった。テンプルモアの領地は広大だと聞き、頭でわかったつもりでいても、実際に目のあたりにして、あらためて自分が受け継ぐ領地の広さに驚いているのだろう。

マージェリーは膝の上に置いた手をぎゅっと握りしめ、震えはじめた。かなり神経質になっているようだ。しかし、それを指摘しないだけの分別はヘンリーにもあった。彼の存在に耐えているのは、チャーチウォードやチェシーの手前だと、彼女は長い旅のあいだにはっきりさせていたからだ。馬を変えるときや食事をとるときは、しぶしぶヘンリーの助けを受け入れたが、食事にはほとんど手をつけず、口数も少ない。ほかの場合は、完全に彼を無視した。

馬車がようやく道を折れ、鷲(わし)の頭と翼にライオンの胴体を持つグリフィンに守られた巨大な鉄の門を入り、ライムの並木のあいだの坂道を上がりはじめた。夕日にきらめく湖が、右手にひらめいて通り過ぎる。

「あれはリトル・レイクと呼ばれている」ヘンリーが説明した。「館の西側にもっと大きな湖があるんだ」

馬車は車輪の音を響かせながらエレガントな細い橋を渡り、左へ向かってアーチを通過して、小石を敷いた馬車寄せを館の前へと進んだ。そこには全部で十五段の石段が館の広い正面へと上がっている。ヘンリーは突然、見慣れた館をマージェリーの目を通して見ていた。未知のものに満ちた黒っぽい巨大な建物。これまで行方不明だった相続人の帰宅を歓迎するために、伯爵は召使いたちを全員、玄関ホールに並べているだろうか？　それを見たら、マージェリーはさぞ怖(お)じ気(け)づくに違いない。

ヘンリーは馬車を降りるマージェリーに手を貸し、大丈夫だというように、震えている指をぎゅっと握った。マージェリーは不安と心配に曇る目で彼を見あげ、つかのまにっこりほほえみそうに見えたが、代わりにするりと手を引き抜き、決然と嵐の海を進む小舟のように石段を上がりはじめた。彼の助けなど必要ない、そばにいてもらう必要もないと、態度で示しているのだ。

ドアのすぐ内側で、執事が頭を下げて彼らを迎えた。そこには、四人の召使いが外套を受けとるために待っていた。

ヘンリーは、マージェリーが信じられないという顔でつかのまためらったことに気づいた。黒と白の石の床と、見あげるような丸天井へと伸びる大理石の柱を見まわしながら、あえぐような声をもらす。子供時代のぼんやりとした記憶にあるのが、この家だと気づいたのだ。

ホールには、彼の母親とエミリー・テンプルモアも待っていた。ヘンリーが数センチ手前の空気にキスできるようにと、レディ・ウォードウが頬を差しだす。色あざやかなショールやビーズをつけたエミリーは、大げさな言葉をひっきりなしに口にしながら、マージェリーの周囲を蛾のようにひらついていた。

「マイ・ディア、大叔母のエミリーよ。あなたに会えてこんなにうれしいことはないわ。よく顔を見せてちょうだい……こんなにうれしい日があるかしら……あらまあ、あなたはお母様ではなく、亡くなったあなたのおばあ様にそっくりだわ。お母様は背が高かったのよ。お母様のことを何か覚えているかしら？」

マージェリーはほほえみながらエミリーの手に自分の手を重ね、質問に答えようとした。エミリーはそんな彼女をぎゅっと抱きしめた。

エレガントなコーヒー色のシルクを着て、控えめな真珠をつけたヘンリーの母親は、ほとんど口を開かなかった。そしてあまり清潔とは言えないものに触れるように、おざなりにマージェリーの手を握った。

「ようこそ、マイ・ディア」レディ・ウォードウは言った。「テンプルモア卿をお待たせしてはいけないわ。この三時間というもの、いまかいまかとあなたの到着を待っていたんですもの」

レディ・ウォードウの声音から、到着が遅れたことを責められていると感じたらしく、マージェリーは肩に力を入れて顎をつんと上げた。意地の悪い言葉に負けるものかという強気の態度に、ヘンリーはひそかに感心した。

「おじい様をお待たせして、申し訳ありませんでしたわ」マージェリーは礼儀正しく言うと、ちらりとヘンリーを見た。彼はマージェリーがそれを口にしたように、灰色の瞳にこめられている思いを感じた。

〝この冷たくて空虚な女性があなたのお母様なのね。これであなたが冷たくて、空虚な心の持ち主に育った理由がわかったわ〟

「こっちだ」ヘンリーはぶっきらぼうに言って、西の廊下を示した。「テンプルモア卿のところへ連れていくよ」

ふたりは暗い丸天井の下を歩いていった。外の日がすっかり落ちたいまとなっては、天井を彩る光はまったく入ってこない。ヘンリーはジョン・ホップナーが描いた幼いマーガレット・キャサリン・ローズ・ド・サン＝ピエールを示すこともしなかった。マージェリーがこの館の持つ歴史の重みを学び、この巨大な納屋のような館のなかに自分の居場所を見つける時間はたっぷりある。

彼は図書室のドアをノックし、伯爵の返事を待ってドアを開けた。図書室に入るマージェリーはとても小さく、傷つきやすく見えた。ヘンリーは彼女を先に入れ、そのあとに従った。

「レディ・マーガレットです、伯爵」ヘンリーは言った。

伯爵はスパニエル犬を足元に座らせて背をまるめ、暖炉の前に座っていたが、ふたりが入っていくと、おそらくは気力を振り絞って背筋を伸ばした。鷹のように鋭い灰色の目がさっとふたりを見てから、痛々しいほどの飢えと願いをこめてマージェリーに注がれる。マージェリーが怯えたように足を止めるのを感じて、ヘンリーは彼女の肩に手を置き、安心させて励ましてやりたいのをこらえた。

「こっちにおいで」伯爵の声が割れた。老人の目には、ヘンリーが生まれて初めて見る、赤裸々な感情、希望と恐れと切ない焦がれがこめられていた。

マージェリーもそれを見たに違いない。一瞬ためらったあと、ヘンリーには思いもよらないことをした。テンプルモア卿を知ってからの長い年月のあいだ、彼自身は一度もしなかったことを。マージェリーは祖父に駆け寄り、両手で抱きついた。

伯爵は息をのみ、体をこわばらせた。ヘンリーは恐怖に駆られ、ショックのあまり老人の弱りきった心臓が止まったのではないかと思った。あるいは、孫をたしなめ、テンプルモアの人間はこういう感情的な表現をするものではない、と叱るのではないかと。感情を表に出すのは下品なことだ、一人前のテンプルモアの一員になるためには、多くのことを学ばねばならない、と。

だが、伯爵はそんなことはしなかった。人を愛するのがどういうことか忘れてしまった人間の錆びついた動きでマージェリーに腕を回し、のろのろと孫娘を引き寄せた。マージェリーは頬を涙で濡らしながら、祖父を見あげて微笑し、何か言った。ヘンリーにはひとつひとつの言葉ははっきりとは聞きとれなかった。伯爵はうつむいて耳を傾け、人生最高の贈り物を受けとったように、孫を抱きしめた。

ヘンリーは誰かにみぞおちを殴られたようなショックを感じた。いまの伯爵は周囲のあらゆる人間の人生を支配してきた独裁者ではなく、ほかの人々と同じように不安と希望と欠点を持つ、そして同じように愛を必要とするひとりの男に見える。

ヘンリーはマージェリーと過ごした夜のことを思いだした。くったくのない笑い声、自由な精神、おおらかな心を。彼女ならこの世界をもう一度温かい、甘い場所にできると思ったことを。

マージェリーは祖父のために、まさにそのとおりのことをやってのけたのだ。ヘンリーはつかのま、この前よりも激しく切実に自分の人生にも同じ光が欲しいと感じ、そんな自分の反応にうろたえた。彼は喉がひりつくのをこらえ、冷たい無関心が戻り、愚かな願いを拭い去ってくれるのを待ったが、何も起こらなかった。痛みは消えず、切ない焦がれが彼をのみこもうとする。

ヘンリーはあとずさりし、テンプルモア伯爵と孫娘を残して図書室を出ると、静かにドアを閉めた。

9

剣の7――邪悪、信頼する相手は注意深く選べ

マージェリーはバークシャー全体がすっぽり入りそうなほど広い寝室で目を覚ました。あまりにも疲れていて、時計の短針がひと回りするまで眠れそうだと思ったが、早起きの習慣は体に刻みつけられているらしく、時計を見ると、まだ六時を過ぎたばかりだった。

目が覚めるとすぐに、前日の記憶や印象が頭を占領した。バークシャーまでの旅の途中であったこと、テンプルモアの屋敷、祖父のことが。最初に祖父の姿が目に入ったときは、ひどくいかめしくて、近づきがたく見えた。けれどもその外見の下に、病気で体の弱った寂しい老人を見てとると、テンプルモア伯爵への愛情がこみあげてきたのだった。

ある意味では、ヘンリーは老伯爵によく似ているわ。マージェリーは上掛けの下で落ち着きなく動きながら思った。マージェリーの純潔を奪いそうになった伊達男(だておとこ)ではなく、本当のヘンリー・ウォードは、責任感は強いけれど冷たく厳しい男だ。彼には貫くことの

できない硬い殻がある。けれどもこの大きくからっぽの家で、さもなければどこかほかの似たような場所で、うっかり微笑を浮かべようものなら顔にひびが入りそうな母親に愛も笑いも喜びもなく育てられたとしたら、彼が人を寄せつけようとしないのも、驚くにはあたらない。きっと孤独でわびしい子供時代を送ったに違いないわ。そう思うと胸が痛んだ。

それに、タロットカードの占いが得意だという、引きずることができるほど長いたくさんのスカーフを巻きつけた大叔母のエミリーもいる。遅い夕食をとりながら、エミリーは沈んだ灰色の瞳でマージェリーをひたと見つめ、あなたの到着を占うと〝ワンドの3〟を引きあてたわ、と言った。それがよいしるしなのか悪いしるしなのか、マージェリーには見当もつかなかったが、とりあえず慎重に言葉を選んで大叔母に感謝した。

「〝ワンドの3〟は幸運と好機のカードなのよ。でも、逆位置だったことも考慮しないとね。その場合は頑固さを意味しているの」

「テンプルモアの特徴を鋭く言いあてているな」お茶のカップの縁からマージェリーを見ながら、ヘンリーがつぶやいた。

家族の誰がどういう関係にあるのか、まだおおまかにしかつかんでいないが、エミリーに関するスキャンダルについてはすでに聞いていた。先代のテンプルモア、つまりマージェリーの曾祖父（そうそふ）は、妻が死んだあと――もしかしたらそれ以前から、この館で愛人とおおっぴらに暮らしていたという。だが娘を嫡出子としたのは、しばらくしてようやくその女性と結婚してからだった。エミリーは異母兄の伯爵よりもかなり年下で内気な女性らしく、沈黙に耐えられないと見えて、絶えず何かをしゃべっていたそうにしている。

兄である伯爵の名目上のホステスはエミリーだが、どうやらレディ・ウォードウがここにいるときには、見るからに細かいことにうるさそうな彼女がすべての采配を振るっているようだ。レディらしく振る舞うにはどうすればいいか見当もつかないマージェリーには、これはとんでもなく厄介な状況だった。チェシーが同行してくれてどんなに心強いことか。チェシーは友情と、役立つ助言を与えてくれるに違いない。どうやら、大いにそれが必要になりそうだ。

どっしりした金色のタペストリーがかかった大きくて柔らかいベッドから出て、金色のビロードのカーテンを引いた。今日も美しい春の一日になりそうだ。太陽がすでに東の丘陵地帯からのぼり、明るい日差しで窓の前にある湖の静かな水面をきらめかせている。ヘンリーが呼んだようにあれがリトル・レイクなら、ビッグ・レイクのほうは海のように大きいに違いない。

すると、窓の下から聞こえてくる鋭い鳴き声が、朝の空気を貫いた。虹色にきらめく羽を大きく広げた孔雀(くじゃく)が小石を敷いた馬車寄せを横切って、冴(さ)えない茶色の雌孔雀の群れへと近づいていく。その孔雀はヘンリーを思いださせた。彼はエレガントな雄で、マージェリーは茶色の小さな雌だ。そしてどれほど否定したくても、無視したくても、自然の摂理のようなものでヘンリーに引き寄せられる。

マージェリーは窓に背を向けた。朝の光で、昨夜は気づかなかった部屋のなかがよく見える。一個師団が泊まれそうなほど広い部屋だ。その大部分を黒っぽい木を使った巨大なベッドが占めている。ふたつのチェストと、書き物机もひとつ置かれている。どちらも同じ黒っぽい木で、同じデザインだった。素足の下には何エーカーもの柔らかい絨毯(じゅうたん)が伸びていた。

五つもの窓が、鹿のいる庭園を見晴らしている。ドアの数は全部で四つ。マージェリーはひとつずつ取っ手を回していった。最初のドアは踊り場に出る。ふたつ目はクローゼット。三番目は化粧室で、最後のドアには鍵がかかっていた。マージェリーは部屋の真ん中に立ってゆっくりと体を回し、この部屋は自分には向かないと決断を下した。彼女は小柄だ。もっとこぢんまりした部屋のほうが居心地がいい。

化粧室に置かれているジョアンナがつめてくれた鞄(かばん)から、マージェリーは唯一の着替えを取りだした。必要とあれば翌日にもバークシャーの仕立屋が駆けつけるに違いない。マージェリーがロンドンに戻って適切な衣装を揃(そろ)えるまでは、その仕立屋が作ってくれたもので間に合うはずだ、とジョアンナは言っていた。

自分のために誰かを呼びつけて服を作らせるなんて、考えるだけでぞっとする。でも、レディ・ウォードウが昨夜、わたしの服を見たような軽蔑のまなざしに耐えなければならないとすれば、選択の余地はなかった。

ヘンリーの母親はファーン公爵の叔母様なのよ、とチェシーが耳打ちしてくれた。これは間違いなく、彼があんなに尊大な態度をとる理由のひとつに違いない。もうひとつの理由は、たぶんもともとそういう性格だからだ。マージェリーはほんの少しヘンリーが気の毒になった。

手早く着替えてあでやかなマホガニーの手すりに手を走らせながら階段をおりていった。メイドだったときは、埃(ほこり)があるかどうかを確認するためによくこうしたものだ。死んだ先祖たちの肖像画のたくさんの顔がマージェリーを見おろしていた。なんとまあ、その数の多いこと。彼らの目が貴族の鼻越しに、壁から彼女を追ってくる。まるでメイドがテンプルモアの末裔(まつえい)であることが信じられないかのように。無理もないわ。マージェリーは小さなため息をつきながら思った。わたし自身も信じられないんだもの。

祖父は昨夜、朝は遅いと言っていた。どうやらこの屋敷は伯爵に合わせて回っているらしく、物音が聞こえてくるのは西の廊下のはずれにある、緑のベーズを張ったドアの奥だけだった。マージェリーは衝動的にそのドアを開け、召使いたちが働いている場所へと入っていった。

たちまちおなじみの雰囲気が彼女を包んだ。コックが調理台に火を入れ、メイドたちがあくびをしながら必要な鍋やブラシを集めている。洗い場のメイドは肘まで袖をまくりあげ、野菜をごしごし洗っていた。傷だらけの松材のテーブルに両脚を上げて、にやけた顔でメイドに話しかけていた召使いは、マージェリーの姿が目に入ったとたん、ぎょっとして両脚をさっとおろした。彼は飛びあがるように立ち、お仕着せをなでつけた。沈黙がまるで経帷子のように召使いたちの仕事場を包んだ。物音もすべての活動も停止し、全員がマージェリーに顔を向けた。

その顔には一様に恐怖が浮かんでいる。

瞬間、マージェリーは自分が、この階下の世界、よく知っている世界で友達を見つけようと思っていたことに気づいた。だが、どうやらこれはとんでもない判断ミスだったようだ。テンプルモアの召使いが、彼女を仲間のひとりとして快く受け入れることなどありえない。彼女は伯爵の孫娘として、テンプルモアの相続人として、それらしく振る舞うように期待されているのだ。自分のお菓子を作るためにオーブンを借りることも、羽根のついた埃落としをメイドから借りてシャンデリアの掃除をすることも望まれてはいない。

マージェリーは彼らの顔にパニックを読みとった。どういう態度をとればいいのかわからないのだ。この場は彼女がなんとかするしかない。これは最初のテストだ。彼女は背筋を伸ばし、恐怖に駆られているのではなく、寛大な笑顔に見えることを願いながらにっこり笑った。

「みなさんにお会いできて、大変うれしいわ。どうか仕事を続けてちょうだい」

召使いの顔に安堵の笑みが浮かんだ。彼らは膝を折ってお辞儀をし、あるいは頭を下げて、彼女が立ち去るのを待った。マージェリーは自分の居場所がどこにもないような心もとなさを覚えながら、内心の動揺を隠して階段を上がっていった。

丸天井のがらんとした玄関ホールには、様々な色の光が差していた。黒と白の床を目にすると、古い記憶がよみがえって思わず体が震えた。彼女は広い階段を駆けあがって自分の部屋に飛びこみ、勢いよくドアを閉めた。日曜日に着るよそゆきの服を夢中で脱ぎ捨てる。これはメイドの服であり、ここにはまるでそぐわない。マージェリーは化粧室に走りこみ、テーブルの上にある取っ手付きの水差しから洗面器に水を入れて、自分自身を洗い落とそうとするかのように必死で体をこすった。

大粒の涙が滴り、裸の体に落ちて水と混じりあう。マージェリーは自分のために、自分が失ったすべてのために、この先の不安な日々のために泣いた。

だが、やがて涙は自然に止まった。いくら泣いてもなんの役にも立たない。昔から自分を哀れむタイプではないのだ。体を拭くものを探そうとしてドアのところへ行くと、鍵がかかっていることに気づいた。誰かが彼女を化粧室に閉じこめたのだ。

丘をひと駆けして内なる悪魔を追いだすには絶好の朝だった。ヘンリーはディアボロにまたがり、白亜層の小道をテンプルモアに向かって駆けていた。まだ十時になったばかりなのに、すでに腹立たしい出来事が次々に起こっていた。彼が静かに朝食をとりながら『オックスフォード・モーニング・クロニクル』紙を読んでいると、早起きなどめったにしたことのない母親が、思いがけなく姿を現した。

〝彼女は嫌いだわ〟レディ・ウォードウは前置きなしにいきなり言った。

〝ええ、そうおっしゃると思っていました〟ヘンリーは穏やかに応じた。〝彼女はテンプルモアの相続人ですからね。でも、伯爵はすっかり気に入りましたよ。それが肝心なところです〟

〝昨夜はふたりが笑っているのが聞こえたわ〟彼の母親は愚痴をこぼした。〝気をつけないと、伯爵は元気を取り戻し、何年も長生きすることでしょうよ！〟

〝それは悪いことではありませんよ〟

レディ・ウォードウはこの言葉を完全に無視して言葉を続けた。〝でも、孫が見つかったことにすっかり興奮して心臓に負担がかかり、寿命が縮む可能性もあるわね。どちらに転ぶか予測もつかないわ。もうマーガレットを社交界にデビューさせるために、ロンドンへ行くという話をしているのよ。デビューだなんて！　信じられる？　惨憺(さんたん)たる結果になるのは目に見えているわ！〟

〝彼女はそれほど見苦しくないと思いますが〟

レディ・ウォードウはうんざりしたように顔をしかめ、片手をひらひらさせた。〝そんなことはどうでもいいの。おそらく母親のようにどこかのろくでなしにだまされて、駆け落ちするはめになるでしょうよ。テンプルモアの人間ときたら、誰も彼も悲しいくらい精神的に不安定ですもの〟そう言って苛立たしげに指先でテーブルを叩いた。〝急いであの娘と結婚する必要があるわ、ヘンリー。できるだけ早く。せっかくのチャンスをみすみす逃してはだめよ〟

ヘンリーは叩きつけるように新聞を置き、コーヒーを飲み干して、それ以上ひと言も口にせずに食堂を出た。

〝マージェリーと結婚する〟

その言葉が頭のなかで誘惑の化身のように鳴り響いていた。

風を切って走る駿馬が丘の頂上に達すると、テンプルモアの領地が眼下に広がった。いつものようにヘンリーは美しい景色に目を走らせながら、胸をわしづかみにされるような感動を覚えた。この光景には決して飽きることがないだろう。初めて見た七歳のときから、彼はテンプルモアが欲しかった。地獄のような戦争のあいだもどうにか正気を保つことができたのは、あざやかに頭に刻まれているここの記憶のおかげだった。

マージェリーと結婚すれば、テンプルモアを自分のものにできる。マージェリーに対する彼の反応が、彼が二十年以上テンプルモアに感じてきた反応とそっくりであることを考えれば、彼女を適切に誘惑し、満足させることができるだろう。

何しろ、ひと目見て、欲しくなったのだから。

ヘンリーは歯を食いしばり、ディアボロの腹を蹴って全速力で丘をおりはじめた。見るからにおいしそうなマージェリーをむさぼるという、よろしからぬ空想にふけるより、持てあましぎみのエネルギーを乗馬で発散するほうが無難だ。欲望を遂げるために結婚するのは、愚か者のすることだ。ときがたてばそれは燃えつきて、あとには灰のほか何も残らない。

ヘンリーはテンプルモアに目をやった。朝日に金色に輝く美しい領地が彼を見返してくる。

だめだ。

たとえテンプルモアを手に入れるためでも、財産目当ての結婚などごめんだ。妻の金で生き、永遠に妻の影のなかで過ごさなければならないほど、男として情けないことはない。一日も早くここを発ち、ウォードウへ帰ることにしよう。そしてマージェリーと結婚と、それが持つ誘惑を断ち切るのがいちばんだ。

ヘンリーは勢いよくコール川へと駆けおり、浅瀬の水を蹴散らして、その先の開けた草原を目指した。館に戻り、厩に入る頃には、日が高くなっていた。

馬番頭のネッドが急いで手綱を受けとりに来た。

「ちょっと困ったことがありまして」

「困ったこと？」ヘンリーは鞍から降りながら訊き返した。

「レディ・マーガレットの姿が見えないんで。屋敷じゅう大騒ぎです。馬で逃げだしたんじゃねえかと、レディ・ウォードウ自身がここに見に来なさったくらいで」

「だが、そんな事実はないんだな？」ヘンリーは馬番頭を鋭く見た。

「馬は全部揃ってます」ネッドはうなずいた。「お嬢様がどこにおられるか、わしにはさっぱりわかりません」

低い声で毒づきながら、ヘンリーは正面の階段を駆けあがった。マージェリーが逃げだしたはずはない。彼女はそんな弱虫ではないはずだ。もちろん、初めて会ってからまだいくらもたたないが、何か問題が起こるたびに、背を向けて逃げだす代わりに正面から受けとめ、のり越える道を選ぶのを彼は見てきた。今回もきっとそうするはずだ。少なくとも、そうであってほしかった。

館に入るとすぐに、ヘンリーはネッドの言った意味を見てとった。館のなかに不安の入り混じった恐怖が満ちている。

食堂のドアが開き、レディ・ウォードウが急ぎ足に出てきた。すぐ後ろをエミリーが従ってくる。「ヘンリー――」

「聞きました」ヘンリーは母親をさえぎると、こう尋ねた。「何があったんです？」

レディ・ウォードウはぶるっと体を震わせた。エミリーはレースのハンカチで目の隅を叩いているが、そこには涙など浮かんでいなかった。それどころか、淡い灰色の瞳は喜びと興奮に輝いている。

「マーガレットは今朝早く、召使いたちを訪れたそうなの。彼らの仕事場に行ったのよ、ヘンリー！」

ヘンリーは眉を上げただけで、次の言葉を待った。

「ところが、メイドのイーデスがココアを持っていくと、部屋にはいなかったそうなの。それを聞いて、わたしたちはあらゆる場所を捜したのよ」

「あらゆる場所をね！」エミリーが熱心に繰り返した。「念のためにカードで占ってみたわ。すると逆位置の〝カップの８〟が出たの。カードは彼女が逃げたと言ってるわ」

「どこへ逃げたかは教えてくれなかったんですか？」ヘンリーは皮肉たっぷりに尋ねた。

「正確な事実を告げてくれれば、ずいぶんと時間の節約になるでしょうに」彼は母親に目を戻した。「伯爵を起こしましたか？」

レディ・ウォードウはぎょっとして叫んだ。「とんでもない！　レディ・オールトンにもそう言われたけれど、わたしなら伯爵の耳に入れようとは夢にも思わないわ」

「ぼくなら、そこを最初に捜しますね」ヘンリーは言い返した。「彼女は伯爵と朝食をとっているのかもしれない」フランチェスカ・オールトンは、少なくとも多少の良識を発揮し、落ち着きを失わずにいるようだ。これはありがたいことだった。「とにかく見てきましょう」

「でも、そこにいなかったらどうするの?」母親が袖をつかんで引き止めた。「彼女が逃げたことを知って、心臓発作でも起こしたら――」

ヘンリーが答える前に、フランチェスカが階段を駆けおりてきた。「見つかったわ! 自分の部屋の化粧室のなかよ。でも、ドアに鍵がかかっているの」

ヘンリーのすぐ横で、エミリーがわずかに動いた。「化粧室に閉じこもったの?」彼女はかん高い、震える声で叫んだ。「どうしてそんなことをするの? わたしたちのことが嫌いなの?」

「いや」ヘンリーは苛立たしげに訂正した。「レディ・オールトンは、誰かが化粧室のドアに鍵をかけ、彼女をそこに閉じこめたと言ったんですよ」彼は大股に二、三歩でチェシーのそばまで来た。「鍵は鍵穴に差してあるのかい?」

「いいえ」チェシーは首を振った。「マージェリーはなかからドアを叩いているの。もっとも、まるで何百メートルも離れているようにかすかな音だけれど」

「ここのドアは驚くほど分厚いんだ。壊す必要があれば、斧が必要だろうな」

テンプルモアの一部に暴力が振るわれることにショックを受けたのか、レディ・ウォードウが息をのんだ。

「心配はいりませんよ、母上。それは最後の手段です」彼はチェシーの腕を取り、急いで階段を上がった。母親と一緒に彼らに従ってくるエミリーのさえずるような声が、天井の梁へと上がっていく。

「でも、わけがわからないわ。カードははっきりと彼女が逃げだしたと告げているのよ。カードは決して嘘をつかないのに」

その頃には、好奇心に駆られた召使いたちも彼らのあとに従っていた。伯爵自身が部屋を出てきてそのなかに加わったとしても、ヘンリーは驚かなかっただろう。

マージェリーの寝室のドアは大きく開いていた。伯爵のスパニエル犬が化粧室のドアのすぐ横に座り、それが開くのを辛抱強く待っている。ドアの鍵は鍵穴に刺さっていた。

「ついさっきまでは、なかったわ」チェシーがきつねにつままれたような顔になる。「これは誰かのいたずらね」

ヘンリーは周囲を見た。エミリーの顔には何も浮かんでいない。レディ・ウォードウは不機嫌な顔で薄い唇をゆがめている。罪のないいたずらどころか、悪ふざけを企むのも、母にはとうてい思いもよらないことだろう。召使いの誰かか？　こういういたずらが面白いと思う人間もいるかもしれないが、この館で働いている者のなかにいるとは思えない。

彼は鍵を回し、勢いよくドアを開けた。マージェリーは生まれたままの姿で体をまるめ、絨毯に座っていた。

彼の後ろで全員が息をのみ、レディ・ウォードウが怒ったようにきーきーと声をもらす。

ヘンリーは乗馬用の上着を脱いでマージェリーの体にかけようとしたが、ぴたりと体に合う上着を脱ぐのは、思ったほど簡単ではなかった。

彼がどうにかそれを脱ぐ頃には、またしても称賛すべき良識を働かせてチェシーがベッドへと走り、マージェリーのガウンをつかんできた。ヘンリーはそれを彼女にかけ、エミリーと、母親と、どんどん増える召使いたちに部屋を出ていくよう鋭く命じた。彼らはそれぞれ程度は違うものの、ひとり残らず気が進まぬ様子で離れていった。

「マージェリー」

ガウンが肩からはずれないように気を配りながら、彼女の手を取ってやさしく立たせる。ガウンが滑り落ちそうになり、マージェリーを鋭く引き寄せて下まで落ちるのを防いだ。つかのま、温かく柔らかい体の感触が、頭と体に焼きつく。ヘンリーはごくりと唾をのみ、もっとしっかり彼女をガウンで覆いながら、目をそらした。

「いったい何をしていたんだ？」

ヘンリーは自分の声がかすれているのに気づいた。マージェリーの甘美な裸体、華奢で完璧な胸、まるみを帯びたヒップ、ほっそりした脚が目の前にちらついていた。いまではガウンと、これもチェシーが持ってきたショールにすっかり覆われているが、どんなに必死に追いだそうとしても、先ほどの光景が頭から消えようとしない。ヘンリーは夜の庭園で愛撫した胸の感触を、口に含んだ頂が硬くとがるのを思いだし、うめき声をもらしそうになった。

「何をしているように見える？」マージェリーが怒りに駆られて叫んだ。「誰かに閉じこめられたのよ。ちっとも面白くないいたずらだわ。何を見てるの！」彼女に怒られ、ヘンリーは薄いガウンの下からのぞくすらりとした脚を見つめていたことに気づいた。「じろじろ見るなんて、失礼よ」

失礼？　彼女はぼくに、ああいう光景を前にして、礼儀正しく振る舞うことを要求しているのか？　ヘンリーはつかのま目を閉じ、あざやかな想像とまたしても激しく闘った。再び目を開けると、マージェリーはまっすぐな長い髪を背中にたらし、素足をガウンの裾からのぞかせて、怒りに燃えた目で彼をにらみつけていた。ヘンリーは荒々しく彼女を抱きしめ、キスしたい衝動を、必死にこらえた。

「ウォードウ卿」チェシーが横から言った。「あなたがここにいるのはとても不適切なことよ。どうか、出ていってちょうだい。着替えを手伝ってもらうために、マージェリーのメイドを呼ばなくては」

ヘンリーは飛びあがった。「ああ、もちろんだ」彼はついもう一度マージェリーに目をやって、見たことを悔やんだ。怒りと恥ずかしさに頬をそめているマージェリーを見ると、彼はこう思わずにはいられなかった。桜色にそまっているのはどこまでだ？　肩まで？　たしか彼女の肩にはそばかすが散っていた。ほかにはどこに散っているのだろう？　もしかすると、胸にも、それに腿の内側の柔らかい肌にも……。

「ウォードウ卿！」チェシーの声に苛立ちが混じる。「どうか、出ていって。レディ・マーガレットは服を着る必要があるのよ」

この言葉はヘンリーの想像力をいっそう刺激した。彼はマージェリーが服を着るところではなく、脱ぐところしか考えられなかった。ぞくぞくするような衣ずれの音をさせ、マージェリーが足早にチェストへと向かい、そこから手当たりしだいに下着を取りだしはじめた。白いレースが目に留まったとたん、ヘンリーはまたしても激しい欲望にわれを忘れかけた。

くそっ。せっかく乗馬で余分なエネルギーを使い果たしてきたというのに、その効果はわずか五分で台無しになった。ヘンリーはやり場のない欲望が下腹にうごめくのを感じながら、きびすを返した。

ヘンリーはまっすぐ庭に出て、好奇心を浮かべて見ている厩の男たちを無視し、冷たい水を頭からかぶった。

だが、なんの役にも立たなかった。

10

女帝——豊富な物質、および家庭的環境

「お嬢様の身長が足りないのは残念ですこと」レディ・ウォードウがその朝ファリンドンから呼んだ、長身で細い、驚くほどエレガントなフランス人のマダム・エステルは、マージェリーを頭のてっぺんからつま先まで見て、冷たい笑みを浮かべた。「ですが、すばらしい趣味と繊細な骨格をお持ちですわ」

マージェリー自身は〝繊細〟という言葉が自分にあてはまると思ったことはなかった。それに、耳が聞こえないかこの場にいないかのように、三人称で語られるのも不愉快だった。とはいえ、マダムもレディ・ウォードウも彼女の気持ちなど、これっぽちも斟酌しんしゃくしている様子はない。服地を巻きつけられ、流行の型に合わせてピンを打たれ、あちらやこちらをつままれているいまのマージェリーには、陶器の人形と同じ程度の威厳しかなかった。ふたりとも彼女の容姿を鋭い目で値踏みするいっぽうで、先ほどから彼女が何を言っ

てもすべて却下していた。

レディ付きのメイドとしてすぐれたファッション感覚を身につけたマージェリーにとって、自分の意見が聞き入れられないのは、まったく苛立たしいことだった。だいたい、マージェリーの見たところ、マダム・エステルはフランス人などではない。何年か前、まだエスター・ジョーンズという平凡な名前で小間物屋で働いていたマダムを、ウォンテッジで見かけた覚えがある。この記憶はほぼたしかだ。

彼女らはマージェリーの寝室にいた。広い部屋に様々な服やドレスが散乱している。それはベッドに山になり、引き出しや椅子や、窓辺のベンチから、シルクの川のようにあふれていた。マダム・エステルが携えてきたたくさんの既製服のなかから、レディ・ウォードウはカントリーフェアの行商人のように鋭い目で六枚ほどの服を厳選した。これは注文した服ができあがるまでの急場しのぎだ。

マージェリーはどれもみな高すぎて、恐ろしいほどの無駄遣いだと思いながらも、服を手に取ると……拒めなかった。物心ついてから今日まで、ごわごわするリネンしか着てこなかったあとで、突然たくさんの上等なシルクやレースに囲まれるのは、なんとも言えない喜びだった。

マダムは忙しく彼女の採寸を行っていた。

「胸が小さすぎますから、襟ぐりの深い服はだめですわね」彼女は嘆かわしそうに言った。

「胴衣に詰め物が必要ですわ」

「とんでもないわ。チキンみたいに詰め物をした服は絶対にお断りよ。コルセットだけにしてほしいわ」

昨日の朝、化粧室でわたしを見つけたとき、ヘンリーはこの体になんの不満ももらさなかったわ。マージェリーは心のなかでそうつけ加えた。あのときの彼の目、薄いガウンを通して感じた温かい手のことを思いだすと、つかのま脈が乱れた。

体の芯が熱くなるのを感じながら、マージェリーはこうも思った。男はしょっちゅう欲望に目がくらむが、そういう欲望にはなんの意味もない。それがわかっているのに、ヘンリーがあんなに熱いまなざしでわたしを見てくれたことに〝歓び〟を感じるなんて、わたしはひどくみだらな女に違いないわ。ヘンリーのキスと、それが下腹部の奥深くに鋭いうずきをもたらしたことを、マージェリーは思いだした。くっきりした形のよい口に胸の頂を含まれたときの、とろけるような快感のこだまが、体の奥をざわつかせる。マージェリーは目を閉じた。

「お嬢様はお疲れになりましたの？」マダム・エステルが採寸の手を休めて、問いかけるようにマージェリーを見た。「こんなにたくさんの服を試着されて、気が遠くおなりですか？」

「いいえ、ちっとも」マージェリーは急いで目を開け、ヘンリーに愛撫されている光景を頭から追いだした。「わたしは荷車の馬みたいに強いのよ」

レディ・ウォードウが即座に非難の声をあげた。「親愛なるマーガレット、レディはそういう趣味の悪いたとえを口にするものではありませんよ」

マージェリーはため息をついた。レディ・ウォードウは少しでも彼女を向上させようと、何かにつけて〝助言〟してくれるが、道は険しそうだ。

「でも、お嬢様の容姿のすべてが失われているわけではありませんよ」マダムが取りなす。「ウエストがきゅっと締まり、ヒップはまるみを帯びていますわ。とてもよい感じ（ビエン）に！」

「つまり、梨みたいな形だってことね。小さな梨」

レディ・ウォードウがまたしても首を振る。「レディが果物と自分を比べるなんてもってのほかです」

「でも、わたしは果物にそっくりですわ。りんごに」窓辺でスカーフと手袋を選んでいるチェシーが口を挟んだ。

「ちゃんとしたレディは」レディ・ウォードウは強調した。「自分を血統馬にたとえるものですよ」

マダム・エステルは追従の笑みを浮かべた。「そのとおりですわ、奥様。レディはサラブレッドですもの」

レディ・ウォードウ自身は気難しい競走馬に驚くほどよく似ている。マージェリーはチエシーと目を見交わし、噴きだしそうになった。

「そういう見込みのないものと比べないでほしいわ、マダム」マージェリーは気弱な声で仕立屋に訴えた。「身長が足りないことはわかっているけれど、これでも完璧な細密画のようだと言われたことがあるのよ」祖父がほんの昨日そう言ったばかりだ。

レディ・ウォードウは鼻を鳴らし、冷たい目でマージェリーを値踏みした。「細密画は非常に劣る芸術ですよ。あなたはおばあ様にそっくり。彼女はとても小柄だったのよ。銀行家の娘だったわ」

「それで何もかも説明がつくわ」マージェリーは言い返した。たとえその娘が伯爵家に莫大な富をもたらしたとしても、レディ・ウォードウにとって伯爵が銀行家の娘と結婚したことは、嘆かわしい身分違いの縁組だったのだろう。祖母はどんな人だったの？　マージェリーはふと思った。伯爵は自分の娘、つまりマージェリーの母親の話はしてくれたが、妻についてはひと言も触れなかった。もちろん、ふたりには話すことが山ほどあったから、そこまで気が回らなかったのかもしれない。ふたりはまだおたがいを知りはじめたばかりだった。

マダム・エステルにつねられ、つつかれつづけることにうんざりし、マージェリーは少し休憩を取ることに決め、マダムが様々な素材を広げたベッドに近づいた。

「このシルクは美しいわ」マージェリーは銀糸を織りこんだクリーム色の反物にそっと触

れた。「この色のイブニングドレスが欲しいわ。それとローズピンクの」

マダムは微笑した。「ええ、もちろんですわ。お嬢様はもうそれほどお若いわけではありませんから、ふつうの初お目見えのお嬢様方よりも濃い色をお召しになれますものね」

「それに、クリーム色はよく似合いそう」チェシーが考えこむような顔で言い、柔らかいスカーフをマージェリーの喉にあててその効果を見るために一歩下がった。「ほらね。白はだめ。顔色が悪く見えるもの。でも、クリーム色は温かみがあって、とても似合うわ」

ロンドンの客間や広間を埋めつくしているドレスに関して、極端なほど敏感なレディ・ウォードウは、チェシーの意見にしぶしぶうなずいた。「マーガレットがロンドンに出て適切な服を買うまでは、それで間に合いそうね」

マダム・エステルが自分の仕事にけちをつけられて、柳眉を逆立てる。チェシーがくるりと目を回した。

「ロンドンには当分のあいだ戻らないと思うわ」マージェリーは急いでマダムをなだめた。

「それに、マダムのドレスは完璧よ。昼間用の服があと二着あれば――」

「二着ですって？」レディ・ウォードウはぎょっとしたように訊き返した。「親愛なるマーガレット、わたしのリストでは、モスリンと紗を使った昼間の服が、十着ばかり必要なことになっているわ。金糸で刺繍をしたクリーム色のモスリンがいいわね。それからイブニングドレスを六着。色付きと白のペチコートに、スペンサーを三着。青い線が入った緑色の軽い外套、手袋、スカーフ、ショール、乗馬服を二着に、帽子を六つ……何か忘れているものがあるかしら？」

「靴と半長靴も必要だわ」チェシーが言った。

「ええ、乗馬用に」レディ・ウォードウはうなずいた。「レディは長い距離を歩かないのよ。勢いよく歩くのはふさわしくないの」彼女はマージェリーの手を取り、裏返した。「手袋はあまり上等なものでないほうがいいわね。さもないと、この手で台無しになりかねないわ。洗い場のメイドみたいな手ですもの」彼女は肌荒れがうつるのを恐れるように、マージェリーの手を落とした。「少しでも柔らかくなるように、あとでメイドに言って薔薇水のクリームを届けさせるわ」

「〝洗い場のメイドみたいな手〟のほうが、〝象の皮〟と言われるよりもまだましね」二時間ばかりあと、マージェリーはお茶を飲みながらチェシーに言った。ようやく採寸と試着が終わり、マダムは手直しした昼間用の服の一着目を明日の朝にはお届けします、と約束して帰っていった。「もちろん、わたしの手はメイドの手よ。メイドだったんだもの！」マージェリーはそう言って首を振った。

チェシーはお茶のカップとチョコレート菓子を差しだした。マージェリーはそれを片っ端から口に放りこんだ。

「レディ・ウォードウを好きになるのが難しいのはわたしの責任かしら？　とてもよそよそしくて批判的なんだもの！　よく知れば知るほど、ヘンリーが生まれたことが不思議に思えてくるわ」

「ヘンリーがひとりっ子なのはなぜだと思う？」チェシーが言って、意味ありげな笑みを浮かべた。

マージェリーはカップに向かってふんと鼻を鳴らし、肩をすくめた。こんなところをヘンリーの母親に見られたら、何を言われるかわからない。「少なくとも、相続人を産むのは自分の義務だと思っていたんでしょうね。最初に生まれた子が男の子だったおかげで、二度と努力をする必要がなかったんですもの。ウォードウ卿にとってもレディ・ウォードウにとっても幸運なことだったわね」

「ああいう横柄で取り澄ました女性には、どんな男性も怖気を振るうわね。でも、笑うべきではないわよ。わたしは亡きウォードウ卿を覚えているの。恐ろしいほどの道楽者で、奥方はずいぶんと辛抱しなくてはならなかったのよ。何しろ次々に浮名を流して奥方を辱めたんですもの」彼女はため息をついた。「結婚後のベッドを楽しいと思わない女性はけっこう多いわ。レディ・パチェットなんて、ご主人が愛人を作ったことを喜んでいたくらいなのよ。これでパチェット卿のみだらな要求が半分に減るってね。〝みだらな要求〟と彼女はそう言ったのよ」

「気の重くなるような話ね。でもわたしは――」マージェリーは思わず口を滑らせそうになって、あわてて言葉を切った。

ヘンリーの腕のなかで過ごした甘美なひとときのことについては、相手がチェシーでも話しあうつもりはない。チェシーがショックを受けるとは思わないが、これはとても個人的で親密な、大切な思い出だ。マージェリーは深い肘掛け椅子のなかでもぞもぞと動いた。パチェット卿が間違ったやり方をしていたか、ヘンリーがとても巧みなのか、マージェリー自身が途方もなくみだらなのか。それとも、この三つすべてが真実なのだろうか。

ちらっと窓の外を見ると、ヘンリーが湖のほうへと歩いていくところだった。釣竿（つりざお）を手にしてジャケットを肩にかけている。やさしい風に広い胸のシャツがはためき、明るい日差しに豊かな黒髪がきらめいている。いつもと違ってくつろいだ、幸せそうなヘンリーを見て、マージェリーの息が止まった。テンプルモアにいるからね。彼はここを愛しているんだわ。

彼女はヘンリーからもぎとるように視線を離し、チェシーの言葉に耳を傾けようとした。

「フィッツとの結婚でいちばんよかったのは、夫婦生活だったわ。ほかのあらゆる面でひどい結婚生活だったから、〝いちばんよかった〟といっても、たいしてすばらしかったことにはならないけど」

「まあ、気の重くなるような見通しね。結婚する道を選択したとしても、何ひとつ楽しみなことがないなんて」

「選択？」チェシーは表情豊かに眉を上げた。「あなたに選択の余地があるかしら？　おそらく伯爵は、もうふさわしい候補者のリストを作っているでしょうよ。そして、自分の目の黒いうちに急いで式を挙げさせたいと考えているわ」チェシーは蜂蜜をかきまわしている手を止め、かすかに眉をひそめた。「いいこと、あなたの結婚は皇太子のそれに近いのよ。テンプルモアの爵位の存続がかかっているんですもの」

「まるで中世みたい。繁殖用の雌馬になった気がするわ」

「レディ・ウォードウは、あなたがヘンリーと結婚するものと決めているわ。彼はどうなの？」

マージェリーは椅子から飛びあがり、新しいスカートにお茶をはね散らした。「あら、大変」彼女はうつむいてしみをこすり、顔が赤くなるのを隠しながら抗議した。「彼は母親そっくりよ。冷たくて、堅苦しくて、とてもよそよそしいわ」

「そう思う？」チェシーは考えこむような顔になった。「わたしはあの礼儀正しい態度の下に、情熱が隠されていると思うわ。それを解放するのは面白いでしょうね」

マージェリーはつま先まで赤くなり、カップが受け皿にあたって鳴るほど指が震えているのを見てぎょっとした。ヘンリーの冷ややかな外見の下に情熱があることは、わかりすぎるほどよくわかっている。

暖炉の上の宝石で飾った金色の時計が十二時を知らせ、彼女はまたしても飛びあがった。しかし少なくとも、これは話題を変えるチャンスを与えてくれた。

「また遅れているようね」チェシーは顔を上げてしかめた。「いくら合わせても、すぐに狂ってしまう」

「それにとても悪趣味よ」マージェリーは言った。「台座が金の雌牛で、文字盤に宝石でかたどった蝶（ちょう）が飛んでいるなんて！　あんなものはどこの部屋にも飾りたくないわ」

「だけど少なく見積もっても、二万ポンドはする代物よ。フランスのルイ十四世のために作られたと聞いているわ」

「きちんと時を刻めない時計がいったいなんの役に立つの？」マージェリーは言い返した。「こういう趣味の品に関しては、どうしてもわからないことがあるの。見るからに醜い装飾品のどこに、そんな値打ちがあるのかしら？」彼女はぱっと立ちあがった。「そろそろ行かないと。今日はおじい様とお昼をいただく約束なの。もう少しで忘れるところだったわ」彼女はチェシーをぎゅっと抱きしめた。「あなたのために、カシミアのショールと、ほかにもいくつか買ったのよ。どうか怒らないでね。ほれぼれと見ているのに気づいたものだから」

　チェシーは喜びに頬をそめた。「まあ、マージェリー！　ありがとう！」

「わたしの話し相手（コンパニオン）としてどれくらい払えばいいか、まだ話しあっていなかったわね」マージェリーはぎこちなく言った。「ヘンリーのお母様に言わせれば、レディがお金の話をするなんてとても下品なことでしょうけど――」

チェシーは笑いながら片手でこの言葉を払った。「わたしはお給金を拒否するほど上品ではないわ。お金のない人間は現実的にならなくては」

「だったら、この件をミスター・チャーチウォードに話しておくわね」マージェリーは心からほっとして言った。

テンプルモア卿はまだ自分の居間にいなかった。そこでマージェリーは玄関ホールの巨大な甲冑のあいだで待つことにした。屋敷のなかの静けさが、重くのしかかってくる。テンプルモア卿は眠っているようだった。壁に並ぶ金箔を施した鏡に、マダム・エステルが大急ぎで手直しした、ストライプの青いモスリンを着た小柄な娘が映っている。この巨大なホールにいる彼女は、ひどく小さく見えた。テンプルモアはどこもかしこも途方もなく大きい。ここはよほど大柄な人のために造られたに違いない。

ホールの北の隅から、ぴかぴかに磨かれた巨大な階段が上へと伸びていた。三人が横に並んで楽におりられるほど広い。マージェリーは急に茶目っ気を起こし、スカートをたくしあげながら最初の踊り場に駆けあがった。手すりをまたいで、そこから下までさっと滑りおりる。面白い！　もう一度だけ。マージェリーはそう思って、今度はふたつ目の踊り場まで上がった。

手すりの曲がり角を通過した直後、自分の計算間違いに気づいた。速度はさらに上がり、スカートが膝のまわりにめくれあがる。落ちたら首の骨を折りかねない速度で床が近づいてくる。

最悪の着地を覚悟したとき、ヘンリーが下のホールを横切ってくるのが見えた。彼の姿が目に入り、早鐘のような心臓が即座に宙返りを打つ。これは着地が怖いせいではない。ヘンリーはまだシャツ姿で、クラヴァットも結んでおらず、ゆるみのあるズボンには水が飛び散り、ブーツは泥だらけだ。どこかの部屋から入ってきて、着替えに行く途中なのだろう。マージェリーが手すりの先端から弾丸のように飛びだすのを見て、彼は走りだした。

そして両腕で受け止め、後ろによろめいた。つかのま、彼女はヘンリーの胸に抱きしめられ、リネンのシャツを通して彼のぬくもりを感じた。新鮮な空気と太陽のにおいが、風に乱れた髪と温まった肌から立ちのぼってくる。広大なテンプルモアのホールで、マージェリーは突然息苦しくなり、胸に重石（おもし）がのっているように息ができなくなった。

「どうやら、レディになるには、それらしい服を着るだけではだめなようだな」ヘンリーはマージェリーをそっと床におろした。

「わたしを変えるには、ストライプのモスリンよりもはるかに多くが必要なのよ」

「そうらしいな」ヘンリーはゆっくりマージェリーを見てにやっと笑い、黒い瞳をきらめかせた。「だが、ストッキングとガーターはとてもきれいだったよ。腿にもそばかすがあるかどうか考えていたんだが、これでわかった」

手すりを滑りおりてくるときに見えたのは、ペチコートやストッキングだけではなかったのだ。マージェリーは真っ赤になり、どこもかしこも奇妙な感じにちりちりしはじめた。これは恥ずかしいせいだけではない。彼女は憎らしいスカートをなでおろし、両足をスカートの裾の下に隠した。ヘンリーがまだ肩に軽く手を置いている。

「曲がり角で減速する必要があるんだ。さもないと、ヴェロシティがつきすぎる」

「ヴェロシティ?」マージェリーは小さな声でつぶやいた。

「速度のことさ」ヘンリーは説明した。「あまり速くなりすぎると、着地の準備をする時間がなくなる。これは痛い目を見て学んだ教訓なんだ。九つのときに、この階段から落ちて腕を折った」

マージェリーは驚いて彼を見あげた。彼女の想像では暗い顔をした孤独なはずの少年が、手すりを滑りおりていたとは!

「わたしたちは、子供の頃に知り合いだったの?」彼女は出し抜けに尋ねた。ふたりはずっと昔、ここで会ったことがあるのかもしれない、ふいにこの思いが頭に浮かんだのだ。テンプルモアで過ごした子供時代のことは、何ひとつ覚えていなかった。自分の小さな頃をヘンリーが覚えているとしたら……これは心のときめく可能性だった。

ヘンリーはうなずいた。「何度か会った」

「わたしはどんな子だった？」マージェリーは衝動的に訊いた。

「きみは赤ん坊だった。ぼくが会ったときは、まだ個性がわかる年齢ではなかったな」

「赤ん坊にだって個性はあるわ」マージェリーは言い返した。「あなたがわたしに関心を持っていなかっただけでしょう」

「ぼくは七歳ぐらいだったんだぞ」ヘンリーは皮肉たっぷりに言った。「赤ん坊に関心を持つほうがおかしいだろう」

「母のことも覚えてる？　どんな人だったの？」

ヘンリーはためらった。ほんの一瞬の、あるかなきかのためらいだったが、マージェリーはそれを見るというよりも感じた。彼の顔にはいつものように何も浮かんでいない。

「レディ・ローズはとても美しかった」

これはすでに肖像画を見てわかっていることだ。マージェリーが知りたいのはもっと違うことだったが、ヘンリーの顔の何かが、彼女にそれ以上の質問をためらわせた。ヘンリーは何かを隠している。こちらを傷つけるためではなく、その逆の目的で。おそらく母は、あまり好ましい人間ではなかったのだろう。尊大で、プライドが高く、甘やかされたわがままな娘だったに違いない。誰もそれを教えてくれないのは、きっとマージェリーを悲しませないためだ。

ヘンリーはこくんと頭を下げて階段を上がりはじめ、マージェリーは祖父の客間へと顔を向けた。ドアのところで足を止めて振り向くと、ヘンリーは手すりに手を置き、踊り場に立っていた。一瞬マージェリーは、彼が自分の真似をして手すりを滑りおりるつもりかと思った。

そんな想像はばかげている。ヘンリーはそんな不適切な行いをするには自制心がありすぎる。そう思いながらもマージェリーが息を止めるようにして見守っていると、彼はかすかに首を振り、きびすを返して彼女の視界から立ち去った。

11

悪魔――欲望

「時間を割いて一緒にお茶の時間を過ごしてくれるなんて、とてもうれしいわ、マーガレット」

エミリーはどこかうわの空の甘ったるい笑みを浮かべながら、マージェリーを自分の居間へと招き入れ、暖炉のそばの椅子に座るよう勧めた。エミリーの部屋は火ぶくれができそうなほど暑かった。縦仕切りのある窓から差しこむ春の明るい日差しが、炉床で勢いよく燃える薪(まき)の火と熱を競っている。

マージェリーはいま入ったばかりだというのに額に汗が噴きだすのを感じて、エミリーにはわからぬようにビロード張りの古い袖付きの安楽椅子を火のそばから少しでも離そうとした。しかし、どっしりした椅子は動かなかった。

エミリー自身は息がつまりそうな暑さには気づいていないようだった。彼女は小さなサイドテーブルへと部屋を横切り、陶器のカップにお茶を注ぎはじめた。すぐにジャスミンの香りが立ちのぼり、手首のブレスレットをがちゃがちゃさせながら、彼女はマージェリーにカップを差しだした。

「大叔母様とお話しするのを楽しみにしていたんですよ」マージェリーは言った。

堅苦しく聞こえるのはわかっていたが、エミリーにはどことなく彼女を困惑させるところがあった。何が原因なのか、自分でもわからない。それに、マージェリーは少し後ろめたかった。レディ・ウォードウの陰で、とくに何をするでもなくスカーフをひらつかせているエミリーを無視するのはとても簡単だった。常にふわふわと漂わせているスカーフのように、エミリーには中身がないように見える。テンプルモアに来てからちょうど一週間になるが、マージェリーはこの大叔母のことを、ここに着いた日と同じぐらいにしか知らなかった。

「すてきな部屋だこと」何か言わなくては。マージェリーは必死に頭をめぐらせた。エミリーは向かいに腰をおろし、お茶のカップの縁越しに温和な笑みを浮かべた。「鹿の庭園のすばらしい眺めが一望できるんですね」

「ええ、運がよかったの」エミリーは軽い調子で答え、生姜入りのビスケットを勧めた。

「幸運にも、生まれたときからテンプルモアに住んでいるのよ」テンプルモア卿やマージェリーと同じ灰色の瞳が、エミリーの場合はひたすら内に向いているようだ。「母はここに家政婦として来たの。あなたの曾祖父にあたるわたしの父は、奥方がまだ生きていたときから母を愛人にしていたのよ。その頃はもう七十を過ぎていたのだけれど、母はまだ二十代のなかばだったわ。かなりのスキャンダルになったものよ！」

　エミリーはうれしそうに笑った。まるで母親が性的に利用されたことが、とても愉快な話であるかのように。「老レディ・テンプルモアは何年も父を拒んで、ベッドに寄せつけなかったのね。彼女はとても信心深い人で、聖人の日には父と寝ようとしなかった。そしてもちろん、一年のほとんどの日があの聖人やこの聖人に捧げられたわ」

「そうですか」マージェリーは祖先の性生活をのぞきこむことに、漠然とした気づまりを感じた。

「テンプルモアの男たちときたら！」エミリーは甘やかすようにほほえんだ。「ろくでなしばかり。嘆かわしいかぎりだわ。父はまるでハーレムのようにたくさんの愛人を抱えていたの。世間の人々はそういう愛人たちを、父の〝遊戯室〟と呼んだものよ。兄のキャスパーもそういうところは父にそっくりだった。年がいってからの結婚だったけれど、結婚の誓約書のインクも乾かないうちから、あなたの親愛なるおばあ様を裏切っていたんですもの。もちろん、彼女と結婚したのはお金のためでしかなかったけれど。キャスパーがなぜあなたのおばあ様のことを口にしないと思う？」

「罪悪感のせいでしょうね」マージェリーは皮肉たっぷりに答えた。祖父のことは愛しているが、どういう人間かわかってくるにつけ、欠点を無視することはできなかった。祖父が好色な男になったのには、好色な父親の影響がどの程度あったのだろう?

「キャスパーは昔からとても寛大な兄だったわ」エミリーは言葉を続けた。「もちろん、ずいぶん年が離れていたけれどね。彼にとって、わたしはずっと甘やかされた小さな妹だったの」

エミリーは肘のところにあるタロットカードを何気なく開きはじめた。毒々しい絵とあざやかな色がマージェリーの目を引いた。絞首台から逆さに吊られて笑っている男。鎖につながれた角のある悪魔。血まみれの大鎌を手に黒い馬に乗っている、死を表す骸骨……マージェリーはそこに描かれた間接的な暴力のイメージに背筋を震わせた。

エミリーは微笑した。「お茶をどうぞ、マイ・ディア」

お茶はひどく苦かった。マージェリーはひと口飲んだものの、エミリーの目がそれたときに、すばやく残りを鉢植えのなかに捨てた。

「では、母が生まれたときにはまだ子供だったんですね、大叔母様。祖母よりも母に年が近かったんですか?」

カードを切っているエミリーの指がつかのま止まった。

「最愛のローズが生まれたときには、わたしは二十歳を過ぎていたわね」エミリーはややあって言い、にっこり笑った。「美しい赤ん坊だった! まるで妹のように思えたものよ。

お茶をもう一杯いかが、マーガレット？」

「いえ、けっこうです」マージェリーは急いで断った。

エミリーは自分のカップにもう一杯注いだ。「もちろん、親愛なるローズは……」彼女は言葉を切り、首を振った。いったい何を言うつもりだったの？　マージェリーは好奇心に駆られた。「ひどい悲劇だったわ」エミリーはつぶやいた。「とても悲しい出来事だった。あんな恐ろしい男と結婚しただけでも最悪だったのに、それから……」彼女はぶるっと震えた。

「すると、父のこともご存じだったんですね」マージェリーは言った。おそらく父に関しては、何も訊かないほうがいいのだろう。アントワン・ド・サン＝ピエール伯爵についてよく言う人間には、まだひとりも会ったことがない。それでも、マージェリーは訊かずにはいられなかった。父は彼女にとって謎の人物だった。実の父親について何も知らないのは、ひどく奇妙で寂しいことだ。

エミリーはすぐには答えず、まばたきをして目をこすった。タロットカードのひとつがひらひらと絨毯に落ちる。

「太陽のせいだわ」エミリーはぼんやりした声で言い、マージェリーを見た。「今日はとても明るいわね。あなたのお父さんはとびきりのハンサムだったわ。かわいそうなローズはすっかり夢中になったの。夢中だったのはローズだけではなかったけれど」

マージェリーは父がロンドンで独身男性のように遊び暮らしていたという、ヘンリーの言葉を思いだした。わたしは、美しいけれど傲慢な女性と遊び人のスパイの娘。そう考えると暗い気持ちになった。彼女の両親には、よい資質などほとんどないように思える。

「彼はあまりいい人間ではなかったようね」マージェリーは悲しげな声で言った。

「ええ」エミリーは驚くほどきっぱりした声で同意した。「いい人間ではなかったわ。虚栄心の強い男だった。彼とローズはいつも鏡の前でどちらが美しく見えるか競っていたの。とても残酷な……」彼女はタロットカードの一枚を指のあいだで裏返しては表に返し、また裏返した。「聞かないのがいちばんよ」エミリーはそう言って、突然、目を光らせた。

「過去はかきまわさないのがいちばん」

「どちらにしても、何も覚えていないの」マージェリーは言った。「まだ小さすぎたんだと思うわ」

「そのほうがいいのよ」エミリーはにこやかに言った。「ええ、そのほうがいい」彼女は顔をしかめた。「あなたはテンプルモアで幸せかしら？　ここには影があるわ。過去の亡霊がいる。彼らが歩いているの。ここは幸せな家とは言えないわ」

「たしかに暗くて陰気ですね」マージェリーはうなずいた。「でも、まだ幽霊には会っていません。わたしはにぶいんです。幽霊はわたしのところには出てきませんわ。そんなものに惑わされるには、わたしは現実的すぎますから」

突然わけもなく、エミリーと、彼女がくるくる回しているタロットカードから遠ざかりたくなった。部屋のなかの暑さも耐えがたい。マージェリーは立ちあがった。頭がふらつく。

「失礼します、大叔母様。少し新鮮な空気を吸わないと」

「もちろんよ、マーガレット」エミリーはぼんやりした声で言って片手を振り、ブレスレットをじゃらじゃらいわせ、マージェリーを見あげた。「お茶を一緒にいただけてとても楽しかったわ。ご両親のことを少しでも知る助けになれたかしら」

「ええ。ありがとうございます」

マージェリーはドアの取っ手をつかんだが、その手が滑った。てのひらが汗ばんでいるせいだ。エミリーは色褪(いろあ)せた白髪交じりの髪と疲れた顔を容赦なく照らしだす、明るい日差しのなかに座っていた。マージェリーはそんな彼女を見て思った。さっきここに来たときよりも、みじめでわびしい気持ちにさせられたのに、わたしはなぜこの人に感謝しているの？

「テンプルモアの宝石のことを考えていたんだが」その夜のテーブルで、伯爵が言った。

彼らは家族だけで、レディ・ウォードウがテンプルモアの基準で〝内輪〟だと表現した夕食をとっていた。つまり、長いマホガニーのテーブルに余分の自在板をつけ足さずに、隣と二メートルではなく、一メートル離れて座ることを意味していた。そのほうがほんの少しではあるが、会話がしやすい。もっとも、テンプルモアの夕食の席では、冷たい沈黙が続くのはごく当たり前のことらしかった。

こっそり犬たちに飲ませるわけにもいかず、亀のスープに嫌悪を隠そうとしていたマージェリーは、全員がぴたりと話をやめたことに気づいた。エミリーはスープのスプーンを空中で止めたまま、淡い灰色の瞳を見開いた。レディ・ウォードウが少し顔をしかめる。チャーチウォードは何やらチェシーに話している途中で言葉を切った。まったく変わらないのはヘンリーだけだった。

「食事のあとで、マージェリーはいくつかつけてみるべきだろうな」伯爵は言った。「よいものは、蝋燭の光で見るほうが美しい」彼はそう言ってマージェリーにほほえみかけた。

「輝きが違う」

「どんな光の下でも、テンプルモアの宝石が輝くとは思えませんね」ヘンリーがそっけなく言った。「長いこと金庫にしまわれたままでしたから。磨きに出す必要がありますよ」

「ミスター・チャーチウォードにロンドンに持って帰ってもらい……」テンプルモア卿は片手を振ってヘンリーの言葉を払った。「マージェリーのデビューに間に合うように磨いてもらってもいい。ついでにテンプルモアのダイヤモンドを作り直してもらうとしよう」

「デビュー?」マージェリーが消え入りそうな声で言った。自分がロンドンに戻り、社交界の若い女性が必ず通らなければならない盛大かつ恐ろしい舞踏会を経験する可能性など、一度も頭に浮かばなかったのだ。出席する必要がある社交行事は、せいぜい地元バークシャーのパーティ止まりだと考えていた。「いまさらデビューなんて。もう少なくとも十二年は世の中に出ているのに」

ヘンリーが微笑する。「レディ・マーガレット・キャサリン・ローズ・ド・サン＝ピエールとしてはまだだ。ぼくらはきみを正式に社交界に紹介する必要がある」

大きな舞踏会で注目の的になると思っただけで、みぞおちが震えた。隠れる場所もなく、大勢の人々の目にさらされ、あれこれ話題にされるほど恐ろしいことがあるだろうか。

ヘンリーは考えこむような目で彼女を見ていた。おそらくマージェリーがロンドンでうっかり打ち明けた、〝人目を惹くようなことはしない〟という言葉を思いだしているのだろう。

どうやらこの願いを実現するチャンスはなさそうだ。いっそ名前を書いた大きな看板を背負ったほうがましなくらいだった。マージェリーは急に、もうひと口も喉を通らなくなり、スープの器を押しやった。召使いがさっとかがみこんでその皿を片づける。

「一カ月後には出発するとしよう」伯爵が言った。「シーズンが終わる前に」

「ロンドンまで旅ができるほど元気になって、とてもうれしいわ」エミリーがさえずるような声で言った。「カードによれば、わたしたちはその旅をすべきなのよ。今日の占いで

〝戦車〟を引きあてたの」

またしても沈黙が落ちた。その言葉に、誰ひとり適切な答えが返せないようだった。スープの皿が片づけられ、ローストビーフの皿が置かれた。テンプルモア卿は執事のバーナードに、金庫から宝石を取りだし、赤の間に広げるよう言いつけた。

「テンプルモアの宝石はすばらしいものばかりよ」レディ・ウォードウがマージェリーに言った。「あなたはとても運がいいわ」そんな幸運にはほとんど値しないのに、と彼女の口調は言っていた。「もちろん、おじい様がおっしゃったようにダイヤモンドをはめ直すのはとても正しいことよ。あなたは小さすぎて、もとのままでは不釣り合いですもの」

「直してもらえるのはありがたいですわ。きっとダイヤモンドの重みだけでぺちゃんこになってしまうでしょうから」

「テンプルモアのダイヤモンドをつけるには、長身でないとね」レディ・ウォードウが言う。「レディ・アントニア・グリストウッドのように。そしてあの人ほど美しければ、完璧に似合ったでしょうに。彼女が決してあれをつけられないのは、まったく残念な――」

「母上！」ヘンリーの声が鞭のようにさえぎり、レディ・ウォードウは口をつぐんだ。

マージェリーは顔を上げた。

「レディ・アントニア・グリストウッドというのは誰なの？」

テーブルのまわりに奇妙な沈黙が落ちた。

「カーライル公爵家の令嬢よ」エミリーが明るい声で答えた。「ヘンリーは彼女と結婚することになっていたの。でも、テンプルモアの相続人でなくなったとたん、あっさり振られてしまったのよ」

「ストライプのドレスを着た人ね」ジョアンナ・グラントの舞踏会で、シャンパンを持ってこいと傲慢な態度で要求した美人に違いない。高慢ちきな、いやな女だった。

「エミリー！」今度はレディ・ウォードウが鋭く叱りつけた。だがマージェリーは、彼女の目に勝ち誇ったきらめきが浮かぶのを見てとった。

レディ・ウォードウはレディ・アントニアのことを、わたしに聞かせたかったんだわ。マージェリーはそう思った。テンプルモアのダイヤモンドが、わたしよりもはるかに似合う女性のことを。ヘンリーの母が望んだように、マージェリーの気持ちは揺れた。もっと気になるのは、その女性に自分が嫉妬していることだった。ヘンリーはその人と結婚するつもりでいたのだ。彼が婚約していたとは思いもしなかった。相続権を失ったことで、婚約者も失うとは。

彼女はヘンリーを見た。彼は怒りを浮かべて母親をにらんでいる。

「お気の毒だったわ」マージェリーはヘンリーに言った。「レディ・アントニアが婚約を解消したことよ」

みんながいっせいにマージェリーを見た。まるで彼女が夕食の席で、言葉にできないほど不埒な振る舞いをしたかのように。おそらくエミリーのコメントを無視し、レディらしく硬いローストビーフを黙って噛みつづけるべきだったのだろう。レディとは、時と場合によっては耳が聞こえないふりをするものらしい。

ヘンリーは肩をすくめた。「いずれそうなったさ。カーライル卿はただの男爵に娘を投げ与えるようなことはしなかっただろうから」

彼の声にはなんの感情もこもっていなかった。マージェリーはまじまじとヘンリーを見つめた。婚約者を失って、本当にそんなに無関心でいられるものだろうか。

「その人を愛していなかったの？」

今度はテーブルの周囲で、ショックに息をのむ音がした。まるでマージェリーがドレスを脱ぎ捨て、裸で踊りはじめたかのように。ヘンリーの母親は恐怖に目をつぶり、エミリーはあんぐり口を開けている。ふだんは何を見ても聞いても無表情の召使いたちですら、それを保つのに苦労している。伯爵はかすかな笑みを浮かべ、ローストビーフをスパニエル犬にやっていた。

ヘンリーは眉を上げた。「親愛なるレディ・マーガレット、われわれの結婚は愛とはなんの関係もないんだ。相互の利益に基づいた契約なのだよ」彼の見下したような口調に、マージェリーは三文小説の好きな世間知らずのメイドに戻ったような気がした。「ぼくの心は引き裂かれなかったし、請けあってもいいが、レディ・アントニアの心にもまったく損傷はなかった。もっとも、彼女に心があればの話で、これはかなり疑わしいが」

「だったら、その結婚が実現しなかったのはとても残念なことね。おふたりはとてもお似合いだったようだから」

マージェリーはかっかしてローストビーフを切った。あの冷たくて無関心で傲慢で、もったいぶった尊大な態度ときたら。わたしには貴族の気持ちは一生かかっても理解できない。彼らのひとりにはなりたくないわ。

ローストビーフが片づけられ、プディングが運ばれてくる。食堂はしだいにふだんの雰囲気に戻っていった。まもなく女性はお茶を、男性はワインを飲むためにそれぞれの部屋へと移った。

レディ・ウォードゥがマージェリーの失態を上手に無視して暖かいお天気について話していると、執事のバーナードが赤の間に宝石を並べたことを知らせに来た。

「わたしが失言したのはわかっているの」マージェリーは図書室の前を通り過ぎながら、チェシーの腕をつかんだ。「でも、愛という言葉を口にしたこと自体がまずかったのか、それを召使いの前で口にしたのがいけなかったのか、どっちなのかしら？」

チェシーは小さく笑ってささやき返した。「気にすることはないわ。無作法だったのはレディ・ウォードゥのほうよ」

「レディ・アントニアとは、レディ・グラントがつい最近催した舞踏会で偶然出くわしたのよ。ものすごくいやみな人だったわ」

チェシーは顔をしかめた。「ええ、あんなに不愉快な人も珍しいわね。彼女との結婚は、ヘンリーのような人にさえ気の毒な罰だわ」

赤の広間はきらめきに満ちていた。バーナードがビロードの宝石箱のなかに広げた一ダースほどの異なる装身具と、そこに使われている宝石がまばゆく輝いて、シャンデリアの光を反射している。マージェリーのメイドのイーデスが、小テーブルに鏡と燭台（しょくだい）を置いていた。

レディ・ウォードウがかささぎのように宝石に飛びつき、それを手に取って光にかざし、称賛の声をあげる。マージェリーはチェシーと顔を見あわせ、ほほえみを交わしたものの、テンプルモアの宝石が驚嘆すべきものばかりだという事実は否定のしようがなかった。いつかこれがすべて自分のものになるとは、とても信じられない。おこじょの白い冬毛で縁どりした、八つの銀の玉がついている伯爵の小冠はとくに。

「こんな野蛮なものをつけなくてはならないの？」彼女は恐怖に駆られてチェシーにささやいた。

「君主の戴冠式のような、国の一大行事のときだけよ」チェシーが慰めてくれたが、マージェリーはそれを考えただけで気が遠くなりそうだった。

「だったら、国王がまだ何年も健在でいることを願わなくては」

「それはむなしい期待かもしれないな」ヘンリーが言った。顔を上げると、彼とテンプルモア卿が女性たちに加わっていた。祖父がブランデーグラスを肘のところに置いて暖炉のそばの大きな肘掛け椅子に腰をおろすと、いつものようにスパニエル犬がその足元に座った。

「ヘンリーにつけてもらいなさい」

祖父の言葉に、ヘンリーが自分の首にネックレスをつけるところが思い浮かび、マージェリーの体を細かい震えが走った。すぐそばにいないときでも、絶えず彼のことを意識せずにはいられないというのに。いまの想像だけで、つつましいイブニングドレスに覆われていない首と肩の肌が、彼の指を待って奇妙にちりちりしはじめた。

「あらまあ。あなたがレディ付きのメイドのようなことまでするとは思わなかったわ、ウォードウ卿」自分の反応をごまかすために、マージェリーは皮肉った。

黒い瞳に愉快そうな笑みをきらめかせて、ヘンリーがつぶやく。「ぼくの特技はかなり多岐にわたるのさ」

「それは間違いなさそうね」マージェリーは鋭く言い返した。「でも、わたしのためにそれをさらに広げる必要はなくてよ」

ヘンリーはにっこり笑った。「そんなに不快な経験ではないと思うよ。さあ」彼は鏡の前にイーデスが置いた椅子を示した。マージェリーが歯を食いしばりながら座ると、彼は左肩のすぐ後ろに立った。赤色と緑色でドラゴンを刺繍したタペストリーの仕切りが片側に置かれ、そのテーブルを部屋から半分隠している。

「これをつけてみて」チェシーが小さなルビーを飾ったかわいい銀のティアラを差しだす。ヘンリーはそれをそっとマージェリーの頭にのせ、髪に指をからませていくつかピンをゆるめた。彼が触れた場所がちりちりし、小さな震えがさざ波のように体を走る。顔がほてり、血がのぼるのがわかった。濃い蜂蜜色の細い毛が、羽根のようにうなじをかすめて肩に滑り落ちる。ヘンリーの指が再び動くと、注意深くピンで留めてあった髪がもうひと筋、うなじを愛撫しながら落ちてきた。

危険な興奮に肺から空気を絞りだされるのを感じながら、マージェリーは椅子の上で身じろぎした。ヘンリーはわざとこうしているに違いない。マージェリーは甘い誘惑を断固はねつけようと決意したものの、それは思ったほど簡単ではなかった。熱い指先の愛撫と宝石のひんやりした感触が、しびれるような快感をもたらす。

赤の間は明るすぎ、暑すぎ、空気が足りなさすぎるように思えた。まだティアラをひとつ試しただけだというのに、すぐ後ろに立っているヘンリーが放つ熱と彼のにおいに、もう頭がぼうっとしはじめている。

自分が彼の魅力に弱いことはわかっていたが、美しいドレスや宝石の持つ魅力にもこれほど弱いとは思ってもみなかった。肌をなでるシルクや、計り知れない価値のある宝石のきらめきが、魔法の呪文をかけたようだった。こうしてこれまで知っていた世界から一歩ずつ遠ざかり、かぎりなく贅沢な新しい世界へと移っていくのだろう。マージェリーは新しい世界が気に入った。それに誘われ、引きこまれていくのを感じ、彼女はぶるっと身を震わせて目を閉じた。

「それとお揃いの首飾りよ」マージェリーのなかで起こっている変化にはまるで気づいていないらしく、チェシーが微笑を浮かべながら銀とルビーの繊細な線細工の首飾りを差しだした。ヘンリーがそれをマージェリーの喉のまわりに留めると、ほてった肌に銀の冷たさを感じた。ヘンリーの手がうなじを滑り、ゆっくりとドレスの襟ぐりまで背骨をたどる。マージェリーは羽根のようになでられて、体を震わせた。

その首飾りは平凡すぎる。チェシーがそう言っていたが、マージェリーは彼女の言葉に集中できなかった。体じゅうの神経が、下へ滑っていくヘンリーの指先に集中していた。彼の指がドレスのボタンにかかり、そこで止まった。

マージェリーは思わず息をのんだ。まさか、いくら彼でもここでドレスを脱がせたりはしないはずよ。ボタンをはずし、わたしの下着姿をみんなの目にさらすことは。ええ、もちろんそんなことはしない。ヘンリーはただわたしをからかっているだけ。彼の指がドレスの襟元に沿って動き、ドレスの上から肩甲骨の輪郭をなぞっていく。マージェリーは彼が何をしているか、ようやく気づいた。ヘンリーは部屋に集まっている人々の前で、彼女を誘惑しているのだ。そしてマージェリーが興奮にもだえ、それを隠せなくなるまで、いじめるつもりなのだ。しかも、このゲームはまだ始まったばかり。マージェリーの血のなかで、原始的な欲求が、重く、執拗に脈打ちはじめた。

彼女は鏡に目をやってヘンリーを見あげた。暗くかげった目は、何を考えているのかまるで読めない。

彼は銀の首飾りをはずし、それをチェシーに返して、代わりにべつの首飾りを受けとった。川のようにたれたエメラルドが緑色の炎のような光を放つ。チェシーがルビーをもとに戻した。ヘンリーがエメラルドの首飾りをマージェリーの喉にかけると、温かく強い指が、留め金をかけながら、またしてもうなじをかすめる。彼が目を上げ、鏡のなかからマージェリーを見つめた。その目が胸のあいだにおさまっている、大きなエメラルドへと落ちる。

マージェリーは温かい肌に、冷たく硬いエメラルドがあたるのを感じ、ぶるっと震えた。まるでかまどでもあるように体の奥が熱くなる。このままでは、もうすぐ燃えつきてしまうに違いない。

「きみはとてもおいしそうだ」ヘンリーがつぶやく。

マージェリーはお揃いのイヤリングを彼の手からひったくり、かすかに震える指でつけようとした。わたしがこんなにもかき乱され、悩まされ、欲望に体をほてらせているのに、誰も気づかないの？　だが、ふたりを見ている者はひとりもいなかった。祖父は暖炉の前で居眠りをしているようだし、レディ・ウォードウとエミリーは部屋の向こうであれこれ注釈を加えながら様々な冠やブレスレットを試している。チェシーも自分の瞳の色と同じ、すばらしいサファイアの首飾りに目を奪われていた。

それに、ふたりがいるテーブルは少し角度をつけて置いてあり、幅広の鏡とヘンリーの体で、マージェリーの姿はみんなからほとんど見えない。ドラゴンを刺繍したタペストリーの仕切りがふたりの側面を隠していたため、狭い空間にふたりきりでいるようなものだった。同じ部屋にたくさんの人間がいるのに、ヘンリーのことしか考えられない。燃えるように熱い、暗くかげった彼の瞳と、むきだしの肌に置かれた温かい彼の手が、抑えがたいうずきをもたらす。

「ぼくがつけてあげよう」マージェリーがイヤリングで悪戦苦闘しているのを見て、ヘンリーが言った。彼の声にはなんの感情もこもっていなかったが、いたずらな指が喉を軽くなであげ、耳たぶへと向かう。彼はそれをそっと引っ張って、大きな重いエメラルドのイヤリングをつけた。クリップがぱちりとはまって耳に食いこむと、かすかな痛みと鋭い快感がマージェリーを貫いた。

腿のあいだが強烈な欲望にうずき、マージェリーは思わず小さなうめき声をもらしていた。ピンク色のシルクの下で胸の頂がとがり、抑えきれずに椅子の上で体を震わせる。鏡に目をやると、ヘンリーがうつむいてもう片方のイヤリングを受けとってから、鏡のなかで情熱に潤んだ瞳を見つめた。

「静かに。声を出してはだめだよ」ヘンリーがささやく。

彼の手が上がった。快感がさざ波のように全身に広がり、鋭くうずく欲望を残していく。ヘンリーの指がもうひとつの耳たぶを引っ張ると、マージェリーの体はまたしてもけいれんした。

クリップがぱちりと留まり、痛みをともなう甘い歓びが脈打って血のなかを流れる。先ほどよりも今度のほうが鋭く、深い歓びをもたらしてくれる。下腹部のうずきが拷問のようにマージェリーをさいなみ、しつこく満足を求める。震えながら息を吸いこむたびに、汗ばんでほてる胸のあいだで大粒のエメラルドがきらめき、耳たぶからたれた大きな粒が揺れた。

そのかすかな動きにつれて、快感のこだまが全身を貫き、マージェリーを攻め立てた。彼女はヘンリーのみだらな行為にぞっとしながらも、魅せられていた。愚かな醜態を演じる前に部屋を逃げだしたかったが、ドアのところまで満足に歩いていけるだろうかと考える。

ヘンリーが肩に手を置き、鏡のなかで息づく胸と、薄いシルクを突きあげる硬い蕾を見つめた。首のまわりと胸の谷間で高価なエメラルドがまばゆく光っている。マージェリーはこれほど自分の体を、その熱を意識したことは一度もなかった。自分のなかにあっというまに生まれた鋭いうずきが、いまや解き放たれることを願って悲鳴をあげている。

ヘンリーはうつむいて唇で耳をかすめ、うなじに落ちた髪に熱い息を吹きかけた。マージェリーは危うく大きなうめき声をもらしそうになり、最後の瞬間にそれを噛み殺した。

「美しい宝石をつけるだけで、とても興奮する女性だっている」ヘンリーはつぶやいた。「どうやらきみは、大半の人々より敏感に反応するタイプらしいな」うなじにキスをされ、とてもやさしく、軽く噛まれて、マージェリーは身をよじった。胸の頂が耐えがたいほど硬くとがり、ドレスのシルクとその下の柔らかいシュミーズにこすれて、いっそう快感をもたらす。

「こういう贅沢品が、これほどきみを興奮させるとは」熱い舌がその言葉のとげを取り去り、マージェリーはついに耐えきれずに小さなうめきをもらした。

「これがテンプルモアのダイヤモンドよ！」レディ・ウォードウの叫び声が甘美な瞬間を粉々に砕いた。マージェリーは飛びあがり、ヘンリーの瞳の煙るような表情がもとの無表情に戻る。

マージェリーはすっかり取り乱していた。突然、部屋の明かりが強すぎ、話し声が大きすぎるような気がした。服をはぎとられ、むきだしにされたようだ。大勢の人々がいる部屋で、こんなみだらな振る舞いに引きこまれたことが理解できなかった。礼儀もたしなみもまったく忘れ、エメラルドとヘンリーのまなざしがもたらすあやしい興奮にわれを忘れてしまうとは。

彼女はヘンリーを見た。彼はテーブルの向こう側に退いている。マージェリーはまだ無垢な乙女だが、なぜ彼がこんなことをしたかは正確にわかる。男性は、女性ほどたやすく自分の興奮を隠すことができないからだ。今夜のように体にぴたりと合ったブリーチズをはいているときはとくに。いいきみだわ。彼も満たされぬ欲望に苦しんでいることを知って、マージェリーは喜んだ。

彼女は立ちあがった。両脚が少し震えたが、テーブルの縁をつかんで体を支えた。

「ごめんなさい……」自分の声がとても奇妙に聞こえた。マージェリーの願いとはまったく逆に、突然みんなの目が彼女に集まる。

「なんだか疲れたの」興奮しているのではなく、疲れているように見えることを祈った。

チェシーが急いで近づき、エメラルドの首飾りをはずしてくれた。マージェリーはイヤリングを引っ張り、それをビロードのケースのなかに落とした。ドアがとても遠くにあるように思える。どうにか廊下に出て安全な暗がりのなかに逃れると、ようやく深く息を吸いこむことができた。

脈が走り、体はまだうずいて何かを求めている。彼女は大階段の下の段に崩れるように座りこみ、目の前の壁にかかっている母の巨大な肖像画に目をやった。この絵は好きになれない。その絵のレディ・ローズは、ほかの多くの肖像画と同じようにとても尊大に見える。マージェリーはどの絵にもうんざりし、もしも母が生きていたとしたら、あまり好きではなかったかもしれないと思いはじめていた。

マージェリーはため息をつき、階段の手すりを支える親柱に頭をあずけた。レディ・ローズ自身が、誰を愛するかによくよく気をつける必要があるという警告そのものだろう。彼女の母は愚かな間違いをおかし、ろくでなしのスパイを愛した。マージェリーは同じ間違いをしでかす気などまったくなかった。

12

節制・逆位置——不和

ヘンリーは金の間に座り、まるで女王のように崇拝者に囲まれているマージェリーを見守っていた。目の前の光景はそうとしか表現のしようがない。近隣の結婚適齢期にあるあらゆる男が、なかには自分は適齢期だと思っているかもしれないが、正直なところかなりはずれている男たちまでもが、マージェリーの椅子を取り囲み、うっとりと彼女を見あげている。イングランド一の資産を相続するマージェリーが、求婚者たちを惹(ひ)きつけるのにそれほど長い時間はかからなかったようだ。

彼女の左手には、ヒューゴ・ウェントワースが座っていた。ブリストル出身の商人で、騎士の身分と邸宅を金で買ったヒューゴは、イートン校を卒業したばかりだ。マージェリーの右には地元の医者のドクター・フォックスがはべっている。大地主のレジー・ラドナー卿(きょう)もマージェリーに敬意を表しに来ていた。

ふだんのレジーは、射撃の的にならないものにはまったく興味を示さない。おそらく鬼のような母親が、鞭を振るって彼をこの広間へと送りこんだに違いない。ラドナー家の財政状態が逼迫しているという噂は、ヘンリーの耳にも入っていた。裕福な花嫁の心を見事に射止めれば、彼はこの付近にいる翼や毛のある動物を殺しつづけることができる。

いまマージェリーに話しかけているのは年配のブラント卿だ。すでに三人の妻を見送った彼は、まだ自前の歯を一本も失っていないことを自慢にしている。そして、マージェリーは魅せられたような顔をしてそれを聞いていた。少し離れた窓辺には、つい最近まで子供部屋にいたように見える若者が座っていた。こちらも抜け目のない母親が、そのために手持ちの最も上等なシャツを着せて送りだしたのだろう。この男たちのなかに、テンプルモアの女相続人にふさわしい相手はひとりもいない。マージェリーの注目を独占しようと競う彼らを見て、自分がなぜこれほど不機嫌になるのか、ヘンリーにはよくわからなかった。

彼が赤の間にいるみんなの前で、文字どおりマージェリーのなかに熱い欲望をかき立ててからすでに二週間になる。そのあいだヘンリーはマージェリーのために、さらには自分の正気を保つために、彼女を避けてきた。あの夜の経験は彼女ばかりでなく、彼にとっても驚きだった。まさか自分自身がいともたやすく鋭い欲望の虜になるとは思ってもみなかったのだ。

この二週間、ヘンリーはほとんどの時間をロンドンにある軍の補給事務所で過ごした。バークシャーに戻ったのは、伯爵からぜひとも相談したい緊急の要件があるという知らせを受けとったからだ。

ウォードウの領地を経済的に立て直し、そこから利益が上がるようにするためには、名づけ親である伯爵の投資がぜひとも必要だ。だが、たとえその件を話しあうためにせよ、彼はできればテンプルモアに戻りたくなかった。実際のところ、ロンドンで過ごす夜もほとんど眠れないことが多く、わずかな睡眠のあいだに見る夢に、頻繁にマージェリーが出てきた。そうした熱くきわどい夢で欲望を駆り立てられ、苦痛なほどのうずきを感じて目を覚ます。一度など、夢のなかでついに精を放ったあと、からっぽのベッドで目を覚ましたこともあった。

しぶしぶテンプルモアに戻ってみると、今度はマージェリーが明らかにヘンリーを避けていた。しかし、どういうわけかそのせいで、ふたりはいっそう熱くたがいを求めるはめになった。

チェシー・オールトンが気の毒そうにこちらにほほえむのを見て、ヘンリーはわずかに姿勢を変えた。チェシーにもほかの誰にも、同情されるのはまっぴらだ。実際、いま彼が考えていることがわかれば、チェシーの同情は吹き飛ぶに違いない。彼は金の間に座って陶器のカップからお茶を飲み、生姜(しょうが)入りのビスケットを教区の司祭に勧めながら、重いエメラルドのイヤリングが耳たぶを引く快感にマージェリーがあえぐ声を、ドレスを引き裂いて彼女からはぎとるところを、テンプルモアのエメラルドだけをつけた彼女の裸体を想像していた。

ヘンリーは再び姿勢を変えた。この部屋は暑すぎる。マージェリーは襟元を貝の形にカットした黄水仙色のドレスを着ていた。その下のまるみをほのめかしているデザインのつつましさが、奇妙に心をそそる。マージェリーはタブーだという事実のせいで、よけい彼女に惹かれるのだろうか？　首の後ろをこすりながら、ヘンリーはまたしてもそう思わずにはいられなかった。彼の体はこうしてマージェリーを見ているだけで、抑えがたい欲望の兆しを示しはじめている。

きらめく金茶色の髪をまとめている、あの黄色いリボン。あれをつかんで力任せに引き抜いてしまいたい。ついでにドレスに使われている同色のリボンも引き抜いて、温かく息づき、彼の愛撫を求めている肌をあらわにしたかった。あんなにつつましい姿を見ているだけなのに、抑えがたい欲望を感じるのはどういうわけだ？　テンプルモアに滞在するあいだに必要な自制心を、いったいどこから見つければいいというのか。

「もちろんラドナー家は、テンプルモアがまだ羊を追い集めていた頃からこの地をおさめていましたのよ」未亡人のレディ・ラドナーが〝声を落とし〟てウェントワース夫人に言うのが聞こえた。「でも、たとえ成りあがり者でも、莫大な資産にはそれなりの敬意を表しませんとね」

レジー・ラドナーはマージェリーに敬意を表する以上のことをしているぞ、とヘンリーは苦い気持ちで思った。レジーはマージェリーの手を握ることに成功し、おそらく自分では巧みに誘惑しているつもりで指の関節に舌を這わせている。ヘンリーは嫌悪を感じた。

マージェリーは苦笑しながら手の甲をスカートにこすりつけた。

「親愛なるレディ・マーガレット」レジーが言った。「あなたとお近づきになれて、こんなにうれしいことはありません。エンシャンテ！　これはどういう意味かというと――」

「お世辞を説明してもらう必要はありませんわ、ラドナー卿。効果が半減しましてよ」

「今日の親愛なるマーガレットは、少しばかりやつれて見えるわね」母がヘンリーの耳元でささやいた。

「それでも、彼女の資産が驚くほど魅力的に見えるのは変わりませんよ」ブラント卿がさらに椅子を近づけるのを見ながら、ヘンリーは苦い声で答えた。

彼は嫉妬しているわけではない。マージェリーが自分のものだと思っているわけでもない。そんな感情はとんでもなく理屈に合わない。

「あなたは愛らしい子馬のようだ！」ブラント卿がそう叫んで、マージェリーのドレスの前を見おろす。「あなたのお父上とは、よく娼館に行ったものです」

「まあ、すてき」マージェリーが皮肉たっぷりに言い返す。「父のことをもっと知りたいと思っていましたけれど、それを聞いて迷いが生まれましたわ」

　ドアが開き、バーナードがバークシャーの素朴な紳士階級とはまるで違う外見の紳士を三人案内してくるのを見て、ヘンリーは体をこわばらせた。ひとりは刺繍(ししゅう)入りのシルクのベストにスタンドカラーのシャツを着た洒落者(しゃれもの)で、ふたり目は見るからに爽やかな紳士、最後の男は黒ずくめの服装の、どちらかといえば情熱的に見えるバイロン風の若者だ。彼らはファッショナブルな社交界の雰囲気をこの部屋に持ちこんだ。ロンドンの社交界が侵略してきたのを見て、ほかの男たちがうなじの毛を逆立てて身構える。

「ブライソン侯爵、スティーヴン・ケストレル卿、フェイン卿でございます」ようやく重要な人物の到着を告げることができたという口調でバーナードが告げた。ヘンリーは立ちあがった。

「ブライソン」彼は部屋に入ってきたエレガントな紳士に手を差しだした。「ロンドンの魅力に飽きたのかい？」

「妹を訪ねるところなんだ」侯爵は人あたりのよい笑みを浮かべた。「元気か、ウォードウ？」

「レディ・ベルトンはデヴォンに住んでいるのだと思ったが」

「そこへ向かう途中なのさ」ブライソンは曖昧に答え、ヘンリーに会釈してソファへと部屋を横切ると、容赦なくラドナー卿を追い払い、マージェリーの手を取って、ヘンリーが殴りたくなるほど自信たっぷりにそれを包みこんだ。

「レディ・マーガレット、明日の夜、ファリンドンで催しがあるそうです」フェイン卿が熱心に言った。「あなたのおともをさせていただけたら、これほど名誉なことはありません」

突然金の間は、これまでのまどろむようなおしゃべりから、活発なやりとりと男らしい笑い声に満ちた。スティーヴン・ケストレル卿は、マージェリーに対するブライソン侯爵の権利をしぶしぶ受け入れ、チェシーのそばの椅子に腰をおろした。おそらく話し相手(コンパニオン)の機嫌を取って、マージェリーの心を射止めようという魂胆だろう。いや、彼の目的は最初からマージェリーではないのかもしれない。チェシーが頬をそめ、スティーヴンにほほえみかけたことにヘンリーは気づいた。スティーヴンのほうも、彼女に会えてとてもうれしそうにしている。スティーヴンはいい男だ。彼がマージェリーを追いかけていないのはありがたいことだった。なぜならブライソンと違って、スティーヴンにはマージェリーへの求愛に異を唱える要素がまったくないからだ。

フェイン卿はマージェリーの椅子の後ろに貼りつき、彼女の言葉にいちいちうなずいている。そして自分とマージェリーとは縁戚関係にある、ほかの誰よりも彼女の注意を独占する資格がある、と主張していた。

「こうなると思っていたわ!」ヘンリーの母親が耳元でささやいた。「社交界の紳士たちは、マージェリーがロンドンでデビューするまで待っていられなかったのよ。だからここを訪れた。このまま放っておいたら、あの娘はあっというまに婚約することになるわ！　ヘンリー、なんとかしなさい！」

「この状況でどうしろというんです？　彼女を担いで逃げだすんですか？」

「ええ、そうしてくれる？」レディ・ウォードウは希望をこめてヘンリーを見た。

　この思いつきには少なからず心を惹かれるが、そんなばかげた真似はできない。マージェリーと結婚すれば、財産目当てという烙印を押されるばかりか、欲望とけんかに満ちたとんでもない毎日を送るはめになる。やがて欲望が死に絶えれば、角をつきあわせて最悪の人生を送らなければならない。彼はそれを思ってぶるっと体を震わせた。

　そして、マージェリーがこちらを見ていることに気づいた。これは珍しいことだ。彼が戻って以来、マージェリーはあからさまにヘンリーを避けていたからだ。だが、彼女の銀色のきらめきを帯びた瞳が、明らかにこの窮地から救いだしてくれと懇願している。そして奇妙にも、この訴えをはねつけるのはとても難しかった。ヘンリーはマージェリーのいるソファへぶらぶらと歩いていき、フェイン卿を脇に押しやると、両手を彼女のすぐ後ろの背もたれに置いた。ロンドンからやってきたふたりの若者が、これをマージェリーに対する、ヘンリーの優先権の主張だと取るなら取ってかまわない。それで彼らを追い払えるならいいではないか。

「諸君、きみたちみんなに会えて大変楽しかったが、レディ・マーガレットはきみたちの注目の重みでいまにもつぶれそうに見える。よかったら失礼させてもらって……」

「ありがとう」マージェリーはヘンリーにささやいた。彼女のほほえみを見て、ヘンリーは愚かしいほどの喜びを感じた。

彼の発言が多少の反発をもたらす。「どうやらウォードウ卿はわれわれを出し抜くつもりらしいぞ」熱心な求愛者たちとともにバーナードに導かれて部屋を出ながら、フェイン卿がブライソンに言うのが聞こえた。「まあ、彼のつきを祈るさ。召使い時代のにおいを無視できれば、なかなか魅力的な娘だろうが、ぼくの相手にはふさわしいとは言えないかな」

目がくらむような怒りがこみあげ、ヘンリーはフェイン卿のクラヴァットをつかんで締めあげたくなり、両手がむずむずした。彼は脇におろした手を関節が白くなるまで握りしめ、代わりに片足を通り道に突きだして、フェイン卿がみんなの前で玄関へと大の字に倒れるのを見ると、多少とも溜飲(りゅういん)を下げた。

「きみにはふさわしい場所だな、フェイン卿。レディ・マーガレットの足元だ」ヘンリーはにこやかに言い、すっかり機嫌を直して広間に戻った。

「地元の紳士階級は雑魚よ」レディ・ウォードウがマージェリーに言っていた。「でも、彼らとはうまくつきあっていかなくては。ほかの紳士方は――」彼女はさも不愉快そうに顔をしかめた。「あなたがロンドンに来るまで待てずにここに顔を出すなんて、まったく不幸なことだわ」

「宿屋の亭主はさぞ喜んでいるだろうな」ヘンリーはぼそりと言った。これからは、毎日こんな状態が続くことになる。マージェリーが決断を下すまでは、彼女を落とそうと望む貴族たちが引きも切らずに押しかけるに違いない。彼女はそれがわかっているのだろうか？　ヘンリーは深く息を吸いこんで、この想像がもたらした不適切な所有欲を吐きだそうとした。

マージェリーが皿やカップを一箇所に集め、きちんと積み重ねはじめた。

「マーガレット、あなた——」レディ・ウォードウが恐怖を浮かべて叱った。「カップを重ねるのはおやめなさい。それは召使いがすることですよ」

レディ・ウォードウが召使いを呼びに出ていく。マージェリーは背もたれに背中を戻してため息をつくと、『ラ・ベル・アッサンブレ』誌を手に取り、ぱらぱらとページをめくった。客間に緊張をはらんだ沈黙が訪れたが、すぐにマージェリーがそれを破った。

「ラドナー卿と結婚しようかと思っていたの」彼女は軽い調子で言い、銀色に光る瞳に無邪気な驚きを浮かべた。「すると、ブライソン侯爵が到着したのよ。彼はすばらしくハンサムだわ」

ヘンリーは彼女を見た。本気でそう言っているのだろうか？　伯爵の相続人となったいま、彼が留守にしていた二週間のあいだに結婚に関するこれまでの信念が根本的に変わったとしても不思議はない。だが、マージェリーほど頑固な女性がこれほど早く変わるのは……意外だった。とはいえ、目の前にいるあざやかな黄色のモスリンを着たエレガントな娘は、とても溌剌として愛らしく見えるものの、彼が一カ月前に知っていたマージェリー・マロンにはなかった、洗練された女性の冷ややかさをすでに身につけていた。

彼があれほど魅力的だと感じたおおらかさ、率直な明るさは姿を消していた。わずか四週間でマージェリーがこれほど根本的に変わったことを思うと、ヘンリーはみぞおちが沈むような気がした。だが、そうなってもなんの不思議もない。彼女はいまや社交界一の資産を持つ女相続人なのだ。それにふさわしい物腰を身につけたとしても、無理からぬことだった。これほどの環境の変化を経験した若い女性が、以前の美徳を保ちつづけられるほうが奇跡だろう。

「ブライソンはほとんどの男が厩に馬を置くように、あちこちに愛人を囲っている」

「それは社交界ではふつうのことなのでしょう?」マージェリーは雑誌越しに嘲るような目でヘンリーを見た。「あなたにはオペラ歌手の愛人がいるそうね。ひとりしかいないのは、ブライソン卿ほどのスタミナがないからかしら?」

めぎつねめ。ヘンリーはマージェリーと愛しあうつもりがないのと同じくらい、彼女と言い争うつもりはなかったが、この場でその誓いを破りそうになった。

「結婚には愛が必要だと思っていたんじゃなかったのか？」ヘンリーは言い返した。「それとも、ブライソンにひと目ぼれしたのかな？」

マージェリーは片方の肩を上げてこの言葉を払った。「わたしは少しばかり世間知らずだったかもしれないわ。結婚に愛を求めるのは、社交界の決まりからはずれるようだから。どうせ便宜的な結婚をするのなら、相手は誰でも同じでしょう。そうじゃない？」

マージェリーは本気でそう思っているようだった。愛らしい顔に浮かんでいる表情も真剣に見える。ヘンリーは彼女がこれほど簡単に、無頓着に、重要な原則を捨ててしまった怒りと幻滅に、みぞおちをかきまわされるのを感じた。これでは、甘やかされた浅はかな娘とまったく変わらない。彼は雑誌を取りあげてソファに放り投げた。マージェリーは驚いて目を見張り、彼をにらみつけた。

「便宜的な結婚をするなら、ブラント卿を選んだほうが賢いだろうな。少なくとも彼はまもなく死ぬ」

「それが重要なことなの？」マージェリーは事もなげにヘンリーの案をはねつけた。「誰を選ぼうと、どうせ心のなかではばかにされるのよ。わたしのお金を自由に使いながら、わたしの育ちを非難するんだわ。フェイン卿が言ったことを聞いたでしょう？」

「だからこそ、ふさわしい相手を見つける必要があるんだ」ヘンリーはフェイン卿の無神経さにまたしても激しい怒りを感じ、それと同時にマージェリーを守りたいという衝動に駆られた。彼は社交界の連中の軽蔑や俗物根性からマージェリーを守りたかった。同時に、マージェリーを揺すり、自分の信念を捨てて利便的な結婚などするな、と叱りつけたかった。

「あら、あなたがそういう助言をするとは思わなかったわ」マージェリーはぱっと立ちあがって食ってかかった。「あなたは自分と同じように冷たい貴族の令嬢と、情熱のない結婚をするつもりだったはずよ。それなのに、最善をつくそうとするわたしを批判する資格があるの？」

「それとこれとは違う」ヘンリーは怒りを抑え、自制心を保とうとしながら言い返した。「ぼくはそう望んでいた。愛のために結婚したくないからだ。だが、きみは自分が望んでいるものを否定している」

マージェリーは再び細い肩を上げた。「たしかに、以前は愛しあって結婚したいと思っていたわ。でも、それは貴族の世界がどういうものか知る前のことよ。いまのわたしにできるのは、わたしの爵位にふさわしい爵位と領地を持つ相手と結婚すること。そうすれば、夫になる人もこの取り引きを理解しているわけだもの」彼女はにっこり笑った。「案外、公爵さえつかまえられるかもしれないわ」

「ああ、その可能性はあるな」ヘンリーは歯を食いしばって認めた。春めいたドレス姿のマージェリーは、こんなにもみずみずしくて愛らしい。それなのに手に入れた富と爵位で堕落し、すっかりそこなわれてしまったようだ。彼は荒々しい怒りを感じた。「その論理からいくと、きみのほうが位は上だから、ぼくが夫候補に名乗りでても見込みはないわけだ。きみが結婚して跡継ぎを産み、義務を果たしたら、忘れずに愛人候補としてぼくを訪ねてくれたまえ」彼は言い返した。「それが社交界の粋な生き方だということを、もう知っているに違いないからな。どうせ社交界の慣習に従うなら、いっそそっくり取り入れたらどうだ?」

ヘンリーはすでに一歩、彼女に近づいていることに気づき、もう一歩前に出た。マージェリーは退こうとはせずにその場にとどまり、つんと顎を上げて彼を鼻先から見おろしている。実際、人を見下すようなこの顔つきは、代々のテンプルモアたちと驚くほどよく似ていた。ヘンリーはこれまでそういう表情に興奮を感じたことは一度もなかったが、マージェリーがその表情を浮かべると、とてつもなく刺激的だった。ついさっきまでレディ・ウォードウとレディ・ラドナーが座っていたソファに押し倒し、荒々しく愛を交わしたいという衝動がこみあげてくる。

「なんて不愉快な人なの。帰ってこなければよかったのに」

「ぼくのベッドにいれば、不愉快だとは思わないだろうよ」ヘンリーは言い返した。「きみはぼくより階級が上かもしれないが、ベッドでぼくを見おろすのはまたべつの刺激がある」

マージェリーは〝まあ〟と言うように口を開けた。「愛人を作るなら、あなたよりはるかにましな人を見つけるわ」

マージェリーはヘンリーにけんかを売っているのだ。彼を挑発していることをじゅうぶん承知しているらしく、彼女の挑むような目には不安も混じっていた。

それがテンプルモア一族の困った点だった。彼らはいつだってとんでもなく無鉄砲なのだ。だが、マージェリーまでそういう無鉄砲さを持っているとは思いもしなかった。また、これほど自分がその点にそそられるとも思っていなかった。彼自身の振る舞いがマージェリーよりましだというわけではない。ヘンリーはすでに破滅にいたる道のなかばに差しかかっていた。

マージェリーも破滅だ。鞭を振り立てて地獄へまっすぐ突っ走っていることは、自分でもわかっていた。自制心が崩れかけている。彼のなかに悪魔がいた。父に巣くっていたのと同じ悪魔が。ヘンリーはこれまで、長いあいだひたすら義務を果たすことに打ちこみ、内なる悪魔の存在を必死に否定しようとしてきた。あらゆる不道徳で破廉恥な振る舞いをはねつけてきた。

だが、その悪魔がついに勝った。ヘンリーは片手でマージェリーの肘をつかみ、彼女を引き寄せた。ドレスの袖のなめらかさを感じ、薄いモスリン越しに柔らかい腕を感じた。マージェリーが鋭く息をのむ。大きく見開かれた目に挑むような表情がまだ残っていたが、その下にはあらゆる魅力的な感情がうごめいていた。マージェリーは自分が彼を駆り立てていることを知り、そのことに興奮している。煙るような目のなかにそれを読みとった瞬間、鋭い欲望が突きあげて、ヘンリーはほとんど耐えがたいほどの誘惑を感じた。

「ぼくよりもましな愛人を見つけられるって？」彼は低い声で言った。「何に基づいて、その仮定を引きだしたのかな？　一カ月前のきみが処女だったことを考えれば、比較する相手はかなりかぎられていると思うが」

マージェリーはあえぐような声をもらした。「紳士はそういうことを口にしないものよ」

「それは失礼した。だが、ぼくは事実を口にしているだけだ。きみがこの二週間のあいだ、伯爵の孫娘になる教育を受けながら色事の経験の幅も広げていたのなら、ぜひとも教えてもらいたい。なんといっても、ぼくはここにいて、きみの進歩を見守ることができなかったのだから」

「わたしが何をしていようと、あなたには関係ないわ」マージェリーは言い返し、憎しみをこめた冷たい目でにらみつけながら先ほどの言葉を繰り返した。「あなたなんか帰ってこなければよかったのに」

マージェリーはヘンリーの手から逃れ、さっと脇を通り抜けて部屋を出ていった。ドアが静かに閉まる。

ヘンリーは低い声で毒づきながら窓辺に歩み寄った。小石を蹴散らし、最後の訪問者の馬車が離れていくところだった。ブライソンは二頭の馬を手際よく操っていた。彼は馬に鞭をくれるのがきわめてうまい。だが、マージェリーと首尾よく結婚できれば、彼女をひどく不幸にするだろう。

ヘンリーは再び毒づいた。マージェリーの言うとおり、彼には関係のないことだ。彼がマージェリーの将来を自分の責任にしたがっているのは、深みにはまっている証拠だった。二週間前にテンプルモアを離れたときよりも厄介な事態だ。テンプルモア卿と話し、用件がすみしだい、ロンドンに戻るつもりでいた。マージェリーの人生に引きこまれる気などさらさらなかった。

それが善意の困ったところだ、とヘンリーは思った。地獄への道には善意が敷きつめられている。

13

カップのエース――愛の始まり

その日の午後、マージェリーは噴水のそばに座り、睡蓮の葉の下をゆっくりとひれを動かして鯉が泳ぐのを見守っていた。彼女は本を一冊持ってきていた。クララ・リーヴが書いたゴシック・ロマンス『イギリスの老男爵』だ。これは祖父の図書室で見つけたものなのだが、最初にそこを見たときは、床から天井までの書棚と、ぎっしり並んでいる本の数に目をまるくしたものだ。

テンプルモア卿は、マージェリーが図書室で本を探しているのを見て喜んでくれた。おまえの母はファッション雑誌しか読まなかった、と祖父は言った。マージェリーは本の虫を自称するにはほど遠いが、読書をする時間ができたのはうれしかった。メイドだったときは、仕事の合間に細切れにしか読むことができず、夜は本を広げたまま眠りこんでしまうことが多かったのだ。

　雄の孔雀(くじゃく)が一羽、小石の上を横切って近づいてきた。それは美しい扇形に尻尾(しっぽ)の羽を広げ、大きな声をあげながら、マージェリーを感心させるようにくるりと回って披露した。マージェリーはほほえんだ。彼女はこの気難しい鳥を好きになりはじめていた。もしかするとこの孔雀は、雌を引き寄せることができずにいらいらしているのかもしれない。

　ヘンリーが戻ってこなければよかったのに。

　彼が留守にしていたあいだ、毎日、毎時間、彼が恋しくてたまらず、ひどく悲しく、寂しかった。そんな自分の弱さに腹が立ったが、自分でもどうしようもなかった。

　彼女はヘンリーに会えてとてもうれしかったが、ひどく腹も立った。胸が破れるのではないかと思うほどふくらみ、どきどきして息もできないほどだった。自分の気持ちがよくわからなかったが、今朝ヘンリーを挑発した理由はよくわかっていた。彼のことなど気にかけていないふりをしようとしたのだ。けれどもその試みはものの見事に失敗し、いっそうみじめな気持ちになっただけだった。

　欲望と情熱。ヘンリーが与えてくれるのはそれだけだ。マージェリーはそのどちらも欲しかったが、名誉を捨て、愛をあきらめなくては手に入らない。

　彼女はため息をついた。レディ・マーガレットでいるのは、いまのところ楽しいというよりも厄介なことのほうがはるかに多い。うわっ面だけ見れば、高価なドレスを着た彼女はレディに見えるかもしれない。でも実際は、この新しい自分にまだなりきれずにいた。毎日、領地のことや、テンプルモアをどう運営するかを学び、上品な物腰や話し方、立ち居振る舞いも少しずつ身につけている。あきれるほど長い時間をヘンリーの母や大叔母のエミリーと過ごし、花の生け方や夕食のメニューに関する指示なども教えてもらっていた。

レディ・ウォードウには、訪問客を迎えたときや、パーティで人と話すときに必要な技術も教わった。おかげでいまでは、隣人とお天気の話や道の状態などをごく自然に話せるようになった。司祭にお茶を勧め、その奥方と細々とした女性の仕事に関して話すこともできる。テンプルモア卿が夕食会を催したいと言えば、緊急の場合はそのホステスを務めることもたぶんできるだろう。

だがレディとしての素養に関しては、悲しいほど欠けていた。マージェリーは水彩画を描くことも、ピアノを弾くこともできない。レディ付きのメイドには必要な技術のひとつだった裁縫はもちろんできるが、最低限度の教育しか受けておらず、ほかの言語を話すこともできなければ、歴史や地理もほとんど知らなかった。その点に関しては、レディ・ウォードウが珍しく、学のある女性はかえって敬遠される、と慰めてくれたが、それでも自分の教育が不足していると感じないわけにはいかなかった。

それに、毎日何をして過ごせばいいの？　レディ・ウォードウは、いまのままでじゅうぶんいろいろなことをしていると言うが、ただレディ・マーガレットでいるだけでは、実際には仕事と呼べない。そのために朝の五時から起きる必要もないし、炉床を掃除したり、湯を運んだりする必要もないのだから。

兄たちが訪ねてくれれば多少は昔の自分に戻り、昔の生活を取り戻せるのではないか……そう思って心待ちにしていたのだが、ジェドからは連絡もなく、ビリーは彼女の幸運を喜んで借金を申しこんできたものの、バークシャーに訪ねてくれという誘いに関してはひと言も触れていなかった。

残ったのはジェムだけだが、彼はいつものように違法で不道徳な仕事でロンドンを離れているらしく、うんともすんとも言ってこない。もっと親身に心配してくれると思ったのに、あっさり兄たちに見捨てられ、マージェリーは少しばかり傷ついていた。いまはとても必要としているのに。

今朝、彼女は青の間に飾られた母親の大きな肖像画の前に立ち、尊大な表情で自分を見おろしているきれいな顔から、なんでもいいから何かを引きだそうとした。

レディ・ローズは、マージェリーがメイドだったときには大嫌いだったタイプの、甘やかされた金持ちの娘だったようだ。たぶん、自分の恵まれた境遇に対する感謝の念などまったくない、召使いやメイドを無視するいやな人間だったのだろう。この館には、父親の肖像画はまったくなかった。細密画すらない。彼がどれほど徹底した悪党で卑劣な男だったか、それでわかろうというものだ。ここには父のことを口にする者はひとりもいなかった。大きな聖書の見開きに記された、数世紀にわたるテンプルモアの家系図では、父の名前の上に線が引かれていた。

「お嬢様」召使いのウィリアムが小石を踏んで近づいてきた。孔雀がけたたましく鳴きながら、羽根を落として退散する。ウィリアムはお辞儀をして言った。「テンプルモア卿が居間でお呼びです」

「ありがとう」マージェリーは立ちあがってスカートの埃（ほこり）を払った。「お母さんの具合はどう、ウィリアム？」彼女は家のなかまで丁重に従ってくる召使いに尋ねた。「しばらく具合が悪かったと聞いたけど」

「だいぶよくなりました。ありがとうございます」ウィリアムは庭から館に入るドアを開けてくれた。「果物のお礼を申しあげてくれと母に頼まれました」

　マージェリーはうなずいた。「気にしないで。温室にはわたしたちだけでは食べきれないほどたくさんの果物ができるんだもの。分かちあえるのはうれしいことだわ」

「レディ・テンプルモアもよくそうしてくださいました」ウィリアムは言った。「テンプルモア卿の亡き奥様です。お嬢様はレディ・テンプルモアにそっくりでいらっしゃいます」彼は出すぎたことを言ったように赤くなった。「申し訳ございません。ですが、おばあ様はすばらしいお方でした。みんながそう言っております」

　母のことをそう言ってくれる人は誰もいないわ、とマージェリーは悲しくなった。

板石のホールとぞっとするような金箔の家具がある暗い西の廊下に入ると、マージェリーは目をしばたたいた。チェシーの話では、赤の間にある醜い金箔の時計と同じように、そこのテーブルと細い脚の椅子もルイ十四世の宮殿で使われていたもので、ひと財産の価値があるという。しかしひどい悪趣味のうえに、まるで実用的ではない。あの椅子は実際に座ったらばらばらになりそうだ。

伯爵の客間をノックし、お入りという声を聞いてドアを開けた。

ヘンリーが一緒だった。部屋の中央にある大きな桜材のテーブルに、製図のようなものの束が置いてある。だが、ふたりはひと息入れているようで、窓際のもっと小さなテーブルでチェスに興じていた。

マージェリーはドアのすぐ内側で足を止めた。いつも堅苦しいやりとりしか交わさないヘンリーと伯爵の関係に、チェスのような遊びも含まれているとは想像もしていなかったのだ。祖父が笑いながらヘンリーのクイーンに王手をかけるのを見て、マージェリーは嫉妬に似た鋭い痛みを感じた。それから、そんな自分を恥じた。テンプルモア卿はわたしの祖父で、わたしを愛してくれている。ヘンリーが伯爵とくつろいでいるのを見て、それをうらやむのは間違いだ。

太陽がヘンリーの黒い髪をきらめかせる。見とれていると彼が顔を上げ、マージェリーのみぞおちが奇妙な宙返りを打った。

「王手だ」テンプルモア卿が満足そうに言う。

「ぼくの負けです」ヘンリーは潔く認めて立ちあがり、マージェリーにお辞儀をした。「レディ・マーガレット、ぼくと代わるかい？」

「技と狡猾さを競うゲームはしないの」マージェリーは答えた。「正直すぎて負けるから」

ヘンリーは笑った。「ゲームはしないだって？」

この言葉にすら、ふたりのあいだに決まってひらめく性的な底流がある。マージェリーはそれを無視しようと努めながら窓辺のベンチに向かい、クッションに腰をおろして背中を暖めてくれる五月の日差しを歓迎した。この館には、光も暖かさも届かない場所があまりにも多い。ここはわが家だという気がしなかった。

「きみもいてくれ、ヘンリー」ヘンリーが椅子を押して立ちあがってドアへ向かおうとすると、テンプルモア卿が言った。ヘンリーは椅子に戻り、伯爵の言葉を待った。

「考えていたんだが」伯爵は言った。「マージェリーはもっと領地を見たほうがいいと思う。ここに来て一カ月、もうこの館と毎日の生活にも慣れただろう。きみが案内役を引き受けてくれないか？」

マージェリーの胃がぴくんと引きつれた。ヘンリーはテンプルモアでの用事が終わればすぐにロンドンに戻るか、ウォードウへ帰るものとばかり思っていたのだ。祖父が彼にここへとどまるよう命じるなんて、とんでもなく迷惑なことだ。

顔を上げると、ヘンリーが問いかけるような目で笑っていた。思ったことがすっかり顔に出てしまったに違いない。彼は祖父の要請を断るつもりだったが、彼女の反応を見て気が変わったのだ。マージェリーはそれに気づいてヘンリーをにらみつけた。だが、彼は穏やかな笑みを浮かべただけだった。

ヘンリーが答えようとするのを見て、マージェリーは急いで口を挟んだ。

「ウォードウ卿にこれ以上のご迷惑をおかけするなんて申し訳ないわ、おじい様」彼女は明るい声で言った。「彼には重要な仕事が山ほどあるそうですから。彼がいなくてもなんとかなるはずよ」それからヘンリーを見て、皮肉たっぷりに尋ねた。「あなたには帰る家がないの、ウォードウ卿?」

「きみもよく知っているように、ウォードウに領地がある」ヘンリーは答えた。「しかし、喜んでテンプルモアを案内するとも。ぼくの助けが計り知れないほど貴重なものだということがすぐにわかるはずだよ、レディ・マーガレット」ヘンリーの笑みが広がった。「テンプルモアは若い女性のおもちゃではないからね」

これはあからさまな挑戦だった。マージェリーはあばらにパンチを食らったような気がした。引き下がることはできない。それに、挑むような口ぶりのヘンリーは、いちだんと魅力的だった。彼は顔を合わせるたびにマージェリーを怒らせ……ぞくぞくさせる。

「それはよくわかっているわ、ウォードウ卿」マージェリーは冷ややかに応じた。「だからこそ、ミスター・チャーチウォードにたっぷり時間を取って、領地に関する詳細を説明してくれるようお願いしたの。男性と同じくらい領地の運営についてつかめるように」

「実際にここがどう動いているのか知るには領地を回り、その目で見るのがいちばんだ」ヘンリーは言い返した。「馬には乗れるんだろうね？」彼が眉をぐいと上げてつけ加える。

マージェリーが乗れないと思っているのだ。

　彼女は勝ち誇った笑みを浮かべた。「養父は鍛冶屋だったのよ。幼い頃から馬のまわりを歩いていたわ。レディのように乗ることはできないかもしれないけれど、ここはロンドンのハイドパークとは違うもの」

「すばらしい。ではさっそく明日から案内するとしよう。お手並み拝見といこうじゃないか」

「どうしてもというなら」マージェリーは食いしばった歯のあいだから言葉を押しだした。

「ダンスはどうかな？」ふたりを見ていた伯爵が、口元にかすかな笑みを浮かべた。「ロンドンでは、ダンスが必要になるぞ」

　ふたりが暗いテラスで踊ったことを思いだし、マージェリーはヘンリーを見た。あれは彼が誰だかわかる前、自分が誰だかわかる前だった。マージェリーは悲しみに胸をふさがれた。いまはもう別世界の出来事のようだ。

「ダンスは全然だめなの」

「ヘンリーに教えてもらうといい」伯爵はそう言って鷹揚に手を振った。

「どうせなら、ちゃんとしたダンス教師に習いたいわ」マージェリーが言う。彼女はやかんのなかで少しずつ沸点に近づいていく湯のような気がした。祖父とヘンリーが、恩着せがましくあれこれ指図してくることに怒りがたぎってくる。「わたしの知るかぎりでは、ウォードウ卿はダンスがからっきしだめかもしれないわ」

「いや、踊るのは得意だ」ヘンリーの顔に浮かんだ笑みは、彼がふたりで踊ったワルツを忘れていないことを告げていた。「ウェリントン公の将校たちは一人残らずそうさ。きみの足を踏むようなことは絶対にしないとも、レディ・マーガレット」

「それでも、これ以上あなたにご迷惑をおかけしようとは夢にも思わないわ、ウォードウ卿」

「迷惑どころか、光栄な役目だ」ヘンリーはなめらかに切り返した。

ふたりは目を合わせた。「あなたはわたしを甘く見すぎているのではないかしら？」マージェリーはにこやかに言った。「わたしは驚くほど厄介な生徒になるわ。どれほど頭痛の種になるか、あなたには想像もつかないはずよ」

ヘンリーの笑みが彼女にあらゆる形の罪深い報復を約束していた。「せいぜいきみの役に立つよう、精いっぱい努力しよう」

「それで、何を話したかったの、おじい様？」マージェリーは尋ねた。「わたしの乗馬とダンスの技術について？　もしくはその欠如についてかしら？　ウォードウ卿を必要以上に引き止めたくないの」

「いや」伯爵は唇をひくつかせた。「実は、チャーチウォードと話していたべつの件のことで……」

「まさか」マージェリーはまっすぐヘンリーを見たまま祖父に言った。「ミスター・チャーチウォードに、結婚の持参金の書類を作成するよう頼んだのではないでしょうね」

「とんでもないことです」ヘンリーも言って伯爵を見た。「ぼくはテンプルモアになんの下心もありません。あなたのお孫さんに関してはもっとありません」

マージェリーは彼をにらみつけた。「ねえ、ウォードウ卿、そんなに無礼なことをすら口にできるのは、日頃の訓練の賜物（たまもの）なのかしら？　それとも生まれつきなの？」

「ふたりとも先走りすぎているぞ」伯爵が愉快そうに目をきらめかせる。「きみたちは結婚したかったのかね？　そう言ってくれれば、チャーチウォードがロンドンに帰る前に手配をさせたのに――」

「わたしをからかってるの、おじい様？　ウォードウ卿と結婚なんかしないわ」

「残念なことだ」伯爵はそう言うと、脇にある紫檀（したん）のテーブルから一枚の紙を手に取り、半月の形をした眼鏡を鼻の端にのせた。

「さて、マージェリー。チャーチウォードに依頼した新しい取り決めというのは、わたしが死んだ場合に――」

「おじい様は死ぬもんですか」突然、体が冷たくなり、マージェリーはさえぎった。いろいろな医者から、心臓が弱っていることや健康がすぐれないことを聞かされ、伯爵が弱っていることは知っている。でも、いままでは自分が祖父の生きる糧となったのだから、きっと持ち直してくれると自分に言い聞かせていたのだ。この新しい人生で、心のよりどころは祖父だけだ。彼女を愛し、心から心配してくれるのも祖父だけだった。その祖父をこんなに早く失うわけにはいかない。伯爵が死ねば、テンプルモアの暗い大きな館でひとりぼっちになってしまう。迷子の子犬のように途方に暮れ、どうすればいいかわからなくなる。

マージェリーは祖父の手を取った。「やめて」涙声で訴える。「そんな話は聞きたくないわ」

ヘンリーが無表情な顔で見ている。マージェリーは顔をそむけ、涙を隠そうとした。彼のことだ、人前で感情を表すのは弱いからだと思うに違いない。ヘンリーにとっては、すべてが愛ではなく、義務なのだ。

祖父がやさしく手を握った。「まだまだおまえといたいと願っているよ、マージェリー。だが、万一の用心はしておかねばならん。いいかね、おまえがテンプルモアを相続した暁には、資産は三十歳になるまで、あるいは結婚するまで信託財産となる」

「まあ、典型的ね」マージェリーは取り乱していることも忘れ、頭にきてそう叫んだ。「それはわたしが女だから？　三十歳になるまでは、さもなければ結婚してすべてが夫のものになるまでは、領地を管理し、運営していく能力などないというの？」

「たしかに、きみの曾々祖父がこんな条件をつけたのは、まったく愚かのきわみだったな」ヘンリーはつぶやいて椅子の背にゆったりともたれ、ブーツをはいた脚をくるぶしのところで組んだ。「しかし、たしか彼には三人の手に負えない娘しかいなかった」彼は嘲るような目でマージェリーを見た。「ひょっとするときみの気性は、その三人から来ているのかもしれないな、レディ・マーガレット」

「あなたの気性が誰に似たかは、それほど遠くを探す必要はないわね、ウォードウ卿！」マージェリーは鋭く言い返した。

「わたしはチャーチウォードとともにヘンリーをおまえの保管人に任命した」伯爵はふたりの争いにはかまわずに説明を続けた。「ヘンリーはおまえの後見人として――」

「後見人ですって！」マージェリーのなかに積もっていた苛立ちが、いっきに爆発した。「後見人なんか必要ないわ。まだ三十歳ではないけれど、子供じゃないのよ！」彼女はヘンリーをにらみつけた。「あなたはこれを知っていたのね！」

「知らなかった」いまやヘンリーも顔をしかめていた。彼はコートのポケットに手を突っこみ、せっかくの美しい線を台無しにしながらマージェリーを見あげた。「きみの後見人になるほど気の進まぬことはないよ、レディ・マーガレット」

「あらそう？」マージェリーは怒りと反発がこみあげるのを感じながら甘い声で言った。「わたしの夫になるほうが、もっと気が進まないと思っていたわ！」

ふたりはにらみあった。激しい敵意で周囲の空気が火花を散らすかのようだった。

「わたしは領地の後見人と言おうとしていたんだよ」伯爵が落ち着いた声で言い、眼鏡の上からマージェリーを見た。「わたしが死んだら、テンプルモアの運営に関しては、ヘンリーとチャーチウォードがおまえに助言することになる。チャーチウォードはおまえの管財人も兼務する」

マージェリーはぱっと立ちあがった。「どうせわたしの意見は取り入れてもらえないんでしょう。わたしはただの駒にすぎない。レディ付きのメイドだったときのほうがまだ自由だったわ」

彼女はさっと腕を振ってチェス盤の駒を払った。デュークやクイーンが落ち、床を転がって壁の下の幅木にぶつかる。涙が目を刺し、喉をふさいだ。祖父のことを大好きになり、失うと思っただけで耐えられないが、自分が取るに足りない、なんの考えもない人間のように扱われるのは我慢できない。

レディ・ウォードウに人形のように扱われ、どう振る舞うべきかいちいち指図されるだけでもうんざりなのに、祖父とヘンリーとチャーチウォードがわたしのまったく知らないところで様々な取り決めを行い、管財人や信託財産の保管人になっていた。まるでマージェリーには何ひとつ自分で決める能力がないかのように、彼女の人生を勝手に決定し、その結果だけをきれいに包んで差しだすとは。

怒りが血を燃やし、耳のなかでどくどくと打っていた。爆発するのを無理やり抑えつけ、マージェリーは客間を走りでた。西の廊下の大理石の床に柔らかい靴音が響く。どこへ行くつもりなのか、自分でもわからない。ただ正気を失わないうちに、まともに息もできない巨大な霊廟（れいびょう）のようなこの館から逃げだしたかった。

「レディ・マーガレット！」

ヘンリーの声と高い丸天井と壁に響く彼の靴音が聞こえたが、マージェリーは振り向かなかった。ヘンリーに相続人としての義務を説教されるなんて、死んでもいやだ。絶えずあれこれ干渉される生活に嫌気が差して、母がここを逃げだしたのも無理はない。そうした日常と比べれば、悪名高いろくでなしとの駆け落ちは、間違いなく魅力的に思えたに違いない。

マージェリーは速度を上げた。ヘンリーもそれにならったとみえて、長い脚でふたりのあいだの距離を縮め、やがて後ろから腕をつかんで彼女をくるりと自分に向けた。マージェリーは息を止めた。逃げだすのを恐れているように、ヘンリーは厳しい顔で手首をつかんだままだ。

「伯爵はきみを愛しているからこそ、ああいう取り決めをしたんだ。自分に万が一のことが起こったときにきみを守りたいんだ」

「だとしても、やり方が間違っているわ」マージェリーは言い返した。

「彼はいつもそうさ」ヘンリーは彼女の腕を放した。「だからといって、きみを愛していないということにはならない」

マージェリーはヘンリーにつかまれた箇所をなでながら、自分が震えていることに気づいた。

「おじい様の動機が愛情から出たものだということは認めてもかまわないわ。でもあなたはどうなの、ウォードウ卿？　あなたが祖父の計画に同意し、後見人になるのは、テンプルモアを自分で管理するためじゃないの？」

ヘンリーは凍りついた。「ぼくが伯爵の申し出を受け入れたのは、そうする義務があると思うからだ」彼は静かな声で言った。「二度とこの件でぼくを侮辱しないでくれ。紳士的な態度を保てなくなっても知らないぞ」

怒りがワインのようにマージェリーを駆り立てていた。頭がぼうっとして、自分を抑えられなくなり、祖父の前では我慢していた言葉が口から飛びだした。

「わたしの疑いがそれほど的をはずしているとは思わないわ。わたしがここに来たために、テンプルモアを取りあげられたことに反発を感じているのはわかっているのよ」

「それは間違いだ。きみに反発を感じたことは一度もない」

「感じたに違いないわ。そうでないほうが不自然よ。どうして自分の気持ちを正直に言わないの？」

ヘンリーがさっと動き、マージェリーは体を縮めた。「ぼくがどう感じようが、なんの違いももたらさないからだ」まだ落ち着いている声からは、何ひとつ読みとれない。「テンプルモアはいまではきみのものだ。何者もその事実を変えることはできない。ぼくがどう感じるかは問題ではないんだ。いまのぼくの役目は、伯爵に任された仕事を果たし、彼の相続人であるきみを守ることだ」

「あなたを後見人にするなんて、きつねに鶏を守らせるようなものよ！」マージェリーはついそう叫んでいた。

その言葉が口をついて出たとたん、言いすぎたことに気づいて取り消したくなった。本気でそう思ったことなど一度もないからだ。でも、いったん出てしまった言葉をもとに戻すことはできない。廊下の空気が危険をはらみ、冷たく、硬くなった。ふたりは崖っ縁に立っているようだった。ほんの少し足を踏みだせば、ふたりとも奈落の底へと転がり落ちる。マージェリーは怖くて逃げだしたくなった。

「それはどういう意味だ？」ヘンリーが低い声で尋ねた。

「べつに意味などないわ！」喉がふさがるのではないかと思うほど、心臓が激しく打っていた。

「ぼくが後見人では、きみもテンプルモアも安全ではない。そう言いたいのか？　ぼくがテンプルモアを取り戻すために、きみに危害を加えるかもしれないと」

マージェリーは自分を見つめる黒い瞳から目をそらすことができなかった。

「ごめんなさい――」謝ろうとしたが、ヘンリーは首を振った。

そして怒りに全身をこわばらせ、彼女の腰に手を置いて荒々しく引き寄せると、燃えるような目で言った。「ぼくはたしかに危険だが、きみが思うたぐいの危険とは違う」

ヘンリーが彼女の人生に姿を現してから、ふたりのあいだに生まれたあらゆる感情が息を吹き返す。マージェリーは彼のなかに原始的な怒りを感じた。それは完全に抑えられているだけに、よけい恐ろしかった。心臓が止まり、息も止まるような長い一瞬のあいだ、彼はマージェリーを見おろし……それから頭をおろしはじめた。

「やめて――」マージェリーは叫んだ。心臓が胸から飛びだしそうなほど激しく打ち、全身がわなわなと震えていた。

「やめられないな」ヘンリーは言った。

熱い唇が重なったとたん、それがもたらす快感のほかは全部が砕け散った。驚くような衝撃と、自分がずっと望んでいたものを手に入れた喜びがすべてを凌駕（りょうが）し、弱々しい抵抗を嘲るほど激しい欲求が、たちまちマージェリーをのみこんだ。これは正しいことだ。

マージェリーはヘンリーのなかにある絶望に近い飢えを感じ、自分のなかにも同じ飢えを感じた。

彼のなかには、鋭くとがった怒りもあった。それがマージェリーを興奮させた。めったに感情を表さないヘンリーをここまで駆り立てたことに大きな満足感を覚えながら、あえぐような声をもらして唇を開く。キスのなかの怒りが、たちまち甘い快感に変わった。

マージェリーは片手で彼の髪をつかみ、さらに引き寄せて、情熱的なキスに溺れた。誰かに見られているかもしれないが、そんなことはどうでもよかった。理解はおろか、制御することなどまったくできない何かが、彼女をせき立てる。その何かはヘンリーに触れられるたびにさらに大きく、深くなっていく。マージェリーは痛みに近いほどの激しさで、彼を求めた。

ヘンリーが突然彼女を放し、マージェリーはもう少しで倒れそうになった。

「二度とこういうことはするな」彼は冷たく言い捨ててきびすを返し、マージェリーをその場に置き去りにした。

マージェリーは寝室の窓から、月が芝生の上に模様を描くのを見守っていた。開いた窓から冷たい夜気が入ってくる。森のどこかで鹿が鋭い警戒の声をあげた。風が強くなり、湖面を波立たせている。

ため息をもらしながらカーテンを放すと、窓辺のベンチに腰をおろし、冷たくなったつま先を寝間着の裾でくるんだ。暖炉では薪が勢いよく燃え、広い寝室はすっかり暖まっていたが、彼女はまだ震えていた。

家のなかはとても静かだ。マージェリーはふと、召使いたちが使うホールのにぎやかさを思いだした。気の置けないおしゃべりや友情を。一日じゅう働いて疲れ果て、あくびをしながら彼らが部屋に引きとるところが目に浮かぶ。メイドだった頃はくたくたで、階段を上がるのもつらいことさえあったが、もっと生きていることを実感し、自分が何かの一部だと感じることができた。テンプルモアではただ寂しく、途方に暮れるばかりだ。この館の大きさは、まだ彼女をひるませた。

『イギリスの老男爵』を読んでいるうちにまぶたが落ちてきて、彼女はいつしか眠っていた。夢のなかで幽霊の出没する荒れ果てた城をさまよっていると、犬が吠えはじめた。誰かがドアを激しく叩いている。つかのま、その音と熱と体にからまったシーツが悪夢のような牢獄となって自由を奪う。それからがばっと跳ね起きた。

ベッドのカーテンが燃え、炎が天井をなめようとする。天蓋付きの木製ベッド全体が浅瀬にのりあげた船のようにきしみ、うめくような音をたてていた。スパニエル犬がドアの真ん前で吠え立てている。

マージェリーは悲鳴をあげてベッドから飛びおり、化粧室へ走りこんで洗面台の水差しをつかんだ。それをベッド目がけて投げたとき、ドアが勢いよく開いてヘンリーが飛びこんできた。チェシーと数人の召使いがそのすぐあとに続く。

ヘンリーはマージェリーをつかみ、くすぶるベッドの残骸から引き離した。どんな場合も落ち着きを失わないチェシーは、マージェリーのガウンで残った炎を叩いている。ヘンリーはふだんの彼からは想像もつかない激しさで毒づきながら、マージェリーをひしと抱きしめた。彼の声、彼の抱き方には、怒りと、それよりももっと心を騒がせる何かがあった。

「なんと愚かで無責任で危険なことを！」自分に回されたヘンリーの腕から、彼がわなわなと体を震わせているのがわかる。黒い目も怒りに燃えていた。

「そんなにこきおろさなくても……」マージェリーは弱々しく抗議した。「火を消したのはわたしなのよ」

「自分の不注意で燃やしたあとでだ！」ヘンリーは床に落ちている蝋燭と、すぐ横の小テーブルの上に置かれた読みかけの本に目をやった。ページが黒く焦げている。「まったく、きみは自分もこの館も燃やしてしまったかもしれないんだぞ！」

マージェリーも震えはじめていた。焼けたカーテンから立ちのぼる煙で喉がひりつき、目が潤む。ヘンリーの腕は鉄の帯のようにまだきつく巻きついていた。マージェリーは彼のなかの怒りを感じたが、それが彼女の身を案じているためだということは直感的にわかった。シルクのガウンに押しつけた両手から、彼の体温と、てのひらの下で激しく打つ鼓動が薄い布地越しに伝わってくる。

ヘンリーが腕の力をゆるめ、つかのま頬を寄せる。マージェリーは清潔な肌のにおいを吸いこみ、彼の内に渦巻く乱れた思いを感じた。ヘンリーから離れたとたんコットンの寝間着の薄さに気づき、彼のぬくもりとたくましい腕が恋しくなった。

おそらくは慰めるためというよりマージェリーを適切に覆うために、レディ・ウォードウが毛布を手に急いで前に進みでた。イーデスがホットミルクを作りに行くと、残ったみんながいっせいに話しはじめた。エミリーは青ざめ、怯えた顔でショールの端をつかんで気をもむようにひねっている。

「どうしてこんなことになったのかしら?」エミリーは誰にともなくつぶやいた。今度ばかりはタロットカードも答えを与えてくれないようだった。

「ウォードウ卿が煙のにおいに気づいてくれて、運がよかったわ」チェシーが言った。

「本を探しに図書室へ行くところだったんだ」ヘンリーはちらりとマージェリーを見た。

「眠れなかったものだから」

「またドアに鍵がかかっていたのよ」チェシーが言うと、ヘンリーがそれ以上何も言うなというように鋭く彼女を見た。マージェリーが震えているのを見て、チェシーがそばに飛んできた。

「いらっしゃい。わたしの部屋にもうひとつベッドがあるの。今夜のところはそこに寝るといいわ」

チェシーの部屋もとても広かった。そこにある小さな暖炉ではとても暖まりそうもない。壁のタペストリーに、中世のドラマティックな絵柄が織りこまれている。寒さからかショックからか、マージェリーの震えはいっそうひどくなった。

「あなたのところにもいるのね」マージェリーはこの騒ぎにもかかわらず、チェシーのベッドでいびきをかいているスパニエル犬を指さした。

チェシーはうなずいた。「領地にいるときは、常に犬を身近に置くことにしているのよ。さもないと寒くて眠れないもの」

マージェリーは天蓋付きの巨大なベッドを示されると、毛布と上掛けの下にもぐりこみ、熱いミルクを飲みながら尋ねた。「本当にドアに鍵がかかっていたの？」

チェシーは不安を浮かべた。「ええ。ウォードウ卿が蹴り破ったのよ」

マージェリーは木槌で打つような音がしていたのを思いだした。「でも、わたしは鍵なんかかけなかったわ」

チェシーは体をこわばらせた。「それはたしかなの？」

「絶対にたしかよ。何かがつかえていただけかもしれないわね。蝋燭はつけたまま寝てしまったけれど」マージェリーは罪悪感に駆られながらつけ加えた。「本を読んでいるうちに眠ってしまったの。あのぼやはわたしの責任ね」

それからはあまり眠れず、翌朝、朝食をとりにおりていったときは顔色が悪く、寝不足でまぶたが腫れぼったかった。レディ・ウォードウはマージェリーが起きてきたことに驚いた。

「病気じゃないもの。それに、今朝はウォードウ卿と馬で出かける約束をしているの」

「馬で！　せめて馬車になさいな」

テンプルモアの紋章入りの馬車でこのあたりを走るのは、ひどく尊大な行為に思えた。それに馬にまたがり、丘を早駆けして、体にたまっている苛立ちを解消したかった。

だがその前に、二十一の候補のなかから新しい寝室を選ばなければならなかった。ベッドのカーテンが燃えただけで、それまで使っていた寝室もほかに損傷が出たわけではないが、絨毯(じゅうたん)や家具にしみついたよどんだ煙のにおいが、大惨事になりかねなかった昨夜の出来事を思いださせた。

「もう二度とベッドで本を読んではいけませんよ」レディ・ウォードウが叱った。「実際、本など読まないほうがどれだけいいか。読書にはよいことなどひとつもないわ」

まもなくマージェリーの新しい寝室は、らせん階段の上にある北の塔の部屋に決まった。円形のその部屋にも、一族の肖像画が飾られていた。

「もっとこぢんまりした部屋がよかったのに」彼女は巨大な箱のなかを滑るおはじきのよ

うな気分になりながら愚痴をこぼした。

「ここには小さなものなどありません。それはもう説明したでしょう」レディ・ウォードウはうんざりした顔で言った。「テンプルモアには小部屋などないの。それに、ここは昔から相続人が使っていた部屋よ」

このときはぴんとこなかったが、ヘンリーの頭文字が入った『トリストラム・シャンディ』を見つけると、マージェリーは初めてそこが以前はヘンリーの部屋だったことを知った。彼女は本を手にして、さっと斜線を引いたような大胆な黒い文字を見つめた。彼女はヘンリーからすべてを取りあげてしまったのだ。テンプルモアの彼の居場所も、将来も。それなのに彼は、燃える寝室から助けてくれた。昨日あんなひどい言葉を投げつけて、彼の誠実さを疑ったばかりなのに。

ヘンリーが強い腕でしっかりと抱きしめてくれたことを思いだし、マージェリーは恥ずかしくてうなだれた。わたしはどんどんヘンリーの強さに頼るようになっているわ。そう思うと不安に駆られたが、彼を拒むことはできなかった。

14

剣の2――バランス、等しい力量を持つ敵との戦い

昼食のあと、マージェリーはいつもより明るい気持ちで階段を駆けおり、五月の午後の明るい日差しのなかに出た。

「ウォードウ卿から、お嬢様にはいちばんおとなしい雌馬を用意するようにと言われとります」マージェリーが厩に着くと、馬番頭のネッドが笑いを含んだ目で黒と白のまだらの老いた馬を示した。白髪交じりのひげのその馬は暖かい厩にとどまり、飼い葉格子のあいだから干し草を引き抜いていたそうに見える。

「わたしはどんな速い馬でも平気よ」マージェリーは馬番がドアの外へと引いていく駿馬に目をやった。太陽の下でたくましい馬体を黒い炎のように光らせたその馬は、はちきれんばかりのエネルギーを放っている。

「ああいう馬がいいわ」

ネッドは笑った。「ディアボロのような馬はそうざらにはいませんやね。だが、できるだけあれに近い馬を探してみるとしましょうや。亡くなったレディ・ローズは乗馬をなさらなかったが」それからこうつけ加えた。「お嬢さんが厩に足を運んでくださるのはうれしいことです」

自分を歓迎してくれるしゃがれ声のこの言葉は、マージェリーの胸を温めてくれた。「まあ、わたしが馬に乗れるかどうかをその目で見るまで待ってちょうだい」彼女はにっこり笑って答えた。

ネッドが鞍(くら)を取りに行くと、彼女はディアボロに目をやった。ヘンリーが悪魔(ディアボロ)という名にぴったりの野性的な馬を選んだことが不思議だった。おそらく乗馬は得意なのだろうが、義務と責任が何より重要な男なら、もっと着実な馬を選びそうなものだ。でも、もしかしたら彼女がロンドンで知っていた、女を夢中にさせる放蕩(ほうとう)者には、このたくましい馬がふさわしいのかもしれない。

ふと振り向くと、ヘンリーがすぐ後ろに立っていた。体にぴったりした彼の乗馬服姿は、マージェリーの息を奪った。彼が手袋をした手で彼女の手を取ると、心臓まで止まりそうな気がした。

黒い瞳が彼女を探るように見てくる。「今日は気分がよさそうだが」

「ありがとう、とてもいい気分よ」馬番たちが好奇心もあらわにふたりを見ていることに気づいて、マージェリーは突然愚かしいほど恥ずかしくなった。「昨夜助けてくれたお礼を言いたいと思っていたの」

不注意にも火を出したことをあらためて叱られるかと思ったが、ただくらくらするような熱いまなざしで見つめられただけだった。彼がほほえむと、マージェリーのめまいはいっそうひどくなった。

「どういたしまして」ヘンリーはこくんとうなずき、マージェリーの手を放した。彼女は頭がくらくらした。

「ネッドはスターに鞍をつけているようだが、あれは気性が荒いぞ。乗りこなせるかな?」

「もちろん。あなたには負けないわ」マージェリーは言い放った。この挑戦にヘンリーが目を輝かせる。

「よし、受けて立とうじゃないか」

マージェリーはネッドのてのひらを借りて鞍にまたがった。馬に乗ったのはずいぶん久しぶりだ。なんだか急に怖くなったが、もう遅すぎる。スターは走る気満々で、彼女はヘンリーが鞍にまたがったとたんに走りだし、ひづめを蹴立てて門を通り抜けた。そのあとは、すべての色がにじんでひとつに溶けた。風が顔を叩き、太陽が照りつける。

乗馬に関して学んだことを思いだそうとしながら、命がけでスターにしがみつく。客間の窓から見ているレディ・ウォードウの顔からショックと非難が消えないうちに芝生を横切り、隠れ垣を飛び越え、鹿の庭園を通過していた。

後ろから、最初は小石を、次いで芝を蹴散らしながら、ひづめの音を響かせてディアボロが追ってくる。ふたりはあっというまに丘を駆けあがっていた。こんなおてんば娘のような乗り方に、ヘンリーはあきれているに違いない。そこで彼女はできるだけ長く彼につかまらないように走った。しばらくすると、スターが少し疲れを見せはじめた。マージェリーはまだ全力疾走の名残に上気し、高揚した気分で村を見おろす丘の上で手綱を引いた。

「すばらしい気分だわ！」彼女は振り向いてヘンリーにほほえみかけた。

「きみは本当に乗れるんだな」驚いたことに、ヘンリーは笑いながらディアボロをスターの横につけた。「サーカスの芸人みたいに」

「エレガントじゃないのはわかっているわ。でも乗馬は得意よ」

「恐ろしいほど飛ばしていたじゃないか。まるで野生馬に乗っているようだったぞ」そう言う彼の目は太陽のように熱く燃えていた。その目に見つめられ、マージェリーはみぞおちが沈むような感覚にとらわれた。

「気に入らないふりをしてもだめよ」

「いや、気に入った」ヘンリーはかすれる声で言った。「実際、ためにならないくらい気に入ったよ」

馬が動き、あぶみが鳴って、呪文が破れた。ヘンリーの目から熱い光が消え、彼はディアボロを村に向けながら、肩越しに言った。

「行こうか。仕事があるんだ」

それからわずか数時間のあいだ、ヘンリーは戸惑うほどたくさんの小作人や村人をマージェリーに引きあわせた。彼女は必死に彼らの名前を覚えようとしたが、あまりにも次々に紹介されるので、そのすべてを記憶にとどめるのは不可能だった。彼らは、どうやって抱けばいいのか戸惑うマージェリーに赤ん坊を手渡した。彼女はうろたえ、口ごもり、泣きだす赤ん坊を母の腕に返した。

年配の人々は彼女を見ると目を潤ませ、おばあ様にそっくりだと口を揃(そろ)えた。彼らは複雑に入り組んだ家族の話を長々と聞かせてくれた。マージェリーはうなずき、適切な質問をして、適所でほほえむ努力をしたが、やがて頭が痛くなりはじめた。そのあいだもずっとヘンリーはかたわらで見守り、彼女が名前や人々の関係を忘れると、さりげなく助け船を出してくれた。

マージェリーは村人のヘンリーを見る目と、彼らが彼女に向ける用心深いまなざしに気づいた。彼らは長いことヘンリーを相続人として敬ってきたのだ。突然それが変わっても、マージェリーを無条件に受け入れる準備ができていないのだ。

翌日も、ふたりは領地を見まわった。その翌日は、テンプル・パーヴァとテンプル・ハローに出かけた。村人と小作人たちに接するヘンリーを見て、マージェリーはこれまでとはまったく異なる彼の面に気づきはじめた——彼らを気遣う、領地の生活に深く関わってきた思慮深い男を。ヘンリーが長年のあいだに領地とそこに住む人々に関する知識を集積したことはわかっていたが、マージェリーは彼がこの場所に根をおろし、この土地とそこで暮らす人々とともに作ってきた歴史がうらやましかった。

　強情な羊を囲いに入れるのに手こずっている小作人がいると、ヘンリーは上着を脱いで手を貸した。鍛冶屋の子供たちが子犬を見せたがると、しゃがみこんで相手をしてやった。自分を必要とする人々のすべてに言葉をかけるヘンリーを見ていると、マージェリーは謙虚な気持ちになると同時に、劣等感を持たずにはいられなかった。

　わたしの人懐っこい性格が、テンプルモアの相続人としての困難な仕事をこなす役に立ってくれるのでは？　マージェリーはそう思っていたのだが、しだいに自信がなくなり、これから背負っていかなければならない責任の重さに押しつぶされそうな気がした。

「どういう言葉をかければいいのかよくわからないわ」その日帰宅する途中、彼女は突然そう叫んだ。「どう振る舞えばいいか、さっぱりわからない！」

　ふたりは若い葉をつけた樫（かし）やぶなの巨木が林立する、鬱蒼（うっそう）とした森の小道沿いに馬を走らせていた。頭上に雨雲が重くたれこめている。太陽はその雲の向こうに消え、森の空気は今朝からずっと降りそうだった雨を予感させる、奇妙な静けさに満ちていた。

「きみ自身でいればそれでいいのさ」ヘンリーはちらっと横からマージェリーを見た。「彼らは誰かに自分たちの心配を聞いてもらい、自分たちのことを考えてもらいたいだけなんだ」

「あなたはとても好かれているのね」マージェリーはスターの手綱を引き、ヘンリーを見た。「わたしも……」彼女はつい口を滑らせそうになり、言葉を切った。彼女の声の物欲しげな響きに気づいたとみえて、ヘンリーが探るような目を向けた。「あなたがこのすべてをあきらめずにすめばいいのに」早口に言い、もっと早口につけ加える。「いえ、わたしが言いたかったのは……」彼女はまつげの下からちらりとヘンリーを見て、彼が笑っていることにほっとした。

「きみの言いたいことはわかるよ。寛大な言葉に感謝する」彼の声が変わり、やさしくなった。「きみはとても温かい、思いやりのある人だ。それでじゅうぶんさ」ヘンリーは手を伸ばしてマージェリーの頬に触れた。「そのうち彼らもきみをすっかり受け入れるようになる。きみはテンプルモアにとてもよい影響をおよぼすと思うな。きっと、ここが明るくなる」

「この前の夜は、文字どおり〝明るく〟するところだったわ」

手袋の柔らかい革が頬をかすると、肌がちりちりした。木の葉を鳴らす風のささやきが聞こえ、それが髪をなぶるのを感じる。鬱蒼とした森は暗く、神秘的で、ふたりを取り巻く空気までが息づいているようだった。マージェリーは何かを待つように息を止めた。ヘンリーのキスを。彼女はそれが欲しかった。彼女のすべてが彼を求めてうずいている。

またしても風が頬をなでたかと思うと、どすっという大きな音が周囲の空気を震わせた。マージェリーはすぐ横の樫の木に刺さった矢を見つめた。矢の羽根がまだ震えている。

ヘンリーの反応のほうがマージェリーよりも速かった。「行け！」彼は叫んだ。ふたりは馬の腹を蹴り、土をはね散らして小道を走りだした。ヘンリーが後ろになり、マージェリーの背中を守る。いまにも次の矢が背中に突き刺さるのではないかと恐怖に駆られ、スターの背にぴたりと貼りついて、必死に速度を上げた。

後ろに気を取られて前を見るのがおろそかになり、低い枝に腕を叩かれた。その瞬間、鞍の上で体が傾き、バランスを失ってスターの背から転がり落ちた。ヘンリーが毒づきながら、彼女のあとを追って馬を飛び降りると、マージェリーをつかんでペチコートの渦を作りながら、一緒に溝のなかに転がり落ちた。帽子が吹き飛び、髪がピンからはずれる。ブーツの上のふくらはぎにとげが突き刺さった。溝のなかに少し水がたまっていたうえに、ふたりが手足をからませながら転がりこんだとたん、雨が降りだした。大粒の雨が重い鉛色の雲から落ちてくる。

マージェリーは前が見えず、濡れてまとわりつく髪を顔から押しやり、体を起こそうとした。だが、ヘンリーが彼女を押さえつけている。彼の顔はすぐ上にあった。

「いったい――」ヘンリーをにらんで言いかけると、口をふさがれた。

「静かに！」

マージェリーは命令されるのが嫌いだった。ヘンリーに指図されるのはとくにいやだった。自由になろうと必死にもがくと、ヘンリーは即座にのしかかって彼女を釘付けにした。マージェリーは革の手袋に向かってくぐもった悲鳴をあげた。ヘンリーはかすかに首を振って体をこわばらせ、首を傾けて聞き耳を立てている。

雨脚が激しくなり、ふたりの上の木の葉を叩きはじめる。マージェリーも耳を澄ましたが、足音も馬のひづめの音も聞こえない。木陰が暗くなり、わずか数センチしか離れていないヘンリーの顔に影が差していた。口をふさいでいた手ははずれたが、今度はマージェリーも声をあげずにじっとして、危険を察知しようとする鼠のように五感を研ぎ澄ました。

どれくらいそこに横たわっていたのかわからない。スカートが濡れていき、とがった草の葉が乗馬服を通して背中をつついていた。ふたりは手足をもつれさせたまま、腰から腿までぴたりと重なっていた。ヘンリーの鼓動が自分の鼓動に重なる。濡れて頭に貼りついた髪から雨が流れ落ちるのを見て、マージェリーは頬から喉へと流れる雨の滴を舌でたどりたい衝動に駆られた。動くことができればそうしていたに違いない。

ヘンリーを見あげると、森の陰よりも濃い彼の瞳が彼女を見つめていた。たちまち体が熱くなるのを感じてマージェリーは急いで目を伏せ、形のよい、意志の強そうな唇を見つめた。すると自分でもショックを受けるような思いつきが次々に頭に浮かび、雨に濡れて冷えているはずの体がほてって、寒さとはまったく違う理由で震えはじめた。するとヘンリーがほんの少し顔を下げた。キスをするつもりだわ。マージェリーはそう思い、その瞬間を待ち焦がれた。

いいえ、彼はキスをしないかもしれない。目の光からすると、ヘンリーはこの性的な緊張を楽しんでいるようだ。何枚ものごわつく濡れた服地を通してヘンリーのものが太腿を押している。腰をずらして脚を少し開けば、それを腿のあいだに感じることができる……。そうしたいと思っている自分に気づき、マージェリーはショックを受けて小さな声をあげた。

誘われたようにヘンリーが口の端を流れる雨の粒をなめはじめる。燃えるような瞳が、さらに熱を帯びた。彼はわざとゆっくりと舌を這(は)わせ、ひらめかせては耳の曲線をたどり、喉のくぼみにたまった雨を吸っていく。

やさしく耳たぶを噛(か)まれ、マージェリーは耐えきれずに体をよじった。全身がちりちりし、胸の頂が痛いほどとがって、濡れて貼りついたシュミーズを突きあげる。雨の音が耳を満たし、頭がくらくらしはじめた。末端神経のすべてがヘンリーの愛撫(あいぶ)に敏感になり、それを求めてうずく。

彼が乗馬シャツの襟を広げて鎖骨の水滴をなめ、吸いはじめると、マージェリーは背中をそらして唇を迎えた。ヘンリーは濡れた乗馬服の上から胸の頂を噛んだ。荒々しいとは言えないが、やさしくもなかった。歯で挟まれ、引っ張られたとたん、鋭い快感が体を貫いた。かすかな痛みがいっそうそれを深くする。ヘンリーは硬くとがった胸の蕾(つぼみ)を何度も引っ張り、濡れたリネン越しに舌でこすった。マージェリーはふたりの重い服を引き裂きたいと思いながら、背中をそらして彼の口に胸を押しつけた。

それでもヘンリーはキスをしようとはしない。かすかな笑みを浮かべ、じらすように顔を寄せてくるだけだ。下腹部が燃え、激しいうずきが成就を求めていたが、ヘンリーはじらしつづけた。マージェリーが苛立(いらだ)って彼の頭を引き寄せると、すっと体を離してしまう。ひどい男。喜びを出し惜しみしてキスを拒むなんて。思いきり噛んで、罰してやりたい。

すると突然、ヘンリーの唇が重なった。情熱的なキスが深い喜びをもたらし、怒りを吹き飛ばす。暗闇のなかへと転がり落ちていくよう、体がふわっと持ちあがって彼に向かって開くようだった。その瞬間、マージェリーは完全に彼のものだった。そこにはなんの演技も計算もなかった。彼のものになるのがとても正しいことに思えた。

二頭の鹿がすぐそばの下生えから小道に飛びだした。ヘンリーが出し抜けに離れ、マージェリーは思わずあえいだ。喜びが消え、まだ降っている雨と冷えた体に意識が戻る。彼女はショックと寒さで震えはじめた。

ヘンリーが低い声で毒づき、何を考えているのかわからない厳しい顔でマージェリーの手を引いて立たせた。彼はマージェリーを見まわした。濡れた乗馬服が、体のあらゆるまるみに貼りついているに違いない。ヘンリーは怒っているように唇を引き結んでいる。

マージェリーは少し震えている手で、古い葉っぱを払い落としはじめた。もつれた髪からそっと小枝をはずすヘンリーの指の動きが痛いほど意識される。マージェリーがくしゃくしゃになったスカートをなでつけているあいだに、彼は帽子を拾ってくれた。不自然な姿勢を取っていたせいで、体がこわばっている。

マージェリーは混乱し、探るようにヘンリーを見ながら叫んだ。「どういうこと？　何が起こったの？」

「欲望のなせる業だ」ヘンリーはそっけなく言った。「ふたりの体が近づきすぎた自然の結果だ。それと――」彼が考えこむような目で彼女を見まわすと、マージェリーは真っ赤になった。「きみの喜ばしくも悩ましい、乱れた状態がもたらした」

マージェリーは尋ねた自分に苛立ちを感じた。「まあ、ずいぶん〝原始的〟な人ね」

「ぼくもほかの男たちと変わりはないさ」ヘンリーは口の端に笑みを浮かべた。「ただ嘘をつかないだけだ。どうしてわざわざ空虚な言葉で飾って、実際と違うものに見せる必要がある？」

「たとえば愛のような言葉で？　とんでもないわ。あなたには、ときどき〝好意〟すら持てないことがあるのに」

「ぼくとキスするのに好意を持っている必要はないさ」

「それは明らかね」

鋭く言い返したものの、胸のなかにはみじめな思いがひらついていた。ヘンリーに対する自分の反応をこんなにあっさり振り払ってしまうのは、自分に対する裏切りのような気がして、後味の悪い思いが残った。ふたりのあいだに起こったことは、ただの卑しい本能にしてはあまりに親密で、特別な出来事だ。誓ってもいいが、そこには本物の感情があった。とはいえ、それがヘンリーにとってなんの意味もないとすれば、いまのキスに重大な意味を与えようとするのはこちらが未経験だからだろう。

ちらりとヘンリーを見ると、彼はすでに背を向けて小道へと溝をよじのぼり、薄暗い木陰の奥に目を走らせている。

「行くぞ」彼は出し抜けに言った。「ぐずぐずしてはいられない。馬はどっちも厩に駆け戻っているだろう。だが、ここからなら歩いてもそんなに遠くない」

「あの矢は誰が射たのかしら？」性的な興奮のせいで忘れていたが、矢を放たれ、必死に逃げたときの恐怖がよみがえった。

「おそらく密猟者だろう」頬の筋肉をぴくりと動かし、ヘンリーは言った。「このところ密猟が増えているんだ。もっとも、彼らが人を攻撃してきたことは一度もなかったが」

驚いたことに、そこから五十メートルも歩くと、突然、森が開け、ふたりは鹿の庭園の端に立っていた。自分たちのいた場所が、テンプルモアにこんなに近かったとは思いもしなかったのだ。

「何人かを連れて密猟者を捜しに行く必要があるな」ヘンリーはそう言ってすでに向きを変えていた。

マージェリーは思いがけない恐怖に包まれ、彼の袖をつかんで口走った。

「森には戻らないで。危険かもしれないわ」

ヘンリーは足を止め、ゆっくり振り向いた。マージェリーを見おろす黒い目が強い光を放っている。その光が突然、すべての偽りをはぎとった。マージェリーは暗がりで足を踏みはずしたように、みぞおちが沈むのを感じた。心がむきだしになったようだ。でも、彼にそれを読みとってほしくなかった。感情があまりにも赤裸々すぎる。

彼女が手を離そうとすると、強く温かい手がそれを包んだ。

「心配はいらない。危険なことなど何もないよ」ヘンリーは低い声で言った。

マージェリーは鼓動が飛び跳ねるのを感じた。いつものように心を偽り、心配などしていないと言い返したかったが、軽い調子で告げることができなかった。代わりにヘンリーを見あげてこうささやいた。「お願いだから、気をつけてね」

彼の目のなかで何かが動いた。「マージェリー」いつもと違う呼び方に、マージェリーの胸がひらついた。

ヘンリーはゆっくりかがみこんで、短く、激しく唇を重ねてきた。マージェリーの唇が吸いつくように迎えて開く。短いキスだったが、それは驚くほど強い反応を引きだし、マージェリーは体を震わせた。ヘンリーが彼女を放したくなさそうに一歩下がる。黒い瞳には戸惑いが浮かんでいた。

「もう行かないと——」少しぼうっとした様子で、彼は厩に向かって曖昧に手を振った。まるで重いもので頭をがつんとやられたかのようだ。

マージェリーが咳払い(せきばらい)をひとつした。「ええ。もちろんよ」

ヘンリーは二、三歩離れてマージェリーを振り向いた。そしてしばらく彼女を見つめていた。

彼が立ち去ると、マージェリーは泥だらけのスカートをつかんで館へと向かった。くるぶしの痛みはだいぶおさまっていた。召使いが無表情な顔で頭を下げてドアを開ける。金箔(きんぱく)を施した大きな鏡に、泥だらけで濡れそぼち、崩れた髪に枯れ葉や泥をつけた自分の姿が映っていた。ひどい格好だが、頰を薔薇色(ばらいろ)にそめ、星のように目を輝かせている。マージェリーは思わず足を止めた。鏡のなかの彼女は幸せそうだった。つい先ほど突然襲われたばかりなのに、これは奇妙なことだ。実際幸せそうに見えるだけでなく、なんだか……。

ヘンリーの指が自分の指のなかで滑った感触と、甘美なキスを思いだすと、心臓がどくんと打った。

ああ、まさか。

そんなはずはない。

ヘンリー・ウォードに恋をしているなんて。

でも、間違いない。

これは恋だ。


いったいあそこで何が起こったんだ？

馬番や召使いたちを指揮して扇形に広がり、森にいるはずの密猟者を捜しはじめながらもヘンリーの頭の大部分は、鹿の庭園でしたキスのことを考えていた。森のなかのキスは、それよりも理解しやすかった。命を狙われたという非常事態と、手足をからめて体を重ねていた親密な姿勢で刺激されたうえに、濡れた乗馬服が女らしい体のあらゆるまるみに貼りついているのを見て、自制心が吹き飛んだのだ。

彼の自制心は、近頃とみに弱くなっていた。それ自体大きな問題だったが、二度目のキスのほうがはるかに大きな問題だ。マージェリーに気をつけてくれと懇願されたとき、ヘンリーはまるで世界が傾いたような気がした。あれからずっと、彼の世界はもとに戻ろうとしない。

心の奥深くで何かが動き、滑るのを感じて、ヘンリーは不安に駆られた。こういう不安定な状態は大嫌いだ。自分が理解できないもの、説明のつかないものは、何ひとつ感じたくなかった。だが、払いのけることもできない。彼は、今日と同じように憂慮すべき先週の体験と、マージェリーが燃えている寝室に閉じこめられているとわかったときの、胸をわしづかみされたような恐怖を思いだした。この世界のどんな力も、ヘンリーがあのドアを蹴破り、彼女のそばに駆けつけるのを防ぐことはできなかっただろう。あのときは、もっと気をつけろ、危ないじゃないか、と彼女を揺すぶりたかった。それと同時に、ひしと抱きしめ、二度と放したくないと思った。

　いらいらして首を振る。まったく、ぼくはいったいどうしてしまったんだ？　マージェリーが自分の相続に関する不安を率直に口にしたとき、テンプルモアが彼にとってどれほど大切かに気づき、やさしい言葉を口にしたとき、彼女が失ったとばかり思っていたやさしさ、温かさを再び見いだした気がした。そして、マージェリーへの欲望が何倍にもなって戻り、ただ欲しいと思うだけでなく、彼女を完全に自分のものにしたいという気持ちと、あのやさしさで自分を強くしたいというやむにやまれぬ願いにさいなまれた……。

　捜索隊のひとりが、いばらの茂みをかき分けて彼の前を進み、密猟者かその犠牲になった動物を捜して藪（やぶ）を打っていく。ヘンリーはどうにか捜索に注意を向け、自分が小道沿いにかなり森の奥へと分け入っていることに気づいた。こんなにマージェリーのことばかり考えていては、十人もの密猟者が雉を手にしてすぐ横を通っても見逃してしまいそうだ。彼女のすぐ横の幹に突き刺さった矢が、たんなる不運な偶然だとは考えにくかった。このところ、おかしな事故が重なりすぎている。ふいにロンドンで、いとこのギャリックが言った言葉がよみがえった。

〝ぼくは偶然というものを信じないたちでね〟

この状況では、ヘンリーも偶然とは信じがたかった。つい先日火事があったと思ったら、今度はこれだ。まるでテンプルモアの誰かが、マージェリーの相続を願っていないように見える。

「密猟者がいた様子はまったくありませんね」ネッドがそばに来て、ディアボロのあぶみに手をやってヘンリーの注意を引いた。ヘンリーは報告を聞いても驚かなかった。自分たちを襲った謎の人物は密猟者ではない。彼はそう思いはじめていた。考えてみれば、獲物を求めて森をうろついている男たちを何人もつかまえたことがあるが、時代遅れの弓矢を持っていた者など、これまでひとりもいなかった。

「ありがとう、ネッド。六人ほど連れて丘の上のほうを捜索してくれないか」

馬番頭がうなずいて下がる。ヘンリーはディアボロをゆっくり駆けさせ、最初の矢が幹に突き刺さった場所へと向かった。ほぼそのあたりだと思うところで馬を止めると、六メートルほど離れた太い樫の木のなかほどに、矢の突き刺さった跡が残っていた。その下の地面に、割れた木の皮が少し落ちている。

ヘンリーは鳥肌が立つのを感じた。彼とマージェリーが全速力で逃げだしたあと、誰かがここに戻って矢を引き抜いたのだ。その理由はひとつしか考えられない。マージェリーは狙われている。彼は目を閉じ、矢が幹に突き刺さったときのことを思いだそうとした。だが、あのときはマージェリーを守らなければならないという本能に駆り立てられ、周囲の状況を見てとる余裕がなかった。彼にとっては、彼女の安全を確保するのが最優先事項だったのだ。

手袋をした指で幹に残っている疵をなでると、鋭い先端が革を突き破るのを感じた。矢じりはかなり深く突き刺さっている。もしもマージェリーにあたっていれば、彼女は重傷を負っていたに違いない。悪くすると殺されていたかもしれないのだ。だが、不思議なのはそのことだ。

ヘンリーとマージェリーは馬を止めていた。腕のいい射手であれば、狙いをはずすことはなかったはずだ。

彼はディアボロを急がせ、木の下から離れて小道を進んでいった。だが、その跡を見つける前から、二本目の矢も消えていることはわかっていた。謎の襲撃者は手間をかけ、襲撃の痕跡を隠そうとしたのだ。

マージェリーが狙われていると思うと、鉛をのんだような冷たく硬い重みがみぞおちに居座った。何が起ころうと彼女を守らなければならない。それは彼の義務、マージェリーに対する、そして伯爵とテンプルモアに対する彼の義務だ。

そういう言葉で自分を納得させると、気持ちが落ち着いた。先ほどマージェリーが彼の腕をつかみ、気をつけてくれと懇願したときに感じた奇妙な気持ちを、この新たな義務感がなだめてくれた。とはいえ自分の心が、密猟者の矢がもたらすたぐいの危険とは違う危険にさらされているという不吉な胸騒ぎを、すっかり振り払うことはできなかった。

15

ワンドのナイト――せっかちな気性の、活力に満ちた若者、精悍な勇者、太っ腹な友人か恋人

ジェム・マロンはファリンドンまで馬車で行き、そこから十キロの道のりを歩いてようやくテンプルモアに到着し、門のところに立って、つかのま壮大な領地と建物を眺めた。彼の前には美しく手入れされた私道が伸びていた。汗ばむほど蒸し暑い春の日に、ライムの並木が涼しげな陰を作っている。館に近づく頃には、彼は上着を脱いでスカーフをゆるめていた。妹を、それも莫大な財産の女相続人となった妹を訪ねるという重要な目的のために、特別に洗濯をしてアイロンをかけたリネンのシャツが、広い背中に貼りついていた。

小川にかかった小さな石橋に近づいていくと、その手すりのところに立って下の川をのぞきこんでいるレディが見えた。ピンク色のモスリンを着て、同色のパラソルを手にしている。豊かな栗色の髪にはピンク色のリボンが結ばれていた。すらりとした長身のその女

性は彼のほうを振り向き、ジェムが見たこともないほど大きな青い瞳でこちらを見た。

ジェムは少しばかり奇妙な具合に頭がぼうっとした。まるで喉がからからになったときのように。この暑さのせいだろうか？　それとも、傷だらけのブーツから乱れた髪まで、値踏みするように見ているあの青い瞳のせいだろうか？

ジェム・マロンは生まれてこの方、女性を前にして気後れしたことは一度もなかったが、いま目の前にいるのは、疑う余地のない世界一の美人だった。ああ、そうとも。美しい女なら、これまでも数えきれないほど会ってきた。だが、誰ひとりとしてあのピンク色の女性の足元にもおよばない。

「こんにちは」ジェムがすぐそばまで来ると、青い瞳の美女が声をかけてきた。その声は涼やかで美しく、暑い午後の水浴びのように爽快な気分をもたらしてくれた。「あなたはジェム・マロンに違いないわね。おいでになるとマージェリーから聞いていたわ」彼女はほほえみ、背筋を伸ばして手を差しだした。「ごきげんよう。わたしはフランチェスカ・オールトンよ。マージェリーの話し相手（コンパニオン）を務めているの」

コンパニオンだって？

おしゃべりの相手やホイストにつきあうのは年配の女性、ひからびた老嬢だとばかり思っていたが。彼はレースの手袋に包まれた華奢（きゃしゃ）な手を取った。そして、これまでは一度もそんなばかなことなどしたことがなかったのに、そのひんやりした手の甲にキスをしたいというおかしな衝動に駆られた。そこで少しばかりぎこちなく身をかがめる。フランチェスカ・オールトンは再び微笑した。ジェムは太陽の光が二倍も明るく、熱くなったような気がした。

「残念なことに、マージェリーは出かけているの。領地を見てまわっているところよ」彼女はそう言って、さりげなく手を引っこめた。ジェムはまぬけのようにまだそれを握っていたことさえ気づかなかった。「よろしければなかに入って、お茶でも飲みながらマージェリーが戻るのをお待ちになる？」

「それはありがたい」ジェムは声が出るようになると、心からそう言った。「ちょうど喉が渇いたところだった」

実際のところは、生まれてこの方お茶を飲んだことなど一度もなかったが、どんな新しい経験でも喜んで試すつもりだった。そうとも、フランチェスカがそばにいて〝話し相手〟になってくれるかぎり、彼女が勧めるものならなんでも飲んでみせる。

フランチェスカは待っていた。一瞬遅れて、ジェムは腕を差しだすのを期待されていることに気づいた。彼のシャツは埃だらけで汗まみれではあったが、ジェムは腕を差しだした。フランチェスカはそっと彼の腕を取り、ゆっくり館に向かって歩きだした。左右に揺れるフランチェスカの腰の動きを、それにつれてピンク色のスカートが自分の腿をかすめるのを、ジェムは痛いほど感じた。ジェムはまた、彼女は上品な本物のレディで、不適切な欲望を抱くのはまったく無駄であることも承知していた。フランチェスカ・オールトンは、彼にはとうてい手の届かない高嶺の花だ。

「テンプルモアにはご主人もご一緒ですか?」ジェムは尋ねた。

つかのま、フランチェスカは恐怖に駆られたように見えた。「夫は死にましたの。オールトン卿は昨年、事故で亡くなりました」

なんだって? 彼女はあのレディ・オールトンか。そうなると、何もかもが変わってくる。ジェムのフランチェスカに対する関心は二倍になった。彼はフランチェスカ・オールトンと、亡き侯爵との衝撃的な結婚のことを耳にしていた。ロンドンっ子なら知らぬ者はいないだろう。彼の聞いた話から判断するかぎり、フランチェスカは色好みの未亡人に違いない。正直な話、彼が最も好むタイプだ。

ジェムはフランチェスカの手に自分の手を重ね、軽く握った。

「ご主人を亡くされたあと、じゅうぶんな慰めを見いだしているといいですが」

フランチェスカは氷のような目でじろりと彼を見た。暑い春の日にもかかわらず、ジェムの野心も、おおっぴらに口では言えないものも、たちどころに凍りついた。

「わたしの慰めのことを心配してくださるなんて、思いやりのある方ね」フランチェスカは北極の氷のような声でぴしゃりと言った。「でも、それに対してあなたが貢献できることは何ひとつないわ」

いたた。

ジェムはたじろいだ。どうやら彼の計算違いだったようだ。フランチェスカは五分前に知りあった相手と藪(やぶ)のなかに転がりこむ、身持ちの悪い未亡人ではないらしい。彼女にまつわる様々なエピソードには、かなりの誇張があったのかもしれない。今日びの新聞ときたら、あることないこと書き立てるからな。

それ以上よけいなことを言わずに黙って歩いていると、やがてフランチェスカは機嫌を直したらしく天気の話を始め、周囲の興味深いものをいくつか指さしはじめた。鳩(はと)小屋、塀に囲まれた庭園と噴水……ジェムの目にはどれも退屈そのものでしかなかった。しかしそのすべてが、マージェリーが受け継ぐことになる莫大な資産を示しているという点はべつだ。それには大いに関心がある。

小石を敷いた馬車寄せに雄の孔雀(くじゃく)が何羽かいた。そのすべてが敵意をこめた目でジェムをにらみつけている。彼が紳士とはほど遠い存在で、テンプルモアの芝生に足を置くのも許されるべきではないことがわかっているかのように。召使いが彼に頭を下げ、館のなかに招き入れた。

まばゆい日差しのなかからかげった館に入ったあと、ややあって目が慣れると、ジェムはそこが、幼いマージェリーを描いた巨大な絵のかかった広いホールであることに気づいた。その絵のマージェリーは、兄のビリーが母の形見のなかで見つけた細密画とまったく同じだった。

ビリーがその細密画を宝石商に持ちこんだことから、不幸にしてマージェリーがテンプルモアの相続人であることが明らかになったのだ。兄がそんな愚かな真似をしないでくれたらどんなによかったか……。

「ミスター・マロンを客間にお通しして、お茶をお出ししてちょうだい、バーナード」フランチェスカが執事に指示していた。「レディ・ウォードウにマージェリーのお兄様が到着したことを知らせてね」彼女は冷ややかな笑みを浮かべてジェムを見た。「ごきげんよう、ミスター・マロン。のちほどまたお目にかかるわ」

「いや」お茶を飲みながら先ほどの失点を取り戻すチャンスが失われたことに気づいて、ジェムはうろたえた。「しかし――」

フランチェスカは行ってしまった。美しい彼女の関心を取り戻すためには、よほどせっせと努力を重ねる必要がありそうだ。だが、ジェムは昔から簡単に負けを受け入れるタイプではなかった。この状況には、まだ魅力的な可能性が秘められている。

「こちらでございます」執事が彼を客間に導いた。ジェムは見事な細工の漆喰の天井や、足元の分厚い絨毯、紫檀の家具の柔らかい輝きを、しばしほれぼれと眺めた。この客間にはあきれるほどの金がかかっている。もっとも、いちばん控えめで、上品な形で、だが。

このすべてを彼の手で終わりにしなければならないのは、まったくもって残念だ。だがその前に、思う存分このチャンスを利用させてもらうとしよう。

「モル！」

マージェリーがホールに入って二十秒とたたぬうちに客間のドアが開き、ジェムが急ぎ足で出てきて彼女を抱きしめた。マージェリーは夢中で抱き返し、わっと泣きだして兄だけでなく自分も驚かせた。

「どうした？」ジェムは滑稽なほどあわてて抱いている腕を伸ばし、マージェリーをまじまじと見た。「おれに会えてうれしくないのか？」

「ばかなことを言わないで」マージェリーは大きな喜びが胸を満たすのを感じた。小さいときから一緒にいるジェムは、一緒にいて心の底からほっとできる存在だった。不安な状況に置かれたいまはとくにそうだ。彼女は再び兄をつかんで力いっぱい抱きしめ、たくましい体から慰めを引きだした。「どうしてこんなに長くかかったの？何週間も前に手紙を書いたのに」

「悪い。片づけなきゃならないビジネスがあったもんでな」ジェムはあざやかな青い目でマージェリーを見まわし、服が濡れ、全体として乱れているのを見てとった。「いったい何があったんだ？」彼はマージェリーを放し、自分の上着を見おろした。せっかくの上等な衣装が泥で汚れてしまった。「まるで生垣のなかを引っ張られてきたみたいに見えるぞ。

しかも、新しい上着が汚れちまった」

「馬から落ちたの」マージェリーは答えた。伯爵が耳に挟んで心配するのを恐れ、密猟者に矢を射られたことは黙っていようと決めたのだ。こうなってみると、そうしてよかったと内心ほっとした。何が起こったかジェムに知られたら、なぜもっとちゃんと妹の面倒を見ないのかとヘンリーに食ってかかるかもしれない。そうでなくても、ヘンリーがロンドンの〈フープ&グレープス〉でマージェリーが一緒だった男だとわかれば、ふたりのあいだはおそらく険悪になるだろう。

「高価な上着を買うから、そういう心配をするはめになるのよ」マージェリーは軽口を叩いた。

「これは賭で勝ったのさ」ジェムは満足そうに言った。「何しろ妹が女伯爵になるんだからな。大いに期待してるよ」

マージェリーは笑った。ふたりの後ろに立っているレディ・ウォードウが、ジェムのがさつな言葉や態度に苦い顔をしているのが見えた。レディ・ウォードウはわたしを教育するように、ジェムのことも洗練された紳士にしようとするだろうか？　それとも、この仕事は自分の能力のおよぶところではないとあきらめるだろうか？

「一緒に部屋まで来て。積もる話をしましょうよ」

ジェムが腕を差しだし、マージェリーはその腕を取って廊下を大階段へと歩きだした。

「あの意地悪ばあさんはおれを送り返すつもりだぜ」客間のドアが閉まり、レディ・ウォードウの姿が見えなくなるとすぐにジェムは言った。「お茶を飲んでるときに、村にある宿屋の〈テンプルモア・アーム〉に滞在するほうがくつろげるんじゃないかと尋ねてきたよ」

「ええ、村の宿屋のほうがここよりもくつろげることはたしかね」マージェリーはくすくす笑った。「兄さんが夕食までいることにしたら、召使いと一緒に食事をするはめになるかも」

「ああ、そのほうがおれも楽しめるだろうな」ジェムは言い返した。「貴族があんなに退屈なもんだとは思いもしなかった。おまえは一日何をして過ごしてるんだ、モル？」

「いろんなことよ」マージェリーは短く答えた。「レディ・マーガレットになるのがいまのわたしの仕事なの。馬に乗って出かけ、村の人たちに会って、彼らの心配事に耳を傾け、領地に関して知る必要のあることを学んでいるわ。ここを訪れる人たちをもてなすし、夕食のメニューも考える。花も生けるし、一日に五回も着替えるのよ。ほかのことをする時間なんてほとんどないわ」

ジェムはこれ見よがしにあくびをした。「まあ、興奮してやりすぎるなよ、モル」

「ここが退屈なら、好きなときにロンドンへ戻ってもいいのよ」

「いや、そんなに早く戻るつもりはない」ジェムは急いで言った。「上流階級の生活ってのがどんなものか、この際たっぷり味わうとしよう」

兄の視線をたどると、早咲きの薔薇を入れたかごを腕にかけて温室から出てきたチェシーが近づいてくるのが見えた。ピンク色の服を着たチェシー自身が春の花のようだ。クリーム色の薔薇はその引き立て役に回っていた。ジェムが突然足を止めるのを見て、マージェリーは笑みを浮かべた。

「ああ、急いで帰るつもりはない」ジェムは繰り返した。

「すると、レディ・オールトンにはもう会ったの？　驚いたわ」

ジェムはちらっとマージェリーを見おろしたものの、まるでうわの空の様子だった。

「ちょっと行ってきてもいいか？　レディ・オールトンが花を運ぶのに手伝いが必要かもしれないからな」

「どうかしら。兄さんは花を生けるのが得意ってわけじゃないし」

「きれいな人だ」ジェムは西の廊下をこちらに向かってくるチェシーを見つめたままつぶやいた。「大輪の薔薇のようだな」

「恋の詩も兄さんのお得意じゃないわね。いったいどうしたの、ジェム？　柄にもないこと言っちゃって」

「仕方がないさ。どうやらひと目ぼれしたらしい」

「ひと目ぼれ？」マージェリーは鋭く突っこんだ。「わたしはまた、恋よりもっと軽いものかと思った。いつもはそうだもの」

「おまえはときどき厳しいことを言うな、モル」ジェムはにやっと笑った。

玄関のドアが開き、ヘンリーが入ってきた。さいわい、ジェムはまだチェシーに見とれている。マージェリーはこのチャンスをつかむことにした。

「ジェム、ヘンリーのことだけど——」

「誰だって？」ジェムは曖昧に尋ねた。

「ウォードウ卿よ」マージェリーは兄の注意を引くために、少しばかりきつい調子で言った。「ロンドンで会ったでしょう。〈フープ＆グレープス〉で」

つかのま、ジェムはぽかんとした顔になった。「ああ、あの俗物か。あいつがどうしたんだ？」

「ここにいるの。彼はテンプルモア卿の名づけ子なのよ。兄さんがさっき一緒にお茶を飲んでいたのは、彼のお母さん」

ジェムの表情が変わった。「どうりで堅苦しいくそ——」

「汚い言葉を使うのはやめて」マージェリーは急いで兄をさえぎった。「彼に礼儀正しくしてくれる？　今夜はお客様が来るの。兄さんが夕食のときにヘンリーと殴り合いを始めたら、伯爵がいやな顔をすると思うから」

「退屈な食事が少しは活気づくかもしれないぞ」ジェムは二階の踊り場に飾られている甲冑と、ローマ皇帝の大理石の胸像をじろりとにらんでから、マージェリーのつらそうな顔を見てため息をついた。「仕方がない。おまえのためにおとなしくしててやるよ、モル」

「ありがとう」マージェリーは深い安堵を感じながらドアの前でジェムと別れ、着替えるために部屋に入った。外は土砂降りの雨で、屋根のガーゴイルから注がれる水が古い鉛の雨どいを流れ落ちてくる。窓の下をのぞくと、ずぶ濡れで機嫌をそこねた孔雀が馬車寄せの隅へと急ぐのが見えた。

彼女は汚れた乗馬服を脱いでイーデスを呼び、風呂の支度を頼んだ。今夜はとくに美しくなりたかった。金色の紗のドレスを着れば、どこから見てもレディに見える。自信も持てるに違いない。マージェリーはよい香りの温かい湯につかり、石鹸をたっぷり使って念入りに体を洗った。ヘンリーのキスに目覚めた体が熱く息づいている。

テンプルモア卿が久しぶりに主人役を務め、近くに住む貴族や紳士階級の方々を招待した夕食会は、予想していたよりもさらに不快な経験になった。ヘンリーとジェムのあいだには、まぎれもなく敵意が存在していたが、さいわいなことにレディ・ウォードウはジェムをテーブルの最も下座につけ、ヘンリーを最も上座につけたため、ふたりが言葉を交わすことはなかった。エミリーもジェムが同じテーブルについているのが不服らしく、怖い顔で彼をちらちらとにらんでいる。

「カードによれば、よくないことが起こるのよ」エミリーがレディ・ウォードウにそう言うのが聞こえた。「これから親愛なるマーガレットのみすぼらしい家族が、ひとり残らず訪れるのかしら？」

レディ・ウォードウは夕食のあいだずっとレディ・ラドナーを相手に、まもなくロンドンへ行き、シーズンの残りを過ごす予定について話しつづけた。その旅に関してまったく相談されていないマージェリーは、定期的に鋭い苛立ちを覚えずにはいられなかった。

ジェムは自分の右に座った司祭の老齢の母親であるミセス・バンと、左に座った医者の野暮ったい娘のミス・フォックスに愛想よく魅力を振りまいて過ごした。その合間にチェシーをじっと見つめたが、チェシーのほうは冷ややかにジェムを無視した。珍しいことだわ。マージェリーは口の端がひくつきそうになるのをこらえながら思った。美しい女性が自分にまったく関心を示さないなんて、ジェムにとってはおそらく初めての経験に違いない。

兄がチェシーを意識するのと同じくらい、マージェリーもヘンリーの存在を意識せずにはいられなかった。ヘンリーに対する自分の気持ちに気づいたことが最悪の影響をおよぼし、彼のそばでまるで女学生のようにぎこちない態度しかとれなかった。

レディたちは客間に引きあげ、紳士はワインを飲みに書斎へ向かった。蒸し暑い天気と、村で流行しているチフスのことが話題になった。ミス・フォックスは巡業フェアの一行が町の緑地にテントを張ったことに触れ、これからしばらくそこは犯罪の温床となるに違いない、まったく困ったことだ、と嘆いた。彼女は近隣の泥棒やすりがテンプルモアに集まってくるという見通しに、ひどく気が立っているようだった。夕食のテーブルでそのひとりの隣に座ったことを知ったら、おそらく気を失うに違いない。

「みんなで一緒に行きましょうよ」マージェリーは言った。「フェアは大好きなの」

この言葉に全員がぎょっとしてマージェリーを見た。彼女が何かを口にすると、ほとんどの場合同じことが起こる。

「まあ、レディ・マーガレット！」ミス・フォックスがかん高い声で叫んだ。「そんなことはできませんわ！　とんでもなくスキャンダラスで、とても間違ったことですもの」

「それに、ひどく不適切なことでもあるわね」わたしはレディにふさわしいマナーをこの娘に教えなければならないのよ、とレディ・ウォードウが言いたそうに苦い笑みを浮かべた。

やがて招待客が辞去し、家族のみんながそれぞれ蝋燭（ろうそく）を手に寝室に引きあげると、マージェリーは塔の部屋の窓辺に立って春の夜の暗がりに目を凝らした。テンプルモアの手入れの行き届いた芝生のはるか向こうで、フェアのランタンの明かりが揺れている。彼女はフェアに行きたくてたまらなかった。でも、館を抜けだしてひとりで出かけたりすれば、祖父が心配するに違いない。

今夜の彼女は金箔(きんぱく)を施された檻(おり)に閉じこめられているだけでなく、ヘンリーへの気持ちにもとらわれて心が落ち着かず、やり場のない苛立ちに苦しめられていた。広い部屋の端にあるドアに目をやると、そこが彼女を呼んでいるようだった。マージェリーは突然、心を決めた。今夜はこの部屋を逃げだし、たとえ少しのあいだだけでも再びマージェリー・マロンに戻って過ごすことにしよう。

16

恋人──強い感情、心の選択、惹かれあう力

二時間後、金色のイブニングドレスの上に大きな白いエプロン姿でコックの予備の帽子の下に髪を突っこみ、肘まで小麦粉と砂糖だらけにして、マージェリーはテンプルモアに来てから初めてとても幸せな気持ちで過ごしていた。

テーブルの彼女のすぐ横では、生地をこねたマジパンケーキが焼かれるのを待っている。オーブンのなかには生姜入りのビスケットが入っていた。スパイスの香りと蒸気が立ちこめた部屋で召使いたちが長い松材のテーブルを囲み、アーモンド・ドロップとナポリ・ビスケットの味見をしている最中だ。

家政婦のミセス・ボーは、すっかりマージェリーのロールケーキの虜になり、こんなおいしいロールケーキは食べたことがないと断言した。厩の召使いや御者たちもお相伴にあずかれるように、ホール係がケーキを包んで届けに行った。執事のバーナードですら、

お仕着せの前をビスケットのくずだらけにしている。

最初の三十分が過ぎたあと、バーナードは料理のために使うはずの二番目においしいシェリー酒を開けたが、召使いがそのボトルをこっそり回すのにたいした時間はかからなかった。そのシェリー酒からいつのまにかポートワインへと進み、次いでシャンパンが開けられた。ワインのボトルが回りはじめる頃には、みんな大胆になっていた。

二番目のメイドのデイジーは、メイドになるのはいやだ、女優になりたい、という妹のことをマージェリーに打ち明けた。そんな道を歩めば、女優どころか娼婦になるのがおちだと母親は反対している、と。

召使いのウィリアムは、ファリンドンのそばにある農場で、父が畑の作物をビールを作る大麦に変え、作ったビールをどんどん飲んでしまうので、借金ばかりが増えていくのだとこぼした。家政婦のミセス・ボーですら、チフスで具合の悪い妹のこと、その四人の子供たちに関する心配を打ち明けた。

マージェリーは耳を傾け、自分でもしゃべり、ボトルから飲んで、ようやく自分が階下のみんなに受け入れられたのを感じた。召使いという共通の背景を持つ人間としてではなく、自分自身として。これはすばらしいことだ。

突然、キッチンのドアが勢いよく開き、濡れた髪を頭に貼りつけたヘンリーがコートの肩から水滴を滴らせてドア口に立った。その表情からすると激怒しているようだ。

経帷子のような沈黙がキッチンを包んだ。テーブルを囲んで座っていた召使いたちはあわてて立ちあがり、頭を下げ、お辞儀をしている。バーナードはお仕着せの前に落ちているくずを払い落とそうと焦った。

「男爵」バーナードは口ごもった。

マージェリーは急いでからっぽのシャンパンのボトルをドレッサーの後ろに押しこんだ。

ヘンリーがホールに入ってくる。「きみたちはみな仕事があるに違いない」彼は後ろめたそうな顔を見まわし、鞭のように鋭い声で言った。

「今日はもう全部――」デイジーが言いかけたが、ミセス・ボーがそれを制した。

「だったら部屋に引きとるがいい」ヘンリーはそっけなく言った。

誰ひとり抗議する者はなく、彼らはひとりずつ静かに出ていった。

「せっかく楽しんでいたのに、台無しにする必要はなかったわ」マージェリーはたしなめるように言った。彼女はひどくみじめだった。お菓子作りと、気の置けない夜に味わった喜びが、風船のガスのように抜けていく。

ヘンリーが彼女に顔を向けると、マージェリーはそこに浮かんでいる怒りにすくみあがった。

「こんなところで何をしているんだ？」

「ケーキを焼いていたのよ」マージェリーは言った。「ごらんのとおり」彼女はテーブルのあちこちに散らばった菓子パンやマジパンや生姜入りビスケットを示し、挑むように言った。「わたしはこれが好きなの」ヘンリーの顔に浮かんでいる怒りにたじろぎながらも、反発する気持ちがこみあげてくる。なんて人なの。せっかくの楽しみをぶち壊すなんて。

「幸せな気分になれるの」

「召使いたちに仕事をさぼらせてか？」ヘンリーはドレッサーの後ろからはみだしているボトルを拾いあげた。「ケーキを食べていただけではなく、酔っているらしいな」

「酔っ払ってなんかいないわ！」マージェリーは傷ついて叫んだ。

ヘンリーは何も言わずに近づいてくると、彼女の肩をつかんだ。マージェリーの心臓がたちまち恐れと期待で狂ったように打ちはじめる。いきなり荒々しく唇を奪われ、硬くとがらせた舌を突き入れられて、マージェリーはショックと怒りのあえぎをもらした。なんと傲慢で意地悪なキスだろう。それでもつま先までちりちりし、オーブンが放つ熱とはまったく違う熱が、体のなかで燃えはじめる。

「シャンパンの味がする」マージェリーの唇を見つめるヘンリーの目が、熱を帯びているように光る。

「ほんの一杯飲んだだけよ」マージェリーは湿ったてのひらをエプロンで拭い、震えを抑えようとした。「みんな今日の仕事をすっかり片づけたあとだったの。デイジーがそう言うのを――」

「誰だって?」

「メイドよ。妹が馬番をしているわ。お父さんはおじい様の猟場頭で――」

ヘンリーは鋭く手を動かし、彼女の言葉をさえぎった。「そんなことはどうでもいい。どこへ行くとも告げずに部屋から姿を消したのはどういうわけだ?」

「たったそれだけのことで、なぜ騒ぎ立てるのかわからないわ」

ヘンリーの目に怒りがひらめいた。彼は激しい怒りを必死に抑えようとしていた。脇におろした手をぎゅっと握りしめ、彼女の肩をつかんで乱暴に揺すぶりたいのを我慢しているようだ。マージェリーはそれを見てとったが、なぜそんなに怒っているのかはさっぱりわからなかった。

「危険があるからだ。ぼくがどこにいたと思う?」ヘンリーは片手を振った。「きみがこっそり館を抜けだしてフェアに行ったのではないかと、ずっと外を捜していたんだ! ひとりで出かけ、何かが起こったかもしれないと思って――」生々しい感情に声がかすれ、深く息を吸いこんでから抑えた声で言い直した。「自分が何をしているか誰にも言わなかったのは、愚かなことだ」

「ごめんなさい」

「謝ってすむと思うのか!」ヘンリーは怒りに震える声で叫んだ。「誰かに弓矢で仕留められそうになったあとできみはなんの説明もなく部屋を抜けだし、何時間も姿を消していた。すっかり甘やかされて、分別というものをなくし、ほかの人々の気持ちを思いやることさえ忘れてしまったのか？」

「ひどいわ」

マージェリーは鋭く言い返すと、腕についた粉を落とすために流しへ行った。彼に背を向けてわざとゆっくり洗う。胸のなかに、ヘンリーの批判に対する怒りがくすぶっていた。いやな男。あれをしろ、これをしろと、ひっきりなしに義務を押しつけるだけで、あらゆるものから喜びを奪い去る。

「わたしは館の外になんか出なかったわ」マージェリーはくるりと振り向いて、胸にたまった怒りを吐きだした。「わたしがここにいることに気づかなかったのは、あなたが堅苦しくてお上品すぎて、キッチンを訪れたことなどないからよ！」腕を拭いていたリネンを放り投げ、まっすぐ彼のところに戻る。「あなたはテンプルモアの人々を気にかけていると言うけれど、そんなの全部見せかけよ。召使いの名前さえ知らないくせに！　あなたは人間なんてどうでもいいんだわ。大事なのは義務を果たすことだけ！　人間はただ、あなたが義務を果たしているという証にすぎないのよ！」

ヘンリーは氷のような冷たい目になり、怖いほど尊大な表情になった。

「言うことはそれだけか、レディ・マーガレット？」彼は礼儀正しい調子で尋ねた。

「いいえ」こうなったら道から飛びだして傾きながら丘を下る馬車と同じで、どこかにぶつかるまで止まれない。「母親にさえ、愛情のかけらすら示さない。名づけ親のことも敬称をつけて呼ぶ。誰にも、これっぽっちも人間らしい感情など持っていないのよ。あなたのなかには、愛なんかひとかけらもないんだわ。一度だって――」

ほんの一瞬、ヘンリーの目に焼けるような痛みがひらめいたのを見て、そのあとの言葉が舌の先で消えた。

「きみは何もわかっていない」彼は不気味なほど静かな声で言った。「何ひとつ」

そしてきびすを返して出ていった。遠ざかる足音が板石の廊下に響く。ベーズのドアがしゅっと音をたてて閉まり、キッチンに静寂が訪れた。

マージェリーはつかのま迷った。怒りはすでに消えはじめ、ひどい気分だった。ヘンリーの批判にかっとなり、常に楽しみよりも義務を優先させろと強いられることにうんざりして彼にあたり散らし、傷つけてしまった。ほかはともかく、テンプルモアとそこに住む人々に対する彼の献身だけは本物だとわかっているのに。彼らに対するヘンリーのやさしさを、それに彼らがどれほどヘンリーを尊敬しているかを、この目で見てきたのだから。

マージェリーは蝋燭(ろうそく)をつかむと急いでキッチンを出、石の階段に足音を響かせながら駆けあがり、ベーズのドアの前に立った。このまま自分の部屋へ戻って寝てしまえば、明日の朝には何が起こるかわかっている。ヘンリーはいつものように礼儀正しくよそよそしく、何事もなかったように振る舞うだろう。そしてふたりのあいだの壁がもう一段高くなる。

そんなのはいやだ。

ヘンリーに見知らぬ他人のように扱われるのはいやだ。そんな冷たい関係には耐えられない。彼とはそれ以上の関係を築きたかった。

館のなかは静かだった。伯爵の部屋のドアの下から明かりが見える。レディ・ウォードウの部屋からは話し声が聞こえてくる。召使いの姿はまったく見えない。この時間の館は見捨てられたようにがらんとしていた。

ヘンリーの部屋はタペストリーと影に包まれた暗い廊下のいちばんはずれにあった。その部屋の前で足を止め、耳を澄ましても、分厚い樫材の向こうから聞こえるのは何かがぶつかるかすかな音と、ヘンリーが毒づくくぐもった声だけだ。

マージェリーはしばらくそこに立ち、ドアに耳をつけてなかの様子をうかがってから、思いきって取っ手を回した。

朝顔口の石の窓は重いカーテンでふさがれ、暖かい五月の夜だというのに暖炉で薪が勢いよく燃えている。その部屋はマージェリーの部屋と同じくらい広かったが、彼女の部屋はあちこちに飾られた花やあざやかな色のタペストリーで明るく見えるのに比べ、ヘンリーの部屋はどちらかというと殺風景で男性的だった。大きなベッドが目の前にあるが、まだ横になった様子はなく、彼の姿は見えない。

マージェリーの轟くような鼓動がかすかに静まった。化粧室からまたしても何かがぶつかる音が聞こえてくる。影が動くのを見て、足音をしのばせてそのドア口へと進んだ。ヘンリーはドレッサーの横に置いた旅行用のトランクに、手当たりしだい物を投げこんでいた。ブーツ、ひげ剃りの道具、シャツ。荒々しい動作がかろうじて抑えている怒りを表している。それを目にするとマージェリーは恐ろしくなって、ついさっき部屋に入ったときまであった勇気がしぼんだ。ここに来たのは間違いだった。来たときと同じように足音をしのばせて部屋を出ていこうとしたが、急ぐあまり椅子にぶつかってひっくり返してしまった。

ヘンリーは鷹のようにさっと飛びかかった。食いこむほど強く腕をつかみ、マージェリーをくるりと回して自分に向けた。

「ここで何をしている？」

彼の目には、これまで見たこともないほど険しい表情が浮かんでいる。

「出ていくつもりなのね」ふいに鋭い悲しみがこみあげ、胸をふさいだ。「どうして？なぜ出ていくの？」

ヘンリーの目から表情が消えた。「それがいちばんいいんだ。ロンドンから戻ったのが間違いだった」

「いいえ。お願いよ」

マージェリーは息を吸いこんだ。よほど慎重に言葉を選ばないと、かえって事態を悪化させることになる。

「謝りに来たの」もっときっぱりした口調で言いたかったが、声が震えた。「わたしが間違っていたわ。ごめんなさい。あなたがテンプルモアを深く心にかけていることはわかっているの――」

ヘンリーは顔をそむけた。「その話はしたくない。出ていってくれ」

「いやよ」マージェリーは首を振った。「行くもんですか。あなたはいつもみんなを追い返すけれど、わたしは行かないわ。謝りに来たんだもの」

ヘンリーは何も言わない。なぜだかわからないが、マージェリーは震えていた。ヘンリーは全身をこわばらせ、歯を食いしばっている。

「いいだろう」彼はややあって譲歩した。「ありがとう、レディ・マーガレット。きみの謝罪を受け入れる」

絶望がこみあげてきた。これでおしまい。彼に心を開いてもらうことはできなかった。この口調と堅苦しい呼び方がその証拠だ。これはヘンリーの盾であり、彼女はそれにへこみさえつけることすらできなかった。

マージェリーは彼のそばに行き、胸に手を置いた。ヘンリーは息をひそめて立ちつくしている。

「わたしを追いやらないで」

再び出ていけと言われるのを覚悟したとき、何かが黒い瞳のなかにきらめいて、ふたりのあいだに熱をはらんだ緊張が高まった。

「きみは行ったほうがいい」まるで警告するように、ヘンリーがかすれた声で繰り返す。黒い瞳で見つめながらマージェリーの手首をつかんで脇に押し戻し、静かに言った。「行くんだ」

マージェリーは動かなかった。

ヘンリーが最後の一歩を縮め、ふたりの体が触れあった。気づいたときには、彼の唇が重なっていた。必死に抑えているものが堰を切る寸前のように、このキスはこれまでのキスと違っていた。マージェリーはそう感じたが、引き返すことはできなかった。彼の冷ややかな自制心の下に深い孤独を感じたいま、ヘンリーを残してこの部屋を立ち去ることはできない。

「マージェリー」

ヘンリーは途方に暮れているようだった。彼女をこの部屋から出ていかせる言葉を探しているに違いない。だが、マージェリーが決して彼のそばを離れないこともわかっていた。これはわたし自身の決断だ。初めてヘンリーを身近に感じ、彼の心に近づくことができた気がする。ヘンリーがわたしに対して、この世界に対して築いていた壁をついに突き崩すことができた。そう思うとふいにいとおしさがこみあげて、息を奪った。

マージェリーはヘンリーのうなじに手を添えて彼の顔を引き寄せ、下唇を噛（か）みながら舌を滑りこませた。思いがけない大胆な行為に、ヘンリーが震える声で笑う。それから突然笑いが途切れ、熱く激しい情熱と、切ない焦がれがふたりをべつの次元へと運んでいった。驚くほど強い自制心ですべてを律している男性から自制心を奪える自分の力に、マージェリーは興奮した。ヘンリーからこういう反応を引きだせるのはわたしだけ。ヘンリーの求めに応えられるのはわたしだけだ。

ヘンリーはマージェリーの頭からコックの帽子をむしりとり、両手でさらさらした髪をつかんで頭をのけぞらせると、飢え死にしかけている男のように激しく深いキスをした。舌が荒々しく彼女を略奪する。マージェリーがおずおずと始めたキスが、欲望に満ちた火のような愛撫（あいぶ）に変わった。

ついにヘンリーの自制心を完全に突き崩したのを知って、マージェリーは奔放な喜びに満たされた。彼女のなかにためらいはまったくなかった。あるのはただ、この甘い欲求を満たしたいというめくるめくような願いだけだ。

「きみは砂糖とシナモンの味がする」ヘンリーが口の端をなめながら言う。膝の力が抜け、マージェリーは彼の腕にすがりついた。

彼はエプロンの紐（ひも）を引っ張って帽子と同じように放り投げ、マージェリーの体をくるりと回して両手をウエストに置いた。焼きごてのように熱い唇がうなじを這っていく。彼の指がイブニングドレスのボタンにかかり、次いでじれったそうにそれを引き裂くと、マージェリーはうろたえた。

「これは大好きな――」

ヘンリーは笑いながら柔らかい喉にキスをした。「すまない。新しいのを買うといい。きみは大金持ちだ」

この冗談にはとげがあった。マージェリーは仕返しに彼をつかみ、乱暴にキスをした。ふたりのあいだは最初からこんなふうだった。たがいに相手を欲しがりながらも反発しあう。だが、今夜は彼が主導権を握っていた。ヘンリーは顔を上げると、再び彼女の体を回して一、二度両手で引っ張り、金色のドレスを脱がせてしまった。体が燃え、太腿のあいだがうずく。後ろから胸を包まれると、めまいに似た快感に貫かれ、ほかのすべてが頭から吹き飛んだ。

柔らかくうなじを噛まれ、マージェリーはけいれんするように体を震わせた。胸のまるみの下側からおなかのまるみ、張りだした腰へと、ヘンリーが両手と唇と舌を使って巧みに愛撫する。マージェリーは快楽の海に溺れかけ、ベッドに横たえられたときにはマットレスが与えてくれる支えに感謝した。

再びヘンリーがキスをすると、鋭いうずきからの解放を求め、焼きつくされたくて体全体が彼へと浮きあがるようだった。

マージェリーは背中をそらして胸へと這いおりた彼の唇を迎え、落ち着きなく頭を振った。ヘンリーの手と口が容赦なく彼女を攻め立てる。彼が両手で太腿をつかみ、そっと開いていく。腰の下にいつのまにか枕が差しこまれ、マージェリーは自分のすべてを彼の目と愛撫にさらしていた。そのことに気づいたとたん、激しい興奮がさらに欲求をかき立てる。自分にこんなことが起こっているのが信じられないが、一刻も早くヘンリーが欲しくて、恥ずかしさや不安を感じるゆとりはなかった。

彼が太腿をさらに開かせ、快楽の中心に触れると、マージェリーは粉々に砕け散った。燃えるような唇が軽く触れ、硬くとがった舌が鋭く突く。マージェリーはショックのあまり声をあげながらたちまちのぼりつめ、激しい欲求に焼かれて抑えようもなく体をけいれんさせた。

ヘンリーは、まだショックと快感の余韻で震えているマージェリーを抱きしめた。彼はいつのまにか服を脱いでいた。熱くて硬い体に直接触れると、たったいま燃えつきたはずのうずきが再び息を吹き返す。マージェリーは自分が奪ったのと同じだけ与えたくて夢中で手を伸ばし、彼が低い、張りつめた声で笑うのを聞いた。

「まだだよ、いとしい人」

ヘンリーはマージェリーをベッドに横たえ、キスをした。彼の舌に残っている自分を味わうと、それが意味する親密さに気が遠くなりかけた。ふたりは深い、熱に浮かされたようなキスを続けた。彼の唇と舌と歯がもたらす快感がよじれ、蛇のようにとぐろを巻いて新たなうずきを生みだす。マージェリーは、またしても彼が欲しくてたまらなくなるのを感じてショックを受けた。

自分の体が自分のものではないようだ。しなやかで、とても敏感で、がむしゃらな飢えに取りつかれている。彼女はヘンリーのなかにも同じ飢えを感じた。ひとつひとつの愛撫に、キスに。

肩のまるみから胸へと湿ったキスをされながら、長い指で熱く潤む官能の泉を深く貫かれ、マージェリーは恥ずかしさを忘れて脚を大きく広げた。ヘンリーの唇がおなかへと這いおり、両手が下に滑りこんでヒップを持ちあげる。強烈な歓（よろこ）びにのみこまれ、夢中でさらに脚を開いて彼を迎え入れた。

つかのま鋭い痛みに襲われ、歓びを切り裂く。思わずマージェリーがあえぐような声をもらすと、ヘンリーはためらい、少し退却した。だめ。やめないで！　声にならない願いをこめ、彼の背中に爪を立てる。ヘンリーが低い声でうめきながら再び突き入れてきた。またしても鋭い痛みを感じ、マージェリーの体は反射的に彼のものをぎゅっとつかんだ。ヘンリーの動きがぴたりと止まる。少したつと、マージェリーはすっかり満たされていることにしだいに慣れてきた。

なんという奇妙な感じだろう。でも、とてもすばらしい。これからどうなるの？　そう思ったとき、ヘンリーが再び胸の蕾（つぼみ）を口に含んだ。熱い、えも言われぬ快感がそこから広がっていく。

　蕾を吸われ、引っ張られ、舌で転がされて、こらえきれずに体を震わせるあいだも、熱く脈打つものがマージェリーを満たしている。体のなかが引き伸ばされ、震えながら張りつめる。おなかの筋肉がけいれんしはじめた。この反応に応えて、ようやくヘンリーが動きだす。今度はなめらかな律動的な動きで、彼を締めつける柔らかいひだをこする。マージェリーはそのたびに鋭い快感に貫かれてあえぎ、身悶（みもだ）えした。

　彼女は両手でヘンリーの髪をつかみ、彼の唇を引き寄せながら、彼に向かって体を開いた。彼の体が動くたびに貪欲につかみ、激しい快感を追いかける。もっと欲しい。もっと与え、奪いたい。頭を占領するその思いに駆り立てられ、ヘンリーのヒップに指を食いこませてさらに深く彼を引きこんだ。

「やさしくしないで」マージェリーはささやいた。「あなたが欲しいの。お願い」

　その言葉がヘンリーの自制心を粉々に砕く。

　ヘンリーは体勢を変え、ヒップがベッドから完全に離れるほど彼女を持ちあげた。マージェリーはベッドに斜めに横たわり、髪をたらして頭を端から落としながら、いまや完全にヘンリーの手に抱えられていた。ヘンリーはほっそりした脚のあいだにひざまずき、彼に向かって開かれた体を貫いた。

　彼が突くたびに柔らかいシーツに肩をこすられ、胸を揺らしながら、背中を弓のようにそらし、マージェリーはあらゆる快感を貪欲に味わった。わたしがこれを望んだのだ。ヘンリーから理性を奪い、やさしさも自制心も吹き飛ばして、身も心も奪ってくれることを望んだのだ。

　愛の行為は驚くほどすばらしかった。頭では、それがもたらすすべての感覚をとうていつかみきれない。マージェリーはただ襲いかかる快感に身をゆだね、翻弄されるしかなかった。ヘンリーが激しく体をけいれんさせながら深々と貫くと、マージェリーは彼をきつくつかみ、次の瞬間、夢中で叫びながら荒々しくのぼりつめた。

　やがてヘンリーが離れ、そっと彼女を持ちあげて頭を枕に戻すのを感じた。閉じたまぶたの裏で光が躍り、まだ歓びの渦に頭のなかがくるくる回りつづけて波が体を震わせている。ぐったりと横たわるうちに、乱れた呼吸がしだいにおさまっていった。

　マージェリーは驚愕(きょうがく)し、あふれるほどの喜びを感じた。自分から身を投げだしたことにショックと恥を感じるのを待ったが、どちらもまったく感じなかった。幸せが光のシャワーのように彼女を温め、深い安らぎで満たす。これは正しいことよ。わたしはヘンリーを愛している。そしてその愛が与えてくれた勇気で、彼の冷たい表面を突き破ったのだ。

　これからすべてが変わる。

ヘンリーが洗面台へ行き、器に水を入れるのが聞こえた。彼はそばに戻ってきて、マージェリーの体を拭きはじめた。

この思いがけないやさしさに、こみあげる感情で喉がふさがった。まもなく上掛けで覆われると、マージェリーは寝返りを打って横を向き、彼に手を伸ばした。猫のようにすり寄り、温かい体に包まれたかった。だが、ヘンリーは再び離れ、服を着はじめた。背中を向けたままブリーチズをはく彼のたくましい肩と背中を蝋燭の炎が金色の光で照らし、青く見えるほど黒い髪をきらめかせる。マージェリーは痛いほどのいとおしさを感じ、シーツが腰まで滑り落ちるのもかまわずに体を起こした。

「ヘンリー——」

振り向いた彼の表情を見て、唇から出かかっていた言葉が死んだ。

ヘンリーはいつものように冷たく、よそよそしく見えた。いや、いつもよりもっとひどい。突き放すような黒い目に、マージェリーは骨まで凍るような気がした。ついさっきは心に触れることができたと思ったのに。彼を愛し、飾りもごまかしもせずにその愛を示したいま、すべてが変わると思った。彼女はすっかり心を開き、体を開いて、何ひとつ隠さずにすべてを与えた。そしてヘンリーも同じように感じてくれると思った。だが、それは間違いだった。

ヘンリーは偽らずに自分をさらけだそうとはしない。それは彼の目に表れていた。彼のなかに愛はない。

たしかに欲望はあった。それはわかっている。いつもの用心深さと警戒心をかなぐり捨てるほどの激しさで、わたしを必要としていたこともわかっている。その必要を満たし、ヘンリーのなかにある深い飢えを満たせば、彼の心に近づけると思ったのに。そのために破廉恥なほど奔放に振る舞った。でも、本当の間違いはそれではない。ヘンリーの欲望を愛と混同するほどわたしがうぶだったことだ。このふたつは同じではないことを、あれほど祖母に警告されたのに。

悲しみが喉をふさぎ、涙が目の裏を刺した。胸のなかの甘いやさしさがしぼみ、ばらばらになって、あとにはうつろな空洞だけが残った。どれくらい長く彼を見つめていたのかわからない。気がつくと服をつかんで盾のように前にあて、ベッドを出て彼からあとずさっていた。

それを見たヘンリーの表情が変わった。彼はすばやく止めようとしたが、マージェリーのほうが早かった。たとえ家じゅうの召使いがヘンリーの寝室の外に並んでいたとしても、彼女はこの部屋から逃げださずにはいられなかった。愛することを知らない男性に、これ以上自分の気持ちをさらけだしたくはない！

「マージェリー、待ってくれ！」ヘンリーが鋭い声で言ったが、彼女はかまわずさっとドアへと回り、服で体を覆いながら走りだした。ヘンリーがすぐあとを追ってくるような気がしてパニックに襲われ、つまずきそうになったが止まらなかった。

とにかくいまは彼のそばにいられない。彼とは話せない。心がこんなにむきだしで、体とは比べものにならないほど無防備な状態のいまは。いまのマージェリーには自分を守るものがひとつもなかった。落ち着きを取り戻し、自分の弱さをヘンリーから隠す時間が必要だった。

部屋に走りこみ、すばやくドアを閉めて鍵を回す。荒い息をつきながら、足音とノックに耳を澄ました。だが何も起こらなかった。ヘンリーはあとを追ってはこなかった。彼が追ってくることを望んでいたわけではないが、なぜか鋭い失望がこみあげ、思わずすすり泣きがもれた。

何本もの蝋燭と暖炉の火に照らされた寝室は暖かく、明るかった。マージェリーは体を覆っていた服を放りだした。手がひどく震えている。悲しみがふくれあがり、大波のように彼女をのみこもうとする。みじめさと屈辱感もそれに加わった。

自分は軽薄で愚かな甘やかされた母とは違う。マージェリーはそう思っていたが、どうやらひとつだけはよく似ていたようだ。ふたりとも、自分を愛してくれない相手に恋をしてしまった。

母の場合はそれが破滅につながった。でも、わたしは決して同じ間違いはおかさない。

マージェリーは寝間着を頭からかぶり、暗闇に慰めを求めてベッドにもぐりこんだ。まるで体じゅうの力が流れでてしまったかのように、深い疲れを感じた。体の芯に痛みもある。少しひりつくけれど、さほど不快ではなかった。

それどころか、感情よりも単純で正直な彼女の体は、再びヘンリーを欲しがっていた。彼に会うまでは、真面目で実際的な自分のなかにこんな途方もない情熱と欲求が隠れているとは、一度だって思いもしなかった。いまのマージェリーは自分がそれを持っているのを憎んだ。体が心を裏切ることができるのを。

17

剣の3――恋の苦悩

ヘンリーは窓のそばに立って、墨を流したような夜を見つめていた。雨はいつのまにかやみ、星空にのぼった月が銀の光を散らしている。

今夜何が起こったというのか。彼は考えようとしたが、それは思ったよりはるかに難しかった。

自分が意図していたよりもはるかに多くをマージェリーと分かちあったいま、胸を満たしている感情がなんなのか彼にはよくわからなかった。自分自身を分かちあったことだけはわかっている。今夜ヘンリーはこれまで築いてきた壁のすべてを取り去り、完全に無防備になるほど自らのすべてをマージェリーにぶつけた。おのれの抑制のなさにショックを受けるほどに。

マージェリー……。

ヘンリーはマージェリーを部屋まで追っていき、ドアに鍵がかかるのを聞いた。そして彼女の安全を確認した。だが、ドアに鍵をかけるのが少し遅すぎたぞ。ヘンリーは苦い気持ちでそう思った。

マージェリーは彼といてもなんの危険もないはずだった。ヘンリーはマージェリーを守ることになっていたのだ。それなのに彼女を誘惑し、容赦なくむさぼった。そうすれば永遠に彼女を自分に結びつけておけるかのように。なぜそんなことをしたかったのか、自分でもわからない。それはこれまで信じてきたすべてと矛盾している。わかっているのは、マージェリーが部屋を走りでた瞬間、頭が真っ白になるほどの恐怖に襲われたことだけだ。マージェリーが自室に戻り、誰にも危害を加えられる恐れがないとわかると、ヘンリーは自制をなくした自分への怒りと同時に安堵を感じた。そしてこのふたつの強烈な感情が、ほかのすべてを焼きつくした。

感情。ヘンリーはそれが嫌いだった。それにのみこまれるどころか、その原因を分析することすらいやだった。代わりに彼は事実と行動に的を絞った。

事実その一。ヘンリーはマージェリーと愛しあった。自分に正直になるなら、マダム・トングの娼館で初めて見たときから彼女が欲しくてたまらなかったのだ。そしてこの欲望を拒みつづけようという決意がじゅうぶん強いとは言えず、自制心を失い、欲しいものを容赦なく奪うことになった。

マージェリーに対するこの猛烈な飢えが、ヘンリーには理解できなかった。説明はつかないが、求めずにはいられない。なんとかその欲求を拒もうと必死に努力してきたが、今夜は失敗した。完全に理性を失い、紳士としてあるまじき行為におよんだのだ。そのことでは、この先も自分を非難しつづけるだろう。だが、起こったことはもうもとには戻せない。重要なのはそれに対する責任を取ることだ。

シャツに手を伸ばし、うわの空で頭からかぶった。事実を考えろ。ヘンリーは自分にそう言い聞かせ、感情を封じこめた。

事実その一。マージェリーと愛しあうのは天にものぼるような経験だった。ヘンリーはこれまで味わったことのない深く激しい歓びに貫かれた。マージェリーはどんな奔放な夢もおよばぬほど熱烈に彼の愛撫に反応し、ほかのすべてに対するようにベッドの上で身も心も開き、彼女自身を惜しみなく与えてくれた。

おのれの欲求がまだ無視できないほど大きいことに気づいて、ヘンリーは落ち着きなく体を動かした。実際、マージェリーと愛を交わしたあとのほうが強くなったくらいだ。あの恍惚とした歓びを知ったいま、彼の飢えはいちだんと激しさを増した。これは手に入りさえすれば消える欲望とは違う。むしろ、何倍も強力かつ危険になって戻ってきた。

またしてもこの腕に抱きしめ、マージェリーと愛しあいたいという深い欲求を感じた。

いったいどうなっているんだ？

事実その三。マージェリーが今夜この部屋にいたことが、誰にも気づかれずにすむはずはない。彼女は裸同然で部屋を飛びだした。ヘンリーの知るかぎり、廊下に召使いや家族の者が大勢うろうろしていたかもしれないのだ。たとえはっきり見た者がいなかったとしても、誰かがちらりと目にしているはずだ。テンプルモアのような館では、秘密を保つのはまず不可能だった。おそらくこれは噂（うわさ）になる。彼が自制をなくしたばかりにマージェリーの評判に疵（きず）がつく。

深い悔いに駆られ、ヘンリーはベッドに倒れこんだ。しかし、甘く温かいマージェリーのにおいに鼻孔を刺激され、欲望をあおられて急いで立ちあがり、冷たい夜風で頭を冷やそうと半分開いた窓のところに戻った。

事実その四。マージェリーは今夜、彼の子供を身ごもったかもしれない。これはあまりありそうもないことだが、まったく可能性がないとは言えなかった。

ヘンリーは朝顔口の窓のひんやりした石に手を置いた。したがって、彼が取るべき道はひとつしかない。それは最初からわかっていたことだ。マージェリーと結婚しよう。世間はヘンリーを財産目当てのろくでなしだと軽蔑するだろうが、この際、そんなささいなことにかまってはいられない。それよりもこの状況を正し、混乱した状態に秩序をもたらすことのほうがはるかに重要だ。そのためには、マージェリーと結婚するしかない。

この決断はヘンリーの神経をなだめ、高ぶる気持ちを落ち着かせてくれた。マージェリーに求婚するのは名誉ある解決法だ。ふたりが最初から結ばれる運命にあったように、正しいことだという気がする。

こんな考えはもちろんばかげているが、彼はその気持ちを振り払うことができず、代わりに無視しようとした。マージェリーと結婚すれば、再び彼女と愛を交わすことができる。そうすればこのしつこい飢えも和らぐに違いない。

ヘンリーの体は、マージェリーをこのベッドに迎えると考えただけで反応しはじめていた。彼女を自分の下に感じ、ひとつに溶けあって、二度と放したくない。結婚すれば、世間の目にもマージェリーはヘンリーのものになるばかりか、情熱に満ちた夜のなかで堂々と彼女を自分のものにできる。

チェストの上にある水の器へと歩み寄り、もう一度顔に水をかけて、まだ胸のなかに居座っているもつれた感情を洗い流そうとした。問題はきわめて単純だったから、何が気になるのか自分でもよくわからない。ヘンリーは間違いをおかした。明日の朝、それを正す。彼はマージェリーと結婚する義務がある。義務と責任が。このふたつの言葉は、過去にはヘンリーを慰めてくれた。そこにはどんな感情も苦痛もないからだ。けれど、なぜかどちらもこれまでのような力を失ってしまっている。

まるで彼自身がもうそれを信じていないかのように。

マージェリーはこれまでの人生で、朝食がこんなに長く感じられたことは一度もなかった。延々と引き延ばされ、何世紀も続くような気がした。食欲はまったくなく、パンはまるで砂のようで、召使いは気が変になるほどのろのろとしか動かないように思える。お天気を中心にしたごく平凡な会話にもかかわらず、まったく集中できなかった。

本当は朝食を抜いて、部屋に閉じこもっていたかった。昨夜は一睡もできなかったことや、傷つき、悲嘆に暮れていることを、誰にも悟られたくなかった。

だが、どうにかベッドを出て鏡の前に立つと、そこから見返している顔は昨日とまったく同じだった。心のなかはこんなに違って感じられ、自分への自覚も考え方も驚くほど変わったのに、外見はなんの変化もなかったように見える。

セックスというのは、なんと奇妙なものかしら。心と頭をすっかりひっくり返し、自分の体について、信じられないような事実を教えてくれる。それでいて、人生が変わったことを示す明らかなしるしはまったく残さないとは。

ロールパンのひと切れをフォークでもてあそぶのに飽きて顔を上げると、じっと見つめているヘンリーと目が合った。とたんに不都合な震えが走り、みぞおちに不安がひらついた。ヘンリーはふたりだけになるのを待っている。彼が何を言うつもりか、マージェリーには正確にわかっていた。

彼は結婚を申しこむ。そして彼女は断る。

ようやく食事が終わった。レディ・ウォードウは馬車を用意させ、村に住んでいるミセス・バンとミス・フォックスを訪ねる話をしているようだが、彼女の言葉はきれぎれにしか頭に入らなかった。

パンくずが落ちているテーブルにタロットカードを広げたエミリーが、カードを見て奇妙な表情でマージェリーを見あげた。

マージェリーは赤くなった。昨夜の行為がカードに表れているとは思えないが、ひどく後ろめたい。昨夜誰かが、半裸でヘンリーの部屋を飛びだした自分を見ていたかもしれないと思うと、罪悪感と恥ずかしさで顔がほてった。もしも見られていたら、どんなひどいことになるだろう。マージェリーはそのことを考えたくなかった。

「レディ・マーガレット」ドアのすぐ横で待っていたヘンリーが声をかけてきた。「少し話せるかな?」

「ええ、ウォードウ卿」

彼を避けつづけることはできない。マージェリーは覚悟を決めて笑みを浮かべ、少しきしむような声で答えた。チェシーが心配そうな顔になったところをみると、よほどぎこちない作り笑いになっていたのだろう。

「図書室で話さない? 邪魔が入らずにすむわ」

今度はレディ・ウォードウが耳をぴくんと動かし、詮索するような目を向けて口を開きかけた。だがヘンリーはマージェリーの腕を取ってさっさと食堂を離れ、廊下を歩きだした。この性急な態度からすると、誰にも邪魔されずに話ができるかぎり、図書室でも牛小屋でもいっこうにかまわない様子だ。

彼は図書室のドアを開け、マージェリーをなかに導いて閉めたドアに寄りかかった。ひどく厳しい顔がまるで怒っているようで、マージェリーは一瞬、心臓が止まった。ヘンリーが恐ろしいほど一方的な態度で迫ったら、冷ややかな態度をとりつづける自信がなかった。マージェリーは不安に駆られ、両手を自分の前で組んで、怖がっているのではなく、自信たっぷりに見せようとした。

彼は部屋を横切って近づくとマージェリーの手を取り、彼女の意図をたちまち打ち砕いた。

「気分はどうだい？」ヘンリーの心臓が宙返りを打った。

「よくないわ。決まってるでしょう？」マージェリーは食ってかかった。「今朝のわたしが元気そうに見えた？」

ヘンリーは驚いたようだった。彼がベッドをともにする女性たちは、翌朝はとてもすばらしい気分だと告げるのだろうか？　たぶんそうなのだろう。おそらく彼の相手は世慣れた未亡人やエレガントな高級娼婦で、欲望以外になんの感情もない自由奔放な情熱の夜を、実際に心ゆくまで楽しむのだろうから。

「どうか誤解しないで」ばかがつくほど真面目なマージェリーはつけ加えた。「昨夜、わたしが楽しまなかったというわけでは――」ヘンリーがまだ手を握ったまま眉を上げるのを見て、彼女は言葉を切った。手首の脈が速くなったのを悟られてしまったに違いない。

「つまりその、ある意味では、あれはとても喜ばしく――」

「本当かい？」

「でも、夢中になってはいけないたぐいの行為なのでしょうね」マージェリーは急いで言った。

「そうかもしれないが」ヘンリーは同意し、危険な笑みを浮かべた。「きみがあれを……喜ばしく思ってくれてほっとしたよ。また繰り返したいと思うかもしれないな」

「そういうつもりで言ったわけではないわ」マージェリーは急いで訂正した。

彼女はとても暑くなりはじめた。この件は少しも思いどおりに進んでいない。そもそも、ふたりきりで昨夜の行為について話すことで、こんなに体が反応するとは思ってもいなかった。だが実際は、彼の真っ白なクラヴァットをつかみ、夢中でキスしたくてたまらない。この取り澄ました顔の下に、激しい情熱と、とんでもなく不適切な行為が隠れているのがわかったいま、ヘンリーがこんなに厳しい顔でとても堅苦しく振る舞っているせいで、いっそう彼が欲しくなる。

マージェリーは目を閉じて、深く息を吸いこんだ。

集中するのよ。

「レディ・マーガレット、ぼくと結婚……」ヘンリーが言った。

まあ大変。思ったとおりだわ。

マージェリーは目を開けた。ヘンリーがためらった。ひどく気づまりな様子だ。ふたりが知りあってから、ヘンリーがこんなにぴりぴりしているのを見るのは初めてだった。マージェリーは愚かなほど甘い気持ちになり、そんな自分を戒めた。これは危険なことよ。わたしは彼を愛しているけれど、彼は間違いなく愛など感じていないのだから。

「ぼくと結婚し、妻を得るという名誉を与えてくれないか」ヘンリーは堅苦しく言った。

この言葉に何も感じないでいるのは不可能だった。ヘンリーの妻になるという見通しにはとても心を惹かれる。彼に愛があれば、マージェリーはその場で〝イエス〟と答えていたに違いない。だが、愛はないのだ。

突然マージェリーは、昨夜の完全に感情を消した彼の冷たい目を思いだし、ぶるっと震えそうになった。ウエディングドレスに身を包み、祖父の腕を取って通路を漂うように進む自分と、祭壇の横に立って、冷たい目でそれを見守るヘンリーの姿が目に浮かぶ。その光景はマージェリーの魂までをも凍らせた。

そして昨夜の決意を強める役目を果たしてくれた。ヘンリーに与える愛はあふれるほどあるが、見返りがまったくないのならその愛をしぼませ、殺してしまうほうがましだ。いくらうぶでも、それくらいはわかっているわ。

「ありがとう、ウォードウ卿。あなたの求婚は名誉なことよ。でも、お断りしなければならないわ」

ヘンリーはびっくり仰天して目を見開いた。どうやら断られるとは思っていなかったらしい。ほかの場合なら、うぬぼれた鼻をへし折られた彼を見て愉快に思えたかもしれない。だがいまは、ただみじめなだけだった。彼女はヘンリーがどうにか驚きを抑え、この拒否に対するおのれの反応を抑えこむのを見た。マージェリーに断る理由を問いただすために再び口を開いたときの彼の口調はまだなめらかだった。けれども、マージェリーはその下にひそむ緊張を感じとった。

「なぜだか聞かせてもらえるかな?」

「結婚するつもりはないの」

ヘンリーはあからさまな疑いを浮かべて眉を上げた。「きみはつい先週、レジー・ラドナーと結婚する話をしていたぞ」

「あれとこれとは違うわ」

「そう願いたいね。彼とは寝ていないんだから」

マージェリーは赤くなった。「どちらにしろ、あなたには関係のないことよ」

ヘンリーは彼女に近づいた。「いや、大いに関係がある。きみが処女だったことに、ぼくが気づかなかったとでも思っているのか？」

　マージェリーが驚いて息を吸いこむと、ヘンリーは顔を近づけた。頬が触れあい、彼の指がうなじに触れたとたん、その指の温かさと彼の肌のにおいに五感をかき乱され、マージェリーはめまいを感じるほどの切ない焦がれがこみあげてきた。

「どうか、ぼくが初めての男ではないと言わないでくれ」ヘンリーは低い声で懇願した。

　マージェリーは真っ赤になって身を引いた。「最初だろうと十番目だろうと、そんなことは関係ないわ。あなたとは結婚したくないの」

　ぎこちない沈黙が訪れたが、どうにかそれに耐えた。黙って口を閉ざしているのはどちらかというと苦手だが、マージェリーは歯を食いしばって自分を抑えた。彼女はヘンリーの愛が欲しかった。彼の愛が必要だった。これほど大きな根本的な問題で、妥協することはできない。とはいえ、彼の申し出を断るのは身を切られるようだった。思っていたよりもはるかにつらい。

「良家で育った若い女性はよほどもっともな理由がないかぎり、昨夜きみがしたようにベッドをともにしておきながら、その相手と結婚することを拒むことはない。だから、もう一度訊くが――」彼の声がどんどんこわばっていく。「どうして断るんだ？」

　マージェリーは彼が差しだした藁をつかんだ。「わたしは良家で育った娘ではないわ。本物のレディでもない。一度一緒に寝ただけで、結婚する必要があるとは思えないわ」

これはどんどん難しくなる。ヘンリーは彼女の説明をまったく信じていなかった。それももっともな話で、わたしは処女で、結婚の約束がなければこの身を与えるようなことはしないときっぱり宣言したようなものだ。マージェリーは奔放で自堕落な女ではない。メイドとして毎日朝早くから夜遅くまで身を粉にして働くのではなく、体を売って違う人生を送るチャンスはいくらでもあったが、彼女がそれを選ばなかったことをヘンリーは知っている。

彼の目が、探るように彼女を見つめる。マージェリーはまるで愛撫されているような気がした。

「そんな理由はばかげている。きみもよくわかっているはずだ。きみはあらゆる意味でレディだ。自分を卑下するのはやめてくれ」

マージェリーの目の裏を涙が刺した。彼はとても怒っている。マージェリーはレディではないと誰かがほのめかそうものなら、その場で相手を殴りつけんばかりだ。

ヘンリーはマージェリーの言葉を待っていた。彼女が本当の理由を告げるのを。彼の苛立ちと当惑を感じながら拒みつづけるのがつらすぎて、彼女は顔をそむけた。するとありがたいことに、ヘンリーはマージェリーから離れ、そこに敷いてある絨毯をすり減らそうと決意しているかのように、暖炉の前を行きつ戻りつしはじめた。

「スキャンダルのことは考えたのだろうな」ヘンリーはややあって言った。「きみが夜中にぼくの部屋を出ていったところを、間違いなく誰かが見ている。きみの評判は台無しになるぞ」

胸の奥に不安がちらついた。マージェリーも眠れぬままに昨夜そのことを考えたのだ。テンプルモアの果てしなく続く薄暗い廊下には、ゴシップ好きの召使いが何人いたかわからない。こういう館で働いている召使いやメイドがどんなものか、言われるまでもなく彼女にはよくわかっていた。秘密を保つことは不可能だ。

だが、真実を受け入れたくなくて首を振った。「いいえ、廊下には誰もいなかった。誰にも見られていないわ」

かすかな笑みを浮かべ、ヘンリーは首を振った。「きみにはわかっているはずだ。召使いたちは何ひとつ見逃さない。きっと誰かが嗅ぎつける。スキャンダルになれば、きみは伯爵を殺すことになるぞ」

「わたしを脅迫するつもり?」

ヘンリーは肩をすくめた。「好きな呼び方をすればいいさ。ぼくは事実を口にしただけだ」

マージェリーは彼をにらみつけた。「結婚などしないわ」彼女は頑固に言い張った。「あなたとは結婚しない」ヘンリーの顔に浮かんだ表情を見て、マージェリーは絶望に駆られた。彼はこの状況を、〝マージェリー〟を、自分の責任だと見なしているのだ。レディの処女を奪うという、紳士にあるまじき恐ろしい間違いをおかしたからには、名誉を重んじる男として彼女を守り、義務を果たさなければならない。マージェリーはそう思うとよけいみじめになった。名誉心が厚く、責任感が強いのは、ヘンリーの愛すべき長所でもある。彼に愛してもらえないのは、なんと悲しい、残念なことだろう。こういう男性の愛は、この世の何にも代えがたい価値があるというのに。

わけがわからず苛立ち、当惑して、ヘンリーはすぐ横に戻ってマージェリーを彼のほうに向けさせた。

「きみがなぜ結婚を拒むのか、ぼくには理解できない」

マージェリーの胸を苦痛がよぎった。ヘンリーを拒むのは、彼の愛がなければ、この結婚はあまりに不平等だからだ。チェシーは一度、結婚後にフィッツを変えようとしたが、彼の愛を得ようとしたのは徒労に終わったと言ったことがある。それにマージェリーの母親は、愚かな相手に愛を注ぎ、すべてを失った。

「昨夜のきみはぼくを欲しがっていた。ぼくの求めに応えてくれた」ヘンリーは唇で彼女の頬をかすめ、口の端に触れた。たちまち膝の力が抜け、体が溶けるような気がして、マージェリーは急いで彼から離れた。ヘンリーの愛撫に燃えあがって、同意するはめになっては身の破滅だ。おそらく情熱的なキスをされれば、あっというまに降伏してしまうに違いない。

「あれは欲望だと、あなたはこの前言ったわ――」マージェリーはごくりと唾をのんだ。「わたしたちはたしかに惹かれあっている。たがいの腕に抱かれるのはとても楽しい。でも、欲望は人生を築く堅固な土台になるとは言えないわ。だから……」彼女は無理して肩をすくめ、自分の心もこの口調と同じように冷たいと思わせようとした。「結婚して、この過ちをさらに大きなものにするのは避けるべきよ」

　マージェリーは手を引っこめ、彼に背を向けた。ひと言発するたびに、ふたりのあいだにできた距離が広がっていく。

「あなたはウォードウにお仕事があるんでしょう？　ここに引き止めすぎてしまったわ。それに、おじい様はあと何日かすれば、ロンドンへ向かうつもりなの。たぶん、もうあまりお会いすることもないと思うわ」

　ヘンリーはがんとして結婚に固執するだろうか？　マージェリーは不安に駆られ、醜い時計が暖炉の上で時を刻む音を聞きながら、ひたすら待った。ヘンリーが図書室を出ていき、ひとりになれる瞬間を。

　彼が片手を取っ手にかけ、ためらうのを見て、マージェリーは息を止めた。〝愛している〟という言葉を彼の口から聞くことができたら。だが、この望みが叶う可能性はない。ヘンリーは愛する術を知らない男なのだ。

「何かあればいつでも呼んでくれ」ヘンリーは言った。「何をおいても駆けつける」マージェリーが聞きたかった言葉とは違っていたが、それでも、涙で喉がふさがるのを感じた。ドアが静かに閉まってヘンリーが行ってしまうと、それを望んでいたはずなのになぜかわっと泣きだしたくなった。これは正しいことだ。それはよくわかっている。だが、いくら自分にそう言い聞かせても、なんの役にも立たなかった。

ヘンリーは休まずに馬を走らせ、わずか二時間あまりでウォードウに到着した。荷物や従者、そのほかテンプルモアに残してきたものは、おいおい到着するだろう。それまで少しのあいだ、ひとりになりたかった。たとえ誰かが一緒でも、ひどく不快な相手にしかなれなかったはずだ。

彼は腹を立てていた。マージェリーが結婚の申し込みを断る可能性など夢にも思わなかった彼は、この決断を受け入れる用意がまったくできていなかった。

太陽が空高くのぼり、空気は暖かかった。エリザベス朝様式の古色蒼然たるウォードウコートは、時の流れにまったく左右されないかのように昔のまま、とても平和に見える。川の湾曲部に抱かれ、縦仕切りのある窓をきらめかせた館は〝わが家〟という形容がぴったりの、住み心地のよい家だ。ヘンリーはオート麦の袋と桶いっぱいの水とともにディアボロを厩に残し、湿地牧野を通ってきた川が狭くなっている場所へとおりていきながら、またしてもマージェリーのことを考えていた。

ロンドンで一緒に過ごしたのは、もう何年も前のようだ。あれからわずか数カ月しかたっていないとは。明るく正直で、怖いもの知らずの娘。それがマージェリーだった。そもそも彼の心を捉えたのは、マージェリーの温かい、おおらかな人柄だったのだ。そして彼女を求める衝動に抵抗できず、あの明るさで彼の人生を照らしてほしいと願った。

だが、レディ・マーガレットになって、マージェリーは変わった。高価な服や装身具を身につけ、ダンスや礼儀正しい会話ができるようになっただけではない。警戒心が強くなり、以前ののびやかさを失ってしまった。その変化に自分が果たした役割を思うと、ヘンリーの胸は痛んだ。

いま振り返れば、メイドだろうが女相続人だろうがマージェリーは昔のままで、どんな役柄にもじゅうぶんすぎるほどだった。彼女の祖父は賢くもそれを見抜いていた。ヘンリーには見抜けなかった。

だが、あのシルクとレースの下に、昔と同じマージェリーがいる。昨夜ヘンリーは再び昔の温かさ、おおらかさを味わった。彼女が身も心も投げだして彼の愛撫に応えたときに。マージェリーは何ひとつ出ししぶろうとはせずにすべてを彼に与えた。ヘンリーはそれを受けとり、飢え死にしかけた男のようにむさぼった。

マージェリーは何も言わなかったが、おそらくぼくのことを愛しているに違いない。昨夜は欲望に駆られただけだと彼女は主張していたが、ヘンリーは信じなかった。わたしはレディではない、だから社交界の道徳観念には左右されない、と口では言ったが、彼女が愛してもいない男に自らを与えたとは思えない。それはまず間違いない。マージェリーはそういう女性ではないのだ。

だが、ぼくを愛しているのなら、なぜ結婚の申し込みをはねつけたんだ?

ヘンリーはフェンスのいちばん上の棒に手を休め、川に目をやった。明るい日差しが水面をきらめかせ、目をくらませる。ウォードウコートはそのくぼみで安眠をむさぼっていた。ウォードウは美しい家だ。ヘンリーにはテンプルモアなど必要ない。

だが、マージェリーのことは必要だった。彼のなかには、彼女にしか満たせないうずきがある。けれどもそれは愛ではない。ヘンリーがずっと昔にイザベルに感じた、気まぐれで愚かな感情などではない。その点だけはありがたく思う。愛は彼には関係のないもの、欲しくもないものだ。何年も昔、ヘンリーは美しい女性に恋をしてすべてを捧げた。良識も分別も自尊心も忘れ、自分の名前と名誉も忘れてイザベルに夢中になった。イザベルはそのすべてを受けとり、完膚なきまでに叩き壊した。二度と誰にもそんなことをさせる気はない。

マージェリーに対する気持ちは、ヘンリーがイザベルに持った気持ちとはまるで違う。これまでには感じたことのないものだ。それは飽くことのない情熱と、彼女を自分だけのものにして二度と放したくないという思い。守り、慈しみたいという願いからなっている。

それが自分の弱みとなるような気がして気に入らなかったが、彼はそれを受け入れた。マージェリーを必要としていたからだ。

しかし、マージェリーは愛を求めた。ほかはともかく、それだけは与えられない。ヘンリーには与えられない愛を与える男が現れるかもしれないのに、結婚してくれと強いるのは自分勝手なことか？　たぶんそうだろう。だが、それがなんだというんだ？

マージェリーが気持ちを変えるように、なんとか説得しなくてはならない。今朝は思いきった行動に出られなかったが、もう躊躇（ちゅうちょ）してはいられない。必要とあれば彼女を誘惑し、手管のかぎりをつくしてでも結婚を承諾させよう。

18

女教皇――秘密があばかれる

ロンドンは、マージェリーが知っている街とは違っていた。

いまが六月だという単純な理由からではない。たしかに彼女がここを離れた春の初めとは違い、あらゆる木が燃えるような若葉をつけ、その一部はとても愛らしいピンク色や白い色の花を咲かせている。とはいえ、マージェリーはあらゆる季節のロンドンを知っていた。冬の霧に包まれたこの街も、埃(ほこり)っぽい暑さが夏の輝きを奪う八月の街も。

いままでは、社交界一裕福な女相続人となったからでさえなかった。もちろん、それもあらゆるものが違って見える理由ではある。暖炉の上に様々な催しへの招待状がうずたかく積まれ、花束やカードが毎朝新たに届けられる。公園をひと回りする二頭立て四輪馬車(フェートン)から、チェストにしまわれた色とりどりのドレスまで、すべてがかつてこの街にいた頃の境遇とは、まったく違う。

だがマージェリーが何よりもひしひしと感じるのは、ヘンリーの不在がもたらす違いだった。彼の姿が消えたあとの日々はなんとわびしく、色褪せて見えることか。マージェリーは幸せなふりをして、ボンド通りの仮縫いにもいやがらずに出かけた。そこでは仕立屋がドレスを売りつけるのではなく、こぞって彼女にプレゼントしようと申しでた。マージェリーがロンドンに一大センセーションを巻き起こしていたからだ。彼女はデザインを一新したテンプルモアのダイヤモンドを始め、母親や祖母の首を飾ったあらゆる宝石をつけた。

伯爵家のボックス席でオペラや芝居を楽しみ、行きたいところにはどこへでも出かけた。チェシーとジェムと一緒に〈ロットン・ロウ〉に出かけることもあれば、祖父のおともで王立芸術院に講義やコンサートを聴きに行くこともあった。

一七八三年から数十年間にわたり、ジョージ三世の長子がロンドンの住まいとして使った邸宅であるカールトンハウスで摂政の宮のもてなしを受け、とても愛らしい女性だと褒められたこともある。社交界の人々は、彼女が顔を出す舞踏会への招待状を手に入れようと躍起になり、たくさんの人々がひと目でもマージェリーを見ようと通りに列を作っていた。だが、ヘンリーがそばにいてくれなければ、そのどれも少しもうれしいとは思わなかった。

マージェリーは母を知っていた人々に会った。幼い頃の自分を覚えている人もいた。自分がほとんど覚えていない子供時代の話を聞くのは、なんとも奇妙な体験だった。ロンドンに来てからは、不思議な事故はぱったり起こらなくなった。ベッドが燃えた話や、森のなかで矢を射られたことをジェムに打ち明けると、テンプルモア卿(きょう)にはそこらじゅうに私生児がいても不思議はないと兄は言った。そのうちの誰かがすべてを相続するマージェリーをやっかんで、いたずらをしでかしたのかもしれない、と。しかし、こうして自分がついているからには安心するがいい、どんな相手からでも守ってやる、とも兄は言った。

ジェムは実際、ほとんどいつも彼女のかたわらにいた。それに、社交界のパーティに顔を出せるいまの立場がすっかり気に入っているようだった。言うまでもなく、レディたちはことごとくジェムに夢中になった。

マージェリーのデビューを飾る舞踏会は、ロンドンに到着した二週間後の六月の終わりに予定されていた。きらびやかな社交行事のフィナーレを飾る、シーズン最後の大がかりなパーティのひとつとなるこの会には、ロンドン社交界のおも立ったメンバーがひとり残らず招かれていた。金の浮き彫りが入った招待状を受けとらなかった人々が、怒りと苛立(いらだ)ちの涙を流したという噂(うわさ)がまことしやかに流れた。なかには盗まれたり金で買われたりした招待状を欲しがる人さえいた。これが今シーズン一の舞踏会になるであろうことは、言うまでもなかった。

「とても美しいわ」チェシーはロンドンにあるテンプルモアの屋敷の広い階段の上で足を止め、はずれた巻き毛をひねってダイヤモンドのティアラのなかに押しこむと、にっこり笑った。「本当よ、マージェリー。あなたは今年デビューしたお嬢さんたちの誰よりも美しいわ」

「それに誰よりも年上ね」マージェリーは皮肉たっぷりにつけ加えながら、一対の長い鏡に映っている自分の姿に目をやった。彼女を見返しているのは見知らぬ女性だった。小柄だがエレガントな、祖父が言ったように完璧なミニチュアだ。

彼女はクリーム色のシルクのドレスを着ていた。透けるように薄い銀色のショールには、小さなダイヤモンドの星がちりばめられている。それが蝋燭(ろうそく)の光を捉え、水滴のようにきらめく。髪を飾るティアラにも、胸元の首飾りにも、ドレスと同色の靴のかかとにも、ダイヤモンドが光っている。金茶色の髪はシルクのようにつややかで、灰色の瞳もこの夜の興奮にきらめいている。ほんのり上気した愛らしい顔は、まるでピンク色とクリーム色の陶器の人形のようだった。彼女は幸せそうで、裕福に見えた。レディ・ウォードウですら満足そうにほほえんでいる。

マージェリーは片手を伸ばして鏡に触れ、まばゆいシャンデリアの下に立っている娘が、本当に自分かどうか確かめたい衝動に駆られた。そんなことは不可能に見える。でも、あれはわたしだ。

ふつうのマナーに少々手を加え、祖父は戸口で客を迎えるのではなく、客が集まったところでマージェリーをエスコートして広い階段をおり、招待した人々に孫娘を披露することに決めていた。そのため、彼女は招待客全員の視線を一身に受けることになる。階段の下の大舞踏室と応接間から聞こえてくるどよめきが耳に入ると、マージェリーは尻尾をまるめて逃げだしたくなった。

そして突然、ヘンリーに会いたくてたまらなくなった。彼の強さに頼り、彼に守ってもらいたかった。彼にかたわらにいてほしかった。その願いは、自分でも驚くほどの強さで彼女を打った。

クラレットと同色のビロードの夜会用ジャケットを着たハンサムなテンプルモア伯爵が横に並んだ。レディ・ウォードウのつぶやきからすると、このジャケットは少なくとも五十年は時代遅れらしいが、とてもよく似合っている。

ふたりは弧を描く広い階段をおりはじめた。レディ・ウォードウとチェシーとエミリーがすぐあとに従う。広間を埋めつくすたくさんの顔がマージェリーたちを見あげていた。誰もがマージェリーを見つめている。

この二週間、マージェリーは毎晩のように舞踏会に出かけ、王室の大公から政治家、詩人、事業で富を築いた男性たちまで、社交界のあらゆる人々に会ってきた。でも、今夜がいちばんの大仕事だ。彼らはマージェリーを待ち、マージェリーだけを見つめている。途方もない緊張が胸を締めつけ、ティアラがこめかみに食いこんだ。蝋燭の光が目の前で泳ぐ。マージェリーは怖くてたまらなかった。

　すると集まった客が拍手しはじめた。その音はさざ波のように広間全体に広がり、マージェリーへとひたひたと寄せてくる。祖父は誇らしげにほほえんでいた。細かいことなど気にする必要はないわ。マージェリーはふいにそう思った。この人たちの好意が偽りにすぎず、拍手をしている相手が裕福な適齢期の娘で、祖父がこの国で最も大きな影響力を持つ貴族だからという理由だけだとしても、テンプルモア伯爵が幸せならほかのことはどうでもいい。

　マージェリーはつま先立って祖父の頬にキスをした。拍手と歓声がぐんと大きくなる。階段のいちばん下に達すると、たちまちお祝いを口にする人々、伯爵に握手を求める人々に囲まれた。マージェリーは顔の筋肉が痛くなるまでほほえみつづけ、たわいのない世間話に相槌を打ちつづけた。何もかも、まるで夢のなかの出来事のようだ。人々の話し声やオーケストラの音楽が耳を聾するほどだった。あまりにも人の数が多すぎる。

　まもなく彼女は、周囲の人々はみなにこやかな笑顔を浮かべているものの、ほとんどの笑みが目まで届いていないことに気づいた。

　彼らは、マージェリーが卑しい育ちをさらけだすような間違いをしでかすのを待っていた。おそらく陰では彼女のことを笑っているに違いない。新聞に載った自分の戯画をいくつか見たことがある。メイドのお仕着せを着て、羽根の埃落としでテンプルモアのダイヤモンドを磨いている滑稽画もそのひとつだ。

マージェリーの子供時代やメイドとして働いていた頃を面白おかしく描いた戯画もあった。祖父は何も気にするな、軽蔑し、見下しなさいと言ったが、そう簡単にはいかなかった。

ファーン公爵夫妻と、ロスベリー卿夫妻、グラント卿夫妻が近づいてくるのを見たときは、心からほっとした。

「ありがとうございます」ジョアンナ・グラントにぎゅっと抱きしめられ、マージェリーはささやいた。その後ろからジョアンナの姉妹たちもやってくる。ひとり残らずドレスと宝石で美しく装い、にこやかな笑みを浮かべていた。

「とてもすてきだわ、マージェリー」ジョアンナがマージェリーの手をつかみ、彼女をくるりと回した。「あなたのデビューは大成功よ!」

「なんだか今世紀一のぺてん師になった気分です。こういう大掛かりなパーティは足がすくみますわ」

「あら、あなたはどこから見ても完璧なレディよ」テス・ロスベリーが銀色とクリーム色のドレスに称賛の念を贈りながら言った。「それに息をのむほどきれい。広間にいる独身男性はひとり残らずあなたと駆け落ちしたがっているでしょうね」

「グレトナ・グリーンへの道連れに彼らが期待しているのは、わたしよりも金貨のつまった袋だと思いますけどね」

「噂では、ずいぶんえり好みをしているそうね。十九人に申しこまれたと聞いたけど？」ジョアンナが尋ねる。

「二十人です」マージェリーは律義に訂正した。「今朝、ポート子爵から結婚を申しこまれましたから」

「プラムリー卿かカムナー公爵が幸運の矢を引きあてるだろうというのがもっぱらの噂よ」テスが言った。「〈ホワイツ〉で賭が行われていると聞いたわ。もちろん、プラムリー卿は莫大な資産の持ち主だけれど、死体も生き返るほどすごいいびきをかくらしいの。さいわい、わたしは知らないけど。隣人たちは愚痴をこぼしているわ」

「カムナー公爵はロンドン一望まれている適齢期の独身者ね」ジョアンナが肩をすくめてつけ加える。「ただ、いまでもお母様のエプロンの紐に縛られているところを見ると、あまり望ましい夫候補とは言えないかも」

「紳士のほとんどがわたしたちの厳しい基準を満たすことができないなんて、悲しいことだわ」メリン・ファーンがつぶやいた。「もちろん、自分たちの夫はそのかぎりではないけれど。わたしたち姉妹は、社交界の最も望ましい紳士を独占してしまったようね」

「スティーヴン・ケストレル卿は合格よ。ただ、彼が関心を持っているのはチェシー・オールトンみたい」

「だといいけど。チェシーは幸せになる資格がありますもの」マージェリーは言った。テスが混ぜっ返す。「そうなるとあなたの結婚相手がいなくなるわ、マージェリー。いえ、待って！」彼女はぱっと目を輝かせた。「もうひとり、すばらしい紳士を忘れていたわ。ウォードウ卿よ。ほら、立食テーブルを設けた部屋の前でギャリックと話しているわ」

ウォードウ卿。

マージェリーの体がいっぺんに熱くなり、次いで冷たくなった。顔を上げると、テスの言ったとおり、黒と白の夜会服を着た息をのむほど魅力的なヘンリーが立っていた。彼はたしかにギャリックと話していて、黒い目をぴたりとマージェリーに向けていた。

どうすれば、ただのまなざしがめまいをもたらせるの？　しかし、そのとおりのことが起こっていた。ヘンリーが広間を横切って近づいてくると、マージェリーはもっと息苦しくなり、めまいもひどくなった。

テスが小さなため息をつく。「罪作りなほどハンサムじゃない？　とても危険そうで、ひたむきで！」

「よほどの魅力があることはたしかね」ジョアンナが皮肉混じりに応じる。「ふだんはだんな様以外、目もくれないあなたが言うんだから」

「わたしも若いときはウォードウ卿に惹かれたものよ」メリンが認めた。「といっても、いちばん惹かれたのは彼の工学プロジェクトだけれど」

テスがまた混ぜっ返す。「ええ、彼の工学プロジェクトときたら、ぞくぞくするほど魅力的だわ」

ヘンリーは姉妹に向かって頭を下げた。

「ごきげんいかが、ヘンリー？」メリンがつま先立って彼の頬にキスをした。マージェリーはヘンリーをじっと見ているテスをにらんだ。「何よ？　彼はギャリックのいとこよ。頬にキスをするのは申し分なく礼儀にかなった挨拶だわ！」

ヘンリーはまだひたとマージェリーを見つめながら、彼女の手の甲に唇を押しつけた。末端神経を走る小さな震えを抑えるには、大変な努力が必要だった。たったこれだけでマージェリーの体は目覚め、ヘンリーの愛撫を焦がれはじめている。

「レディ・マーガレット」自分の持つ力をはっきり見てとったらしく、黒い瞳が笑うようにきらめいている。

「さあレディたち、お邪魔虫は消えましょう」ジョアンナ・グラントが笑いながら言って姉妹を引きつれ、離れていった。

「踊ってくれないか」ヘンリーはすでにダンスフロアへと向かいながら言った。

「最初のダンスはクレイ公爵と踊る約束よ」マージェリーはそう言って周囲を見まわした。

だが公爵の姿はどこにも見あたらない。それに、ヘンリーは断ってもおとなしく引き下がりそうになかった。

「きみと踊るチャンスを逃したくなければ、クレイ公爵はもっと気を配るべきだな」ヘンリーは言った。ほかの男女もダンスフロアへと向かい、それぞれがマージェリーとヘンリーの後ろにつく。

「すてきなドレスだ」ヘンリーは軽く袖に触れ、二の腕に巻いた刺繍(ししゅう)入りのサテンの帯の下をなでた。「白ではなくクリーム色か。きみにぴったりだな」彼はマージェリーを見た。「ほとんど処女に見えるが、実際は違う」

マージェリーが真っ赤になって彼をにらみつける。「会ってから二分にしかならないのに、もうひどい態度をとっているのね」

ヘンリーはマージェリーの手を取り、指をからめた。そしてもう片方の手を軽くウエストに置き、最初のカントリーダンスの先頭に立って彼女の体を回した。マージェリーはまたしても震えをこらえた。今夜のヘンリーは、彼女から心も魂も愛も盗んだ、最初に会ったときの魅力的な道楽者のようだった。ほんの少し触れただけで、ちらりと見ただけで、彼を忘れるためのこれまでの努力が水の泡となる。マージェリーはこんなに弱くなりたくなかった。

「あなたを招待した覚えはないわ」マージェリーは自分を守るために尊大な調子で言った。

「きみからは招かれていない。だが、テンプルモア伯爵から招待状が届いた。彼の権限はきみを上まわる」

「どうしてあなたを呼んだりしたのかしら？」

「きみがぼくを恋しがっていると思ったんだろうな」ヘンリーは眉を上げた。「会いたかったかい？」

ふたりはつかのま、それぞれべつのパートナーと踊った。

「答えがまだだ」ヘンリーは再び一緒になるとそう言った。

「いいえ、ちっとも。恋しいなんてこれっぽっちも思わなかったわ」

ヘンリーは笑い、からめた指に力をこめた。鋭い欲求が体を貫き、マージェリーは危うくステップを間違えかけた。

「きみは昔から嘘をつくのが下手だった」ヘンリーが低い声で言う。

マージェリーは答えなかった。答えられなかったのだ。彼の手がうずきをもたらし、気まぐれな心が再びヘンリーのそばにいられる喜びを歌い、そっけなく振る舞おうとする彼女の意思を裏切る。

「ロンドンにはいつ戻ったの？」マージェリーは列のほかの踊り手たちの視線を感じた。レディ・ウォードウが口をすっぱくして教えてくれたように、ダンスの最中には礼儀正しい会話が必要なのだ。

「かれこれ二週間になる」

それを聞いて、マージェリーはもう少しで足を止めそうになった。わたしと同じくらい長くロンドンにいたのに、顔を見せてもくれなかったなんて！

「どうして会いに来て――」マージェリーは自分が何を言おうとしているかに気づいて、口をつぐんだ。

「大勢の崇拝者たちがきみの注目を争っているとあっては、ぼくの不在など気づかないと思っていたよ」

音楽が終わった。ふたりの周囲ではフロアを去る人や、新たにダンスに加わる人々が動いていた。ヘンリーはマージェリーの肘をつかんでダンスフロアをあとにすると、テラスへと開いているドアに向かった。何人かの男女が、夏の夜風に吹かれながら広いテラスを歩いている。人いきれのむんむんする暑い広間にいたあとでは、涼しい風がほてった肌に心地よかった。庭の塀の先に広がるハイドパークはその大半がすでに黄昏（たそがれ）の薄闇のなかに沈み、木々の下にも影が集まっている。深い藍色の空には、マージェリーのダイヤモンドと競うように星がきらめいていた。

ヘンリーは通り過ぎる召使いのトレーからシャンパンのグラスを取り、マージェリーに差しだした。ひと口飲むと舌の上で泡が弾け、炭酸が鼻を刺激してむせそうになる。まったく、いつになったらエレガントな社交界のレディになれるのかしら。

「それで、大勢の求愛者のなかから誰かを選んだのか？　彼らをみじめな宙ぶらりんの状態から解き放ってやるのが思いやりというものだ」

「いいえ。まだ決めていないわ」

「決めるつもりはあるのか？」ヘンリーはわずかに向きを変え、片手を石の手すりに置いた。「この前は結婚する必要を感じないと言ったが、ひょっとすると、それはぼくだけにかぎった言葉だったのかもしれないな」彼は問いかけるように首を傾けた。

マージェリーはためらった。実を言うとすっかりヘンリーに慣れてしまい、あらゆる求婚者を彼と比べて、何がしか欠けている点を見つけだすはめになっていた。

「まだ見つからないだけよ――」

「喜ばしいベッドのテクニックを持っている男が？」

「なんてことを！」

ヘンリーの目に浮かぶ笑みが深くなり、マージェリーの体はじりじり焦げはじめた。

「結婚にはそれ以上のものが欲しいわ」マージェリーは頑固に主張した。「わたしを愛してくれる男性がまだ見つからないと言おうとしたのよ」

ヘンリーの目からたちまち生き生きとした表情が消えるのを見て、わびしい思いが胸を満たした。今夜彼が来てくれたのは、わたしに対する気持ちが変わったからではないの？

マージェリーはひそかにそれを願っていたのだ。だが、どうやら願いは叶わなかったようだ。彼の次の言葉がそれを裏づけた。

「愛を見つけることができなければ、欲望で手を打ったらどうだい？」

クリーム色のシルクに包まれた胸のなかで、マージェリーの心臓はいまにも壊れそうなほど打っていた。「わたしは次善(セカンド・ベスト)の相手で我慢するタイプじゃないの」

「あの夜ぼくたちが体験したものは、次善(セカンド・ベスト)の快楽などではなかったぞ」

ヘンリーはそうつぶやきながら、彼女の手からシャンパングラスを取って手すりの上に置いた。マージェリーの五感は驚くほど敏感になり、グラスが手すりをこするかすかな音まで聞こえた。自分の乱れた息遣いも聞こえ、涼しい夜気が肌を愛撫するのを感じた。温かい手がグラスを取りながら、彼女の手首の上の露出した肌をなでると、体が震えるのを抑えられなかった。強い光を放つ黒い目が、魔法の呪文のように彼女を捉える。

つかのま、テラスの人影が途絶えた。ヘンリーは待っていたように唇を重ね、指先で頬をかすめながら甘いキスをした。マージェリーの唇が勝手に開いて彼の唇にぴたりと吸いつく。荒々しい快感に足元をすくわれ、彼女は体を揺らした。顔を上げたヘンリーを、マージェリーはのぼりはじめた月の光でじっと見つめた。

彼女は咳払(せきばら)いをした。「こんな真似はフェアじゃないわ、男爵」

ヘンリーがにやっと笑う。「どうして？」

「わかっているくせに。あなたはわたしの気持ちを利用しているわ」

「きみの気持ちね。それについて少し話そうじゃないか」ヘンリーは彼女の腕を取って大広間に背を向け、テラスの端へと歩きだした。音楽と人々の話し声が遠ざかり、やがて聞こえなくなる。ヘンリーがいちばん端にあるドアを押すと、それはかちりと音をたてて開いた。彼が先に入れと手を振る。

マージェリーはためらった。ヘンリーの優先順位のリストでは、〝話し合い〟がそれほど高い位置にあるとは思えない。マージェリーはそこまでうぶではなかった。純情ぶる気もない。自分がおかしているリスクは、はっきりとわかっていた。

不安と期待が混じりあった気持ちで、ちらりと彼に目をやる。だが、ヘンリーの表情は相変わらず読めなかった。マージェリーが部屋に入ると彼はドアを閉め、鍵をかけて分厚い金色のカーテンで夜を締めだした。部屋のなかは暖かく、蝋燭が長い影を作りだしている。

ヘンリーはマージェリーを振り向いた。「テンプルモアでした申し出をもう一度繰り返す。ぼくと結婚してくれないか」

「どうして？」マージェリーはつい口走った。

ヘンリーが目を見開く。この質問が彼のふいを突いたことに、マージェリーはちらっと喜びを感じた。

「財産目当てでないことはわかっているわ。あなたはテンプルモアのお金が欲しいわけではない。だったら、なぜわたしと結婚したいの？」

「きみが欲しい」彼はそう言いながら眉根を寄せた。「きみが必要だからだ」

ヘンリーは緊張していた。全身の筋肉をこわばらせている。彼はわたしを愛しているの？　それなのに、自分の気持ちに気づいていないのかしら？　そんなばかげたことがある？　いいえ、彼はヘンリーなのよ。義務感に駆り立てられている冷たい男なの。ただの欲望と真の愛の区別がつかないほど愚かではないはず。欲望は持てあますほどあるけれど、愛を感じるのはごめんだというのが彼の生き方なのよ。

〝必要〟は〝欲しい〟よりもましかもしれない。〝必要〟〝焦がれ〟〝欲求〟〝願い〟こういう言葉は響きこそいいが、愛とは違う。ヘンリーの答えは一種の宣言だった。けれどもマージェリーにはまだじゅうぶんとは思えなかった。もしかしたら、彼がこれまでどの女性にも与えようとしなかったものを、わたしが要求するのは大きな間違いかもしれない。それでも、マージェリーは愛が欲しかった。それ以下で妥協するのはいやだった。

「お断りするわ」

「考えてみる、とか言えないのかい？」

「待ってもらうだけ、あなたの時間を無駄にすることになるもの」マージェリーは澄まして答えた。

ヘンリーが推し量るように見つめてくる。マージェリーはぼうっとしてきた。

「いや、無駄にはならないさ」彼はかすかな笑みとともに言うと、一歩近づいた。はっきりした目的を持った一歩だ。

マージェリーはあとずさりし、祖父母が結婚の贈り物としてジョージ二世からもらった陶器がおさめてある、巨大な鏡付きの展示ケースに背中がぶつかった。マージェリーは冷たいガラスにてのひらを押しつけた。

「こんなところで不埒(ふらち)な真似をすることはできないわよ」

「異議を唱えて悪いが」ヘンリーはきわめて礼儀正しい態度を崩さずに応じた。「できるとも」

みぞおちが沈むようなショックを感じながら抗議しようと口を開けたが、何も言わないうちに彼の唇が重なった。ヘンリーは意志の力で自分を抑えながら、じらすようなキスをしてくる。彼の目的はただひとつ。マージェリーに〝イエス〟と言わせることだ。その事実が強烈な興奮をもたらした。

彼は欲しいものを手に入れようと決意している。彼女の拒否を受けつけないだろう。容赦なく要求を突きつけてくるキスが鋭い欲望をかき立て、マージェリーの体が溶けながら燃えはじめた。彼女はこれほどまでに乱れる自分の不誠実な魂の底までも恥じたが、それから一秒とたたないうちに、その恥がすべての感覚が弾けるようなみだらな期待に取って代わるのを感じた。

キスが深まり、さらに深まって、彼女はそのなかへと落ちていった。落下を止める力はマージェリーにはなかった。何週間も自分の気持ちを否定してきたあげく、ヘンリーの愛撫を恋い焦がれてきたあととあっては、飢えた体にたちまち火がついた。愛と欲望が分かちがたく溶けあって彼女をのみこむ。いまのマージェリーは、熱く甘美な情熱の虜だった。それは彼女のなかに眠っていた奔放な血を目覚めさせ、テンプルモアのふたりの夜を思いださせた。

ヘンリーが顔を上げたときには、ふたりとも息をあえがせていた。マージェリーは火のような欲望がふたりのまわりにきらめくのを感じた。腕をなでられ、手首を軽くつかまれて再びキスされるのを待ったが、彼は愛撫するようなまなざしでじっと見つめてきた。マージェリーの顔を頭に焼きつけておきたがっているように。

「テンプルモアでは間違いをおかし、きみを行かせてしまった」ヘンリーは低い声で言った。「二度と同じ間違いをおかすつもりはない」

その言葉に、すでに早鐘のように鳴っていた鼓動がさらに激しくなったが、マージェリーは頑固に言い張った。「あなたはわたしを愛していない。わたしを欲しがっているけれど、愛してはいないわ。わたしは愛のない結婚はしないの」

ヘンリーはかがみこんだ。「その気持ちを変えてみせる」

温かい息に頬をなでられながら、マージェリーは思った。ヘンリーならできるかもしれない。わたしは情熱に駆られ、理性をなくし、彼を愛していること以外のすべてを忘れてしまうかもしれない。そんなふうにわれを忘れるまで攻め立てられているところを想像すると、膝の力が抜けた。

「わたしは絶対に譲歩しないわ。誘惑して承知させようとしても無駄よ」

「いいとも。きみの意志がどれほど強いか試してみよう」

ヘンリーはマージェリーの唇を捉え、するりと舌を差しこんだ。飢えたようなキスが甘い歓(よろこ)びを引きだす。そのキスがしだいに荒々しく激しくなると、めくるめく快感が頭を占領し、体が重くけだるくなって、脚のあいだの痛みに似たうずきが強くなった。マージェリーはヘンリーが欲しかった。彼を愛する気持ち、求める気持ちは途方もなく大きく強くなり、苦痛を感じるほど激しくて、彼女の目をくらませる。けれどもマージェリーは手に負えない欲望を抑え、分別を取り戻そうとした。

「誰かがわたしたちの姿が見えないことに気づくわ」彼女はささやいた。「みんなにばれてしまう」

ヘンリーは胴衣を前で閉じている、袖と縁の美しい刺繍と同じ色のリボンをゆるめはじめ、マージェリーは次に起こることを期待して震えた。

「今夜は二百五十人の客がいるんだ。きみの姿が見えないことなど誰も気づくものか。人ごみに隠れて見えないだけで、誰かとどこかで話していると思うさ」

彼が片手をシュミーズのなかに入れ、薄いシルクの下着をマージェリーの胸から引きおろした。次いで胴衣の前を広く開け、腰から上をあらわにしてマージェリーの体をくるりと後ろ向きにし、両手を腰に置く。

部屋のなかは暖かかったが、マージェリーはぶるっと震えた。胸のダイヤモンドが蝋燭の火を捉えて光の滝を作り、展示ケースの鏡のなかで彼女の顔をきらめかせる。灰色の目を大きく見開いて先ほどのキスで唇を赤くし、頬を薔薇色（ばらいろ）に上気させた娘が、鏡のなかから彼女を見返している。そばかすの散った肩とうっすらとそまった肌を、テンプルモアのダイヤモンドが飾っていた。美しいクリーム色と銀色のドレスを腰まで落とし、しどけなくリボンをたらした奔放な自分に興奮して、マージェリーは胸の小さな蕾（つぼみ）を硬くさせた。せわしなく胸が上下する。

ヘンリーが食いしばった歯のあいだから息を吸いこんだ。「きみが宝石にどれほど興奮したか覚えているよ」

彼はすぐ後ろに立ち、片手でマージェリーを支えながらもう片方の手で胸をつかんだ。「声をあげるんじゃないぞ。目を閉じてもだめだ」うなじに唇を這（は）わせながらささやく。彼は胸をつかんだ手に力をこめ、とがった頂を指で挟んで転がしたり、引っ張ったり、こすったりしはじめた。マージェリーは鋭い快感に身をよじった。あえぐように息をするたびに胸元のダイヤモンドがきらめく。

　マージェリーは大胆に頭をそらし、柔らかい喉を差しだしながら胸の頂を彼の手に押しつけた。大波のような欲望が体のなかをうねっていく。震えながらつい目を閉じると、ヘンリーが軽く首に歯を立てて開けろと命じた。彼女は半分閉じたまぶたの下から、鏡のなかの自分を愛撫する彼の手を見つめた。片手はまだ胸にあるが、もうひとつは下へ滑っていく。

「何をしても無駄よ。降伏しないわ」ささやく声が途切れ途切れになる。ヘンリーがいきなり彼女の人生に戻ってきてこの部屋に引っ張りこみ、大胆に愛撫しているのが信じられない気持ちだった。「同意はしない。あなたとは結婚しないわ」

　ヘンリーが彼女の体をわずかに前にずらした。マージェリーは前にのめり、最後の瞬間に両手をガラスのケースについた。彼がすぐ後ろで動く。

「ドレスが――」彼女はどうにか言葉を押しだした。「みんなにしわを見られてしまうわ」

　それに応えてヘンリーはスカートとペチコートをウエストのまわりに投げあげ、ケースの表面に広げた。そして下着に指をかけた。マージェリーはショックのあまり息を吸いこんだ。彼が本当に、いま、ここで、マージェリーを抱くつもりだとは思ってもいなかった。これは考えるだけでも衝撃的なことだったが、とても至福に満ちた、自分でも恐ろしいほど望ましいことでもあった。

「どうやって？」マージェリーはかろうじてそう尋ねた。震えが止まらず、全身が燃えるように熱い。脚の力が抜け、明るく照らされたガラスのケースにぐったりともたれ、どうにか体を支えた。

「もうすぐわかる」ヘンリーが耳元でささやいた。「ぼくに任せてくれ。だが……」彼の声に笑いが混じり、熱い指が下着のなかの太腿の内側をかすめた。「陶器を割らないでくれよ。それを説明するのはとてつもなく難しい」

彼の指がマージェリーの濡れた中心を見つけ、その上を滑ってするりとなかに入った。震えがいっそう激しくなり、てのひらの力も抜けそうになる。ヘンリーはわざとゆっくり動かしながら、彼女の快感を引きだしていく。マージェリーは想像もしていなかった甘い拷問にうめき声をのみこんだ。

「きみをぼくのものにする」彼がささやく。いまのここのことだけでなく、結婚のことも意味しているのだ。

マージェリーはヘンリーのなかに固い決意を感じた。そしてその下に飢えと必要を感じた。それだけでも、彼女を納得させるのにはほとんどじゅうぶんだったが、飢えと必要は愛とは違う。彼女は頑固にこの思いにしがみつき、次々に攻め寄せ、自分の意志を奪おうとする純粋な肉体の歓びと闘った。

「結婚はしないわ」かすれた声でささやく。

指の愛撫が止まり、マージェリーはあえいだ。

「これをやめてもいいのかい？」ヘンリーはまだ笑いを含んだ声で言った。

「いや！」マージェリーは懇願するのを止められなかった。「お願い。あなたが――」その先の言葉をのみこみ、快楽の縁で宙ぶらりんになったまま、ヘンリーを呪った。彼を求めて体がけいれんする。ヘンリーもそれを感じ、彼女の中心をそっとなでた。それだけではじゅうぶんと言えなかった。とてもじゅうぶんとは言えないのに、ヒップがけいれんする。ヘンリーは笑いながら片手を胸に置き、ぎゅっとつかんだ。

「ぼくの愛人にはなるが、妻にはならないというのか？」彼のささやきは欲望で重く、危険な響きがあった。

「ええ！　そうよ！」マージェリーは激しく身をよじり、彼の手に押しつけた。「愛してくれない男とは結婚しないわ」

「だが、結婚を承知するまではこれを続けるぞ」

　それを聞いて安堵しか感じないのは、どれほど必死に彼の愛撫を求めているかという証拠だろう。ヘンリーが再び後ろで動いたかと思うと、彼のものがゆっくりと入ってきて完全に彼女を満たした。マージェリーは抑えた声をもらし、快感の深淵に転がり落ちていった。引いては深く貫かれ、そのたびに強烈な歓びが突きあげてくる。

　彼のなかには切迫感があったが、ヘンリーは急ごうとはせず、彼女の体が自分の挿入に慣れるのを待っている。片手をウエストにかけ、マージェリーを支えながら、何度も引いては貫く。マージェリーの感覚のすべてがその一点に集中し、しだいに狭まるらせんを描いて快感が高まっていく。なんという奔放な、破廉恥な行為なのか。だがそこには最も甘い願いが集約されていた。

「目を開けるんだ」

マージェリーはヘンリーの命令に従った。そしてそこに見えたものに、わずかに残っていた意志の力を奪われた。彼女はてのひらをついてケースにもたれ、胸元を飾るダイヤモンドのほかには何もつけずに、ウエストのまわりにスカートを鐘の形に広げて胸をさらしていた。ヘンリーに貫かれるたびに胸がゆるやかに揺れ、ダイヤモンドが動いて、蝋燭の光が白い肌に金色の光を散らす。いまのマージェリーは快楽の虜だった。彼女はこの光景に驚きと歓びの声をあげた。

鏡のなかでヘンリーが背中のくぼみをそっと押す。温かい手は自信に満ち、何をすればいいか心得ていた。その力に逆らわずに脚をさらに広く開き、さらに深く彼を受け入れながら歓びの声をもらした。彼女はさらに前にかがみ、彼のすべてを貪欲にのみこんだ。信じがたいほどの快感に突きあげられ、マージェリーは夢中でのぼりつめようとした。耐えがたいうずきが満足を求めている。だが、彼は急ごうとはしなかった。マージェリーはプライドも慎みもかなぐり捨てて懇願した。ヘンリーが笑う。彼女はテンプルモアの相続人にはまったく不適切な言葉で毒づいた。

じらすようなゆっくりした動きで、彼はしだいにマージェリーを駆り立てていく。だが、今度こそ縁を越えて転がり落ちると思うたびに退き、またしても最後の解放を拒んだ。

「きみはぼくを受け入れる」

ヘンリーは汗に濡れたうなじに唇を寄せ、マージェリーの中心をなで、もう一度なで、最後にもう一度なでた。マージェリーはこらえきれずにもだえた。

「降伏するんだ。きみはぼくのものだ」

そのとおりだということは、心の底、魂のなかでマージェリーにもわかっていた。でも、ヘンリーは彼女のものではない。彼のすべてがそうではない。彼はいつも何かを隠している。

「いや。結婚……は……しな……いわ」またしても貫かれ、答えがきれぎれになる。彼が鋭く速く動き、マージェリーはきらめくダイヤモンドの光のように粉々に砕けてのぼりつめた。膝が折れ、ヘンリーにつかまれて持ちあげられるのを感じた。快感が全身を揺さぶり、けいれんさせて焼いていく。そしてついには彼の腕のなかで燃えつきた。ヘンリーは再び彼女を自分のものにした。約束どおり徹底的に。マージェリーは体を震わせた。

それから、彼がまだ石のように硬く、熱く脈打っていることに気づいて、マージェリーはヘンリーの顔を見た。甘い拷問がまだ続くことに気づき、泣くような声をもらしながらも新しい興奮がわいてくるのを感じた。こんなに早く再び彼を欲しくなるなんて、考えられないわ。でも不可能どころか、たったいま満ち足りたはずなのに、肌のすぐ下に欲望がちりちりしている。ヘンリーが片手をむきだしのおなかに置くと、彼女の体は期待に震え、またしても歌いはじめた。

　ヘンリーは陶器を飾ったケースの縁に彼女を座らせた。うなじに手を置き、まるでマージェリーの魂を抜きとろうとするかのように長く、深くキスをした。そのあいだもせわしなく手を動かし、背中をなでながら、さっと手をウエストにおろして前へとなであげる。

　マージェリーはその手と熱い口に夢中で体を押しつけた。

「それで……」ヘンリーが片方のとがった頂を噛(か)み、転がし、なめ、吸いつづけて、マージェリーを駆り立てる。「結婚してくれるかい？」

　マージェリーはほほえみそうになった。ヘンリーの裏をかき、拒むのが楽しくなりはじめた。「いいえ」

　ヘンリーが鋭く息を吸いこみ、少しきつく噛む。甘い歓びが体の奥に広がり、体が震えて弓なりにそる。

「どうか、考え直してくれないか」彼は裸の胸に顔をうずめんばかりなのに、とても礼儀正しい口調で言った。

「残念だけど、それはできないわ」マージェリーは自分の意志の固さを証明するために、彼の屹立(きつりつ)したものを手に取った。ヘンリーがあえぐように息を吸いこむのを聞きながら、鉄のように硬くなめらかなそれを、ためらいがちになでた。

ヘンリーは目を閉じ、喉の奥からうめき声をもらしながら苦しげに眉根を寄せた。「どうしても……ぼくが欲しければ、結婚を承諾するんだ。きみの愛人になる気はない」

マージェリーはヘンリーを自分の近くへ引き寄せ、脚を開くと、身をのりだして彼の胸を自分の胸でかすめた。そして唇に柔らかいキスをしながらささやいた。「いいえ、なるのよ」

ついに自制心が弾けたとみえてヘンリーはぱっと目を開け、ヒップの下に手を滑らせて彼女を持ちあげるなり、ケース全体が彼女の下でがたつくほど荒々しく貫いた。陶器が倒れて転がり、割れる。怒りに任せた激しい動きに、マージェリーはたまらず大きな声をあげそうになった。すばらしい快感が意思を奪い、あらゆる思いを押し流し、あらゆる感覚を凌駕してマージェリーを押しあげる。

熱いひだにきつく締めつけられ、ヘンリーがしゃがれた叫び声をあげながら彼女のなかに精を放つ。マージェリーはついさっきよりもさらに深い快感の淵へと落ちていった。ヘンリーに対する愛と欲望が分かちがたくからみあい、もう二度とふたつに分けることはできそうもなかった。

それからしばらくしてマージェリーは寝室に戻った。チェシーは彼女がイブニングドレスを脱ぐのを手伝い、評判を修復するのに手を貸してくれた。ヘンリーの腕のなかに安全に抱かれ、魂を揺すぶられるような歓びに満ちた交わりからようやく解放されたとき、チェシーが夢中で陶器室のドアを叩(たた)き、祖父が呼んでいるという知らせをもたらしたのだった。あと十分マージェリーの姿がどこにも見えなければ、社交界の全員が二と二を足して、とても大きな答えを引きだしていたに違いない、とチェシーは言った。

ヘンリーはしぶしぶマージェリーを放しながら頬を寄せ、髪にキスをして気が変わったかと尋ねた。彼はわたしを愛しているとは言わなかった。マージェリーは胸が張り裂けるような気持ちで、変わらないと答えた。彼とは結婚しないと。

チェシーはヘンリーを怖い顔でにらみ、ドレスがほころびたという話をでっちあげて詮索の目からマージェリーを救いだした。そして身づくろいを手伝い、リボンを結び直し、スカートをなでつけたあと、マージェリーを意味ありげに見まわして、ドレスにしわを作らずに、髪を崩さずに愛を交わせるヘンリーの能力に関して皮肉たっぷりのコメントを口にした。

マージェリーはつま先まで真っ赤になりながら鏡のなかの自分を見た。これからは鏡を見るたびに、ヘンリーが自分を抱いている光景を思いだすことになりそうだ。彼の浅黒い手が白い肌を愛撫する光景を。いまも自分のなかに滑りこむ彼の体が目の前にちらつき、頭に血がのぼり、ぼうっとしてくる。だが、欲望は静まっていた。いまはただベッドにまるくなって眠りたかったが、そういうわけにはいかない。階下に大勢の客が待っている。おりていくのは気が進まなかったが、チェシーのおかげでどうにか人前に出られる格好にはなった。

「ヘンリーが、気が変わったかと尋ねているのが聞こえたけれど」チェシーはとくに必要もないのに、化粧テーブルの上の様々な容器やブラシを並べながら言い、手を休めて心配そうに曇る青い瞳でマージェリーを見た。

「彼に結婚を申しこまれたの。二度目に」マージェリーは几帳面に訂正した。「いえ、何度目かに」

「それでなんと答えたの?」

「愛がなければ結婚はしないと」

「ああ、マージェリー」驚いたことにチェシーは目を潤ませた。「あなたにとって幸せな結末になればいいんだけど。本当に、心から願っているけれど、残念ながらそうはならないと思うの。ヘンリーは——」チェシーはためらい、出し抜けにベッドの端に座りこんだ。

「ヘンリーは、若いときに愛した人がいたのよ」チェシーは早口に言った。「イザベルという女性よ。できれば、こんなふうにわたしの口から言いたくはなかったわ。わたしには関係のないことだし、彼が自らあなたに話すことを願っていたから。でも……」チェシーは顔を上げ、マージェリーの目をまっすぐに見た。「ヘンリーは十九歳で結婚したの。花嫁を心から愛していたのよ」

マージェリーの耳のなかで血がどくどくと脈打ちはじめた。

ヘンリーが誰かを愛したことがあった？　結婚したことがあった？

マージェリーはベッドの柱をつかんで体を支えた。「何があったの？　彼女は死んだの？」

「最後はね」チェシーは冷たい声で答えた。「イザベルはロンドンの男たちみんなと関係を持ったの。ヘンリー自身の父親とまで寝て、彼を辱めた。おしまいには、テンプルモア卿がこの国を出る条件で彼女にお金を与えたわ。イザベルはその一年後に死んだけれど、ヘンリーは笑い物にされ、名前に泥を塗られて、修復できないほど名誉を傷つけられたの」

「もっと早くに話してくれればよかったのに」

「ええ。でも、わたしが口を出すことではないと思ったの。ごめんなさい」

脚がぶるぶる震え、マージェリーは紫色の上掛けに座っているチェシーの隣に腰をおろした。〝ヘンリーは誰かを愛したことがあった〟その言葉が繰り返し頭のなかで鳴っていた。彼は結婚したことがあった。それなのに何も話してくれなかった、誰ひとりそれを教えてくれなかったとは。〝愛〟という言葉を口にしたときのヘンリーの顔に浮かんだ冷たい表情を、彼のなかに感じたよそよそしさを思いだした。いまなら、そのわけが理解できる。ヘンリーは二度と愛を感じたくなくて、おのれを愛から切り離したのだ。

「彼が話してくれていたら。ちゃんと説明してくれていたらよかったのに」隠し事の嫌いなマージェリーには、こんな大きな秘密を持つことなど不可能だと、間違っていると思えた。とはいえ、若くして結婚した妻が彼の捧げた愛を奪い、それをねじ曲げて、完膚なきまでにそこなってしまったとあっては、ヘンリーを責めることはできない。

マージェリーはごくりと唾をのみ下した。彼女は子供のヘンリーが、愛を与えるきょうだいもなく、三人の兄がいた自分と違って遊ぶ相手もなしに巨大な霊廟のような館でどんなふうに暮らしていたのかを想像したことがあった。ヘンリーには冷たくよそよそしい母親と、ロンドンで遊びほうける道楽者の父親しかいなかったのだ。

わたしは彼を誤解していたわ。マージェリーは気づいた。ヘンリーは愛することができないと思い、そう言って彼を非難した。でも、彼に起こったのはもっとひどいことだった。両親の愛のない結婚にもかかわらず、父親と名づけ親の放埒な生き方にもかかわらず、いえ、ひょっとしたらそれだからこそ、ヘンリーはイザベルという女性を信じ、勇気を奮って自分の愛と名誉を差しだしたのだ。ところが、イザベルはそれをめちゃくちゃにしてしまった。

怒りが喉をふさいだ。ヘンリーの信頼を粉々にしたイザベルが憎い。殺してやりたいくらいだ。もちろん、この気持ちには嫉妬も少しは混じっているかもしれない。

まあ、嫉妬のほうが怒りよりもずっと大きいかも。

「なんて女なの」マージェリーは吐きだすように言った。「もう死んでいて運がよかったわ」彼女は時計に目をやり、クリーム色のサテンで作ったバッグをつかんだ。「そろそろ舞踏会に戻らなくては。すっかり手間どってしまったもの。チェシー――」彼女は友人の手に自分の手を重ねた。「話してくれてありがとう」

ふたりが舞踏室に戻ったとき、ヘンリーの姿はすでになかった。マージェリーはそれに気づいてほっとした。招待客が見守るなか、彼ともう一度踊って取るに足りない会話をするのは不可能だったろう。

チェシーから聞いた話に、彼女はすっかり動揺していた。自分がヘンリーに再び愛を教えられると思うほどどうぶではない。そういう根拠のない希望は、涙で終わることになる。母のように。

頑固な心はそれ以上のものを望んでいるのに、ヘンリーの言う〝必要と欲望〟しかない結婚でじゅうぶんなのだろうか？

この難しい問いに答えを出さなければならない。

19

剣の10——破滅

「憂鬱そうだな」

ふいに耳元でいとこのギャリックが言い、ヘンリーは飛びあがった。彼は、レディ・フアウラーの夜会で客たちのあいだを縫うように歩いていくマージェリーを見ていたのだった。これは、危険な癖になりつつある。彼がいるのは、このところ蒸し暑い夜の続くロンドンの舞踏会のひとつだった。

マージェリーはいつにも増して輝いている。小柄なその姿は、この新しい境遇にすっかり慣れたように見える。今夜はさらに多くの求婚者たちに囲まれ、どこへ行こうと彼らに追いかけられている。ヘンリーは、壁際の椅子に座ったお目付け役よろしく、離れたところから彼女を眺めているしかなかった。これが憂鬱にならずにいられるものか。

「チャーミングなレディ・マーガレットとけんかでもしたか？」ギャリックは、ヘンリーの不機嫌さの原因をずばりと言いあてた。

「イザベルのことを訊かれたんだ」ヘンリーは認めた。「以前結婚していたことをぼくが話さなかった理由を知りたがった」

「で、きみはとくに重要なことではなかったからだ、と答えたわけか」

ヘンリーは肩をすくめた。「ああ、そのとおりだからな」

「以前も言ったが、もう一度言うぞ。きみは女性というものがまったくわかっていないな、ヘンリー」

「そのようだな」ヘンリーも認めた。

悔しいことに、マージェリーはその後の彼の誘いをすべて断っている。彼と一緒に馬車で公園をひと回りするのも、コンサートや展示会に出かけるのも、ダンスの誘いさえ断り、彼がなぜだと問いただすと、完全に埋まったカードをこれ見よがしに目の前で振り立てた。そのため、ヘンリーはこうして指をくわえて見ているほかは何ひとつできずにいる。ふだんの彼にはとうてい考えられないことだった。

マージェリーを誘惑して結婚を承知させるという計画に、大きな欠陥があったことは認めざるをえない。彼女を罠にかけるどころか反対につかまり、彼女に対する自分の反応の激しさにすっかりうろたえてしまうとは。マージェリーがこちらを拒めば拒むほど、彼女に対する欲求が高まる。だが、これは彼女をベッドにともなえば満たされるというような、単純な欲求ではなかった。彼にはそれ以上のものが必要だった。それを満たせるのは結婚だけだ。ところがマージェリーは彼を拒みつづけ、おかげでヘンリーは、ほかの男たちが彼女に求愛し、彼自身と同じくらい意志の強い小娘に望みをくじかれるのをただ見守るしかなかった。

ヘンリーは柱にもたれ、ドニントン卿とマズルカを踊るマージェリーを見つめた。長身で不器用な若いしまうまのような若者は、エレガントな踊り手とはとても言えない。いまもドレスの裾を踏んづけたが、それでもマージェリーはほほえみを浮かべていた。甘い灰色の瞳、笑みを浮かべた口元。蝋燭の光が金茶色の髪を銅色にきらめかせ、華奢なうなじの曲線に影を作っている。マージェリーは美しかった。ヘンリーはその美しさに、みぞおちを殴られたような衝撃を受けた。

「レディ・マーガレットが結婚の申し込みを二十も受けたことは聞いているだろう？」ギャリックがさりげなく尋ねた。

「いや、二十一だ」ヘンリーは背筋を伸ばした。「二十二かな。ぼくは二度断られたからな」

ギャリックは顔をしかめた。「酒で悲しみをまぎらせたいか？」

「いや、とくに」ヘンリーはそう答えたものの、いとこのあとを追って軽食が用意された部屋に入った。ギャリックは通り過ぎる召使いからシャンパングラスをふたつ取り、ヘンリーを静かな席に誘った。

「アドバイスが欲しければ――」

「いや」

「彼女はきみを信頼していないんだ」ギャリックは無視して続けた。「母親がどうなったか考えてみろよ」

ヘンリーは首を振った。「どういうことかわからないな」

「にぶいのもたいがいにしろ。レディ・ローズは救いがたいごろつきと恋に落ち、駆け落ちしたんだぞ」

「アントワン・ド・サン゠ピエールとぼくのあいだに類似点があるとほのめかしているわけではないだろうな」ヘンリーはいとこをにらみつけた。マージェリーが彼のことをろくでなしの父親と同じだと思っているとしたら、彼もずいぶん見かぎられたものだ。ヘンリーは毒づきながら髪をかきあげた。

「もちろん、きみはサン゠ピエールとは違う」ギャリックはなだめるように言った。「だが、レディ・マーガレットと母親には似たところがある。彼女はきみに恋をしているんだ。母親がサン゠ピエールに恋をしたのと同じように。しかし、サン゠ピエールは彼女の母親の人生を台無しにした。だからレディ・マーガレットは、母親と同じ立場に自分を置くような信頼できない男、自分を愛していない男とは結婚しないと決めたんだ」

マージェリー一家の歴史を知っているヘンリーは、彼女があれほど愛に固執していることが不思議だった。彼女にとっては、愛ほどあてにならない感情はないはずじゃないか？　だがおおらかなマージェリーは、愛を感じたらそれを抑えることができないのだ。マージェリーは無条件に、あけっぴろげに愛を与える。そして相手にも同じことを求める。その相手が彼女を、彼女だけを永遠に愛すると信じて初めて、体だけでなく心から許すのだ。

「今夜のレディ・マーガレットは実に魅力的じゃないか」ギャリックが言った。「これでまたドニントンも彼女に夢中になるな。彼女には――」

「温かさがある」ヘンリーはつぶやいた。マージェリーの愛をなくしてから、彼の魂は冷えきっていた。彼女の甘く寛大な性格こそが、何度も彼をマージェリーに引き寄せてきた炎だった。ヘンリーはそのぬくもりをつかむ必要があったが、それは水のように指のあいだをすり抜けてしまった。

軽食を置いた部屋の開いているドアから、プラムリー卿の腕のなかでワルツを踊るマージェリーが見えた。テンプルモアのダイヤモンドが喉元できらめいている。そんな彼女は、この国の舞踏会のすべてを魅了するために生まれてきた、美しいエレガントな女性に見えた。ヘンリーは座ったまま落ち着きなく姿勢を変えた。あのダイヤモンドだけをつけて、陶器室のガラスのケースの上に半裸でもたれていたマージェリーがどんなに美しかったか、忘れることができない。ヘンリーはシャツの首元をゆるめた。ブリーチズも耐えられないほどきつく感じられる。二度とマージェリーに触れることができない可能性を考えただけで気が変になりそうだ。

「彼女は美しく、とてもエレガントで、勇気もある」ギャリックは続けた。「きみは彼女を誇りに思っているに違いない」

「ああ、そのとおりさ。くそったれ」ヘンリーは言葉を押しだした。

ギャリックはにやっと笑い、穏やかに言った。「では、自分自身にこう訊くことだ。いまレディ・マーガレットに感じている気持ちと愛の、どこが違うのかと」そう言うとギャリックは立ちあがり、ヘンリーの肩をぽんと叩いた。「幸運を祈るよ。きみは昔から数学の問題を解決するのがずいぶん得意だった。そのきみが、人生で何より重大な計算の答えが出せないとしたら、残念なことだ」

マージェリーはレディ・ファウラーの夜会の翌朝、遅くまで眠り、時計が十一時を打つ頃に朝食をとるために階下におりていった。ホールの紫檀のテーブルに新聞が重なっている。テンプルモア伯爵が起きたら、バーナードが持っていくのだ。

祖父は朝食のあとで新聞を全部図書室に持ちこみ、ゆっくりすべてに目を通す。『タイムズ』紙から『ジェントルマンズ・アセアニアン・マーキュリ』紙まで、あらゆる新聞が揃っている。正反対の視点を載せているそうした新聞を読むことで、バランスのいい意見を取り入れることができるのだと伯爵は言う。今朝の銀のトレーのいちばん上にあるのは『ジェントルマンズ・アセアニアン・マーキュリ』紙だった。通り過ぎながら目を細めてちらりと横目で見ると、レディ・ラブウォーンと名乗る人物のゴシップ欄が目に入った。

それは、〝レディ・M・S＝Pに群がる多くの求婚者たちに、残念な知らせ〟という言葉で始まっていた。〝いままさに絶頂期にある名高い女相続人を引きずりおろすのはまず不可能に思えるが、レディ・Mはどうやら見かけほど無垢ではなさそうだ。希望を抱く求婚者たちは、レディの愛情を勝ちとった愛人が少なくともひとりはいたことを心にとどめておくべきでしょう。決意に満ちた独身者の群れが、二十五万ポンドの財産のためにこの過ちを見逃すかどうかはまだわからないものの、ちょっとした虫食いの穴にも、ひと財産の価値があると見なす図太い男がいることはたしかだ〟

あまりのショックにマージェリーは息を止めた。階段の二段目に沈むように腰をおろし、必死に考えようとしたが、見えるのは目の前の新聞記事の恐ろしい真実を隠した、ぞっとするようなほのめかしだけだった。

テンプルモアで起こったことを誰かが知っている。召使いの誰かが、ヘンリーの部屋から出るわたしを見たに違いない。そして、そのゴシップを新聞社に持ちこんだのだろう。あるいは、先週彼女とヘンリーが舞踏会を抜けだしたのに誰かが気づいたのか。突然恐怖が胸を締めつけ、息ができなくなった。彼女だけの大切な秘密が、世間の人々の目にさらされた。あのすばらしかった愛の営みが卑しい行いにおとしめられ、ゴシップ好きにあれこれ取り沙汰され、クラブで噂(うわさ)される、下劣なスキャンダルになってしまった。

〝見かけほど無垢ではなさそう……ちょっとした虫食いの穴……〟

気がつくとマージェリーは震えていた。体が冷たくなり、わなわな震える。階段の曲面が隠してくれるおかげで、彼女がここにいることにまだ誰も気づかないが、優美な鋳鉄製の細い柱越しに、召使いたちが食堂に料理を運んでいくのが見えた。食堂のなかの声も聞こえてくる。チェシーとジェム、それに、おそらくレディ・ウォードウとエミリーがすでに起きて朝食をとっているようだ。昨夜は全員が舞踏会に出かけたため、今朝はすべてが遅く始まっていた。

マージェリーは頭を整理しようとしたが、少しも考えがまとまらず、どうすればいいかわからなかった。自分に関する情報を誰かが新聞社に持ちこむ可能性など、考えたこともなかった。だがもちろん、いまの彼女は有名で裕福だから、その対象になる。彼女に関するゴシップを、みんなが読みたがるに違いない。誰にも知られずにすむと考えていたなんて、たとえ知っていたとしても黙っていてもらえると考えていたなんて、なんと世間知らずだったことか。

わたしはおしまいだ。

マージェリーは新聞の山からほかの新聞をつかんだ。『タイムズ』紙はもちろんスキャンダルとは無縁だが、ほかの多くの新聞はゴシップを扱っていた。彼女に少なくともひとりの恋人がいたということをほのめかす同じ記事が、半分以上の新聞に載っていた。貴族になる前はマダム・トングの娼館で働いていたとほのめかしている記事まである。まるで競争でもしているように、読み進むにつれてどんどん不愉快な内容になっていく。すべてを読み終わる頃にはすっかり気分が悪くなっていた。

恐怖が胃をかきむしる。ああ、おじい様。母の悲劇を経験した祖父にこんな記事は見せられない。この憎むべきスキャンダルは実際、おじい様の命を奪いかねないわ。それもこれも、すべてマージェリーのせいだ。

喉元に苦い汁がせりあがってきた。これはひどい屈辱だ。悪意ある言葉が、ヘンリーとのあいだに起こったことを安っぽい汚い行為にしてしまった。こんなことは耐えられない。彼に対する愛が欲望を満足させるだけの行為、ゴシップの種、批判の種におとしめられたのだ。彼女自身も同じだった。そして間違いなく、明日も似たような記事が掲載される。マージェリーにはそれを止めることはできない。

罠にかかった鼠のように、彼女の思いは堂々めぐりしていた。このゴシップが自然な経過をたどって下火になる頃には、彼女はみだらな売女とレッテルを貼られ、母がしたように祖父の名誉をけがすことになる。

メイドが食べ物をのせたトレーを持って通り過ぎた。キドニーパイとベーコンの濃厚な香りに胃がうねり、マージェリーは片手を口に押しつけて吐き気を抑えた。パニックに襲われて銀のトレーに手を伸ばし、新聞をかき集めると、バーナードがテンプルモア卿に持っていく前にどこかに隠そうとした。そんなことをしても一時的に遅らせることしかできないのはわかっている。祖父はほかの人々同様、まもなくその噂を耳にすることになるが、新聞の記事で読んでほしくはなかった。せめて自分の口から真実を告げたい。

震える指がトレーの端にあたり、それが音をたてて床に落ちた。バーナードが何事かと朝食室から出てくる。その後ろにチェシーとジェムもいた。マージェリーは、レディ・ウォードウがいないのを見て、心からほっとした。

「マージェリー！」チェシーが駆け寄ってきて腕をつかんだ。「いったいどうしたの？ ひどい顔色よ――」ジェムが突然動き、新聞を床から拾う。チェシーの声が聞こえなくなった。ジェムの顔色が変わるのがわかる。マージェリーと同じくらいひどい顔だ。

「モル？」疑いのにじむかすれた声でジェムが言った。「こんなの嘘っぱちだろう？」

チェシーが彼の手から新聞をひったくり、恐怖に満ちた目でマージェリーを見あげた。

ジェムは沈黙のなかにその答えを見てとった。

「この記事はあらゆるところに書かれているわ」不安にかすれた自分の声が、まるで別人のものに聞こえる。「おじい様には見せられない――」

「ウォードウめ」ジェムが荒々しい口調で言い、新聞を握りしめた。「殺してやる。ああ、きっと殺してやる」

マージェリーが息を吸いこんで言い返そうとすると、チェシーが落ち着き払ってジェムの腕をつかみ、冷静に言った。「マージェリーのために、そんなことはしないで」

ジェムがぱっと妹を振り向いた。「モル？」

「彼を愛しているの」マージェリーはあふれる涙を押し戻そうとした。「ヘンリーのせいじゃないのよ。結婚してくれと言われたけれど、断ったの」

ジェムが毒づいた。「くそっ、いったいなんだって――」

「いまはやめてちょうだい」チェシーが先ほどと同じ鉄のような冷静さでさえぎった。ジェムが小声で毒づきながら立ち去る。

マージェリーはよろめき、体を支えようと手すりをつかんだ。「おじい様のところに行って、すぐに説明しなくては」

「いいえ」チェシーは言った。「ヘンリーのところに行くのが先よ。この悪意あるゴシップは――」非難するように新聞を叩く。「すでに町じゅうに配られているわ。これに唯一対抗できる手段は婚約を発表することだけよ。それから――」彼女はマージェリーの両手をぎゅっと握った。「伯爵に話すのね」

「ええ」マージェリーは頭がぼうっとしていた。「ええ、そうね。ありがとう、チェシー」

チェシーはマージェリーをぎゅっと抱きしめた。マージェリーは、彼女の顔も青ざめているのに気づいた。「わたしも一緒に行くわ」チェシーが言う。

「いえ」マージェリーは言った。「ひとりで行くわ」ヘンリーのところに行くときは、ひとりでいたい。

チェシーはうなずいたが、目にはまだ不安が浮かんでいる。「そのほうがいいと思うなら」

だが寝室に戻ると、マージェリーはどうすればいいかよくわからないことに気づいた。ベッドに座ったが、すぐに立ちあがった。窓のところに歩み寄り、外に目をやる。にぎやかな通りにも、通り過ぎる荷馬車にも、遠くへと広がる静かな緑の公園にも、何にも集中できない。何もかもが明るすぎ、遠すぎ、奇妙に見えた。

突然すすり泣きがもれ、自分でもびっくりした。胸のなかにずっしりとした重みが生じ、それがいまにも破裂して、胸が張り裂けるような泣き声が口から飛びだしそうになる。愛のある結婚をするのだと、あれほど決意していたのに。いまや、責任を取ってわたしと結婚してくれとヘンリーに懇願しなくてはならない。マージェリーは帽子と上着をつかんだ。黄色い帽子は明るすぎて、いまの気持ちにはまるで合わないが、そんなことにはかまっていられない。

今日二度目に階段をおりていくと、ホールで声が聞こえた。

ヘンリーだ。

彼も知っているのだ。そして彼女のところにやってきた。マージェリーは手すりに片手をかけて踊り場で立ち止まり、彼を見おろした。ヘンリーは顔を上げ、階下のホールで彼女を待っている。送風窓から差す光がその顔を照らしていた。

マージェリーはヘンリーに関する小さな点にいくつか気づいた。彼が三度目のプロポーズのために一分の隙もなく装う時間をかけたこと、この状況でも、きちんとプロポーズしたがっていることを。それに、途中で小さな花束も買ってきたようだ。彼の後ろに凝った花束が何列も置かれている。だがヘンリーは、何カ月も前の夜、彼女がまだマージェリー・マロンだったときにくれたのとそっくりの、小さなピンク色の薔薇の切り花を二本手にしていた。

涙がつんとこみあげたが、マージェリーはまばたきしてそれを払った。ヘンリーの手に『ジェントルマンズ・アセアニアン・マーキュリ』紙が握られているのが見えると、喉元がぎゅっと締まって息が止まった。ヘンリーはそれを横に投げ捨てて前に進み、階段のいちばん下に達したマージェリーの両手を取った。

「本当にごめんなさい」マージェリーはうちひしがれて言った。悲しみが再びこみあげ、熱い涙が胸を焦がす。「こんなことが起こって本当にごめんなさい」

ヘンリーは首を振り、激しく否定した。「きみが悪いわけじゃない。ぼくのせいだ」

チェシーが彼の腕に触れた。「ふたりだけになったほうがいいわ」ヘンリーはうなずくとマージェリーの手をやさしく取り、彼女を客間へ連れていった。そこには目が痛くなるほどまばゆい陽光が降りそそいでいた。マージェリーは帽子と上着を椅子の上に置き、彼に向き直るなりこう口走っていた。

「お願い、結婚してくれる?」

ヘンリーの唇の端が上がり、マージェリーの愛するほほえみが浮かんだ。しかし彼の目は真剣そのものだった。「喜んで」

彼は愛しているとは言わなかったが、マージェリーもそれを期待はしなかった。だが、ヘンリーのことは信頼できる。これから一生、彼の愛を得られずに心が痛むとしても、少なくとも彼が母を捨てた父とは違うことがわかっている。ヘンリーは決してわたしを捨てることなく、どんなときもかたわらにいてくれる。

マージェリーがほほえむと、ヘンリーは彼女の両手を取ってとてもやさしいキスをした。

こうしてふたりは婚約した。

20

カップの6――記憶、謎の答えは過去にあり

「モル！」

　マージェリーはジョアンナ・グラントとテス・ロスベリーにともなわれ、オックスフォード通りで何軒もの店を回り、結婚に必要な買い物をした帰りだった。ベドフォード通りにふたりを送り届けたすぐあと、道の反対側から馬車を呼び止めるジェムの声が聞こえた。

　七月の美しい日で、通りはいつもほど混雑していなかった。社交界の人々が暑さから逃れるために、ロンドンを離れて領地へと戻りはじめているのだ。一週間後に迫ったマージェリーの結婚式は、テンプルモアで行われることになっていた。マージェリーは領地に戻るのが待ち遠しくてたまらなかった。新聞の見出しを飾る毒々しいゴシップに対決するのは、これまでの人生で最も難しいことのひとつだった。

　レディ・ウォードウが何カ月も求め、さんざん気をもんできた縁談が無事整ったことに

感謝する気持ちと、マージェリーと自分の息子が婚約すらしないうちにとった破廉恥な行動に対する非難の板挟みになっているのを見るのは、愉快だったが。

〝ヘンリー、あなたは思っていたよりずっと父親に似ているようね〟レディ・ウォードウはスキャンダル紙の忌まわしい見出しを見ながら嘆いた。〝こういう不行跡はウォードウ一族の血ですよ〟

その後、ヘンリーがいないときにレディ・ウォードウはこうマージェリーに言った。

〝あなたがとったような行動は、レディなら決してしませんよ、マーガレット。たとえしたとしても、見つかるようなへまはしないわ〟

〝つまり、わたしの罪はヘンリーと寝たことではなく、それをあばかれるようなへまをしたことにあるというわけね〟マージェリーはそのあとチェシーにこぼした。

〝もちろんよ〟チェシーは笑いながらうなずいた。〝品行方正でないレディも多いのよ、マージェリー。でもね、誰にも見つからないかぎり、そうでないふりを続けることができるの〟

〝昔からふりをするのは苦手だったわ〟マージェリーは口をとがらせた。

チェシーとジョアンナとテスは、スキャンダルの最中もずっとマージェリーのそばにいてくれた。そして、できれば上掛けを頭からかぶって隠れていたいマージェリーを無理やり外に連れだした。もろい自信を奪われ、それまでにも増して世間の厳しい目にさらされることになったマージェリーのスキャンダルをのり越える力となってくれたのだ。

〝新聞が昔わたしのことをどう書き立てたか、あなたにも見せたかったわ〟ある日、〈ガンターズ〉で一緒にココアを飲みながら、テス・ロスベリーが言った。〝しかも、真実はその半分だけで、残りは、悔しいことにやってみたかったけれど試さなかったことだったのよ〟

ヘンリーも常にマージェリーのそばにいて、力強く彼女を支えてくれた。マージェリーを誹謗（ひぼう）するような言葉をヘンリーの前で口にする者はひとりもいなかった。だが、伯爵を傷つけたことだけは悔やんでも悔やみきれない。もちろん、祖父は一度としてとがめなかったものの、彼女はひどい罪悪感に苦しめられた。

「モル！」ジェムがもう一度叫び、マージェリーは馬車を止めてくれと屋根を叩（たた）いた。御者の横に座っている召使いが段をおろすのを待って、ジェムが向かいの席に乗ってきた。

「ちくしょう」兄は買い物袋の山に顔をしかめた。「こんな小さな花嫁ひとりに、なんだってこれほどたくさんの服が必要なんだ？」

「わたしもそれが不思議なの」彼女は打ち明けた。ジョアンナとテスは、店に入るたびにものすごい勢いで買いあさり、マージェリーは驚くほどたくさんの箱の山とともに立ち去ることになった。なかには顔が赤くなるようなすけすけのレースで、ほとんどつけていないも同然の下着やナイトガウンまである。ヘンリーは気に入るに違いないが、それも無事に式を挙げ、ふたりきりになれたらの話だ。公式に婚約したいま、これ以上のスキャンダルにさらされぬよう、マージェリーには常にお目付け役がつけられていた。

馬車がベドフォード広場へと曲がると、円筒形の箱のいくつかが傾き、マージェリーはあわてて押さえた。

「なあ、モル」ジェムが身をのりだした。まだ午後も早い時間だというのに、兄の息はワインくさい。「少し現金を貸してくれないか？　すっからかんなんだ」

「お金は持っていないの」マージェリーは暗い気持ちで答えた。この数週間、ジェムがあらゆる悪徳にふけっているという噂があちこちから耳に入ってきた。賭事での損失はとくにひどいようだ。バーナードも、テンプルモア邸から金や銀の小さなものがいくつも消えていることをこっそり話してくれた。それがどこに行ったかは、正確にわかっている。彼女は兄の前に誘惑をぶら下げ、兄はそれを拒むことができなかったのだ。

「お金はあげられないわ、ジェム」マージェリーはきっぱり言った。「知ってるでしょう、わたしの資産はすべて信託財産になっているの。持っているのはお小遣いだけよ」

「じいさんに頼めばいいさ」ジェムは強情な顔になった。「払ってくれるよ。さもなきゃ新たなスキャンダルが起こると言えばいい。昨夜ファロで二千ポンド負けちまって、その支払いを迫られてるんだ」兄は小包や箱をさっと見て、顔をしかめた。「不公平だぞ、モル」

「いいえ、違うわ」マージェリーは鋭く言い返した。脅してまで金をせしめようとする兄に怒りがこみあげてくる。「人生は公平じゃないのよ、ジェム。兄さんはこれまでに何度わたしにそう言った？　自分の望みがすべて手に入らないからって、あちこちで盗みを働いていいことにはならないわ」

ジェムの顔が煉瓦と同じにぶい赤にそまった。「おまえが気づくとは思わなかったよ。おおかたあのくそ執事が言いつけたんだろう。リストがあることに気づくべきだったな」

「もちろんあるわ。それが彼の仕事だもの。こんなことはやめてちょうだい、ジェム」マージェリーは身をのりだし、兄の腕に手を置いた。「兄さんが心配だわ。賭事にお酒、それに女遊び――」

「よせよ。少しぐらい楽しむことのどこがいけないんだ?!」ジェムはにやっと笑ったが目は冷たく、肩をすくめたものの、その仕草は苦々しさに満ちていた。「もうこの話はやめようぜ」彼は顔をそむけ、窓の外の通りに目をやった。

「いいわ」マージェリーはみじめな気分で同意した。しかし、おしまいではないことはわかっている。相手がジェムでは、これで終わるわけがない。ジェムが弱い人間だということは何年も前からわかっていた。金の誘惑を拒むことができないのだ。だが、兄のことが好きだから、その事実を無視してきたのだった。それに、これまで兄はいつもわたしの味方になってくれた。

外の通りで叫び声があがり、馬車が急停止した。箱と小包の山が崩れ、マージェリーも前にのめった。蓋がはずれ、シルクとレースが彼女のまわりにこぼれる。マージェリーはシルクの滝に囲まれ、馬車の床に投げだされた。

ジェムが笑いだし、かがみこんで彼女に手を差しだした。「ほら。おれの手をつかめよ。これ以上何かが起こる前に、おまえを家に連れて帰るとしよう」

〝おれの手をつかめよ。おまえを家に連れて帰るとしよう〟

マージェリーは思わず息を止めた。全身に鳥肌が立つ。なんの警告もなしに、恐ろしいほどあざやかに記憶のなかの闇が晴れ、マージェリーは四歳のときに戻って走る馬車に乗っていた。外は真っ暗で、雨が降っている。それから突然、馬車のドアがぱっと開き、ジェムが彼女を見おろして片手を差しだした。

〝おっと、ここにいるのは誰だ？　おれの手をつかめよ、お嬢ちゃん。おまえを家に連れて帰るとしよう……〟

マージェリーはあえぐように息をのんだ。一瞬、頭がどうかなったのかと思った。母が座席に倒れ、火薬のにおいが立ちこめている。それに血も見えた。ジェムはほほえみを浮かべ、四歳のマーガレットを抱きかかえようと体をかがめた。彼女を抱き寄せた彼の体は温かく、いいにおいがした。金色の髪が額に落ちているのが見えた。

ただの夢だわ。悪夢よ。

マージェリーは口を開けたが、言葉が出てこなかった。ジェムはまだ片手を差しだしている。けれども体が動かない。兄の表情が変わり、青い目に用心深い表情が、それから鋭い認識が浮かんだ。

「いつか思いだすのはわかっていたよ」気楽な調子だったが、青い目はよく研がれたナイフより冷たかった。ジェムは両手をポケットに突っこみ、座席に背をもたせかけた。「ああ、それが怖かったんだ」

マージェリーの喉を恐怖のかたまりがふさぐ。否定する言葉を見つけようとしたが、もう遅かった。真実を知ったことが顔に出ているに違いない。

「兄さんだったのね」マージェリーはささやくように言った。「兄さんがお母様を殺したのね」

ジェムは肩をすくめた。「そうさ」

「どうして？」

不自然なほど大きな笑い声が空気を引き裂く。「もちろん金のためさ。おれがどういう人間か知ってるだろ、モル。それ以外に理由があるか？」

兄の手が万力のようにマージェリーの喉をつかんだ。耳のなかで血がどくどくと音をたて、マージェリーは必死にシルクの滝のなかでもがいた。だが無駄だった。ジェムの力が強すぎる。意識が遠のいていき、闇が訪れた。

どれくらい気を失っていたのかわからないが、気がつくと吐き気とめまいが襲ってきた。少しのあいだ何も思いだせず、マージェリーは混乱した。それから、馬車と、ジェムに首を絞められた記憶がいっきに戻った。喉がひりつき、ひどく痛む。体全体が痛かった。

マージェリーは目を開け、細めてまわりを見た。彼女は石炭の袋みたいに階段を引きずりあげられていくところだった。一段ごとに体が段にあたる。その階段に絨毯はなく、ささくれた古い木が脚の後ろをこすり、髪にひっかかった。彼女を運んでいるのはジェムだ。階段を引きずりあげながら、毒づくのが聞こえた。まだ気を失っているふりをするため、マージェリーは頭をぐったりと胸につけたままにしておいた。意識を取り戻したことは、絶対に知られてはならない。

ジェムは彼女を引っ張りながら階段の角を曲がった。すると、ある香りがマージェリーの鼻孔をくすぐった。はがれた壁やむきだしの板にはまるでそぐわない、きつい香水のにおい。

一瞬まばゆい光がひらめき、反射的にきつく目をつぶった。その光はすぐに消え、マージェリーは抱えあげられて無造作に投げだされた。床にぶつかる衝撃に備えて体をこわばらせたが、意外にも、埃と湿気のにおいがする古いマットレスの上を転がった。その悪臭に、なぜか失われた希望と、絶望に満ちた部屋に永遠に閉じこめられたようなわびしさがこみあげる。

音が聞こえなくなり、彼女はひとりになった。目を開け、痛みを感じながらまばたきをする。あらゆるところが痛かった。頭は光の針が爆発したようにがんがんするし、喉はひりつき、からからに渇いている。胃がうねり、マージェリーは吐き気とパニックを抑えようと、しばらくじっと横になっていた。

少し気分がよくなると、もう一度目を開けた。そこは、はるか頭上の埃だらけの窓からかすかに日が差しこむだけの、小さな部屋だった。窓からは、屋根の一部と煙突の先端にある通風管と、薄青い空しか見えない。ここは小さな採光用の窓（スカイライト）がついた屋根裏部屋らしかった。あの窓までよじのぼり、そこから出るのは不可能だ。だが、ドアはある。マージェリーは音をたてないように気をつけながらベッドから滑りおり、ドアに近づくと、めまいをこらえて壁に寄りかかった。

その向こうから声が聞こえてくる。ひとつはジェムの声だ。もうひとつも聞いたことのある、怒りに満ちたとげとげしい女性の声だった。

「なぜあの娘をここに連れてきたのさ、このまぬけ。しかもこんな真っ昼間に？　関わり合いになるのはごめんだよ」

ジェムが何か答えたが、声が低すぎて、ドアに耳を押しつけても何を言っているのか聞こえなかった。

「とにかく、さっさと始末しておくれ！」再び女の声がした。「何も訊かずにテムズ川に投げこんでくれる連中なら、いくらでも心当たりがあるだろ。あんたが自分でやることもできるじゃないか。とにかく、わたしを巻きこむのはやめておくれ！」

今度は怒りで荒くなったジェムの声が聞こえた。「いいからおれの言うとおりにしろ、くそったれ。さもないと、その首の付け根までこの件に引きずりこんでやるぞ。誰が薄汚い商売のために上等な女を見つけ、その女たちがばかなことをしでかさないように目を光らせてるんだ？　誰が雨風をしのぐ家の家賃を払ってるんだ？」兄の声が再び静かになった。「とにかく、おれが老いぼれから金を絞りとるあいだ、あいつをここに置いといてくれ。おれが頼んでいるのはそれだけだ」

「だったら、わたしの取り分もおくれよ！」

マージェリーは片手を固く口に押しあて、吐き気と恐怖を抑えた。あの声の持ち主、香水のにおいの主がわかった。マダム・トングだ。ここは〈テンプル・オブ・ビーナス〉なのだ。

ジェムがここの共同経営者だったとは。なんてこと。ジェムは娼館のぽん引きで、マダム・トングの出資者なのだ。その事実はマージェリーが無視しようと努めてきた、この商売の暴力をともなう裏側だった。

おぞましさと冷たい恐怖がこみあげ、マージェリーはがたがた震えはじめた。心の底の底では、ジェムが悪い仲間とつきあっていることはわかっていた。実際、彼はまだ十代の頃から手に負えないほどのわるだった。母の馬車を止めたときはまだ十五歳そこそこだったに違いない。その強盗は恐ろしい結果に終わった。そして今度はわたしを人質に、テンプルモア伯爵を脅迫しようとしている。

マージェリーは三人の兄のなかでジェムがいちばん好きだった。彼はいつもマージェリーを守り、マージェリーのために目を光らせ、代わりに戦ってくれた。だがそのあいだもずっと、彼女の身の上と母の死に関する苦い真実を知っていたのだ。わたしを守ってくれたのは、母の命を奪った罪悪感からだろうか。おそらく真実を知ることはできないだろう。

マージェリーは、自分が失踪した夜の出来事をすべて思いだした。記憶のなかを通るシルクの糸が恐ろしい光景を繰りだし、広げていく。両親が言い争ったあと、母はマージェリーを毛布に包んで馬車のなかに戻した。そしてロンドンの通りが暗い田舎道に変わるあいだも、ずっと泣きつづけていた。マージェリーは身じろぎもせずに隅に座り、幼くて理解できないものの、ひしひしと感じるみじめさから逃げだそうと体を縮めていた。

ひと続きの記憶ではないが、断片的な光景とそのときどきの感情がよみがえってくる。馬車が突然揺れて止まる。銃声が聞こえ、馬車のドアが開いて冷たい空気が吹きこんできた。母が悲鳴をあげたあとは何も聞こえなくなった。闇と寒さ。それしかなかった。そしてジェムがマージェリーをすくうように抱きあげ、蝋燭(ろうそく)のともった暖かい彼の家へと連れて帰った。そこには食べ物もあった――粗末なスープが。やさしさもあった。ミセス・マロンはずっと娘が欲しかったのよと言いながら、ぎゅっと抱きしめてくれた……。

マージェリーは途方もない孤独感に襲われた。片手を顔にやると、またしても涙で濡れていた。

残りは新たな人生の記憶だった。恐ろしい経験のショックがその記憶をすっかり閉じこめてしまったのだろうか。チャーチウォードがやってきて、彼女が伯爵の孫娘だと告げたときから、それをよみがえらせるというつらい過程が始まったのだろうか？

マージェリーは顔をしかめた。この記憶には小さな一片が欠けている。あの夜、馬車のそばにもうひとり人物がいた。ベールに包まれ、ブレスレットを鳴らし、リリー・オブ・ザ・バレーの香りを放っていた人物が。マージェリーは身震いして目をしばたたいた。エミリー・テンプルモアの顔が見える。

エミリー。そんなことは不可能よ。そんなはずはない。でも、エミリーがいたことは間違いない。テンプルモアでの事故の数々が思いだされた。そういえば、エミリーは最初の日から、何度も繰り返して同じ質問をしてきた。

〝亡くなったあなたのおばあ様にそっくりだわ。お母様は背が高かったのよ。お母様のことを何か覚えているかしら？〟

エミリーは、マージェリーが過去の出来事を思いだすのを恐れていたに違いない。毎日心配で生きた心地もしなかったのだろう。マージェリーはひどく痛むこめかみをさすった。でも、いったいなぜエミリーは母を殺したかったの？　当時、私生児として生まれたエミリーには、テンプルモアの財産を相続できる可能性はまったくなかったのに。

声が消え、静寂が訪れた。マージェリーは耳を傾けて待ってから、片手を伸ばして取っ手を探し、静かに回した。

鍵がかかっている。希望が消えるのを感じながら壁に背をもたせかけ、足を引き寄せてはがれかけた漆喰（しっくい）に頭をあずけた。湿気と朽ちたにおいが鼻をつく。マージェリーは寒気を感じた。

しばらくすると、頬から涙を拭った。わずかな反抗心が芽生え、それが育っていく。ジェムが自分をテムズ川に投げこむのをここでじっと待っているのはごめんだ。彼は自分が勝ったと思っている。そうではないことを教えてやるわ。それからヘンリーのことを思い、決意を新たにした。ヘンリーは、ジェムの脅迫が成功するのを決して許しはしない。手をつくしてわたしを見つけようとする。マージェリーはヘンリーへの強い信頼と愛を感じた。その信頼と愛が、きっと彼を自分に導いてくれる、マージェリーは一片の疑いもなしにそう思った。

「まずいですな」チャーチウォードは言った。身の代金を要求するメモをつかんだ手が、わずかに震えている。「非常にまずい」

この意見に反対する者はひとりもいなかった。テンプルモアの屋敷の客間は暗い雰囲気に包まれていた。伯爵が要求どおりに七万ポンドを払ったとしても、ジェム・マロンがマージェリーを生きたまま返すとは、誰ひとり思っていなかった。

夜が訪れ、外は暗くなっていた。カーテンが引かれ、蝋燭がともされた。客間のテーブルには、ヘンリー、チャーチウォード、テンプルモア伯爵、ギャリック・ファーン、アレックス・グラント、オーウェン・ロスベリーがついていた。彼らはヘンリーのメモを受けとってすぐ、マージェリーの捜索に手を貸そうと駆けつけたのだ。

今日の午後、ひどく殴られた召使いと御者とともに馬車が戻ってくると、屋敷は大騒ぎになった。召使いたちはマージェリーを乗せて家に戻る途中、ベドフォード広場で馬車を止めてジェムを拾ったのだとヘンリーに告げた。ジェムは用事があるからグロスヴェナー通りを離れて川のほうへ行ってくれと指示したという。ところが、馬車が逃げ場のない細い裏道に入ったとたんに待ち伏せにあい、馬車から引きずりおろされ、棍棒でひどく殴られた。その後、館へ戻れと指示されたのだった。マージェリーの姿は消えていた。

どれほど長く生きようと、これを聞いた瞬間に感じた気持ちは決して忘れることができないだろう。ヘンリーは自分の何かが砕けるのを感じた。義務も責任感も吹き飛び、危険なほど感情がむきだしになった。マージェリーがテンプルモアで部屋から逃げだした夜と同じように。

あのときは自分の悪魔と向きあうことを拒否し、マージェリーが差しだした愛に背を向けた。彼女が身も心も差しだし、ふたりで熱い情熱に溺れたあの夜に、彼女を愛していることを自分の心のなかですら認めようとしなかった。

その代わりにぼくが感じているものは自然の欲求であり、欲望と情熱だと言い聞かせ、愛から逃げた。マージェリーがしたように勇敢に心を開く勇気がなかったからだ。

いまその間違いに気づくのは遅いかもしれないが、もう遅すぎるとは認めたくない。なんとしてもマージェリーを見つけ、愛していると告げなくてはならない。

ヘンリーは馬車が待ち伏せされた川辺へと向かい、マージェリーに何が起こったか、ジェムが彼女をどこに連れ去ったか、どんな手がかりでもいいから見つけようとした。

ギャリックとオーウェンとアレックスも、午後いっぱいマージェリーの居所に関して情報や噂がないか街を走りまわったが、手がかりは見つからなかった。だが、あきらめることはできない。あきらめれば、マージェリーを見捨てることになる。そんなことは不可能だし、想像もできない。けれど、情報もなく時間だけが過ぎていき、ヘンリーは自分の血のなかに恐怖が居座るのを感じた。

ジェム・マロンのビジネスに関する綿密な調査から手がかりがつかめるかもしれない。彼らはそう考え、チャーチウォードを呼びだした。ジェム・マロンのビジネスは、ロンドンで最もいかがわしく悪名高い商売のリストとほぼ同じだった。クラブ、酒場、娼館、盗品を扱う店、ギャングのゆすりに、違法行為の数々。

「あのとき、みなさんに警告しようとしたはずですよ」チャーチウォードはみじめな声で言った。

それから、身の代金を要求する手紙が届いた。そこには、テンプルモア卿が支払いを拒否するか、誰かがマージェリーを捜そうとすれば、彼女を殺すと書かれていた。驚いたことに、突然エミリー・テンプルモアがヒステリーを起こし、全部自分のせいだと叫びだした。マージェリーがすべてを思いだす前にどこかに行ってほしかっただけで、死んでほしいと思ったわけではない、と。エミリーは泣きながら、二十年前、ジェムに金を払ってローズ・ド・サン＝ピエールを誘拐するよう依頼したことも打ち明けた。

「彼女を殺してくれと頼んだわけではないの」エミリーは悲しみにうちひしがれ、しゃくりあげながら訴えた。「ただどこかずっと遠くに、二度と顔を合わせずにすむ場所に連れていってくれと頼んだだけなの。アントワンのために」彼女は絶望をこめてヘンリーの袖をつかんだ。「彼を愛していたわ。ときどき、〈テンプル・オブ・ビーナス〉で会っていたの……彼がローズとよりを戻すのが怖かった。彼を失うのが」エミリーは力なく手を落とし、抑揚のない声で続けた。「遠くへ行ってほしかっただけよ。彼女はわたしの望むもののすべてを持っていたわ。あまりにも不公平な……」

半分血のつながった妹の罪の深さ、妹を駆り立てた哀れな悲しみとみじめさの重みに、テンプルモア卿は肩を落とした。医者が呼ばれ、エミリーは鎮静剤を打たれて眠った。レディ・ウォードウが彼女につき添った。伯爵はひと言も発さずに強いブランデーを飲み下した。娘を失った悲しみを再び味わっているのだろう。うちひしがれた顔はひどく青ざめ、関節が白くなるほど強く杖を握りしめている。

「マージェリーは必ず見つけます」ヘンリーは伯爵に約束した。「誓って、彼女を見つけて連れ戻します」

そのとき、伯爵の目に浮かぶ恐怖が見えた。ジェムが決してマージェリーを生きて返さないことを、どちらも承知しているのだ。

「出かけてきます」そう言ったとき、鏡に映る自分の姿が見えた。青い顔は疲れてやつれ、埃で汚れて、マージェリーを失う恐怖でこわばっている。「チャーチウォードのリストにある場所を調べます」

「ぼくも一緒に行こう」ギャリックが即座に言った。アレックスとオーウェンも立ちあがる。彼らはコーヒーを飲み干し、再び出かける準備を始めた。毎分毎秒が、耐えられないほど長く思える。疲れ果てているものの、神経が鋭く張りつめていた。マージェリーに二度と会うことができない可能性は、一瞬でも考えることさえ自分に許さなかった。

玄関のドアが突然開き、宝石をきらめかせてシルクに身を包んだ三人のレディが入ってきた。

「ジョアンナ」アレックス・グラントは、コートを着ていた手を止めて言った。「こんなところで何をしているんだ？」

「ばかなことを言わないで、アレックス」ジョアンナは夫をたしなめた。

「マージェリーは見つかったの？」テス・ロスベリーが訊く。

「いや、まだだ」オーウェンが答える。

「だったら、わたしたちの助けが必要よ」メリン・ファーンが言った。

「いや、それは――」ギャリックが口を開いた。

メリンが鋭い目つきで彼を黙らせた。「ギャリック、わたしたちもマージェリーのことが心配なの。彼女はとてもよくつくしてくれたんですもの、できるだけのことをしたいの。手伝わせてちょうだい」

「ありがたい」ヘンリーは口を挟んだ。マージェリーを見つけるためならどんな助けでも喜んで受け入れるつもりだった。「手分けして、ジェム・マロンにつながりのある場所を片っ端からあたるとしよう」ヘンリーはジョアンナにリストを渡した。テスとメリンがそのまわりに集まり、肩越しにのぞきこむ。

「いちかばちかだが、それしか方法はない」

テスはすばやくリストを見ていった。「これを全部調べるには何日もかかるわ。違法行為が行われている、ありとあらゆる場所が載っているもの」

「わかっている」ともすれば絶望に駆られそうになるが、ヘンリーは望みを捨てるなと必死に自分を励ました。彼はジョアンナが返してよこしたリストにもう一度目を通した。疲れで頭がぼうっとしている。何か重要なことを見逃している気がした。頭の隅に、何かのつながりが見え隠れしている。

「ジェム・マロンは〈フープ&グレープス〉を一部所有している」彼はチャーチウォードの几帳面な字を読んでいった。その行間に、生真面目な弁護士の非難がにじんでいるようだ。「また、娼館〈テンプル・オブ・ビーナス〉に資金を提供している……」

「その宿のマダム・トングのことは知っているわ」ふいにテスが言った。「昔関わったことがあるの。彼女なら、マージェリーの居所を知らないとしても、知っている誰かの名前か、あるいはジェム・マロンの居所を教えてくれるかもしれないわ」

「あのマダムがすんなり助けてくれるかな」ヘンリーは言った。

テスはにっこり笑った。「ええ、きっとね」

ギャリックがヘンリーを見ると、彼はうなずいた。

「よし、行こう」

21

戦車――勝利、運命の力

ドアから出るのは無理だ。マージェリーは即座に気づいた。ここを抜けだすには頭上の小さな採光用の窓(スカイライト)から屋根によじのぼるしかない。高いところは嫌いだが、生きるか死ぬかの瀬戸際とあっては、好き嫌いなど言っていられなかった。

彼女は傷だらけのベッドを引っ張って屋根裏の小窓の下へと移動させた。外の光が薄れ、夜の帳(とばり)が降りはじめていた。いまは夏の盛りだから、そろそろ十一時になるに違いない。ジェムは暗くなりしだい、わたしを始末しようとするだろう。時間はあまり残されていなかった。

ベッドの基部にある木製の横木の上に立つと、どうにか窓の下の天井に取りつけてある横棒に手が届いた。ここは娼館(しょうかん)だから、この棒には何か性戯に関する目的があるに違いない。そこから鎖がたれているのが証拠だ。

棒の目的や鎖の使い道をあれこれ考えて無駄にしている時間はなかった。それを脱出の手段に使う方法だけを考える。子供の頃は、兄たちがウォンテッジの森の木のあいだにたらしてくれたロープにぶら下がり、よく遊んだものだ。鎖もそれと同じような目的に使えるかもしれない。

モスリンのドレスと華奢（きゃしゃ）な靴で鎖をよじのぼるのは、子供の頃のぴっちりしたズボンとブーツでロープをよじのぼるよりもはるかに難しかった。天井の横棒に達する頃には靴は落ち、スカートはあちこちが裂けていた。

そこにつかまって、マージェリーは汚れたスカイライトを押しあげようとした。

だが、ぴくりとも動かなかった。片方の手だけで必死に押すと、ぎいっときしんでわずかに動いたが、開くまではいかなかった。こうなったらガラスを割るしかない。

下の化粧台の上に、真鍮（しんちゅう）の蝋燭（ろうそく）立てがあった。マージェリーはちらっと見おろし、めまいと吐き気に襲われた。せっかくよじのぼったが、また下に戻るしかない。マージェリーは鎖をがちゃがちゃいわせ、腰を振って伝いおりた。そして蝋燭立てをつかみ、それをドレスの腰に差して再び鎖をよじのぼりはじめた。

するとなんの前触れもなく、鎖ががらがらと解けて下へと伸びはじめた。小柄とはいえ、マージェリーの体重がかかったことがきっかけで、長いこと使われていなかった仕掛けが動きはじめたに違いない。マージェリーが命からがらしがみついていると、鎖はやかましい音をたてながらどんどん速く解け、ついには彼女をどすんと床に放りだした。息をつく暇もなく、体の下で秘密の落とし戸が開いてマージェリーはまっすぐ下に落ちていった。

敷物の上に落ちてうっと息を吐く。そこには光と音があった。誰かが悲鳴をあげている。マージェリーが目を上げると、巨大なベッドが視界を占領した。そこではマダム・トングのお抱えの娘が自分に覆いかぶさっている男性の大きな裸の肩越しに、マージェリーのほうを見て悲鳴をあげている。

マージェリーがあわてて立ちあがると、悲鳴がやんだ。

「あら、あんたなの、マージェリー」その赤毛の女性がベッドから言った。「ごめんね。あんただってわからなかったもんだから」

太った貴族は機嫌をそこねたセイウチよろしく赤毛の女性の上からおり、気難しい声で言った。「どこから降ってきたんだ？　心臓が止まるじゃないか。一緒に楽しむために来たのかね？」

「お誘いはありがたいけど、違うの」マージェリーは目をそらしながら言った。「お邪魔をして本当に申し訳ないわ、キティ。どうか許してちょうだい」彼女はドアへとあとずさりした。

「マジパンのケーキを持ってる？」再び重なった男性の肩越しにキティが尋ねる。

「今夜は持ってないの！」マージェリーは叫んだ。彼女は化粧台にあった太い鞭をつかんで廊下に出た。この鞭は願ってもない武器になる。

踊り場から見ると、下のホールで大混乱が起こっているようだった。マージェリーは手すりから身をのりだして下をのぞき、安堵のあまり膝の力が抜けそうになった。召使いの出入り口からこっそり外に出るつもりでいたのだが、マダム・トングのがっしりした用心棒がホールで見張っていたらどうやってその前を通過すればいいか、いい考えが浮かばなかったのだ。

だが、これでその問題は解決できそうだ。タイル敷きのホールの中央に、なんとテス・ロスベリーが立っていた。彼女は小さな銀のピストルを手にマダムと向きあっている。その横にはジョアンナ・グラントが、反対側にはメリン・ファーンがいた。

ドアのところでは、ヘンリーがすでに用心棒のひとりを鋭いパンチで殴り倒していた。ギャリック・ファーンがもうひとりを相手にしている。三人目は煮えきらない態度でヘンリーとアレックス・グラントが手にしているピストルを見比べている。ヘンリーがその男性と向きあった。

「やるか?」

マージェリーは少しのあいだヘンリーを見つめた。ふだんは非の打ちどころのない服装が、今日はまるで大急ぎで身につけたようにひどく乱れている。顎は無精ひげで黒ずみ、灰色の顔には疲れがにじんでいた。彼は任務を遂行中の男らしく、行く手に立ちふさがる者を片っ端から跳ね飛ばしそうな勢いだ。マージェリーは彼から激しい緊張と固い決意を感じた。愛するヘンリーは、なんてすばらしいのだろうか。

下のホールで騒ぎが起こっている音を聞きつけて踊り場沿いのドアがいっせいに開き、様々な程度に脱衣した客と娼婦たちが飛びだしてきた。マージェリーが顔を見知っている貴族たちが、急いでブリーチズに脚を突っこんでいる。

「こんばんは、公爵」すごい速さでジャケットに袖を通し、そのせいで同じ袖に両腕を突っこみながらそばを急ぎ足に通り過ぎていくカムナー公爵に、マージェリーは明るい声で挨拶した。

「ごきげんよう、レディ・マーガレット」公爵が息を切らして答える。「失礼するよ。これが母の耳に入ったら大騒動になるんだ」

「後ろのほうにいる明るい髪の男性は、わたしのものよ」キティがマージェリーの肩越しに首を伸ばし、オーウェン・ロスベリーを見た。「ものすごくおいしそう」

「わたしは背の高い、黒い髪のハンサムがいいわ」マーサがそう言ってうっとりヘンリーを見つめながら、ぶるっと体を震わせた。「とってもゴージャスだし、けんかっぷりも最高」

「ふたりとももう売れてるわ」マージェリーが叫んだ。

用心棒たちがやられたのを見て、マダム・トングが逃げようとしたが、ジョアンナとメリンがつかまえた。テスのガラスを切るような声が踊り場まで上がってくる。

「マダム、じたばたしないで素直に吐いたほうが身のためよ。マージェリーがここに監禁されているのはわかっているのよ。さっさと彼女を引き渡しなさい」

マダムは白く塗った顔をゆがめ、胸の悪くなるような笑みを浮かべた。「まあ、あんた！　いきなりここに飛びこんできて殴り合いを始めるなんて、いったいどういうつもり？　マージェリーのことなんか何も知りませんよ」

ヘンリーが毒づくのが聞こえたが、テスはマダムを三十秒ばかりじっと見てからこう言った。「もう一度やり直しましょうか、マダム？　手助けを拒む前によく考えることね。マージェリーをいますぐ引き渡さなければ、彼女が見つかるまでこの店をしらみつぶしに捜索することになるわ。それからあなたを誘拐の共犯で警察に引き渡す。そんなことになりたくないとは思うけれど、どうかしら？」

「まあ、かっこいい人！」キティがマージェリーの耳元でささやいた。

「ええ」マージェリーはうなずいた。「ああいう大人になりたいものね」

マージェリーが一歩前に出て姿を現そうとすると、店のドアが勢いよく開き、ふたりばかり仲間を連れたジェムが入ってきた。ヘンリーたちは即座に動いた。オーウェン・ロスベリーがひとりに右フックを食らわし、もうひとりは尻尾を巻いて逃げだした。ヘンリーが体を起こしてジェムを見た。

「くそったれ」

ジェムの手にしたナイフが蝋燭の光を受けてぎらりと光る。

「ヘンリー！」マージェリーは叫んだ。

ヘンリーとジェムが同時に上を見る。マージェリーは稲妻のようにすばやくマダム・トングの猥褻な大理石の像をつかみ、それをバルコニー越しに落とした。それは石のように落ちるとジェムの肩にあたって彼を床に倒し、粉々に砕けた。ヘンリーがジェムに飛びかかり、ナイフを蹴って彼を立たせ、再び殴り倒した。

「この男を連れていけ」ヘンリーはギャリックとアレックスに言った。「ぼくが殺してしまう前に、見えないところに連れだしてくれ」

マージェリーは階段まで走った。この前ここをおりたときはまだメイドで、こっそりおりて下のホールにいたヘンリーと出くわしたのだった。いまはびりびりに裂けたモスリンの服を着て、裸足のまま、鞭と蝋燭立てをそれぞれの手に持ってゆっくりおりていった。マダム・トングお抱えの娘たちが、少々乱れた服装ではあるが花嫁の付添人のようにあとに従う。

突然、彼女は自分がマージェリー・マロンであろうが、レディ・マーガレットであろうが、そんなことはまったく関係ないことに気づいた。ここで働く娼婦たちにとっては、おいしいマジパンケーキを持ってきてくれるメイドだ。そしてこれまで仕えたジョアンナやテスやほかのスキャンダラスなレディたちにとっては、たんなるメイドよりもはるかに忠誠心の厚い友だった。そしていま彼女たちは、マージェリーが必要とするときに駆けつけ、その忠誠にむくいてくれた。

「助けに来てくださって、本当にありがとう」階段をおりきると、マージェリーは少しばかり息を切らして言った。「心から感謝しますわ」

マダム・トングの顔が怒りにゆがんだ。「どうやって抜けだしたんだい？」

「天井の手枷にぶら下がって、落とし戸からキティの部屋に落ちたの」マージェリーは澄まして答えた。オーウェン・ロスベリーが噴きだすのが聞こえる。

「どうやらテスはよい教師だったようだな」

それからヘンリーがみんなのあいだを近づいてきて、彼女を抱きしめた——マージェリーがこれまで見たことのないヘンリーが。いつもの冷静な物腰もどこへやら、危険な光を目に宿し、震えながら彼女を引き寄せると、みんなの前でキスをした。

「きみを失ったかと思った」ヘンリーの声だとは思えないほどしゃがれた声で、髪に向かってつぶやいた。「マージェリー……」彼はむさぼるようにもう一度キスをした。マージェリーは彼が震えているのを感じた。

「きみを愛している」ヘンリーはようやく彼女を放すとそう言った。「心から愛しているよ」

「ああ、ヘンリー！」マージェリーは胸がはちきれそうなほどの幸せを感じた。「あなたのその言葉をとても聞きたかったの」

マージェリーは情熱的にキスを返し、離れる前にやさしく彼の頬に手を置いた。ヘンリーが目を閉じ、ため息をつく。

「ここには観客がいるのよ」

ヘンリーは笑みを浮かべて見おろし、かすれた声で言った。「かまうもんか。きみを愛していることをみんなに知ってもらいたいんだ。そろそろ認めてもいい潮時だからな」

そう言ってまたしても唇を重ねてきた。

ヘンリーはテンプルモアの屋敷にあるマージェリーの寝室の窓の下でテラスにたたずんでいた。ヘンリーはあれから一睡もしていなかった。屋敷に戻るとマージェリーは祖父の腕に飛びこみ、ひしと抱きしめた。テンプルモア卿自身も目を潤ませているように見える。伯爵は感謝に満ちて言葉もなくヘンリーの手を握り、それからしっかりと抱きしめた。レレディ・ウォードウがすぐ横でこぼすのが聞こえた。「まあ、自制心がなさすぎるわ！」

「これは特別さ」ヘンリーは言った。

チェシーとレディ・ウォードウが彼女を風呂に入れて寝かせるために連れ去り、マージェリーとはそれっきりになった。家のなかの騒ぎはしばらくすると静まり、バーナードが召使いたちをそれぞれのベッドへと追い立て、伯爵も自分の部屋に引きとった。

ヘンリーが図書室で自分のためにブランデーを注いでいると、彼を呼ぶ声が外から聞こえてきた。

彼はテラスに出て上を見た。マージェリーがバルコニーの手すりから身をのりだしている。金茶色の長い髪を肩のまわりに落として白い寝間着を着た彼女は、まるで妖精のように小さく見える。

「やっと気づいてくれたのね！　明日の朝まで呼んでも、気づかないかと思ったわ」マージェリーはにっこり笑った。「上がってくる？」

「とんでもない」部屋の蝋燭の光に後ろから照らされ、薄い寝間着が透けて最も秘めやかな箇所がかげって見える。ヘンリーは目をそらそうと努めた。「ひどい目にあったんだ、休んでいるべきだよ」

「わかっているわ。だからひとりでいたくないの」マージェリーは口をとがらせてさらに身をのりだした。寝間着がまるい肩から滑り落ち、胸の谷間が見えるほど前へ下がる。ヘンリーはごくりと唾をのんだ。「お願いよ、ヘンリー。怖くて寝られないの。わたしを放っておきたくないでしょう」

「めぎつねめ」ヘンリーは壁にたれている蔦を見た。この二十年、あれをよじのぼったことはない。それに、二十年前の彼の体重はいまよりはるかに軽かった。彼が最初の太い枝に足をかけると、蔦全体が震えた。

「言ったかな？　ぼくは高いところが苦手なんだ」ヘンリーは歯を食いしばってのぼりはじめながら、あおむけに落ちてテラスに叩きつけられ、何本か骨を折った自分の姿を頭から振り払おうとした。

「わたしのためなら上がってこられるはずよ」マージェリーがさらに身をのりだすと、上等のレースの寝間着に締めつけられた胸が盛りあがり、ヘンリーはもう少しで足を踏みはずしそうになった。

「よかった」彼が石のバルコニーに達し、荒い息をつきながら体を引き上げて手すりを越えると、マージェリーはつけ加えた。「ひとりでいるのはとても寂しくて、怖かったの」両手を回し、体を押しつけてくる。ヘンリーは柔らかいまるみのすべてが自分の体でつぶれるのを感じた。

彼女はブランデーのにおいもする。彼は腕をつかんでマージェリーを自分から離した。

「だましたな」

マージェリーは眠そうな灰色の瞳で彼を見あげ、にっこり笑った。彼女は温かく、彼の手の下でとても柔らかかった。

「ブランデーを飲まされたの。チェシーに少し飲まされて、それからあなたのお母様が少し持ってきて、イーデスも少し……」寝間着がもうひとつの肩からも滑り落ちた。マージつけてくれる?」

エリーは切り花のようにほんの少し頭をたれ、打ち明けた。「だから少し眠いの。寝かしつけてくれる?」

寝かしつけてくれって?　くそっ。男が願っていたとおりのチャンスを差しだされたら……。

ヘンリーはマージェリーを抱えあげて寝室のなかへと運び、上掛けの下に横たえてきちんと首のところまでかけてやった。マージェリーはひどい目にあったあとで、休息を必要としているのだ。半分酔っ払って眠りかけている女性と愛しあうなんてことは、紳士の風上にも置けない行為だ。彼は厳しく自らに言い聞かせた。

拷問のようなうずきは、彼を地獄へ堕ちるような行為に駆り立てるほどひどかったが、紳士として振る舞い、マージェリーを眠らせるためにここを離れなければならない。ヘンリーはきびすを返し、足音をしのばせてドアへと向かった。

「ヘンリー」ドアまであと半分というとき、マージェリーが呼んだ。「わたしを置いていかないで。ひとりになりたくないの」

彼女は起きあがった。まるで処女のように白い寝間着が胸のまるみを滑り落ち、ピンク色の蕾がレースのなかからのぞく。ヘンリーはうめき声をもらしそうになった。

「マージェリー、きみは休む必要が——」

彼女は片手を伸ばした。「でも、あなたはレディの頼みを拒むようなことはしないでしょう?」マージェリーは言ってベッドの自分の横を叩いた。「抱きしめて、安全だと感じさせてほしいの。わたしが望んでいるのはそれだけよ」

そんなふうに言われると、頼みを拒むのはひどい男のように思える。少なくとも、ヘンリーは自分にそう言い聞かせた。彼はベッドに戻って上着とブーツを脱いだ。マージェリーがきらめく瞳でこちらを見つめているのを痛いほど感じる。彼がかたわらに横たわろうとすると、マージェリーがまるでプリンセスのように片手を差しだした。

「服を着たままでは眠れないわ。そんなことぐらい誰でも知ってるわよ」

マージェリーは間違いなくめぎつねだ。ヘンリーはため息をついてクラヴァットをはずし、シャツを脱いだ。いまは何サイズも小さく感じられるとはいえ、ブリーチズを脱ぐつもりはない。

彼はかたわらに横たわった。マージェリーは即座に寝返りを打って彼の腕のなかにもぐりこんでくると、うれしそうな声をもらして眠ってしまった。ヘンリーは誰かからとても貴重な贈り物をもらったように、驚きと畏敬の念に満たされた。その贈り物はあまりにすばらしすぎて、自分にはそれを受けとる値打ちなどないような気がした。これほどの幸せは、きっと何かが彼の手から取りあげてしまうに違いない。

ヘンリーは片手でマージェリーの背中をなでおろし、腰のまるみとヒップのまるみをそっとなでた。これはマージェリーを安心させるためだ。おのれにそう言い聞かせる。欲望とはなんの関係もない。ぐっすり眠っている相手に妙な真似などするものか。

マージェリーはまたしてもうれしそうな声をもらし、彼に体をすり寄せた。そこでヘンリーは再び彼女をなで、もう一度なでた。するとマージェリーのもらす声がしだいに興奮を帯びてきた。ヘンリーは肩をなめ、軽く歯を立てて鎖骨をかすめた。マージェリーは口元に小さな笑みを浮かべ、寝返りを打って目を閉じたまま彼から離れると、しなやかに身をくねらせて寝間着を脱ぎ捨て、一糸まとわぬ姿で彼に向かってかぐわしい体を開いた。

ヘンリーは一分ばかり良心と格闘したものの、白い胸に顔をうずめた。頂を口に含み、そのままおなかのまるみへと唇を這わせ、おへそを舌でくすぐった。マージェリーの太腿が彼を招くように開き、背中が弓なりにそる。だが、彼女の求めに応える代わりに、ヘンリーはマージェリーをうつ伏せにした。

マージェリーは驚いて小さな声をあげたが、彼が馬乗りになって長い髪を左の肩へとずらし、背骨に沿ってキスをしはじめるとため息をついた。彼はあばらをなめ、一センチもあますところなく湿った跡を残していった。まもなくマージェリーの体は細かく震えはじめた。

ヘンリーはヒップに歯を立て、欲望をかき立てる両脚のあいだへとゆっくり舌をおろしていった。マージェリーがうめき声をもらし、彼の下で体を震わせながら寝返りを打とうとする。ヘンリーは彼女があおむけになるのを許し、片手を腿のあいだの柔らかい、潤んだ中心へと滑らせて一度だけそっとなでた。マージェリーの体が彼の指の下でけいれんし、もっと欲しいとねだる。わざとじらしてから、もう一度なでた。彼が手を滑らせるたびにマージェリーの快感は高まっていき、爆発点へと近づいていく。

マージェリーの髪は金茶色のシルクのかたまりのようだった。興奮に頬をそめ、唇を開けているが、まだ目を閉じてまつげを頬に休めている。ヘンリーは、マージェリーが彼を求めて震えるのを見守った。

マージェリーが目を開けた。「お願い、ヘンリー」

彼女は恍惚（こうこつ）として焦点の定まらない目でささやいた。とても柔らかく、少し強く触れただけで壊れそうなほどもろく見えるが、かぎりなくしなやかで甘いのだ。

「お願い」

ヘンリーはほっそりした腿を開き、熱い中心に唇を寄せた。マージェリーは即座に激しくけいれんし、叫び声を消すために枕をつかんで噛（か）みつづけた。ヘンリーはヒップをつかんで彼女をマットレスに押しつけ、彼女が腰を弓なりにそらして何度ものぼりつめるまで唇と舌を使った。マージェリーは体を激しくぴくぴくさせながら、やがて歓喜の深淵（しんえん）に転がり落ちてぐったりと横たわった。静かな部屋に荒い息遣いが響く。

ヘンリーはマージェリーが意識を取り戻すのを見守り、まつげがひらつき、物憂い満ち足りた様子で動くのを見守った。こうしていつまでも見ていられそうだ。これからの一生を彼女とともに楽しめるのはすばらしいことだった。

やがてマージェリーは肘をついて体を起こし、半分閉じたまぶたの下から煙るような目でヘンリーを見た。

「あなたが一緒にいてくれて、とてもうれしいわ」かすかな笑みを浮かべて言うと、ちらっと下を見て大きく目を見開き、消え入るような声で言った。「まあ、ヘンリー」

ヘンリーのものは途方もなく大きく硬くなっていた。もちろん、彼もそれに気づかないわけではなかった。ただ、マージェリーを歓ばせることのほうが、自分が歓びを得るよりも重要だったのだ。

マージェリーは姿勢を変えて彼を引き寄せると、甘くやさしく情熱的にキスしはじめた。ヘンリーは潤った彼女のなかにするりと入りこみ、マージェリーが新たな快感にため息をつくのを聞いた。彼はできるだけ時間をかけた。ゆっくり、着実なリズムで、ほぼ完全に引き抜いては深々とうずめる。

マージェリーに締めつけられ、両手で背中をなでられた瞬間、危うく自制心が吹き飛びそうになった。彼女が再びのぼりつめたときには、痛みに近いほど強烈な快感が彼を貫いた。ヘンリーは胸の底からしゃがれた声をもらし、爆発するような激しさでマージェリーのなかにすべてを注ぎこんだ。

ヘンリーはマージェリーを抱き寄せ、ひしと抱きしめた。マージェリーはまるで星のように光る目を開けた。唇にとろけるような笑みが浮かんでいる。

「愛しているわ、ヘンリー」彼女は柔らかいキスをしながらささやいた。「とても深く」

ヘンリーは胸に鋭い痛みを感じた。彼は広大な氷原のようだった過去を思った。そして若い頃に愛して、自分がおかした危険を思った。あのときの愛はいま彼が感じている愛に比べれば、どれほど軽薄で、からっぽだったことか。

「こんなにきみを愛していたのに、それに気づくのにずいぶん長くかかってしまった」ヘンリーはかすれた声で言った。「こういうことは苦手なんだ。自分を抑えられなくなるのがいやで……」

マージェリーが体を震わせ、声もなく笑う。

「だが、きみのためなら愛するよ。きみを愛し、慈しみ、この心をきみの足元に――」

マージェリーは再びキスをしてヘンリーを黙らせ、うっとりとつぶやいた。「もう、そうしてくれたわ」

彼女がいなければ、ヘンリーは完全とは言えない。何も言わなくてもマージェリーはそれがわかっているのだ。マージェリーに抱きしめられると彼の世界は再び甘い、平和な場所になった。ヘンリーのなかにあった最後の抵抗が消える。マージェリーは彼のもの、彼の錨、彼が必要としている静かな中心だ。ヘンリーはもう一度〝愛している〟とささやいた。口にするたびに、そう告げるのがたやすくなっていく。そのうち、この言葉が好きになるかもしれない。

「イザベルのことを話したいんだ」

マージェリーはぱっと目を開けた。「ありがとう。でも、いまは彼女のことを聞きたくないの」

そのほうがいいかもしれない。そのうち、すべてをマージェリーに話そう。若き日の熱愛を、イザベルが彼の愛と信頼を引き裂いたことを。そのあとの暗い日々を。そしてマージェリーがヘンリーの人生に光を取り戻してくれたことを。

だが、マージェリーが彼の肩や背中やヒップをなではじめると、ヘンリーは自分もいまは話したくないことに気づいた。小さな手がとても興味深い探検を始め、ほどなくヘンリーは再び硬くなった。彼は快感の低い声をもらしながら、マージェリーとひとつになり、彼女に熱烈な愛撫と愛の言葉を捧げた。

マージェリーはヘンリーの息を奪うほどおおらかに自分を与えた。もつれたシーツのなかでふたりは固く抱きあい、めくるめくような快感に貫かれて果てた。

「するときみは、愛しているからぼくと結婚してくれるんだね?」しばらくしてヘンリーは、彼の胸に顔をうずめているマージェリーを抱きしめながら尋ねた。

マージェリーは顔を上げてほほえんだ。「ええ、そうよ。もちろん、愛しているから結婚するの」彼女の笑みがさらに広がる。「念のために言っておくけど、この国一裕福な相続人と結婚するという理由だけで、仕事をあきらめてほしくないわ」

ヘンリーは笑って、彼女を抱いたまま寝返りを打ち、ベッドにマージェリーを釘付けにした。喜ばしいまるみのすべてが彼に押しつけられる。

「働きたくなかったらどうする？」

「働かなくてはだめよ」マージェリーはヘンリーの顔を引き寄せてキスをした。「ウェリントン公は、あなたは誰よりも優秀なエンジニアだと言っておられたもの。補給部の仕事を放りだしたら、あなたを軍法会議にかけると脅していたわ」

それからずっとあと、ヘンリーは眠りに落ちながら、このままここにとどまってはまずいことを思いだした。もう二、三時間もすれば夜が明ける。ここにいるところをメイドに見られてはまずい。母に知られたらもっとまずい。

ヘンリーは起きあがろうとしたが、そのたびにマージェリーが手を伸ばし、彼にしがみついた。彼女があまりにも温かく、あまりにも柔らかいので、ヘンリーは結局マージェリーの腕のなかに戻るはめになった。

気がつくと朝になり、イーデスが悲鳴をあげてマージェリーの熱々のココアを取り落とした。なぜか上掛けがめくれ、ヘンリーとマージェリーが生まれたままの姿でからみあっているのがすっかり見えていたからだ。

マージェリーはこの悲鳴に頭の痛みを覚えて顔をしかめた。そして、前夜イーデスにブランデーを飲まされてからのことは何ひとつ覚えていないため、何が起こったかさっぱりわからないと言い張った。ヘンリーは一瞬、それが本当なのかと青ざめたが、マージェリーが彼に向かって笑いかけるのを見て、深い安堵を感じた。

チェシーはベッドの裾に立ち、レディ・ウォードウが服を拾っては息子に投げるのを見ながら笑みをこらえようとしていた。レディ・ウォードウは〝これまでの年月、わたしは大きな間違いをおかしていたわ。ヘンリーは父親と同じくらいひどい男ではなく、父親よりもはるかにひどい男だったのね〟と嘆いた。

エピローグ

太陽――幸福と喜び

誰もがあれは美しい結婚式だったと口を揃えた。

レディ・ウォードウは、甥のギャリック・ファーン公爵が妻とともに後ろ盾になっている教会の、花婿側席の最前列に座った。テンプルモア伯爵は花嫁を新郎に手渡した。アレックス・グラントとオーウェン・ロスベリーが花婿の付添人となり、ジョアンナ・グラントとテス・ロスベリーが花嫁の介添役を務めた。テスは身重だという噂で、実際彼女は幸せで輝いているようだった。

スティーヴン・ケストレルはフランチェスカ・オールトンをエスコートし、この機会を捉えて彼女の兄であるジェイムズ・デヴリン卿に、チェシーとの結婚の許可を申しでた。チェシーとスザンナ・デヴリンは抱きあって喜びの涙を流した。式が始まる寸前に、花婿のいとこであるイーサン・ライダーとその妻のロッティが到着し、またしても祝いの言葉が交わされた。最後にマダム・トングお抱えの娘たちが、あざやかな蝶のように色とりどりのドレスで教会の後ろの席になだれこんで、式が始まった。

唯一の悲しい出来事は、エミリー・テンプルモアの健康が回復しなかったことだ。しかも医師の見立てでは、この先も回復する見込みはなさそうだった。それにまた、花嫁の養兄が殺人罪で裁かれているという微妙な問題もあった。だが、誰ひとりこの日の喜びをそれで曇らせるようなことは許さなかった。

式が終わるとヘンリーは母親を抱きあげ、くるくる回ってキスをした。レディ・ウォードウはあきれた振る舞いだと憤慨してみせたが、その目に涙が光り、いつもは冷ややかな顔がほとんどほほえみかけたのを、マージェリーは見逃さなかった。もしかしたらレディ・ウォードウもそのうち、笑っても何ひとつ悪いことは起こらないし、顔にひびも入らないことに気づくかもしれない。

式のあとの朝食はたっぷり振る舞われた。ウエディングケーキは言うまでもなくマージェリーのお手製で、マダム・トングの店の娼婦たちが先を争ってたいらげた。

「あなたは昔からお菓子を作るのが得意だったものね、マージェリー」キティは残念そうにつけ加えた。「だけど、レディになったらもう作れないわね」

「実は自分のお店を持とうかと思っているの」マージェリーは打ち明けた。「自分のやりたいことがやれないなら、莫大な財産を相続したって意味がないもの」

その夜は、結婚のお祝いにやってきた客や家族や友人たちのために、テンプルモア邸全体が光り輝いていた。明るく燃えるたいまつが馬車寄せを照らし、鏡張りの大広間には何千本という蝋燭の火がともっていた。ついに館が目覚めたのだ。淡い緑色のドレスにテンプルモアのエメラルドをつけたマージェリーは、ヘンリーが結婚式のダンスをリードするために迎えに来てくれるのを待っていた。

ほどなく夜会服がよく似合うとてもハンサムなヘンリーが、傷だらけの赤いビロードの宝石箱を手に化粧室にやってきて、マージェリーとエメラルドを見てにっこり笑った。

「ぼくがそれをつけたきみをどれほど愛しているか、わかっているんだね」彼はそう言ってエメラルドを示した。「だが、こちらも気に入ってくれると思う」

ヘンリーは宝石箱をマージェリーに差しだした。なかには赤いビロードに包まれた金のロケットが入っていた。開いているロケットから、きれいに修復された細密画が、昔の美しさそのままにマージェリーを見返している。どちらも尊大で美しい、マージェリーの父と母が。

ふたりは一緒にいて幸せではなかったかもしれないが、多くの意味でとてもよく似ていた。

マージェリーは輝くような笑みを浮かべた。「ありがとう」

つま先立ってヘンリーにキスをする。未来に向かって足を踏みだす前に彼女には過去を取り戻す必要があることを、ヘンリーはわかっていたのだ。両親がどんな人間だったにせよ、何をしたにせよ、マージェリーは彼らを、彼らの思い出を必要としていたのだ。

ヘンリーがエメラルドをはずすとき、うなじをかすめた彼の手が少し震えているのをマージェリーは感じた。うつむいてロケットを留めてもらうと、それは温かい金色にきらめいて、胸のあいだ、彼女の心臓の上におさまった。

「テンプルモアに来た初めの頃は、自分が誰だか、誰になったのかわからなかったわ。もうマージェリー・マロンではない気がしたけど、レディ・マーガレット・キャサリン・ローズ・ド・サン＝ピエールになる方法もわからなかったの」

ヘンリーは温かい腕を回し、マージェリーを抱きしめた。

「そしていまは？」そう尋ねるヘンリーの息が髪をそよがせる。

「わが家に戻ったわ」

訳者あとがき

ニコラ・コーニック作『貴公子と無垢なメイド』をお届けします。

レディ付きのメイドが、実はイングランドでも由緒ある伯爵家の女相続人だった！ この奇想天外な設定をうまく生かした魅力的なヒロインと、彼女に相続権を奪われながらも激しく惹かれる黒い髪のハンサムなヒーローをからめた、魅力満載の物語です。

二十年前に行方不明となった伯爵家の孫娘が生きていた。このショッキングな知らせを受けて、〝冷酷で頭の回転が速く、自制心の強い、敵に回せば危険な男〟であるウォードウ卿ヘンリー・ウォードは、その娘マージェリー・マロンが本物かどうかを探るため、自ら調査にのりだします。

レディ・グラントのメイドとして働くマージェリーは、仕事の合間にケーキを焼き、娼館の娼婦たちのドレスやスカーフと交換するという、進取の気性を持つ娘。たまったお金でいつか自分のお菓子屋を持ちたい。それがマージェリーの夢でした。その夜も〈テンプル・オブ・ビーナス〉でかなりの成果を上げたあと、上機嫌で帰ろうとすると、魅力的な紳士に行く手をふさがれます。しかも彼は、マージェリーを娼婦と間違えている様子。どぎまぎしながら否定しようとする彼女をいきなり抱き寄せ、唇を重ねてくるのでした。初めてのキスの味にぽうっとなるマージェリー。しかし、二度と会えないとあきらめていたのですが、舞踏会の夜に再会し、月夜のテラスでワルツを踊ることに。

数日後、その紳士にいきなり、きみは伯爵の孫娘だと告げられてマージェリーはびっくり仰天します。身分を隠して彼女のことを探りだそうとした彼を汚い言葉で罵倒し、伯爵の跡継ぎになど絶対にならない、と宣言するのですが……。

著者ニコラ・コーニックはイングランド北部の出身で、現在はご主人とオックスフォードの郊外に住んでいます。一九九八年にハーレクイン社から処女作を発表して以来、USAトゥデイ紙などのベストセラーリストの常連で、ロマンス小説の最高峰とも言うべきRITA賞にも、これまでに三回ノミネートされているという実力派です。

家系図作りが趣味というニコラの先祖は詩人や海賊を経て、ハリファックス伯爵の遠縁に行き着くとか。子供の頃から歴史に大変興味を持ち、読書や、祖母と一緒に見た時代劇を通じて育てたその関心は、ヒストリカル・ロマンスの作家という現在の職業に、あますところなく役立てられていると言えるでしょう。型破りの設定が多い彼女の物語は、意表を突くストーリー展開もさることながら熱いロマンスシーンがたっぷり盛りこまれていることも、見逃せない魅力となっています。

スキャンダラスなレディたちを相手に、分別と良識を働かせてきたメイドのマージェリーは、はたして伯爵の女相続人として、貴族の生活になじめるのでしょうか？　そして、冷静な外見の陰に激しい情熱を秘めたヒーロー、ヘンリーとの恋の行方は？　ニコラ・コーニックの紡ぎだす十九世紀のロマンスを、どうぞお楽しみください。

佐野　晶

二〇一三年九月

＊2013年9月にMIRA文庫より刊行された
『貴公子と無垢なメイド』の新装版です。

貴公子(きこうし)と無垢(むく)なメイド

2024年1月15日発行　第1刷

著　者　ニコラ・コーニック
訳　者　佐野 晶(さの あきら)
発行人　鈴木幸辰
発行所　株式会社ハーパーコリンズ・ジャパン
東京都千代田区大手町1-5-1
04-2951-2000（注文）
0570-008091（読者サービス係）
印刷・製本　中央精版印刷株式会社

定価はカバーに表示してあります。

ISBN978-4-596-53423-1

mirabooks

風に向かう花のように
カーラ・ケリー
佐野　晶 訳
元夫の暴力のせいで、故郷を追われたスザンナ。はるばるやってきた西部で出会ったのは、困難にも負けず生きる人々と、優しい目をした軍医ジョーで…。

灰かぶりの令嬢
カーラ・ケリー
佐野　晶 訳
潰れかけの宿屋を営む祖母と暮らすエレノアは、ひもじさに耐えていた。髪も切って売り払ったとき、厳めしい顔つきの艦長オリヴァーが宿泊にやってきて…。

籠のなかの天使
カーラ・ケリー
佐野　晶 訳
父に捨てられ、老貴族に売られ、短い結婚生活の末に未亡人となったローラ。幸せと縁遠かったローラの人生は、港町に住む軍医との出会いで変わっていき…。

遥かな地の約束
カーラ・ケリー
佐野　晶 訳
貴族の非嫡出子という生まれと地味な風貌で、自分に自信が持てないポリー。偶然出会った年上のエリート将校が、眼鏡の奥に可憐な素顔を見出して…。

拾われた1ペニーの花嫁
カーラ・ケリー
佐野　晶 訳
新しい雇い主が亡くなり、途方に暮れたコンパニオンのサリー。最後の銀貨で紅茶を飲んでいたところ、海軍提督チャールズ卿に便宜上の結婚を申し込まれる。

没落令嬢のためのレディ入門
ソフィー・アーウィン
兒嶋みなこ 訳
両親を亡くし借金を抱え、幼い妹たちの面倒を見なければいけないキティ。家族のため裕福な相手と結婚しようと社交界へ飛び出すが、若きラドクリフ伯爵に敵意を向けられ…。

mirabooks

緑の瞳に炎は宿り
キャット・マーティン
小長光弘美 訳

早くに両親を亡くし、親戚に引き取られたリリーが心を奪われたのは、いとこの縁談相手の公爵だった。惹かれあう二人だったが、彼にはリリーを選べない理由があり…。

永遠の旋律
キャット・マーティン
岡 聖子 訳

シェフィールド公爵ラファエルは元婚約者ダニエルと再会した。5年前、彼女に裏切られたと思っていたが自分の友人がついた嘘だったとわかり…19世紀恋絵巻。

不公平な恋の神様
ルイーズ・アレン
杉浦よしこ 訳

地味な容姿のせいでずっと惨めな思いをしてきた令嬢デシーマは、雪嵐に遭ったところをウェストン子爵に助けられ初めて恋心を抱く。出会いは偶然だったが…。

仮面舞踏会はあさき夢
ド・ウォーレン一族の系譜
ブレンダ・ジョイス
立石ゆかり 訳

叶わぬ恋と知りながら次期伯爵を一途に想い続けるリジーを数奇な運命が襲う。アイルランド貴族の気高き愛と名誉の物語〈ド・ウォーレン一族の系譜〉第一弾。

清らかな背徳
アン・スチュアート
小林町子 訳

炎のような赤毛の令嬢エリザベスは、修道女となるため城を出ることになった。修道院への道中をともにするのは、危険な噂のある国王の庶子。でも、なぜか彼に強く惹かれていき…。

子爵と忘れな草の恋人
ローラ・リー・ガーク
清水由貴子 訳

6年前、子爵との身分違いの恋から身を引いたローラ。運命のいたずらにより再会した彼は、かつての愛情など欠片もない瞳に、冷たい憎しみを浮かべ…。